DROEMER

In der Verlagsgruppe Droemer Knaur sind bereits folgende Bücher des Autors erschienen:

Süden und das Gelöbnis des gefallenen Engels
Süden und der Straßenbahntrinker
Süden und die Frau mit dem harten Kleid
Süden und das Geheimnis der Königin
Süden und das Lächeln des Windes
Süden und der Luftgitarrist
Süden und der glückliche Winkel
Süden und das verkehrte Kind
Süden und das grüne Haar des Todes
Süden und der Mann im langen schwarzen Mantel
Süden und die Schlüsselkinder
Süden
Süden und das heimliche Leben
Süden und die Stimme der Angst

Killing Giesing
Gottes Tochter
German Angst
Die Erfindung des Abschieds
Unterhaltung

Über den Autor:

Friedrich Ani wurde 1959 in Kochel am See geboren. Er schreibt Romane, Kinderbücher, Gedichte, Hörspiele, Drehbücher und Kurzgeschichten. Seine Bücher wurden in mehrere Sprachen übersetzt und vielfach ausgezeichnet, so u.a. mit dem Tukan-Preis für das beste Buch des Jahres der Stadt München. Als bisher einziger Autor erhielt Ani den Deutschen Krimi Preis in einem Jahr für drei Süden-Titel gleichzeitig. 2010 folgte der Adolf-Grimme-Preis für das Drehbuch nach seinem Roman »Süden und der Luftgitarrist«. 2011 wurde der Roman »Süden« mit dem Deutschen Krimi Preis ausgezeichnet; 2014 erhielt »M«, der wochenlang auf der KrimiZEIT-Bestenliste stand, den begehrten Preis. Friedrich Ani lebt in München.

Friedrich Ani

M

Ein Tabor-Süden-Roman

Besuchen Sie uns im Internet:
www.droemer.de

Vollständige Taschenbuchausgabe 2015
Droemer Taschenbuch

Umschlaggestaltung: ZERO Werbeagentur, München
Umschlagabbildung: FinePic®, München
Satz: Adobe InDesign im Verlag
Druck und Bindung: CPI books GmbH, Leck
ISBN 978-3-426-30417-4

2 4 5 3 1

First you dream, then you die.

Cornell Woolrich

Erster Teil

1

Am zehnten Todestag ihres Sohnes wurde Edith Liebergesell jäh bewusst, dass sie seit undenklichen Zeiten niemanden mehr in ihre Wohnung eingeladen hatte. Als sie auf der schwarzen Ledercouch saß und auf ihre Tränen wartete, entwischte ihr Blick dem vom Erinnern verdunkelten Verlies ihrer Augen und fiel auf das Ensemble der Stumpenkerzen, die nebeneinander auf dem niedrigen Bücherschrank standen, in Grün und Gelb und Rot und Weiß und Braun und Beige und Violett und Ocker. Vierzehn Kerzen, jede ungefähr zehn Zentimeter hoch, ohne Verzierung, alle mit weißen Dochten, alle aus dem einzigen Grund gekauft, den Gästen beim Essen und Trinken und Reden mit munterem Flackern Gesellschaft zu leisten.

Das war es, was Edith Liebergesell sich vorstellte, während sie mit dem gerahmten Foto in den Händen am Rand der Couch saß: dass da wie selbstverständlich Leute waren, die ohne elektrisches Licht eine Nähe teilten. Die rauchten oder auch nicht; die Singles waren oder echte Einzelgänger; die daheim eine Familie hatten oder einen Hund; die, wenn sie redeten, von Zuhörern umgeben waren und nicht von notgedrungen Verstummten; die sich anschauten und an der Tür einander umarmten und beim Abräumen und Abspülen helfen wollten und keine Chance gegen den Willen der Gastgeberin hatten. Die eine Stille zurückließen, in der die Kerzen knisternd musizierten, weit nach Mitternacht, wenn die Weinreste schon in den Gläsern trockneten und die Speisereste auf den Tellern.

So hätte das alles sein können, sagte sie lautlos und fragte das Bild in ihren Händen, warum ihr erst heute auffiel, dass niemand da war außer ihr.

Dann Tränen. Das Zimmer versank vor ihren Augen, und als es wieder auftauchte, war vor den Fenstern und in der Wohnung stockdunkle Nacht. Edith Liebergesell wollte aufstehen, aber es gelang ihr nicht. Etwas – nicht ihr elendes Übergewicht, nicht der Schmerz, nicht die trostlose Stille, nicht die Angst vor dem Licht, das sie gleich anschalten musste – zwang sie auszuharren und das Foto nicht loszulassen. Etwas, das sie verblüffte, ließ sie den Kopf heben und zum Flur schauen, durch den Rahmen der ausgehängten Tür. Im Flur war alles schwarz. Und doch war etwas anders als sonst, etwas war nicht in der gewohnten Ordnung, etwas veranlasste Edith Liebergesell, noch weiter an den Rand der Couch zu rutschen und die Knie aneinanderzupressen und die Luft anzuhalten, bis sie einen lauten Seufzer von sich gab, der sie selbst erschreckte.

Das Foto glitt ihr aus den Händen und fiel aufs Parkett. Das Glas zersplitterte nicht. Sie bückte sich danach, ergriff es mit Daumen und Zeigefinger am Rahmen und hob es auf. Sie betrachtete das vertraute, verschattete Jungengesicht mit den schmalen, müden Augen und sah noch einmal zur Tür. Sie atmete mit offenem Mund tief ein, was wie ein Röcheln im Schlaf klang, und stand mit einem Ruck auf.

Das, was sie soeben noch niedergedrückt und verstört hatte, schien wie bei einer Explosion aus ihr herauszubrechen.

In diesem Augenblick zerschmetterte ein Gedanke alle anderen, loderte eine Empfindung in ihr auf, wobei sie keine Vorstellung davon hatte, wodurch diese entzündet worden sein mochte und der sie sich doch wehrlos hingab. Es ist passiert, dachte sie vom Herzen her. Heute ist es so weit, heute und von dieser Stunde an.

Zehn Jahre nach Ingmars Entführung und Ermordung stand Edith Liebergesell in ihrer Wohnung, beseelt von der Vorstellung, dass der Abschied von nun an kein blutiger Prozess mehr war, sondern eine Narbe, die zu ihr gehörte wie ihre Stimme. Sie war ein Teil ihrer Persönlichkeit. Ingmars Tod gehörte nicht länger dem Täter, sondern allein ihr, seiner Mutter. Beinahe hätte sie noch einmal angefangen zu weinen. Sie stellte das gerahmte Bild ins Regal zurück, drückte auf den

Lichtschalter neben der Tür und beschloss, die Kerzen anzuzünden, alle vierzehn, zehn für ihren Sohn, zwei für dessen Vater und zwei für sich. Bevor sie sie im Wohnzimmer, im Flur, in der Küche und im Badezimmer verteilte, rauchte sie bei weit geöffnetem Fenster eine Zigarette. Hätte sie wissen müssen, dass sie über die Ereignisse der Vergangenheit und die Echos ihrer Erinnerung keine Macht besaß, solange Ingmars Ermordung dem Täter bis heute eine Gegenwart erlaubte?

Das Beste an den Gesprächen mit seinem Vater war, dass er wusste, er könnte sie bis in alle Ewigkeit fortführen. Mit solchen Unterhaltungen in der flüchtigen Dämmerung oder der Schattenhaftigkeit eines Zimmers hatte er Erfahrung. Er lebte fast davon, wegen Martin Heuer. Seit so vielen Jahren, die nicht einmal doppelt zählten und ihm dennoch wie Jahrzehnte erschienen, besprach Tabor Süden mit seinem besten Freund die Dinge des Tages und lud das Gerümpel seiner Gedanken bei ihm ab. Mit wem hätte er auch reden sollen außer mit dem Menschen, dessen Nähe seine Heimstatt war seit jenem Tag, an dem seine Mutter starb? Seit jenem Tag, an dem sein Vater beschloss, eines Tages zu verschwinden, bis er drei Jahre später tatsächlich einen leeren Stuhl zurückließ, seine Lederjacke, einen unbegreiflichen Brief und die Küche ohne ein einziges Trostbrot.
Das war an einem Sonntag gewesen, zwei Tage vor Heiligabend. Obwohl Tabor schon sechzehn und geübt darin war, sich gegen die weißen Wände der Einsamkeit zu stemmen und keine Fragen mehr an seine tote Mutter, an Gott und die Madonna in der Kirche zu stellen – und stattdessen Gedichte las, Musik hörte und im Wald Bäume umarmte –, empfand er das Haus an jenem Nachmittag wie ein im schwarzen Weltall vergessenes Raumschiff.
Und als er nach draußen trat, sog die Finsternis ihn in einen Strudel aus Furcht und Zorn, in dem er womöglich jede Zu-

versicht verloren oder abgetötet hätte, wäre nicht sein bester Freund wie ein Engel mit Schnurrbart und Parka und einer Fluppe im Mund aus dem Nichts der Welt aufgetaucht. Ohne Umschweife scheuchte Martin ihn vom Seeufer weg und bugsierte ihn in die Alte Schmiede, wo Evi auch an Jugendliche Bier ausschenkte, besonders gern an Tabor, den sie sofort mit nach Hause genommen hätte, wäre sie nicht dreißig Jahre älter und mit einem gemeingefährlichen Blödmann verheiratet gewesen. Später tauchten zwei Streifenpolizisten auf, aber es ging ihnen nicht um den Jugendschutz in Gaststätten, sondern ums Abholen des Jungen, der von seiner Tante Lisbeth und seinem Onkel Willibald vermisst wurde. Bei den beiden sollte Tabor von nun an leben. Wenigstens das hatte sein Vater heimlich geregelt, wenn auch erst am Tag seines Verschwindens, wie Süden erfuhr.

Im Grunde wich Martin Heuer von Stund an nicht mehr von seiner Seite – bis zu jener Nacht, in der Martin in einen Müllcontainer in Berg am Laim kletterte, den Deckel schloss und sich mit seiner Heckler & Koch eine Kugel in den Kopf jagte. Die Sterne am Himmel hatten Martins schwarzen Schmerz jahrelang gespiegelt, und doch hatte Süden die Tat nicht verhindern können. Inzwischen hatte er akzeptiert, dass ihn keine Schuld traf – zumindest keine, die ihn hätte treffen sollen, wie Martin ihm unermüdlich aus dem Himmel versicherte.

Martin lag neben der Kolonialwarenhändlerswitwe Krescenzia Wohlgemuth auf dem Waldfriedhof im Kreis Zehntausender Toter und hörte, weil er keine Wahl hatte, Süden, der bis heute nach Vermissten und Verschwundenen suchte, geduldig zu.

Seit einiger Zeit redete Süden auch mit seinem Vater, der ein paar hundert Meter von Martins Grab entfernt lag. Allerdings wusste Süden nicht, wo genau die Asche seines Vaters beerdigt worden war, irgendwo drei Meter tief in der Erde, auf der Wiese der Anonymen, in einem der mit Erdreich

überdeckten Quader, deren Anordnung nur die Grabmacher kannten.
Nach seiner Rückkehr nach München – Süden hatte keine Vorstellung, wo in der Welt sein Vater sich all die Jahre herumgetrieben hatte –, verfügte Branko Süden in seinem Testament eine Feuerbestattung und die anonyme Beisetzung seiner Urne. Somit, dachte Süden, schloss sich der Kreis: Er würde nie erfahren, wo sein Vater gelebt hatte, und er würde nie erfahren, wo die Asche seines Leichnams verstreut worden war. Ein fremder Mann war gestorben, sein Vater. Dennoch redete Süden mit ihm wie mit einem Vertrauten, auf dessen Rücken er einmal galoppiert war, dessen Stimme ihn in den Schlaf gewiegt, dessen Elfmeter er gehalten hatte.
Dieses Reden war kein Gedankengetümmel, kein Murmeln mit halb geschlossenem Mund. Wenn Süden Zwiesprache mit seinem Vater hielt, nahm er keine Rücksicht auf verwirrte Friedhofsbesucher oder Krähen, die in Ruhe im Gras herumpicken wollten. Auf und ab gehend, manchmal wie aus Versehen mit einer Hand durch die Luft wedelnd, als würde er von den eigenen Worten mitgerissen, sprach er mit fester Stimme zur Erde. Er sprach auch zu den Sträuchern, den Buchen und Tannen, ins sinkende Licht – untermalt vom monotonen Rauschen der nahen Autobahn und vom Rufen der schwarzblauen Vögel, die vielleicht um ihre Stimmenhoheit fürchteten. Dann hob Süden den Kopf und sah ihnen zu, wie sie mit scheinbar schwerfälligem Flügelschlag ein Baumkrone-wechsele-dich-Spiel begannen, vielleicht mit dem Ziel, den Stillezerstörer abzulenken oder so lange zu nerven, bis er einsah, dass dieser Flecken Friedhof keine Bühne für zweibeinige Selbstdarsteller war.
Von Jugend an hielt Süden Krähen für Abgesandte der Unterwelt. Er war überzeugt, sie würden jedes Wort verstehen und nachts, wenn die Friedhofstore geschlossen waren, im roten Flackern der Kerzen den Gesang der Toten hören und

ihre Stimmen einstudieren, um damit tagsüber die Trauernden zu trösten oder sie auszulachen. Süden ließ sich nicht stören. Er redete hinauf zum Geäst oder beugte sich zu einer Krähe hinunter, die beflissen vor ihm herhüpfte, als wollte sie ihm den Weg zum Ausgang weisen.
Immer aber kehrte er zu der kleinen Mauer und den Büschen zurück. Dort hinterließen Angehörige in ihrer Ratlosigkeit Bilder und Geschenke, Figuren aus Holz oder Plastik, eingeschweißte Fotos der Verstorbenen, Kerzen und Blumensträuße. Grabschmuck für unsichtbare Gräber, Beschwörungsrituale in einem All aus Unverständnis.
Mehrere Male hatte Süden miterlebt, wie eine Frau ihre verstorbene Schwester beschimpfte, weil diese »sich einfach davongemacht« hätte, »ohne Rücksicht auf uns alle, und bei Nacht und Nebel in der Erde verscharrt wie ein Hund«. Und ein alter Mann schlug bis zur Erschöpfung mit seinem Krückstock auf die Erde ein, stieß Flüche und einen Namen aus, den Süden auf die Entfernung nicht verstand, und hörte nur auf, weil ein Hustenanfall ihn dazu zwang und er seinen Stock verlor, nach dem er sich mühsam bücken musste.
Von einem der in dunkles Grau gekleideten Grabmacher – Süden nannte sie nach wie vor Totengräber – hatte er erfahren, dass die Zahl der anonymen Beisetzungen stetig ansteige, mittlerweile seien es knapp neunhundert im Jahr. »Die Leut' wollen halt niemand zur Last fallen.«
Auch sein Vater, dachte Süden, wollte niemandem zur Last fallen, schon zu Lebzeiten nicht. Deswegen war Branko Süden damals verschwunden, weil er seinem Sohn seine innere Not nicht länger zumuten wollte. Und doch hatte er gerade durch sein Abtauchen in die Anonymität die Last ins Unermessliche gesteigert – zumindest zwei Jahre lang, bis Tabor achtzehn wurde und seine erste eigene Wohnung in der Stadt bezog, gemeinsam mit Martin, seinem Schwellenwächter.
Vorwürfe machte er seinem Vater schon lange nicht mehr.

Nur geredet hätte er gern mit ihm. Hätte ihm gern zugehört. Hätte gern etwas erfahren. Vater-Sohn-Sachen, sagte er zur Luft, zu seinen Schuhen, zur Krähe in der Nachbarschaft. Dabei wusste er aus seiner zwölfjährigen Erfahrung als Vermisstenfahnder bei der Kripo, dass die so beschworenen Vater-Sohn- oder Mutter-Tochter- und Kind-Familien- und Bruder-Schwester-Sachen meist Illusionen blieben, ausgelöst durch Tod oder Verschwinden, durch die Pflicht, das Leben in unverschuldeter Verlorenheit weiterführen zu müssen.

Sechzehn Jahre, dachte Süden, hätte er Zeit gehabt, mit seinem Vater zu sprechen. Sechzehn Jahre lebten sie beide unter einem Dach. Sechzehn Jahre lang passierte nichts anderes, als dass der Vater sein Schweigen dem Sohn vererbte und der Sohn dem Vater zu jedem Geburtstag einen Korb voller Nachsicht schenkte und beide einander umarmten. Nach dem Tod der Mutter wurde das Erbe des Vaters noch bedeutsamer, das Geschenk des Sohnes noch hingebungsvoller, und sie umarmten einander in neuer Nähe, die in Wahrheit nichts als ein Abgrund war. Sie wussten es beide, was also hätte Süden ihm vorwerfen sollen, auf der Wiese der Anonymen? Wo sonst hätte sein unbekannter Vater seine letzte Ruhestätte finden sollen?

Ein Mitbringsel hatte Süden bisher nicht dagelassen. Er wusste nicht, welches. Das einzige Foto, das er von seinem Vater besaß, würde er nicht hergeben. Außerdem – und darauf hatten seine katholische Erziehung und seine Karriere als Ministrant, Süden hatte es bis zum Lektor im Gottesdienst gebracht, seltsamerweise keinerlei Einfluss – misstraute er den meisten Friedhofsbesuchern. Sie klauten. Wer für die Allgemeinheit bestimmte Plastikgießkannen und mit Deckeln versehene Stumpenkerzen von fremden Gräbern mitgehen ließ, der bediente sich erst recht bei den Geschenken für die Anonymen. Und wenn er sich beim letzten Mal nicht

verschaut hatte, fehlten diesmal zwei Stoffelche und eine Kerze mit drei Dochten. Davon abgesehen, dachte Süden, erwartete sein Vater kein Geschenk.
Bevor er den Friedhof an diesem ersten Februar verließ, erzählte er noch ein wenig von seinem aktuellen Fall, einer mysteriösen Vermissung, die er für die Detektei Liebergesell aufzuklären hatte.
Der Geliebte – oder Lebensgefährte? – der Journalistin Mia Bischof war angeblich seit mehr als einer Woche spurlos verschwunden. Ihrer Aussage zufolge hatte der vierundfünfzigjährige Taxifahrer am späten Sonntagnachmittag, 22. Januar, ihre Wohnung verlassen, um den Nachtdienst bei seinem Arbeitgeber anzutreten. Dieser jedoch erklärte, sein Mitarbeiter Siegfried Denning habe ihn angerufen und ihm mitgeteilt, er sei an Grippe erkrankt und nehme ein paar Tage frei, am Mittwoch oder Donnerstag würde er sich wieder melden. In der Detektei, wo sie vor zwei Tagen erschienen war, sagte Mia Bischof, sie habe Denning weder am Handy, das die ganze Zeit ausgeschaltet blieb, noch am Festnetz, an das kein Anrufbeantworter angeschlossen war, erreicht und ihn auch nicht zu Hause angetroffen. Zu seiner Wohnung in der Wilramstraße habe sie zwar keinen Schlüssel. Nachbarn hätten ihr aber gesagt, Denning längere Zeit nicht mehr gesehen zu haben. Die Polizei, erzählte Süden seinem Vater, riet ihr das Übliche: Geduld zu bewahren. Da nichts auf einen Suizid oder ein Verbrechen hindeute, nach aktuellem Stand also keine konkrete Gefahr für Leben oder körperliche Unversehrtheit bestehe, könnten die Polizisten nichts unternehmen. Das freie Bestimmungsrecht erlaube es jedem Bürger über achtzehn ohne Ankündigung wegzugehen, abzuhauen, sich aus dem Staub zu machen.
Das brauchte Süden seinem Vater nicht näher zu erläutern. Branko Süden hatte entsprechend gehandelt.
Auf seine Fragen allerdings erhielt Süden keine befriedigen-

de Antwort, auch wenn eine der Krähen seinen Monolog beständig und wichtigtuerisch kommentierte. »Sie lügen alle«, rief Süden ihr zu. Damit meinte er Angehörige, Freunde, Arbeitskollegen, Geliebte, Lebensgefährtinnen, Eheleute. Das plötzliche Verschwinden eines Menschen öffnete nicht selten die Tapetentür zu einer Nebenwelt, die bisher sorgfältig verborgen gehalten wurde und in der jede Person, die nun behauptete, überrascht und erschrocken zu sein, seinen eigenen Winkel, seine mit ureigenem Herzensgerümpel vollgestopfte Truhe besaß.

Wann genau hatten Denning und Mia Bischof sich kennengelernt?, fragte Süden. Vor etwa einem Jahr, meinte die Journalistin. Dagegen war der Taxiunternehmer überzeugt, Denning habe seit mindestens zwei Jahren eine feste Beziehung. Warum hatte Mia bei aller Innigkeit keinen Schlüssel zu Dennings Wohnung? Weil er auch keinen zu ihrer Wohnung bekam? Warum nicht? War Denning wirklich selbstmordgefährdet, wie Mia in der Detektei angedeutet, den Polizisten jedoch verschwiegen hatte, weil sie sich »dafür geschämt« habe? Sie schämte sich, ging aber trotzdem auf ein Revier. Warum? Sie ging davon aus, die Polizei würde auf jeden Fall nach ihrem Freund suchen, weil er doch spurlos verschwunden war.

Naive Menschen, sagte Süden zu seinem Vater, dachten vielleicht so, aber eine aufgeklärte, kluge Journalistin wie die achtunddreißigjährige Mia Bischof? Würde eine Frau wie sie sich vor Polizisten wegen der Depressionen oder anderer seelischer Zustände ihres Partners schämen? Noch dazu, wo sie sich entschlossen hatte, nach Tagen des bangen Wartens die Polizei doch noch einzuschalten? Was stimmte nicht an ihrem Verhalten?

Oder bewertete Süden die Dinge falsch? Das war möglich und ihm als Kommissar schon passiert. Das oberste Gebot lautete, bei einer Vermissung nicht an einen vergleichbaren

Fall zu denken. Jede Geschichte eines Verschwundenen war einzigartig und hatte ihre ganz besonderen Ursachen und Zusammenhänge. Die Wahrheit lag oft tiefer unter der Erde als die Asche der Anonymen auf dem Waldfriedhof. Und so wie bei berechtigten Zweifeln an der Todesursache ein Gericht eine Exhumierung anordnen und ein Gerichtsmediziner anorganisches Gift noch in der Asche nachweisen konnte, so grub sich ein erfahrener Ermittler Schicht um Schicht zum Mittelpunkt der Welt hinter der Tapetenwand vor. Was er dort vorfand, stimmte fast nie mit dem überein, was er bereits kannte.

Früher hatte Süden jeden Fall mit größtmöglicher Intensität bearbeitet und war Teil jener geheimen Welt geworden, für deren Ausleuchtung er bezahlt wurde. Das, hatte er sich vorgenommen, wollte er nicht mehr.

Davon erzählte er seinem Vater heute zum ersten Mal. Nüchterner, gelassener, funktionaler wollte er von nun an auftreten und handeln, auch im Stillen, vor sich selbst. Das war, dachte er, zurückgekehrt zum luftigen Altar der kleinen Geschenke, kein bewusster Entschluss gewesen, eher eine Empfindung, die anfing, ihn zu leiten. Er war einverstanden. Eine ungewohnte Ruhe stieg in ihm auf, ein fast beschwingter Atem trug seine Worte über das Feld. Als er, wie bei jedem Abschied von seinem Vater, schon den Arm hob, um zu winken, hielt er inne und schaute den blätterlosen, grauen Strauch an, vor dem er stand. Der Strauch war leer, kein Anhänger, keine Christbaumkugel, kein Lichterkranz. Ohne darüber nachgedacht zu haben, zog Süden den Reißverschluss seiner Lederjacke auf und nahm die Halskette ab, die er trug, seit er dreizehn war. Ein indianischer Schamane hatte ihm das Lederband mit dem blauen Stein geschenkt. In den Stein war ein Adlermotiv geritzt. Bis heute hatte Süden keine Ahnung, woher sein Vater den Medizinmann oder dessen deutsche Freunde gekannt hatte. Sie waren nach Ame-

rika geflogen in der Hoffnung auf eine letzte Chance für die schwerkranke Mutter. Doch sie starb bald nach ihrer Rückkehr. Die Kette und die alte, mit Rentierleder bespannte Trommel aus Lärchenholz, die ihm der Indianer ebenfalls geschenkt hatte, bewahrte Süden trotzdem all die Jahre auf.
Jetzt baumelte das Amulett am trockenen Ast eines dürren, vom Wind zerzausten Strauches, abseits der anderen Geschenke. Süden zog den Reißverschluss seiner Jacke zu, legte den Kopf in den Nacken und schloss die Augen. Er war viel länger auf dem Friedhof geblieben als geplant. Er musste sich beeilen. Seine Kollegin Patrizia wartete in der Detektei auf ihn, während sein Kollege Kreutzer den Auftrag ausführte, um den er ihn am Vormittag gebeten hatte. Im Moment waren sie nur zu dritt, weil die Chefin aus persönlichen Gründen von Montag bis Freitag freigenommen hatte.
Er würde sich nicht hetzen lassen. Er würde bedächtig einen Fuß vor den anderen setzen, ohne innere Nacktheit, gelassen, seinem Alter und seiner Erfahrung entsprechend.
Hätte er ahnen müssen, dass der Fall, von dem er seinem Vater erzählt hatte, ihn durch eine Tapetentür führen würde, hinter der seine Auslöschung bloß eine Frage der Zeit war?

2 Mia Bischof hegte keinen Zweifel an ihrem Leben. Von Kindheit an waren die Werte, die ihr Vater ihr vermittelte, die Grundlagen ihres Denkens und Handelns. Er hatte sie ermutigt und bestärkt in ihren Zielen, schon im Gymnasium, als sie eine mittelmäßige Schülerin war, das Abitur durch strenge Disziplin aber mit einer Durchschnittsnote von 1,9 schaffte.

Obwohl sie ihr Studium abbrach, bekam sie ein Volontariat beim »Tagesanzeiger« und nach zwei Jahren eine Festanstellung als Redakteurin im Lokalteil. Dort arbeitete sie bis heute, geschätzt von den Kollegen, beliebt bei den Lesern. Zu ihrem Vater, der ein Hotel am Starnberger See betrieb – ihre lebendigsten Kindheitserinnerungen spielten auf der großen Terrasse und in der Lobby –, pflegte sie nach wie vor ein enges Verhältnis, trotz der Tatsache, dass sie im Alter von sechs Jahren mit ihrer Mutter nach München gezogen war und ihren Vater in den Jahren danach nur noch selten gesehen hatte. Das änderte sich in ihrer Jugend. Heute besuchte sie die Mutter höchstens vier Mal im Jahr, zum Vater nach Starnberg fuhr sie mindestens einmal im Monat. Außerhalb ihres Berufs engagierte sie sich als ehrenamtliche Schwimmtrainerin für Kinder und half in einer Krabbelgruppe in Neuhausen aus, wo sie wohnte.

Als dieser Mann vor ungefähr einem Jahr in ihrem Leben auftauchte – an das genaue Datum konnte sie sich nicht mehr erinnern, nur an das erste Mal mit ihm im Bett –, fand sie ihn nicht spektakulär genug, um ihm eine Veränderung ihres bisherigen Lebens zuzutrauen. Niemand hatte je Einfluss auf ihr Leben nehmen können. Der einzige Mensch, dem sie es erlaubt hatte, war ihr Vater gewesen. Ihm vertraute sie sich noch immer an, wenn sie wichtige Entscheidungen treffen musste oder an der Welt, die sie umgab, verzweifelte. Denning – so hieß der Mann, bei dem sie seit sechs Monaten regelmäßig übernachtete – hatte sie gegenüber ihrem Vater noch mit keinem Wort erwähnt. Sie hatte keine Erklärung dafür, was sie ein wenig erstaunte. Sie hatte andere Männer gehabt, mit denen sie nach Starnberg gefahren war, um eine Nacht im Hotel ihres Vaters zu verbringen. Sie war, gerade volljährig, sogar verheiratet gewesen und entschlossen, eine Familie zu gründen, Kinder zu bekommen, eine unzerstörbare Gemeinschaft zu bilden. Dass nichts daraus wurde, lag an ihr, das wusste sie, auch wenn ihr Mann das Gegenteil behauptete und sich selbst die Schuld gab. Lange her und alles vorbei, dachte sie.

Es war nicht vorbei. Dieser sechzehn Jahre ältere Mann mit der rauhen Stimme und den blauen Augen und dem mächtigen, machtvollen Körper löste ein vergessenes Brennen in ihr aus und beschwor Wünsche herauf, die sie so unerbittlich quälten wie sein abruptes, beleidigendes Verschwinden. Sie hätte begreifen müssen – wachsam und schlau, wie sie glaubte zu sein –, dass ihre Hingabe an diesen Mann niemals ausreichen würde, ihr inneres Leben zu ändern, neu zu erschaffen.

Doch Mia Bischof war so ergriffen von der Wahrhaftigkeit ihres Verlangens, dass sie am Morgen des 30. Januar beschloss, eine Detektei, deren Adresse sie aus dem Internet hatte, aufzusuchen und jedes Honorar für die Suche nach ihrem Liebsten zu bezahlen.

Das Ausmaß ihrer Selbsttäuschung hätte sie niemals für möglich gehalten.

3 Hinter dem chaotisch anmutenden Schreibtisch der Chefin saß ein schmächtiger, grau gekleideter alter Mann mit einer Hornbrille aus den sechziger Jahren und kurzen, nach hinten gekämmten graubraunen Haaren. Sein lächelnder Gesichtsausdruck wirkte im Vergleich zu seiner Erscheinung – billige Windjacke, billiges Hemd, billige Hose – geradezu farbig. Leonhard Kreutzer war achtundsechzig, Witwer. Früher betrieb er gemeinsam mit seiner Frau ein gutgehendes Schreibwarengeschäft, das er nach einem Herzinfarkt aufgeben musste. Wenig später verstarb seine Frau, Leonhard Kreutzer zog in einen anderen Stadtteil und begann, die Stunden des Tages zu zählen, und die Minuten der Nacht. Aus der Mitte seiner Einsamkeit entsprang ein Fluss aus Langeweile, von dem er sich treiben ließ, bis er einen Anruf erhielt und zu einer Einweihung eingeladen wurde.
Die Frau, die am Sendlinger-Tor-Platz eine Detektei eröffnete, kannte er noch aus seiner Zeit im Laden, wo sie für ihren Sohn Ingmar Schulsachen und Comic-Hefte kaufte und eine seiner Stammkundinnen war. Nach Ingmars Tod kam sie seltener, manchmal nur, um ein paar Worte zu wechseln. Auf der Beerdigung von Kreutzers Frau hielt sie am offenen Grab eine Zeitlang seine Hand, was er nie vergessen würde. An jenem Geburtstag der Detektei Liebergesell stand er in einem braunen Anzug mit Bügelfalten lange außerhalb des Kreises von Freunden und Bekannten der Gastgeberin, bevor er sich einen Ruck gab und Edith Liebergesell zum offenen Fenster folgte, vor dem sie sich eine Zigarette anzündete – die vierte innerhalb der vergangenen sechzig Minuten, wie er genau beobachtet hatte. Was er ihr vorschlug, schien sie zunächst zu amüsieren. Dann aber hörte sie ihm anders zu, sah ihn lange an, drückte die Zigarette im Glasaschenbecher auf dem Fensterbrett aus, nahm seine Hand, drückte sie fest und sagte: »Auf geht's, Leo, versuchen wir's.«

Von diesem Moment an waren sie per Du, und Leonhard Kreutzer hatte einen neuen Job als Detektiv. Aufgrund seines verhuschten Wesens, wie er es nannte, hielt er sich für einen idealen Beschatter, einen aus der grauen Masse, der kein Aufsehen erregte und den später niemand beschreiben könnte. Tatsächlich führte er bald äußerst zielführende Beschattungen durch. Er begann, behutsam zu joggen, um seine Kondition zu verbessern. Er gewöhnte sich sogar – nach wochenlanger, nervenzehrender Pfriemelei und auch eher freudlos und ausschließlich bei heiklen Einsätzen – an das Tragen weicher Kontaktlinsen. Außerdem entpuppte er sich als feinsinniger Zuhörer und geschickter Fragensteller bei Kindsvermissungen, wenn die Eltern sich entweder in Panik oder aus Berechnung um Kopf und Kragen redeten.

Ursprünglich hatte Edith Liebergesell die Idee gehabt, den Arbeitsschwerpunkt der Detektei auf die Suche nach verschwundenen Kindern und Jugendlichen zu legen. Bald musste sie einsehen, dass sie damit nicht überleben konnte. Auch wenn manche verzweifelte Eltern mit der Arbeit der Polizei unzufrieden waren, investierten sie nur widerstrebend fünfundsechzig Euro pro Stunde in einen Detektiv. Eher wandten sie sich übers Internet an private, ehrenamtlich tätige Organisationen. In Einzelfällen reduzierte Edith Liebergesell das Honorar, wohl wissend, dass sie nur sich selbst und ihren Mitarbeitern schadete. Also erweiterte sie ihr Spektrum um die klassischen Aufgaben einer Detektei: Observationen von Personen im Zusammenhang mit Unterhaltsrecht oder Betrugsaffären; Ermittlungen im Umfeld untergetauchter Schuldner oder zwielichtiger Mitarbeiter von Firmen.

Wie Leonhard Kreutzer – nach eigener Aussage »grauester Schattenschleicher« der Stadt – nach wenigen Wochen feststellen musste, unterschieden sich die Auftraggeber oft in einem wesentlichen Aspekt von der Zielperson: Sie waren die größeren Arschgeigen.

Was vor diesem Hintergrund Ermittlungen in Privatsachen betraf, so hatte Kreutzer nicht nur einmal einen Kunden angelogen und ihm erklärt, er habe die gesuchte Ehefrau oder Lebensgefährtin nicht aufgespürt, weil er sie in dem Frauenhaus, wohin sie sich geflüchtet hatte, wesentlich besser aufgehoben fand als zu Hause. Seine Chefin betrachtete diese eigenmächtigen Entscheidungen mit Skepsis, hielt sie für grenzwertig und fast unseriös, unterband sie bisher aber nicht. Dafür verlor Kreutzer kein Wort über den Anblick ihres auf Kunden möglicherweise abschreckend wirkenden Schreibtischs. In seinem Schreibwarenladen, dessen war er sich sicher, wäre eine solche Unordnung schlecht fürs Geschäft gewesen.
Da lagen unzählige Blöcke in diversen Formaten, Akten, Klarsichtfolien, Briefmarken, Kuverts und Muscheln kreuz und quer durcheinander; dazwischen Kastanien, Streichholzschachteln und eine Unmenge von Stiften aller Art, USB-Sticks, Post-it-Aufkleber in bunten Farben, zwei Taschenkalender. In der Mitte ein Laptop, dahinter, mit der Hand schwer zu erreichen, ein rotes Telefon. Und an dem einen Rand des Holztisches stand ein antiker Globus, ebenfalls aus Holz, am anderen Rand eine Bankierslampe aus poliertem Messing mit grünem Glasschirm und quadratischem Fuß – zwei Schmuckstücke in einer absolut unangemessenen Umgebung.
Jedes Mal, wenn die Chefin für längere Zeit außer Haus war oder frei hatte, durfte Kreutzer sich an ihren Tisch setzen und Aufträge annehmen. Voraussetzung war, dass er versprach, allenfalls den einen oder anderen Block, einen Stift, den Laptop und das Telefon zu benutzen und ansonsten die Dinge keinen Millimeter zu verrücken.

Die Detektei befand sich im fünften Stock eines im Jahr 1913 erbauten Hauses an der Ostseite des Sendlinger-Tor-Platzes, über einer Gaststätte und im selben Gebäudekomplex wie die

Sendlinger-Tor-Lichtspiele, das älteste Kino der Stadt. Von gegenüber drangen die Glocken der Bischofskirche St. Matthäus herüber, von der sechsspurigen Sonnenstraße das Brummen und Rauschen der Autos und Straßenbahnen.

Ihre Besprechungen hielten die Detektive an einem rechteckigen Tisch vor der Fensterfront ab, der auch zum Schreiben und Recherchieren diente. Dafür standen Kreutzer, Süden und Patrizia Roos zwei weitere Laptops und zwei schnurlose Telefone zur Verfügung. Die vierunddreißgjährige Patrizia mit der akkurat geschnittenen und knapp über den Augenbrauen endenden Ponyfrisur arbeitete zusätzlich drei Tage in einer Szenebar in der Müllerstraße, nicht weit von der Detektei entfernt. Ihr und auch Edith Liebergesells Ziel war, dass sie den Job hinterm Tresen auf maximal zwei Tage in der Woche reduzierte und ansonsten ihr Geld auf Stundenlohnbasis von der Detektei erhielt, wie Leonhard Kreutzer. Für Süden hatte die Chefin ein monatliches Honorar von zweitausend Euro netto festgelegt, plus Bonuszahlungen bei besonders aufwendigen und erfolgreich abgeschlossenen Ermittlungen.

Als ehemaligem Hauptkommissar, Besoldungsgruppe A11, räumte sie ihm diesen Sonderstatus ein, der sich zudem auf seine Tätigkeit bezog: Er kümmerte sich ausschließlich um Vermisste und Verschwundene und durfte, wann immer er es für richtig hielt, von zu Hause aus arbeiten und brauchte nicht an den täglichen Besprechungen teilzunehmen. Er war, wie Edith Liebergesell sagte, »für die Straße und die Zimmer zuständig«. Ihre Süden-Planung hatte sie mit Patrizia und Leo abgesprochen, und beide waren einverstanden gewesen. Seit Süden regelmäßig in der Detektei auftauchte, hatte Patrizia zu ihrer Überraschung und dann zu ihrem Vergnügen eine Flirtlaune entwickelt, die ihr als ständig beglühter Barfrau leicht vergangen war und nun offensichtlich zu neuer Blüte heranreifte – vor allem, wenn Patrizia Süden dabei erwischte, wie seine Blicke über ihren durchaus dekolletierten und grobmaschig gestrickten Pullover wuselten. Sie hatte eine Vorliebe für solche Pullover und fühlte sich wohl darin. Auf Anweisung der Chefin durfte sie sie bei Ermittlungen außer Haus auf keinen Fall tragen, was sie spießig fand. Aber es war eine der Anweisungen, denen man nicht widersprechen durfte.

Über manche Themen, das hatte Patrizia gleich zu Anfang ihrer Tätigkeit als Teilzeitdetektivin begriffen, konnte man mit der Chefin nicht oder nur sehr einseitig diskutieren – über die Wirkung von Kleidungsstücken, den Nutzen von Diäten, die Gefährlichkeit des Rauchens, Politik im Allgemeinen und die Arbeitsweise bestimmter hiesiger Polizisten im Besonderen. Davon abgesehen, schätzte sie das offene Wort, und Patrizia ließ sich in dieser Hinsicht nicht zweimal bitten. In ihrem Elternhaus zählte die freie Meinungsäußerung zu den Grundregeln im Umgang miteinander und mit wem auch immer.

Und die Zahl derer, die damals einen Blick in ihr Kinderzimmer warfen, einen freundlichen Kommentar abgaben und in die Küche zurückkehrten, um dort mit anderen Fremden weiter zu diskutieren, erschien Patrizia mit jedem Jahr unübersichtlicher. Flur, Wohnzimmer, Küche und Balkon verwandelten sich ständig in einen Marktplatz aus Stimmen von Leuten, die offensichtlich nirgendwo sonst zu Wort kamen. Patrizia vergaß ihre Namen im selben Moment, in dem sie sie hörte. Wenn sie nachts im Bett lag und darüber nachdachte, wer diese langhaarigen und bärtigen Männer und buntgekleideten Frauen mit den vielen Halsketten überhaupt waren, kam manchmal ihre Mutter herein, setzte sich zu ihr und sagte Sätze wie: Wir reden über den gefährlichen Schah und seine Verbündeten, mach dir keine Sorgen. Oder: Der Schah ist ein Verbrecher, aber du brauchst keine Angst zu haben. Oder: Der Schah ist gestorben.

Für die vierjährige Patrizia musste dieser Schah ein Bruder von diesem Strauß sein, den die Erwachsenen auch immer als gefährlichen Verbrecher und schlimmen Menschen bezeichneten. Beim Einkaufen geriet ihre Mutter regelmäßig in Streitereien mit Angestellten oder Kunden, die anscheinend falsche Sachen sagten. Ihre Mutter redete auf sie ein und ließ sich von ihnen beschimpfen, was ihr nichts auszumachen schien. Auf der Straße strich sie ihrer Tochter über den Kopf und meinte nur: Man muss sagen, was man denkt, sonst wird man krank. Diesen Satz, der zu einer Art Mantra ihrer Kindheit und Jugend wurde, hatte Patrizia sich eingeprägt. Als sie, mit fünfzehn oder sechzehn, zum ersten Mal nachts in die Küche stürmte und laut und vernehmlich um absolute Ruhe bat, weil sie nämlich schlafen wolle und ein Recht auf die ungestörte Entwicklung ihrer Persönlichkeit habe, erntete sie grimmige Kommentare und gnädiges Nicken. Ein paar Minuten später kam ihre Mutter ins Zimmer, setzte sich auf die Bettkante, gab ihrer Tochter einen Kuss auf die Stirn und bat im Namen aller um Entschuldigung. Sie fügte jedoch hinzu, dass sie in einem offenen Haus lebten, in dem es halt manchmal turbulent zugehe und die Gäste ihr Herz auf der Zunge trügen. Patrizia war es egal, wo die Leute ihr Herz trugen, Hauptsache, sie hielten ihre Zunge im Zaum.
Das »Haus« war eine Vierzimmerwohnung, in dem jedes Zimmer eine Tür zum Zumachen hatte. So etwas sagte sie aber nicht, weil sie festgestellt hatte, dass ihr das ständige Kommen und Gehen auf eine ihr nicht ganz begreifliche Weise Freude bereitete und sie es im Skilager oder im Sommercamp ziemlich vermisste. Auch hatte sie sich angewöhnt, vor Lehrern in der Klasse und auf dem Pausenhof ungeniert ihre Meinung kundzutun. Je heftiger sie dafür gescholten wurde, desto unerschrockener meldete sie sich zu Wort. Erst in ihrer Funktion als Klassensprecherin und schließlich Schulsprecherin erntete sie uneingeschränktes Lob für ihr offenes,

unbestechliches, streitlustiges und konstruktives Auftreten. Als im Lokalteil einer Tageszeitung ein Artikel über sie und ihre mögliche Zukunft als Pädagogin oder Politikerin erschien, stellte sie fest, dass sie – wie sie sich gegenüber einer Freundin ausdrückte –, »null nada Interesse am Wichtigsein« hatte.

Sie ließ sich nichts gefallen, das war alles. Sie hasste es, »wenn wer mit seinen Gefühlen und Gedanken rumtrickst«, und sie stellte so jemanden gern zur Rede. Aber sie verfolgte kein Ziel damit. Sie wollte niemanden belehren oder ändern, sondern bloß »gradraus« sein. Ihr künftiges Leben stellte sie sich in einem überschaubaren Kosmos aus Ehrlichkeit, Gradlinigkeit und entspannter gegenseitiger Befeuerung vor.

Zwar hatte sie ihr Studium abgebrochen (Deutsch, Theaterwissenschaft, Englisch); zwar hielt ihre Verlobung mit einem Schriftsteller nur fünf Monate; zwar hatte sie die Ausbildung zur Hotelkauffrau nach einem Jahr wegen allgemeiner Unentspanntheit und grundsätzlicher Unehrlichkeit einiger Kollegen abgebrochen; und ihre Karriere als DJane und Barfrau hätte sie vielleicht in angesagtere Clubs und in trendigere Städte führen können als ausgerechnet ins Grizzleys in der Münchner Müllerstraße, aber wenn sie heute, mit Mitte dreißig, eine erste Bilanz zog, empfand sie keinen Mangel. Doch die mitternächtliche Begegnung mit der lässig betrunkenen, zielstrebig rauchenden, jeden Anwanzer unaufwendig wegbügelnden Detektivin Edith Liebergesell hatte ihre Vorstellung von einem selbstbestimmten Leben unter Gleichgesinnten auf eine neue, herausfordernde Ebene katapultiert.

Deswegen lautete das Ziel: die Arbeitszeit in der Bar weiter reduzieren, bis die Chance auf eine Anstellung als dauerhaft feste-freie Mitarbeiterin in der Detektei bestand. Im Kreis von Edith Liebergesell, Leonhard Kreutzer und Tabor Süden hätte Patrizia Tag und Nacht observieren, recherchieren und vor Ort ermitteln können, so sehr entsprach diese Gemeinschaft ihrem Nähe-Empfinden. Und wenn Süden, dachte sie, weniger schweigen und sich öfter mal auf einen wilden Disput einlassen würde, hätte sein ungelenkes Flirten eine echte Aussicht auf Erfolg, auch ohne Pullover.

Die Frau mit den Zöpfen, die an diesem Montag hereinkam, hielt sie vom ersten Augenblick an für unaufrichtig, auch wenn sie nicht den geringsten Beweis dafür hatte.
Etwas an der Frau war falsch, dachte Patrizia Roos und warf Süden, der reglos, wie unbeteiligt, mit hinter dem Rücken verschränkten Händen vor der Wand stand, einen Blick zu.
Etwas an der Frau wirkte abweisend und kalt.
Ihr Blick erzählte eine andere Geschichte als ihre Stimme, dachte Süden beim Zuhören.

»Sprechen Sie weiter«, sagte Leonhard Kreutzer. »Wollen Sie nicht doch Platz nehmen?«
»Nein«, sagte sie, obwohl sie sich lieber gesetzt hätte. Der an der Wand stehende Mann flößte ihr Unbehagen ein, obwohl sie ihn interessant und fast attraktiv fand. Seit sie den Raum betreten hatte, hatte er noch kein Wort gesprochen. Seinen Namen wusste sie nicht mehr. Der ältere Mann, der sich an der Eingangstür als Stellvertreter der abwesenden Chefin vorgestellt hatte, sah sie die ganze Zeit mitleidig an. Das passte ihr nicht. Und die junge Frau, die sich hinter ihrem Laptop verschanzte, hielt sich für sehr clever, das war Mia Bischof sofort klar gewesen.
Dumme Idee, hierherzukommen, dachte sie. Im Treppenhaus hatte sie noch das Gegenteil gedacht. »Ich bin mir nicht sicher ... Wahrscheinlich bin ich bei Ihnen verkehrt.«
Nach einem Moment des Zögerns stand Leonhard Kreutzer auf und kam um den beladenen Schreibtisch herum. Nachdem er die Frau im Flur begrüßt, ins Büro geführt und seinem Kollegen und seiner Kollegin vorgestellt hatte, bat er

sie, sich an den langen Tisch zu setzen. Da sie stehen blieb, kehrte er an seinen Platz zurück, weil er Edith Liebergesell dabei beobachtet hatte, dass sie dasselbe tat, wenn ein Gast erst einmal unschlüssig herumstand. »Ihr Bekannter ist verschwunden, und Sie machen sich Sorgen um ihn«, sagte er.
So was hätte ich nicht sagen sollen, dachte Mia Bischof, ich hab einen Fehler gemacht, ich muss wieder weg. Um nicht unhöflich zu erscheinen, sagte sie: »Das ist wahr, aber jetzt denke ich, er will mir nur einen Schrecken einjagen. Manchmal ist er so. Er benimmt sich dann wie ein ungezogenes Kind, das seine Mutter tratzen möchte. Das muss man hinnehmen, das geht vorbei. Ich war voreilig, entschuldigen Sie, ich möchte Ihnen nicht Ihre Zeit stehlen. Und ich muss auch zur Arbeit.«
Was war los mit dieser Frau?, dachte Patrizia Roos. Was wollte sie wirklich hier?
»Wo arbeiten Sie?«, fragte Kreutzer.
»Ich bin Redakteurin beim Tagesanzeiger.« Sie bemerkte, dass jeder im Raum sie ansah, und zupfte an ihrer karierten Wollmütze, aus der zwei geflochtene Zöpfe herausragten. Dann herrschte Schweigen. Nur die Geräusche der Straße waren gedämpft zu hören. Der Fehler, den sie aus Gründen begangen hatte, die ihr gerade völlig rätselhaft waren, machte sie allmählich wütend. Eine Stimme riss sie aus ihren Gedanken.
»Sie haben uns noch nicht gesagt, wie der Mann heißt, den Sie vermissen.«
Der Mann an der Wand. Sie schaute zu ihm hin. Weißes Hemd, schwarze Jeans, Bauch, schlecht rasiert, Halskette mit blauem Stein, fast schulterlange Haare, ein Einzelgänger. Sie hatte einen Kollegen, der ähnlich aussah, allerdings redete der mehr, von morgens bis abends, am liebsten über Lokalpolitik und Klatschgeschichten. Der Mann an der Wand schien ihr unberechenbar, wie einer, mit dem man rechnen musste, wenn man mit niemandem rechnete. »Er wird schon

wiederkommen«, sagte sie zu ihm und wandte sich um. Bevor sie die Tür erreichte, war Süden neben ihr. Sie erschrak, wich einen Schritt zur Seite und stieß mit dem Knie gegen den schmiedeeisernen Schirmständer.
»Haben Sie sich weh getan?«
Sie schüttelte den Kopf.
»Ich bin Tabor Süden und werde Ihren Freund finden.«
Er sprach ruhig und freundlich, mit einer wohlklingenden Stimme. Und doch jagte etwas an seiner Art ihr einen solchen Schrecken ein, dass sie für einige Sekunden überzeugt war, er wüsste über sie Bescheid und würde im nächsten Moment ihr Lebenswerk zunichtemachen.

4

Vor der Polizei, sagte Mia Bischof, habe sie ihn in kein schlechtes Licht rücken wollen. »Wenn man von jemandem behauptet, er will sich womöglich was antun, schauen alle schief und machen einen gleich dafür verantwortlich. Das wollt ich vermeiden.«
»Jetzt wollen Sie es nicht mehr vermeiden«, sagte Süden. Nachdem er die Frau dazu gebracht hatte, sich auf der Fensterseite an den Tisch zu setzen, hatte er ihr gegenüber Platz genommen, neben Patrizia.
Kreutzer saß hoch konzentriert an Ediths Schreibtisch, Blick zur Tür, und schrieb mit einem frisch gespitzten, nur acht Zentimeter langen Bleistift Notizen auf einen linierten DIN-A4-Block, Zeile um Zeile, in einer schwungvollen, klaren Handschrift. Er vermerkte auch die Pausen und Ticks der Klientin, wenn sie zum wiederholten Mal am halb geöffneten Reißverschluss ihrer Daunenjacke nestelte oder an ihrer Mütze zupfte, die sie nicht abgenommen hatte. Ansonsten hielt sie die Hände im Schoß.
Unter der grauen Daunenjacke trug sie einen schwarzen Rollkragenpullover und dazu einen knöchellangen schwarzen Wollrock. Zu ihren blonden Haaren und dem blassen, beinahe wächsernen Gesicht bildeten ihre dunklen Augen einen auffallenden Kontrast. Ihre Gesten wirkten nervös und gleichzeitig kontrolliert. Sie schien tatsächlich Angst um ihren Freund oder Liebhaber oder Lebensgefährten zu haben, verwandte jedoch eine enorme Anstrengung darauf, ihre Empfindungen unter Verschluss zu halten – ähnlich wie Süden, was dessen Irritation betraf.
»Entschuldigung?«, sagte Mia Bischof.
»Sie halten es für möglich, dass sich Ihr Lebensgefährte etwas antun will.«
»Ich weiß nicht ... mein Lebensgefährte ... Ich weiß nicht, ob man das so nennen kann. Er ist mein Freund, das schon.«
»Er ist Ihnen sehr wichtig.«

»Ja, natürlich, sonst wär ich ja ... Wir kennen uns erst seit ... ich weiß nicht genau ... seit einem Jahr. Ist das wichtig?«
»Nein«, sagte Süden. »Er ist seit letztem Sonntag verschwunden.«
Kreutzer schrieb »Sonntag, 22. Januar« auf seinen Block, hielt inne, die Bleistiftspitze zwei Zentimeter über dem Papier, wartete auf genauere Angaben. Doch Mia nickte nur, warf Patrizia einen flüchtigen, abschätzigen Blick zu und zog den Reißverschluss ihrer Jacke wieder ein Stück höher. Draußen waren es drei Grad minus, hier drin mindestens zwanzig Grad plus. Ob Mia fror, war nicht zu erkennen. Vielleicht, dachte Patrizia, brauchte sie einen Panzer um sich.
Süden beugte sich über den Tisch, was einen unmerklichen Ruck in Mia auslöste. »Ihr Freund musste zur Arbeit, er hatte Nachtschicht als Taxifahrer.« Mia schaute ihn an, weiter nichts, die Hände im Schoß, mit reglosen Augen. »Und jetzt möchte ich gern seinen Namen erfahren.«
»Denning, Siegfried.« Eine tonlose, seltsam unbeteiligt klingende Stimme.
»Siegfried Denning«, wiederholte Kreutzer und notierte den Namen. »Wie alt?« Den Handballen aufgestützt, blieb er in Schreibstellung. Süden warf ihm ein unsichtbares Lächeln zu.
»Entschuldigung?«
»Das Alter Ihres Freundes«, sagte Kreutzer.
»Er war ... er ist ... ich weiß nicht ... Er ist fünfzig, Anfang fünfzig.«
»Sie wissen es nicht genau.«
»Doch, er ist ... vierundfünfzig.«
»Vierundfünfzig«, sagte Kreutzer und schrieb.
Süden entging nicht, dass Patrizia die Fäuste gegen ihren Laptop drückte, um mit ihrer Ungeduld fertig zu werden. Er wusste, dass sie andere, härtere Fragen gestellt und die Frau entweder zu einer eindeutigen und überzeugenden Erklärung

gezwungen oder sie längst vor die Tür gesetzt hätte. Mit zusammengepressten Lippen brummte sie leise in sich hinein, zwischendurch trommelte sie mit den Fingern auf den Computer.
Bei Süden dagegen führte das unentschlossene, anstrengende Verhalten der Besucherin zu einer speziellen Form von Gelassenheit, die er von sich nicht kannte. Früher hatte er mit einem Übermaß an Ruhe und Geduld Befragungen durchgeführt, hatte sein Schweigen ebenso mit wichtigen Informationen gefüllt wie mit belanglosen Abschweifungen. Schließlich hatte er seine gesammelten Puzzlestücke zum Bild eines Zimmers zusammengefügt, in dem der beredte Schatten eines Verschwundenen hauste, der ihn vielleicht ans Ziel führte. Dieses Ziel bedeutete das Auffinden, nicht zwangsläufig das Zurückbegleiten des Gesuchten, wenn dieser an seinem neuen, selbsterfundenen Ort wieder zu atmen lernte oder wenigstens zu lächeln. Die Freiheit aufzubrechen hieß für Süden immer auch die Freiheit zu bleiben.
Jetzt, stellte er fest, hörte er zu, durchaus geduldig und konzentriert, aber in guter Distanz, wie es sich für einen professionellen Ermittler gehörte. Er dachte mehr an die materielle Seite des Auftrags als an alles andere. Mia Bischof war im besten Fall eine Klientin, deren Auftrag erfolgreich zu Ende gebracht werden musste, und nicht eine weitere Bewohnerin jener Verliese, mit deren Ausleuchtung Süden sein halbes Leben verbracht hatte.
Er lehnte sich zurück und sagte: »Beschreiben Sie die Anzeichen seiner Veränderung, Frau Bischof.«
Wieder antwortete sie sofort, tonlos wie zuvor. »Er war irgendwie anders als sonst. Er hat keine Antworten mehr gegeben. Ich habe ihn gelassen, ich bin nicht so eine Frau, die einem Mann vorschreibt, was er tun und sagen soll. Ich akzeptiere den Mann, wie er ist. So bin ich, und das ist auch richtig. Er war nicht gewalttätig, er war nie gewalttätig, nie,

seit ich ihn kenne. Was ich meine, ist, er ist still gewesen, das war's, was mir aufgefallen ist. Das können Sie ruhig aufschreiben. Still war er und hat verängstigt gewirkt. Das war ungewöhnlich, denn er ist kein ängstlicher Mann, er ist mutig. Und dann war sein Handy aus, und bei ihm zu Hause war auch niemand. Einen Anrufbeantworter hat er nicht, eine Mailbox schon. Ausgeschaltet. Seinen Chef, den Griechen, habe ich natürlich angerufen, das wollte ich schon genau wissen. Der Grieche sagte, Siegfried sei krank, kommt erst Ende der Woche wieder. Das kann nicht stimmen. Deswegen bin ich zur Polizei gegangen, aber sie haben mich weggeschickt, er sei erwachsen, er könne tun, was er will. Das stimmt, ich gebe den Polizisten recht. Aber dass er so still geworden ist, hat mich beunruhigt. Deswegen sitze ich jetzt wohl hier. Seine Adresse und seinen Arbeitgeber habe ich Ihnen auf einen Zettel geschrieben. Wenn Sie Siegfried finden, wäre ich Ihnen wirklich dankbar.«

Nach Tausenden von Vermissungen, die er bearbeitet hatte, konnte Süden sich an keinen vergleichbaren Satz eines besorgten Angehörigen oder Freundes erinnern. »... wär ich Ihnen wirklich dankbar.« Kreutzer und Patrizia sahen ihn an, als erwarteten sie eine Erklärung. Er sagte: »Wir verlangen fünfundsechzig Euro in der Stunde und einen Euro Kilometerpauschale.«

»Das hat mir Ihr Kollege am Telefon gesagt. Muss ich eine Anzahlung machen?«

»Sie müssen erst einmal nur den Vertrag unterschreiben.«

Kreutzer schlug das Blatt um, das er gerade beschrieben hatte, und legte den Bleistift parallel daneben. Dann zog er, ohne das darüberliegende Branchenbuch wegzunehmen, eine Vertragskopie aus der Plastikablage auf dem Schreibtisch.

»Und wenn Sie Siegfried nicht finden, muss ich trotzdem zahlen«, sagte Mia Bischof.

»Ja.« Wenigstens ein winziges Wort musste Patrizia von sich

geben, mit angemessener Betonung und dem unüberhörbaren Unterton: Was denn sonst? Ihre Hände klebten am Laptop, ihre Daumen trommelten wieder. Nichts davon schien Mia Bischof zu bemerken. Der Reißverschluss ihrer Jacke hatte sich im Futter verklemmt, sie zerrte daran herum, bis sie ihn mit einer heftigen Bewegung nach unten zog und sofort wieder nach oben. Wie Süden und Patrizia feststellten, hatte sie eine Zahl auf ihren Pullover gestickt. Unabhängig voneinander waren beide überzeugt, dass Mia den Pullover, wie auch die Mütze, selbst gestrickt haben musste. Garantiert hatte sie ein Faible für Handarbeiten. Woher sie das zu wissen glaubten, hätten die Detektive nicht sagen können.
Sie hatten recht, wie sich später herausstellen sollte.
Welche Zahl auf dem Pullover stand, konnten sie auf die Schnelle nicht sehen, möglicherweise eine weiße Zwei. Erstaunlich fanden sie, dass die Journalistin nicht schwitzte, jedenfalls hatte sie keine Schweißperlen auf der Stirn und kein gerötetes Gesicht, im Gegenteil: Ihre Wangen schienen im Lauf der vergangenen dreißig Minuten noch bleicher geworden zu sein.
»Die Vermisstenanzeige haben Sie auf der Inspektion in Ihrem Viertel aufgegeben«, sagte Süden unvermittelt.
»Nein«, erwiderte sie sofort. »Keine Vermisstenanzeige, die Polizisten meinten, ich solle abwarten. Ich habe keine Anzeige gemacht. Die Beamten würden doch sowieso nicht suchen.«
Süden sah ihr zu, wie sie den Vertrag ausfüllte. »Sie wohnen in Neuhausen.«
Mia nickte und unterschrieb den Vertrag.
»Sie haben die Telefonnummer vergessen«, sagte Kreutzer, der aufgestanden und zum Besuchertisch gegangen war.
»Entschuldigung. Ich schreibe die Nummer meiner Redaktion hin, da bin ich am besten zu erreichen.«
»Abends auch?« Patrizia platzte fast vor nicht gesagten Worten.

»Abends nicht, abends bin ich zu Hause oder bei Freunden im Kreis.«
»Bitte auch Ihre Privatnummer«, sagte Kreutzer. »Am besten Ihre Handynummer.«
»Ein Handy habe ich nicht.«
»Sie haben kein Handy?«
»Nein.«
»Sie sind doch Journalistin«, sagte Kreutzer. »Brauchen Sie in Ihrem Beruf keines?«
»In der Arbeit benutze ich ein Diensthandy, das ist erlaubt, und das reicht auch. Meine Freunde und ich treffen uns lieber persönlich.«
Was meinte sie damit?, dachte Süden und sagte: »Sie haben mit Ihren Freunden über das Verschwinden Ihres Partners gesprochen.«
»Nein. Mit niemandem. Nur mit Ihnen. Und das ist auch richtig so.«
Auch zwei Minuten nachdem die Frau die Detektei verlassen hatte, herrschte noch Schweigen im Raum. Jeder blickte zur Tür und auf den in der Mitte des Tisches liegenden Vertrag und wieder zur Tür, und keiner wusste, was er denken sollte.

5 Auf dem Weg in die Redaktion hätte sie gern ihre Freundin Isabel angerufen. Sie wollte ihr berichten, was passiert war und was sie getan hatte. Jedes Mal, wenn sie vor einer Telefonsäule stehen blieb, fürchtete sie sich so, dass sie weiterging. Das war keine konkrete Furcht – vor der vielleicht erbosten Reaktion ihrer Freundin, immerhin hatte sie ihr eine Woche lang nichts von Siegfrieds Verschwinden und ihren schlimmen Gedanken erzählt –, es war mehr dieses Rumoren in ihrem Bauch, ein Gemisch aus dumpfen Ahnungen und wüsten Erinnerungen, von denen sie überzeugt war, sie wären längst und für alle Zeit verschüttgegangen.
Ihre Begegnung mit Siegfried hatte sie leichtsinnig gemacht, und das durfte sie nicht zulassen. Was sie gerade getan hatte, war so dumm, dass Karl sie dafür halb totprügeln würde. Karl, der aus der Versenkung aufgetaucht war und sich benommen hatte, als hätte er noch Rechte bei ihr. Dabei waren diese Rechte seit mindestens zehn Jahren ungültig. Darüber hatte sie mit Isabel gesprochen, und ihre Freundin hatte sie ermutigt, stark zu bleiben.
Ich bin stark, dachte Mia Bischof, während sie durchs Leutegewühl im Stachus-Untergeschoss mit den Geschäften und Imbissbuden ging und niemandem auswich. Ich lasse mich nicht einschüchtern und rumschubsen, dachte sie, wie um sich selbst anzufeuern. Auf der Rolltreppe stieg sie, die Hände in den Jackentaschen und mit breitem Rücken, an den Stehenden vorbei nach oben und rempelte jeden an, der sich nicht rechtzeitig zur Seite drehte.
In der Fußgängerzone der Schützenstraße geriet sie außer Atem und blieb keuchend stehen. Wegen Karl, dachte sie. Wegen ihm und niemandem sonst hatte sie die aberwitzige Entscheidung getroffen. Nur wegen ihm war alles so weit gekommen, dass sie fast die Kontrolle verlor. Und dass ihr Unbehagen nicht nachließ. Und die elende Sehnsucht, die ihr

nicht passte und sie von tief innen her fester umklammerte, je heftiger sie sich dagegen wehrte.
Wenn ihr Ex-Mann von dem Auftrag an die Detektei erfuhr, würde er sie totprügeln, dachte sie. Nicht halb tot, sondern tot. Er hatte sich nicht verändert, wozu denn auch? Aber sie? Wozu hatte sie sich geändert?
Vor der Eingangstür ihrer Zeitung in der Augustenstraße fragte sie sich, ob sie einem Hirngespinst nachhing, einer blöden Einbildung. Im Aufzug zum zweiten Stock überlegte sie, den Auftrag zu stornieren, jetzt sofort, und danach Siegfried Denning zu vergessen – egal, was mit ihm passiert und wer dafür verantwortlich sein mochte. Sie wollte sich nicht wie ein aufgescheuchtes Huhn benehmen, wie ein Mädel ohne Rückgrat und Verstand, wie ein Anhängsel falscher Gefühle.
»Eine Detektei Liebergesell hat angerufen«, sagte Eva, die Assistentin der Lokalredaktion. »Sie wollten wissen, ob du bei uns arbeitest. Was wollen die von dir?«
»Ich mache eine Geschichte über die«, sagte Mia Bischof im Vorbeigehen. Dass die Detektei ihre Angaben überprüfte, amüsierte sie. Im Gegensatz zu ihrem Ex führte sie ein zu hundert Prozent legales Leben, anständig und unangreifbar.

Im Sinne der Chefin seien solche Kontrollanrufe nicht, meinte Leonhard Kreutzer. Patrizia hob halb entschuldigend die Hand und tippte an ihrem Protokoll weiter, das von einer Ehefrau handelte, die der vermögende Ehemann des Ehebruchs beschuldigte. Patrizia hatte die Frau vier Tage lang observiert, und schon nach dem ersten Tag war klar, dass der Verdacht des Mannes zutraf. In der Mittagspause oder nach Dienstende in der Kanzlei, wo sie als Sekretärin arbeitete, traf die Frau einen älteren Mann in einem kleinen Hotel am Englischen Garten. Es gelang Patrizia, zwei Fotos der beiden zu schießen, als sie sich innig verabschiedeten und küssten.

Noch während sie dem Auftraggeber, dem Inhaber einer Modeboutique in der Theatinerstraße, über ihre Beobachtungen in dessen Büro Bericht erstattete, begann er, mit ihr zu flirten. Als erfahrene Barfrau erwiderte sie seine Blicke und sein Charmieren auf eine Weise, die er für echt hielt. Sie nahm seine Einladung zu einem Vorabenddrink an, die sie dann zwei Stunden vorher aus Termingründen absagen musste.
Nichts Neues für die junge Detektivin, und so schrieb sie an ihrem Bericht weiter und ignorierte so gut wie möglich Kreutzers Telefonate. Er war hinter einem Mann aus Augsburg her, der vor den Unterhaltszahlungen an seinen vierjährigen Sohn und seine Ex-Freundin davonlief, angeblich zu Bekannten nach München gezogen war und in einem Lokal als Koch arbeitete. Kreutzer hatte begriffen, dass er angelogen und bewusst in die Irre geführt wurde, doch meist unterschätzten die Leute seine Zähigkeit. Sie verwechselten sein freundliches, unscheinbares Gebaren mit altersbedingter Trotteligkeit. Auf genau den Eindruck legte er absoluten Wert.
Unterdessen hatte Süden herausgefunden, dass der Taxifahrer Denning seit knapp drei Jahren für das Taxiunternehmen Leonidis in der Belgradstraße im Einsatz war. Wie dessen Chef, Jannis Leonidis, weiter erklärte, habe Denning nach eigener Aussage jahrelang ein Bekleidungsgeschäft mit Secondhand-Ware in Trudering betrieben, bis er pleiteging und nach einem neuen Job Ausschau hielt.
»Spitzenfahrer«, sagte Leonidis. »Ein Talent. Nie Probleme.«
Am vergangenen Sonntag habe Denning ihn angerufen und ihm mitgeteilt, er habe die Grippe und falle zwei bis drei Tage aus. Daraufhin meldete Denning sich die ganze Woche nicht mehr. »Geht nicht so, hab telefoniert, niemand da, kein AB, nichts. Was soll ich machen?«
»Seinen Wagen hat er nicht mitgenommen«, sagte Süden.
»Der Wagen steht im Hof, wie immer. Denning hat kein eigenes Auto, er wollte keins. Was ist passiert, Herr Kommissar?«

»Ich bin Detektiv. Ihre anderen Mitarbeiter haben auch keine Ahnung, wo er sein könnte.«
»Nein.« Leonidis stand von seinem kleinen Schreibtisch auf, breitete die Arme aus und setzte sich wieder. Er schüttelte den Kopf und zeigte mit der flachen Hand auf den vor ihm liegenden, aufgeklappten Kalender. »Nix wissen die, und ich kann meine Aufträge nicht erfüllen. Er ist entlassen, fristlos, tut mir leid. Sehr guter Fahrer, lässt uns alle hängen. So was geht bei mir nicht, wir sind hier in einer zuverlässigen Stadt.«
Da außer dem Chef kein weiterer Mitarbeiter zu sprechen war, bestellte Süden bei Leonidis ein Taxi, mit dem er ans andere Ende der Stadt fahren wollte, zu Dennings Wohnung in der Wilramstraße. Auch als Hauptkommissar hatte Süden oft ein Taxi als Dienstfahrzeug benutzt, auf eigene Kosten und aus einer reinen Laune heraus. Von der Rückbank aus, hinter dem Beifahrersitz, verfolgte er die Gesichter seiner Stadt, staunte über vieles und wunderte sich über immer weniger. Er glitt, so stellte er sich vor, am Rand der Zeit entlang, ein unauffällig Vorüberhuschender inmitten des allgemeinen Geschehens; ein geselliger Einzelgänger, der das Schweigen der Verschwundenen mit seinem eigenen synchronisierte.
»Alles in Ordnung bei Ihnen?«, fragte der Taxifahrer.
»Sie kennen Ihren Kollegen Denning.«
»Mäßig.«
»Beschreiben Sie ihn.«
»Wie jetzt, körperlich?«
»Wie Sie möchten.«
»Kräftiger Typ, den macht keiner in der Nacht an. Kurze Haare, schwerer Kopf.«
»Was ist ein schwerer Kopf?«
Der Fahrer sah in den Rückspiegel, grinste. »Schwer halt, fällt auf, ernste Miene. Blaue Augen, glaub ich, bin mir jetzt nicht sicher. Redet nicht gern, wie Sie. Ansonsten? Soll mal einen Laden gehabt haben, Klamotten. Kann man sich kaum

vorstellen, das ist nicht der Typ dafür, für einen Verkäufer. Man täuscht sich schnell. Da steigt ein Gast ein, und du denkst: Der macht Ärger, pass besser auf, fünfhundert Meter weiter merkst du: entspannter Typ, gut drauf, will sich amüsieren.«
»Was können Sie noch über Denning sagen?«
»Wir haben nicht oft geredet. Der neigt zu etwas merkwürdigen Ansichten, bei so was klink ich mich aus, interessiert mich nicht: Politik.«
»Sie teilen seine politischen Ansichten nicht.«
»So gut kenn ich die auch wieder nicht. Ein paarmal hat er ziemlich abgelästert über Ausländer und Schnorrer und solche. Die will er am liebsten alle nach Hause schicken, Anatolien oder so. Gut, dass der Chef das nicht mitgekriegt hat.«
»Er ist ein Rechter«, sagte Süden.
»Er sieht jedenfalls nicht so aus. Ich will ihn nicht in eine Ecke stellen, wirklich nicht. Ich bieg hier illegal links ab, sonst muss ich einen ewigen Bogen fahren.«
Beim Aussteigen sagte Süden: »Glauben Sie, Denning ist Mitglied in einer Partei?«
»Das weiß ich nicht. Wer geht heut schon freiwillig in eine Partei? Nur Fanatiker, sonst doch niemand.«
Süden stand vor einer Siedlung aus langgestreckten grauen und beigen Sozialbauten aus den sechziger Jahren, die meisten zweistöckig, schmucklos mit alten Rollos an den kleinen Fenstern, Hunderte von Wohnungen. Zwischen den Häusern waren geteerte Wege, zwischen den Wegen Grünflächen mit Bäumen. Ein weitläufiger Block wie viele im Osten der Stadt, dessen Mieter hinter einer Fassade aus Anonymität verschwanden.
Der Eingang zum Haus Nummer 27 befand sich auf der Rückseite des Gebäudes an der Wilramstraße. Gegenüber, am Rand eines Parks, der sich von der Balanstraße bis zur Rosenheimer Straße nahe der Autobahn erstreckte, parkte ein grauer

Audi. Der Fahrer, der hinter beschlagenen Scheiben saß, beobachtete Süden, seit dieser aus dem Taxi gestiegen war. Der neunundfünfzigjährige Ralph Welthe kam seit einer Woche jeden Tag in die Wilramstraße in Ramersdorf, um das Haus Nummer 27 im Auge zu behalten. Wer der Langhaarige mit der grauen Mütze war, wusste er nicht, aber er war sich sofort sicher, dass er nicht zu den Leuten gehörte, mit denen Denning üblicherweise Umgang hatte. Welthe hoffte inständig, der Mann würde ihm einen brauchbaren Hinweis liefern. Eine derartige Ungewissheit hatte er noch nie ertragen müssen. Je mehr Zeit verstrich, desto schrecklicher empfand er das Warten auf ein winziges Licht im Dunkel der Ereignisse, für die ihm jegliches Verständnis fehlte und die ihn in gewisser Weise persönlich beleidigten.

6 Süden roch den Schnee, der in den Bergen gefallen war, bis zu dem grauen, duftlosen Gelände der Siedlung an der Wilramstraße. Außer ihm war an diesem wolkenverhangenen Nachmittag kein Mensch unterwegs. Niemand öffnete in Haus Nummer 27, kein Schatten eines Gesichts tauchte hinter einer Gardine auf. Am Klingelschild stand der Name des Taxifahrers: S. Denning. Süden klingelte sowohl bei ihm als auch bei anderen Mietern. Vielleicht war tatsächlich niemand zu Hause.

Als er sich ratlos an die Hausmauer lehnte, kam, von woher auch immer, eine etwa siebzigjährige Frau in einem blauen Anorak, ausgewaschenen Bluejeans und Fellstiefeln auf ihn zu. Auf dem Kopf trug sie eine braune Bommelmütze. Als sie vor ihm stehen blieb, sah er den rosafarbenen Rucksack auf ihrem Rücken.

»Wollen Sie zu mir?«, sagte sie.

»Ich suche Siegfried Denning.«

»Ach so.« Sie kniff die Augen zusammen und machte einen Schritt auf die Haustür zu. »Ich hätt mich schon gewundert, wenn die doch noch wen vorbeigeschickt hätten. Mein Telefon spinnt, das brummt, wenn ich den Hörer abnehm. Die wollten einen Techniker schicken, schon letzte Woche. Im Grunde ... Sind Sie von der Polizei?«

»Ich bin Detektiv.«

»Letzte Woche war schon mal einer da.«

»Ein Detektiv.«

»Weiß ich doch nicht.« Mit einem routinierten Schulterzucken streifte die alte Frau den Rucksack ab und presste ihn sich an den Bauch. Schwere Sachen schien sie nicht zu transportieren. Sie zog den Reißverschluss der Außentasche auf und holte einen Schlüsselbund hervor.

»Er wollte auch zu Herrn Denning«, sagte Süden.

»Wollte wissen, wo er ist. Bin ich seine Sekretärin? Ich weiß nicht, wo er ist. Hab ihn länger nicht gesehen, er wohnt im

ersten Stock über mir. Sympathischer Mann, fährt Taxi, glaub ich.«
»Er wohnt schon lange hier.«
»Nein.« Den Rucksack an sich gedrückt, steckte sie einen der Schlüssel ins Türschloss. »Zwei, drei Jahre ungefähr. Ist was passiert?«
»War der Mann, der in der letzten Woche nach ihm gefragt hat, Polizist?«
»Die tauchen doch immer zu zweit auf. Der war allein. Hatte auch keine Uniform an.«
»Wie heißen Sie?«
»Rosa Weisflog und Sie?«
»Tabor Süden.«
»Süden ist immer gut.«
»Hat der Mann seinen Namen genannt?«
»Welcher Mann? Ach der! Nein. Hat gesagt, er ist ein Freund und macht sich Sorgen. Mir ist kalt, ich kann Ihnen nicht weiterhelfen.«
»Hat der Hausmeister einen Zweitschlüssel zu den Wohnungen?«
»Wir sind schon froh, wenn der Hausmeister einen Schlüssel zu seinem Gedächtnis hat. Der vergisst alles, wenn man ihn nicht hundertmal dran erinnert. Der hat garantiert keinen Zweitschlüssel, von meiner Wohnung jedenfalls nicht. Glauben Sie, der Herr ... der liegt da in seiner Wohnung ... Nein, da würd man ja was riechen, oder nicht?«
»Nicht, wenn ein Fenster gekippt ist.«
»Bei der Kälte ein Fenster kippen? Wer macht so was?«
»Ist Post in seinem Briefkasten?«
»Lässt sich feststellen.« Rosa Weisflog verschwand im Hausflur. Süden hörte ein blechernes Klappern, dann kam sie zurück, ohne Rucksack. »Nichts drin. Ich glaub, der kriegt nie viel Post.«
»Werbung ist auch keine da.«

»So was kommt uns nicht ins Haus, wir haben alle einen Aufkleber auf dem Briefkasten: Werbung verboten. Das funktioniert.«
»Ich würde gern seine Wohnungstür sehen, Frau Weisflog.«
»Und dann?«
»Ich breche nicht ein, ich will mir nur ein Bild machen.«
»Ein Bild von einer Tür?«
»Unbedingt.«
»Haben Sie einen Ausweis dabei?«
Aus der Innentasche seiner Daunenjacke holte Süden seinen Pass und eine Visitenkarte der Detektei. Die alte Frau betrachtete nur die Karte. »Tabor Süden, Detektei Liebergesell, da steht's. Ein leibhaftiger Schnüffler.«
»Ich schnüffele nicht«, sagte Süden.
»Sie können Ihren Pass wieder einstecken, ich glaub Ihnen schon, dass Sie ein Schnüffler sind, so wie Sie hier herumschnüffeln.«
Süden war sich nicht sicher, aber das Zucken ihrer Mundwinkel könnte ein Lächeln gewesen sein. Er sagte: »Behalten Sie die Visitenkarte, vielleicht fällt Ihnen noch was zu Herrn Denning ein.« Er hielt ihr die Karte hin, und sie nahm sie mit einem desinteressierten Nicken, als würde er ihr den Werbeprospekt einer Beautyfarm aufdrängen.
Während er in den ersten Stock hinaufstieg, ließ sie ihre Wohnungstür angelehnt. Im Treppenhaus hing der Geruch nach gekochtem Kohl, irgendjemand war also doch zu Hause.
Neben der einen Tür hing ein vergilbtes Namensschild – »Becher« –, neben der anderen ein leereres Schildkästchen. Ein blassroter Fußabstreifer lag davor, die Tür hatte kein Guckloch.
Süden lehnte sich an den Türrahmen und schnupperte so vernehmlich wie möglich. In Anwesenheit der alten Frau, die unten ihre Ohren spitzte, wollte er seinem Ruf als Schnüffler alle Ehre machen. Mehr als Moder oder die Ausdünstungen

des Kohls nahm er nicht wahr. Er klopfte, drückte auf die Klingel, wartete.
Dann beugte er sich über das Treppengeländer und rief: »Wer kocht hier im Haus Gemüse, Frau Weisflog?« Weil er keine Antwort erhielt, ging er wieder hinunter. Die alte Frau stand im Flur ihrer Wohnung, die eine Hand am Griff der halboffenen Tür, in der anderen Hand hielt sie die Visitenkarte. »Bitte fragen Sie die Mieterin, die gerade am Kochen ist, ob sie etwas über den Verbleib von Herrn Denning weiß. Wenn ja, rufen Sie mich an, Frau Weisflog, unter der Nummer auf der Karte.«
»Mein Telefon spinnt.«
»Vielleicht lässt ihre Nachbarin sie telefonieren, die Frau mit dem Kohl.«
»Ich werd sie fragen.«
»Haben Sie mit Herrn Denning über Politik gesprochen?«
»Wirklich nicht.«
»Wissen Sie, dass er früher ein Bekleidungsgeschäft hatte?«
»Weiß ich nicht, geht mich nichts an. Wenn Herr Denning auftaucht, sag ich Ihnen Bescheid.«
»Das wäre nett.«
Wieder zuckten ihre Mundwinkel, doch diesmal versickerte das Lächeln in der grauen Haut.

Draußen hatte es angefangen zu schneien. Flüchtige Flocken tänzelten im dämmernden Licht. Die Lampen auf dem Gelände brannten noch nicht. Hinter einigen Fenstern gingen die ersten Lichter an, auch im Erdgeschoss von Haus Nummer 27. Süden, ziellos unterwegs auf den Wegen zwischen den monotonen Gebäuden, dachte an die Bemerkungen des Taxifahrers, der ihn hergefahren hatte. Denning habe eigenartige, scheinbar rechtslastige politische Ansichten geäußert, wirke ansonsten aber nicht wie ein Fanatiker, der andere bekehren wolle. Über solche Themen hatte Mia Bischof kein Wort ver-

loren. Das bedeutete nicht viel, dachte Süden, da sie insgesamt wenig Handfestes über Siegfried Denning ausgesagt hatte. Was Dennings Eltern betraf, hatte Mia erklärt, so habe er ihr erzählt, sie wären vor mehr als zehn Jahren gestorben, beide an Krebs, innerhalb weniger Wochen. Sein Vater, ein ehemaliger Unteroffizier der Marine, habe eine Seebestattung für sich und seine Frau verfügt, daher hätten die beiden ihre letzte Ruhestätte im Atlantik gefunden. Nach Mias Aussagen verbrachte Denning seine ersten Kindheitsjahre in Berlin, bevor die Familie Mitte der sechziger Jahre aus der geteilten Stadt nach Süddeutschland zog, in welchen Ort, wusste Mia nicht. Seit zwanzig Jahren würde Denning in München leben.
Um die Telefonrecherche im familiären Umfeld des Vermissten wollte sich Patrizia Roos kümmern, falls sie ihre Ehebruchssache heute zu Ende bringen konnte. Als Polizist hätte Süden sich Zugang zu Dennings Wohnung verschafft, notfalls mit der Hilfe eines Schlüsseldienstes. Wieso Mia keinen Schlüssel hatte, war ihm ein Rätsel, ebenso, dass Denning angeblich keinen zu ihrer Wohnung besaß.
Wie eng war diese Beziehung eigentlich?, fragte sich Süden. Unvermittelt stand er vor einem kleinen Supermarkt, dem ersten Geschäft, das er im Viertel bemerkte. Jedenfalls schien die Sorge von Mia Bischof um ihren Freund begründet zu sein, nachdem er seinen Arbeitgeber allem Anschein nach angelogen hatte. In ihrer Wohnung war Denning nachweislich noch nicht krank gewesen – abgesehen von seiner mentalen Veränderung, die sie der Polizei verschwiegen hatte –, und er lag auch nicht mit einer Grippe zu Hause. Er ging nicht mehr ans Telefon, hatte sein Handy ausgeschaltet, meldete sich weder bei seiner Freundin noch in der Taxizentrale. In spätestens einer Stunde würde Süden Mia Bischof anrufen, ihr von seinen bisher eher spärlichen Ermittlungsergebnissen berichten und die erste Rate des Honorars einfordern.

Andere Detekteien baten Klienten, die sie noch nicht kannten, um Vorkasse. Edith Liebergesell hatte eingeführt, dass erst einige Stunden gearbeitet und anschließend über das weitere Procedere entschieden wurde. Vertrauen gegen Vertrauen, sagte die Chefin und hatte Erfolg damit.
»Ich glaub, ich weiß, wen Sie meinen«, sagte der Inhaber des Supermarkts, Olaf Schildt. »Haben Sie kein Foto von dem Mann?«
Süden und Kreutzer hatten Mia mehrfach nach einem Foto gefragt, aber sie beteuerte, kein einziges zu besitzen. Ist das zu glauben?, fragte Kreutzer später. Was nützt es uns, erwiderte Süden, wenn wir ihr nicht glauben? Welchen Grund könnte jemand haben, die Herausgabe eines Fotos ausgerechnet von dem Menschen zu verweigern, um dessen Wohlergehen er besorgt war und den er deshalb für fünfundsechzig Euro in der Stunde von Detektiven suchen ließ? Weder Süden noch seinen Kollegen war ein passabler Grund eingefallen. Das bedeutete, Mia hatte nicht gelogen. Auf die Frage, ob Denning ein Foto von *ihr* habe, antwortete sie unumwunden: »Nein, auch nicht.« Also mussten sie sich – ein Novum in ihrer Arbeit – mit einer Beschreibung begnügen.
»Der Beschreibung nach ist er es«, sagte Schildt. »Ein freundlicher Mann, kauft bei uns ein.« Seit wann Denning in den Supermarkt käme, wisse er nicht genau, mindestens seit einem Jahr, möglicherweise länger. Schildt ging nach hinten zur Fleisch- und Wursttheke und fragte die alte Frau in der weißen Schürze – seine Mutter, wie Süden kurz darauf erfuhr. Er schätzte sie auf mindestens achtzig. Auch sie erinnerte sich gut an den großgewachsenen Mann mit der rauhen Stimme, konnte aber keine Angaben darüber machen, wie lange sie ihn schon kannte. Süden bedankte sich, sah sich um, als suche er etwas, und entschied, da er schon einmal hier war, ein paar Lebensmittel einzukaufen. Ein weiterer Kunde kam in den Laden und betrachtete unschlüssig die Regale.

Was Süden mehr und mehr beschäftigte, war die Gegend, in der er sich befand.
Mias Aussagen zufolge war Denning vor etwa zwanzig Jahren aus einer Stadt in Süddeutschland nach München gezogen, in welchen Stadtteil wusste sie natürlich nicht. Wo auch immer er gewohnt haben mochte, er hatte ein Geschäft, Kundschaft und Einnahmen. Und vor ungefähr drei Jahren zog er nach Ramersdorf in eine anonyme Siedlung, in der er niemanden kannte und wo er zu niemandem Kontakt aufnahm. Zu seiner neuen Arbeitsstelle musste er quer durch die Stadt fahren, denn ein eigenes Taxi, das er vor der Haustür hätte abstellen können, hatte er nicht.
Was gefiel ihm an dieser Siedlung?, fragte sich Süden. War die Wohnung so preiswert gewesen, dass ihm nach seiner Geschäftsaufgabe keine Alternativen in einem anderen Umfeld blieben? Wer war dieser Mann eigentlich? Welcher Zufall hatte ihn nach Neuhausen geführt, wo er in einer Kneipe Mia Bischof kennenlernte, wie sie Süden erzählt hatte. Nicht, dass Ramersdorf vor begehbaren Kneipen platzte, aber in der einen oder anderen konnte man seine Biere nicht weniger ungestört und zielstrebig trinken wie im »Bergstüberl« in der Nähe des Rotkreuzplatzes. Dort waren Mia und Denning sich zum ersten Mal begegnet. Zu diesem Zeitpunkt, sagte Mia, sei er beinah schon ein Stammgast gewesen.
Ein abseits des Zentrums wohnender und bei einem im Norden der Stadt gelegenen Unternehmen arbeitender Mann führte eine Freizeitexistenz als Stammgast in einem Stüberl westlich des Mittleren Rings, von dem aus er nachts, wenn er Pech hatte, eine Stunde bis in sein Bett brauchte. Für einen erfahrenen und mit allen Toilettenwassern der Stadt gewaschenen Gasthausbewohner wie Süden ergab dieses Leben keinen Sinn.
Von Mutter Schildt ließ er sich jeweils zweihundert Gramm Wurst- und Käseaufschnitt einpacken. Dann nahm er ein

Stück Butter aus dem Kühlfach, ein Glas Oliven aus dem Regal und ging zur Kasse, wo sich der Kunde, der nach ihm hereingekommen war, mit dem Inhaber unterhielt. »Wir reden gerade«, sagte Olaf Schildt. »Der Herr hier sucht den anderen Herrn ebenfalls, wie heißt der gleich?«
»Denning«, sagte der Kunde. Er war eher klein und gedrungen, unter seinem Lodenmantel wölbte sich der Bauch, seine grauen Haare waren zerzaust. Er trug eine Brille, deren linkes Glas teilweise beschlagen war, was ihn nicht zu stören schien. Auf Süden wirkte er im ersten Moment wie einer seiner Ex-Kollegen aus dem Dezernat 11, die – ähnlich wie verdeckte Ermittler vom LKA – bei komplizierten Recherchen vor Ort ein leicht verschrobenes, unpolizeiliches Verhalten an den Tag legten, um an Informationen zu gelangen, die sie beim Vorzeigen ihrer Dienstmarke wahrscheinlich nicht erhalten hätten.
»Ich heiße Welthe«, sagte der Mann, nickte Süden zu und behielt seine Hände in den Manteltaschen. Wie wir früher an einem Tatort, dachte Süden: immer darauf bedacht, keine Spuren zu hinterlassen. Er nickte zurück.
»Herr Denning ist ein enger Freund von mir, wir waren gemeinsam auf der Schule.« Er sah den Ladeninhaber und Süden an, als habe er ihnen etwas Kommentierfähiges mitgeteilt. »In Westberlin war das, und wir sind unabhängig voneinander in München gelandet. Ich hab ihn oft in seinem Geschäft besucht und Hosen und Hemden bei ihm gekauft, er hatte gute Ware. Und jetzt treffe ich ihn seit Tagen nicht mehr an. Wir waren letzten Freitag verabredet, wie immer. Wir reden über alte Zeiten. Er hat mich noch nie versetzt. Wenn ihm was dazwischenkam, rief er an, und wir trafen uns am Samstag. Wir haben ja beide sonst keine Verpflichtungen. Und wer sind Sie, bitte? Ein Taxikollege?«
»Tabor Süden von der Detektei Liebergesell. Wir haben den Auftrag, nach Denning zu suchen. Sie sagten gerade, Sie hätten beide sonst keine Verpflichtungen, wie meinen Sie das?«

Welthe nahm die rechte Hand aus der Manteltasche und wischte sich damit über die Wange – eine Geste, die Süden mehr verwirrte als seine launigen Gedanken über die fahnderartige Erscheinung des Mannes.

Offensichtlich musste Welthe einige Sekunden Zeit gewinnen und über seine Bemerkung nachdenken, die eine Unwahrheit enthielt, von der er nicht vermutet hätte, dass jemand sie sofort bemerkte. Wer war der Mann?, fragte sich Süden.

»Wir sind beide nicht verheiratet«, sagte Welthe und steckte die Hand wieder in die Tasche. Seine Stimme klang unverändert, zumindest bildete er sich das ein. »Herr Denning hat eine Lebensgefährtin, ich nicht einmal das.« Er schickte ein Lächeln los, das auf den Gesichtern seiner Zuhörer nichts bewirkte. Vermutlich hatte auch Olaf Schildt nicht einmal eine Lebensgefährtin und wollte in seinem Laden nicht daran erinnert werden.

»Ist sie Ihre Auftraggeberin?«, fragte Welthe.

»Ja«, sagte Süden. Endlich nahm er seine Einkäufe aus dem Korb und legte sie aufs Kassenband. Er bezahlte schweigend, steckte die Sachen in eine Plastiktüte, sah den Mann im Lodenmantel an, dessen Brillengläser inzwischen vollständig unbeschlagen waren. »Sie könnten mir helfen. Sie kennen den Verschwundenen am besten.«

»Ich bin mir nicht sicher.«

»Sie sind mit ihm in die Schule gegangen, Sie hatten einen Stammtisch mit ihm.«

»Das schon.«

»Wo haben Sie sich freitags immer getroffen?«

»Wollen wir nicht woanders weiterreden, in einem Lokal?«

»Hier im Eck ist's schwierig mit Gastwirtschaften«, sagte Olaf Schildt.

Süden sagte: »Welte wie Welt mit e?«

»Mit h nach dem t. Süden wie Süden?«

»Ich muss noch etwas erledigen. Um neunzehn Uhr kann ich im Gasthaus am Sendlinger Tor sein.«
»Da muss ich überlegen.«
»Überlegen Sie.«
»Neunzehn Uhr? Neunzehn Uhr. Wo noch mal?«
»Gasthaus am Sendlinger Tor.«
»Gibt's da nur eins?«
»Das Lokal heißt so, auf der Seite vom Kino.«
»Ich werde hinkommen.«
»Ich werde da sein.«
Auf Swahili hätte sich der Dialog für den Supermarktleiter Schildt nicht seltsamer angehört.

7

»Healthy-Welthy existiert nicht«, sagte Patrizia Roos und schob ihren Laptop zur Seite. Vor ihr lag eines der roten Schreibhefte, die sie immer bei ihrer Arbeit benutzte. Blocks oder lose Blätter, wie ihr Kollege Kreutzer sie beidseitig und vollständig beschrieb, brachten sie durcheinander, weil sie die Zettel, die aus geheimnisvollen Gründen jedes Mal unweigerlich auf dem Boden landeten, nie numerierte. »Kein Welthe mit h in München und der näheren Umgebung. Drei Mal Welte ohne h, ein Konditormeister, ein Lehrer, eine Optikerin. Healthy-Welthy hat dich angelogen, Süden.«

Sie waren allein in der Detektei. Kreutzer hatte einen Tipp erhalten, wo sich der gesuchte Mann aus Augsburg, der seinen Unterhalt nicht bezahlte, aufhalten sollte, und war auf dem Weg in ein Restaurant in Moosach. Angeblich arbeitete der Mann dort seit ein paar Tagen als Koch. Süden hatte Mia Bischof in der Redaktion angerufen, um sich mit ihr für 21 Uhr im »Bergstüberl« zu verabreden. Sie zögerte, versicherte, sie würde das Honorar für den heutigen Tag sofort überweisen, und meinte, sie habe Abenddienst und komme nicht vor halb zehn aus dem Büro. Daraufhin schlug Süden 22 Uhr für ein Treffen vor. Er wolle nicht am Telefon mit ihr reden und werde auf jeden Fall auf sie warten, egal, wann ihr Dienst endete. Mia sagte, sie könnten doch auch in der Augustenstraße in der Nähe der Zeitung ein Bier trinken. Süden bestand auf dem Lokal in Neuhausen.

Und nun teilte ihm auch noch Patrizia mit, dass in der Stadt kein Welthe gemeldet sei. »Ich habe ihn nicht nach seinem Beruf gefragt«, sagte er.

Süden saß an der Schmalseite des Tisches. »Telefonnummern haben wir auch nicht ausgetauscht.«

»Wieso nicht? Du hast gesagt, der Typ hätte einen merkwürdigen Eindruck auf dich gemacht. Und wenn er nicht wieder auftaucht?«

»Ich habe nicht merkwürdig gesagt, sondern denkwürdig. Ich musste an meine Ex-Kollegen denken.«
»Er existiert nicht, so viel steht fest.«
»Er existiert, ich habe ihn gesehen.«
»Er hat dich angelogen, er hat dir einen falschen Namen gegeben. Was ist los mit dir? Bist du nicht bei der Sache? Ich hab mir heut früh schon gedacht, irgendwas stimmt nicht mit dir. Schlechtes Wochenende gehabt? Was machst du eigentlich in deiner Freizeit? Du könntest mal ins Grizzleys kommen, da mix ich dir einen Drink zum Glücklichwerden.«
Süden stand auf, sah Patrizia an, die mit gekrümmtem Rücken und schiefem Kopf dasaß. »Ich bin bei der Sache, und die Sache verstört mich.«
»Ist dir noch nie passiert, oder?«
Er ging schweigend zur Tür und kam wieder zurück. Sein weißes Hemd hing ihm am Rücken aus der Hose, und er schnaufte beim Gehen, als bedrückte ihn etwas. »Ich war das ganze Wochenende zu Hause, habe gelesen, Musik gehört, Fußball im Fernsehen angeschaut. Ich denke zu viel an meinen Vater. Dann nehme ich mir vor, endlich wieder nach Taging zu fahren und meine Tante zu besuchen.«
»Bei der du damals gelebt hast.«
»Nach dem Tod meines Vaters habe ich sie einmal angerufen, das war alles. Ich habe es noch nicht geschafft, zu ihr ins Dorf zu fahren und das Grab meiner Mutter zu besuchen. Ich hatte die Kraft nicht. Und seit zwei Wochen war ich nicht mehr ...« Er stockte, stützte sich mit beiden Händen auf dem Tisch ab, sah an Patrizia vorbei zum Fenster. Das Licht der Straßenlampen fiel auf den dunklen Platz in der Tiefe. »... Auf dem Waldfriedhof, da, wo die Anonymen sind. Und an Martins Grab ...«
Er warf Patrizia einen Blick zu, der ihr wie der Schatten eines Blicks vorkam, und wandte sich ab. Nach einem Moment gab er sich einen Ruck und setzte sich wieder auf den Stuhl an

der Schmalseite. »Zu viel Gedankentum. Ich sollte mir wirklich einmal einen Drink von dir mixen lassen. Nicht zum Glücklichwerden, Betrunkenwerden genügt.«
»Gut, dass die Chefin das jetzt nicht hört, du bist im Dienst.«
»Und du nicht hinterm Tresen.«
»Wahrscheinlich brauchst du einfach mal wieder eine Frau. Du bist zu viel allein, Süden, und allein trinken macht grimmig.«
»Ich trinke selten allein.«
»Jeder, der dich kennt, weiß, dass du allein trinkst.«
»Ich trinke sehr selten, wenn ich allein bin.«
»Schämst du dich fürs Trinken? Ich arbeite in einer Bar, ich bin praktisch so was wie ein Beichtvater für einen wie dich.«
»Beichtmutter höchstens. Außerdem beichte ich nicht, und ich schäme mich auch nicht. Ich trinke, wenn ich ausgehe, zu meinem Vergnügen oder zur Zerstreuung oder weil ich vergesse, damit aufzuhören. Sonst nicht. Selten.«
»Möchtest du ein Bier?«
»Bitte?«
»Du bist nicht zu Hause!«
»Ich möchte kein Bier, was ist denn mit dir los?«
»Süden?«
Er schwieg, wie sie. Aber er, weil er nichts mehr sagen, und sie, weil sie so viel sagen wollte.
Eine Zeitlang betrachtete Patrizia den Schein der grünen Lampe auf dem Schreibtisch der Chefin, dann rückte sie mit dem Stuhl näher zu Süden, streckte den Arm aus, weil sie ihn eigentlich berühren wollte. Sie tat es aber nicht. »In letzter Zeit spür ich eine unheilvolle Stimmung bei uns. Du bist noch schweigsamer als sonst, die Chefin kommt nur noch in Schwarz und bewegt sich so schwerfällig wie eine alte Frau. Sogar Leo schleicht rum und sagt nicht, was er denkt. Alle sind für sich. Und wenn wir mal reden, dann ganz sachlich und kurz angebunden, wie Geschäftsleute in einer Konfe-

renz, gar nicht mehr so, als wären wir ein Team und gehörten zusammen und dürften offen miteinander sein. Ich hab Angst, dass was passiert, was man nicht mehr reparieren kann.«

»Was sollte passieren?«

»Dass jemand ... dass du weggehst und dass ... Leo auch weggeht, weil er auch zu Hause für sich sein kann. Da braucht er niemand dazu, dich nicht und die Chefin nicht und mich erst recht nicht. Was ich sagen will, ist ... Ich hab mich so gewöhnt an euch.«

Sie hielt die Luft an, suchte nach Worten. »Das ist der falsche Ausdruck, ich mein nicht gewöhnt, wie man sich an ein neues Auto gewöhnt, an einen Mantel, den man sich gekauft hat und erst eintragen muss, weil er noch nicht richtig zu einem selber gehört ... Weiß nicht. Vielleicht stimmt das ja, vielleicht seid ihr ja so was wie ein Mantel für mich geworden, und ich mag nicht mehr ohne ... Mir ist warm bei euch, verstehst du, was ich mein? Da draußen ist es kalt, aber hier ... Tut mir leid, ich red mich total in die Irre.«

»Du hast Angst, dass du deinen Job in der Bar aufgibst und herkommst und nichts mehr ist so, wie du es dir vorgestellt und gewünscht hast. Dass du denkst, du wärst besser da geblieben, wo du vorher warst. Da ist es zwar unpersönlicher und hektischer, und ein echtes Team seid ihr auch nicht, aber wenigstens kennst du dich aus und hast deinen Platz und verdienst dein Geld.«

»Ich will da nicht bleiben«, sagte Patrizia. »Ich will zu euch gehören, zu Edith, zu Leo, zu dir, du komischer Süden. Und ich weiß, dass ich gut zu euch passen könnt, das weiß ich.«

»Du passt schon, Patrizia, du passt schon lang zu uns, und du bist länger in der Detektei als ich.«

»Das stimmt. Im Vergleich zu dir bin ich schon fast ein Urgestein.«

»Und daran wird sich nichts ändern.«

»Versprichst du das, Süden? Versprichst du, dass ihr nicht abhaut, auch wenn ihr schwierig drauf seid? Dass das ein gutes Jahr wird, für uns vier? Hier in der berühmten Detektei Liebergesell?«
»Ich versprech's dir«, sagte Süden.
»Wirklich?«
»Versprochen, Urgestein.«
Zur Besiegelung wollte sie ihm einen Kuss geben. Sie traute sich aber nicht. Wie er.

Den nächsten Tag verbrachte Süden hauptsächlich damit, seine Gesprächsnotizen vom Vorabend zu ordnen und auszuwerten. Alle halbe Stunde trat er auf den Balkon hinaus, dessen Brüstung wie die übrigen des Wohnblocks rot gestrichen war, blickte auf die Sträucher und Bäume, die im grieseligen, fahlen Licht dieses Dienstags wie abgestorben wirkten, atmete die kalte Luft ein und wünschte, er würde etwas erkennen von dem, was er sah.
Er sah diesen Mann im Lodenmantel vor sich, Ralph Welthe – »Ralph mit ph«, hatte er im Gasthaus am Sendlinger Tor betont. Er sah ihn da sitzen und reden und wie er immer wieder mit der flachen Hand über das Revers seines braunen Sakkos strich. Keine Frage brachte Welthe aus der Ruhe. Seine Stimme – anders als im Ramersdorfer Supermarkt – verriet nicht die geringste Irritation. Phasenweise verfiel er in einen Plauderton, der nicht einmal aufgesetzt wirkte.
Er sei, sagte Welthe, viele Jahre als Versicherungsvertreter durch Deutschland und Österreich gereist, vor einem Jahr allerdings betriebsbedingt entlassen worden und seither als Berater für diverse Firmen tätig. In München habe er nach wie vor ein winziges Ein-Zimmer-Apartment in Neuperlach, ansonsten wohne er in Neu-Isenburg bei Frankfurt in dem Haus, das seine Eltern ihm vererbt hätten, »in einer bescheidenen Doppelhaushälfte«.

Süden sah ihm zu, wie er seine Handynummer auf einen Bierdeckel schrieb, den Kugelschreiber in die Innentasche seines Jacketts steckte und eine ernste Miene aufsetzte. Auch er, sagte Welthe und nippte an seinem Kaffee, den er nach dem ersten Bier bestellt hatte, habe schon daran gedacht, seinen Freund bei der Polizei als vermisst zu melden. Doch dann habe er sich »nicht verrückt machen wollen« und abgewartet. Wie gut er Dennings Freundin Mia Bischof kenne, wollte Süden wissen. »Nicht gut«, lautete die Antwort. Welthe habe sie einmal kurz getroffen, als sie aus Dennings Wohnung kam, »ein halbes Jahr her oder so«.
In seinem blauen Haushemd begann Süden zu frösteln. Er ging zurück ins Zimmer, schloss die Balkontür, blieb am Fenster stehen.
In seinen Aufzeichnungen stand, dass Welthe seinen Schulfreund vor etwa drei Wochen, »kurz nach Heilig-Drei-König«, zum letzten Mal gesehen hatte, in einem italienischen Restaurant an der Balanstraße, Ecke St.-Martin-Straße, wo sie verabredet gewesen seien. Beim Essen habe Denning keinerlei Andeutungen gemacht, »nichts, was mich hätte stutzig machen können«. Danach hatten sie keinen Kontakt mehr. Obwohl er in der vergangenen Woche täglich in der Wilramstraße vorbeigeschaut habe, sei ihm dort niemand aufgefallen, »schon gar nicht die Freundin vom Siegfried«.
Noch in der Nacht, nach seinem Abstecher ins »Bergstüberl« zu Mia Bischof, hatte Süden bei der Telefonauskunft angerufen.
Seit er für die Detektei arbeitete, besaß er ein Zwangshandy, das seine Chefin ihm aufgedrängt hatte und das er meist ausgeschaltet ließ. Er hing nämlich der für Edith Liebergesell reichlich verschroben klingenden Ansicht an, dass er beim Telefonieren von einem Festnetz seine Lebenszeit weniger vergeudete. In seiner Zeit als Hauptkommissar hatte er – genau wie sein Freund und Kollege Martin Heuer – nur in

extremen Notfällen ein Handy benutzt. Rückschauend erinnerte er sich an keine Vermissung, die mit der Hilfe eines Mobiltelefons schneller hätte aufgeklärt werden können. Altmodisch und stur, hatten ihn seine Kollegen im Dezernat genannt. Unprofessionell und riskant nannte Edith Liebergesell sein Verhalten.
Die Frau bei der Telefonauskunft fand keinen Eintrag unter dem Namen Welthe mit t-h in Neu-Isenburg bei Frankfurt.

Mia Bischof war sich nicht sicher, ob sie dem von Süden beschriebenen, untersetzten Mann mit der Brille jemals begegnet war.
Als sie gegen halb elf Uhr nachts ins »Bergstüberl« kam, war sie müde und missgelaunt, bemühte sich aber, keiner Antwort auszuweichen. Am Tresen saßen zwei Männer in Lederjacken, breitschultrig, stiernackig, die während Südens Anwesenheit kein einziges Mal ihre Plätze verließen. Dunkles Holz prägte die Kneipe. An den Wänden hingen Schwarzweißfotografien aus dem München der Vorkriegszeit, soweit Süden das in dem mickrigen Licht erkennen konnte. Vom Tresenbalken baumelte ein Wimpel des Fußballclubs 1860 München. Hinter der Theke führte eine Tür zu einem Nebenraum. Radiomusik spielte. Der Wirt, ein Mann Ende vierzig mit einem grauen, eingefallenen Gesicht, stellte Süden ein Helles hin und meinte, ihn habe er hier noch nie gesehen. Süden nannte seinen Namen, seinen Auftrag und beschrieb den gesuchten Taxifahrer.
»Siegfried, klar«, sagte der Wirt, der Mario hieß, wie Süden kurz darauf erfuhr. »Schaut öfter vorbei, klar.« Wieso er verschwunden sei, wollte Mario wissen. Süden erklärte, das wisse er nicht, und bedankte sich für die Auskunft. Am Tresen redete Mario leise mit den beiden Gästen, und als Mia hereinkam, drehte sich einer der bulligen Männer zur Tür um und nickte Mia zu. Unaufgefordert brachte ihr der Wirt eine

Weißweinschorle. Sie trank einen Schluck und schien Süden nicht zu beachten.
Dann nahm sie ihre Wollmütze ab, schüttelte den Kopf mit den flatternden Zöpfen und zog den Reißverschluss ihrer Daunenjacke auf, ohne sie auszuziehen. Nach einigen Schlucken steckte sie die Hände in die Taschen und sah Süden mit aufgerissenen Augen an, so, als frage sie sich, was er hier tue.
Auf seine Frage, ob Denning sich ihr gegenüber politisch geäußert habe, zog sie die Stirn in Falten, dachte eine Weile nach und schüttelte lächelnd den Kopf. Sie sei Redakteurin in der Lokalredaktion, da spiele Kommunalpolitik jeden Tag eine Rolle. »Das ist mein Job, das muss sein.« Darüber spreche sie auch mit Denning, und er gebe seine Kommentare ab. Schließlich sei er Taxifahrer und werde ständig mit den Meinungen von Fahrgästen konfrontiert, von denen manche, wie er ihr immer wieder berichte, »recht stürmische Ansichten« vertreten würden.
Als langjähriger Fahrgast kannte Süden »recht stürmische Ansichten« vor allem von bestimmten Fahrern, bei denen er sich nicht gewundert hätte, wenn sie beim Linksabbiegen, anstatt zu blinken, den Arm waagrecht aus dem Fenster gestreckt hätten.
»Ich möchte nicht, dass Sie ihn für unaufrichtig und feige halten«, sagte Mia Bischof.

Über Mias Satz dachte Süden auch jetzt wieder, fast zwölf Stunden später, in seinem Zimmer nach. Als Mia auf die Toilette gegangen war, hatte er ihn sich aufgeschrieben. Warum, fragte er sich, sollte er Denning für unaufrichtig und feige halten? Woher kam dieser Gedankensprung von Mia Bischof? In der einen Stunde, die er in der Kneipe verbracht hatte, versuchte er nichts anderes, als Mias Aussagen zu präzisieren und herauszufinden, woher in Wahrheit ihre Besorg-

nis rührte und was Siegfried Denning gesagt oder getan haben könnte, das ihn zwang zu verschwinden. Mia blieb dabei: Denning habe sich verändert, sei stiller geworden, habe niedergeschlagen, ja verzweifelt gewirkt, ohne dass er dies je zugegeben hätte. Und sie wolle unter allen Umständen verhindern, dass er sich »was Schlimmes antut«.
Für den Nachmittag nahm Süden sich zum einen vor, die Polizeiinspektion in der Nähe der Winthirstraße aufzusuchen, auf der Mia Bischof ihre Vermisstenanzeige aufgeben wollte. Vielleicht brachte ihn die Einschätzung der Beamten auf eine neue Idee. Zum anderen wollte er bei seinen Ex-Kollegen im Dezernat Informationen über die rechte Szene in der Stadt einholen. Womöglich tauchte der Name Siegfried Denning in einem Bericht oder Protokoll auf.
Bereits sein erster Termin veränderte seine Planungen.
Keiner der Beamten in der Polizeiinspektion 42 an der Landshuter Allee hatte mit einer Mia Bischof gesprochen, geschweige denn ihr ausgeredet, eine Vermisstenanzeige aufzugeben. Wie Süden aus eigener Erfahrung als Kommissar wisse, meinte einer der Beamten, würde man nie jemanden abweisen, der darauf bestehe, eine Person als vermisst zu melden, auch wenn im Augenblick kein Hinweis auf ein Verbrechen oder einen Suizid bestehe. Allenfalls würden die Suchmaßnahmen nicht in vollem Umfang anlaufen. Aber das Recht, trotzdem eine Anzeige zu machen, stünde jedem Bürger frei.
Süden wusste das. Er schaltete sein Handy ein und tippte die Festnetznummer der Detektei. Kreutzer nahm den Anruf entgegen, Patrizia hörte über Lautsprecher mit.
»Ich kann machen, was du vorschlägst«, sagte Kreutzer. »Mit dem alten Auftrag bin ich fertig, ich hab den Koch ausfindig gemacht, jetzt kümmert sich die Polizei um die Sache. Wann soll ich mit der Beschattung der Frau anfangen?«
»Sofort«, sagte Süden. »Sie hat kein Auto, fährt also von der

Redaktion mit der U-Bahn zu ihrer Wohnung. Alle notwendigen Adressen gebe ich dir gleich durch. Patrizia?«
»Ja?« Sie stand neben dem Schreibtisch und sprach in den Hörer, den Kreutzer ihr hinhielt.
»Vielleicht musst du auch noch einspringen.«
»Immer und gleich. Weißt du was Neues von Healthy-Welthy?«
»Nur seine Handynummer. Der meldet sich wieder, da bin ich sicher.«
»Tu mir einen Gefallen«, sagte Kreutzer. »Lass dein Handy an.«
Patrizia meldete sich noch einmal. »Sollen wir die Chefin informieren? Brauchst du ihre Hilfe?«
»Warten wir ab. Jetzt schalten wir erst einmal den Tauchsieder ein und heizen die Sache auf.«
»Gesprochen wie ein alter Kommissar«, sagte Kreutzer.
Süden beendete das Gespräch und schaltete das Handy aus, wie es seiner Gewohnheit entsprach.

Die Kerzen brannten, alle vierzehn. Edith Liebergesell saß auf der schwarzen Ledercouch und trank Rotwein und wartete. Sie wartete, dass das Telefon klingelte und ein Polizist ihr mitteilte, Ingmar sei wohlbehalten aufgefunden worden. Sie stellte das leere Glas auf den Boden und blickte zum Telefon auf dem niedrigen Bücherschrank. Ein ganzer Tag war wieder ohne sie vergangen. Jemand hatte vergessen, ihr Bescheid zu sagen.
Als es jetzt an der Tür klingelte, ging sie nicht hin. Sie wusste ja, wer draußen war. Ein Toter, der seinen Schmuselöwen vergessen hatte.

8 Der Besuch eines aus dem Dienst ausgeschiedenen Fahnders im Dezernat 11 sorgte vorübergehend für Aufregung. Allerdings nicht, weil Tabor Süden unangenehme oder rätselhafte Fragen gestellt hätte, sondern weil der Anruf eines seiner Ex-Kollegen im Landeskriminalamt mit der Bitte um eine bestimmte Information eine Lawine von Gegenfragen auslöste. Eine knappe halbe Stunde lang standen zwei Hauptkommissare und ein ehemaliger Hauptkommissar vor der Telefonanlage des Kommissariatsleiters und hörten der Stimme im Lautsprecher zu. Der Mann am anderen Ende bemühte sich um einen höflichen und ruhigen Ton, seine Anspannung und Übellaunigkeit waren jedoch nicht zu überhören.

Dabei lautete der gleichbleibende Tenor seiner Ausführungen, dass es nichts zu sagen gäbe und weitere Auskünfte von seiner Behörde nicht erteilt würden, auch nicht an die eigenen Leute und schon gar nicht an »dienstferne Ex-Kollegen«. Als der Erste Kriminalhauptkommissar Vollmar und Leiter des Kommissariats 114 zum dritten Mal wissen wollte, ob die Probleme tatsächlich nicht mit der Person jenes Siegfried Denning zusammenhängen würden, nach dem der Ex-Kollege Süden sich erkundigt habe, machte der LKA-Kommissar eine längere Pause. Die drei Männer im Chefbüro warfen sich einen Blick zu, wobei Süden wirkte, als würde ihn die erneute Erwiderung schon nicht mehr interessieren. Vollmar glaubte ein leichtes, spöttisches Lächeln wahrzunehmen. Aber Süden lächelte nicht. Seine Mundwinkel zuckten ein wenig, weil er an die Begegnung im Ramersdorfer Supermarkt und seinen ersten Eindruck von dem untersetzten Mann mit der Brille denken musste. Offensichtlich hatte er sich nicht getäuscht. Alles, was LKA-Kommissar Hutter am Telefon sagte, und alles, was er nicht sagte, bestätigte Südens Verdacht, dass am Verhalten von Ralph Welthe, das ihm auf irritierende Weise bekannt vorgekommen war, etwas nicht stimmte.

Die Frage, die ihm auf der Zunge brannte, amüsierte ihn beinahe.
»Ich wiederhole mich ungern, Kollege«, sagte Luis Hutter. »Wir unterhalten uns seit ungefähr zwanzig Minuten, ich habe Ihnen mitgeteilt, was der Stand der Dinge ist und auf welche Weise wir im Moment die rechte Szene beobachten. Und ich habe Ihnen auch gesagt, dass mir die Person eines Siegfried Denning vollkommen unbekannt ist. Warum fragen Sie mich also schon wieder nach ihm? Diese Frage geht an Sie drei. Ich fände es, offen gesagt, an der Zeit, dass Sie aufhören, so zu tun, als müssten Sie mir gegenüber misstrauisch sein. Wir verzetteln uns hier bitte nicht in Kompetenzen. Ich habe mich auch nicht so verhalten, als wäre ich nicht auskunftsbereit. Was ich, wie Sie wissen, auch Sie, Herr Süden, nicht sein müsste. Wir sprechen hier unter Kollegen, und ich hoffe sehr, dass nichts von dem, was ich Ihnen mitteile, nach draußen dringt. Die Observationen bestimmter Leute aus rechten Kameradschaften und anderen Gruppen erfolgt unter höchster Geheimhaltung. Das ist Ihnen bekannt. Jedenfalls: Ein Taxifahrer namens Denning ist uns nicht bekannt.«
»Keine Sorge, Kollege«, sagte Vollmar. »Dies ist ein Gespräch unter Vertrauten, und da möchte ich den Herrn Süden auch dazuzählen. Er war lange genug bei uns und kennt die Regeln. Ich betone noch mal: Die Dinge, die Herr Süden uns erzählt hat, haben uns dazu gebracht, Auskünfte im Dezernat einzuholen und uns bei Ihnen zu melden, als wir damit nicht weiterkamen. Ich danke Ihnen noch mal, dass Sie sich die Zeit nehmen. Das Thema ist heikel, natürlich wollen wir hinterher nicht wieder mal dastehen und von nichts gewusst haben, noch dazu, wenn womöglich Menschen zu Schaden gekommen sind.«
»In diesem Fall wird es kein Hinterher geben«, sagte Hutter. »Ob dieser Taxifahrer etwas mit der rechten Szene zu tun hat,

das kann ich Ihnen nicht sagen. Sie sind noch da, Herr Süden? Also, wir wissen es nicht. Jemand hat Ihnen gegenüber Andeutungen gemacht, das passiert, und diese Andeutungen muss man auch ernst nehmen. Aber im Moment versickern die Informationen. Keine konkreten Hinweise auf derartige Aktivitäten, keine handfesten Aussagen von brauchbaren Zeugen. Wachsamkeit ist oberstes Gebot, aber wir dürfen auch nicht leichtfertig Unterstellungen in die Welt setzen. Der Mann ist verschwunden, das ist alles, was Sie konkret wissen. Wenn er wieder auftaucht oder Sie ihn finden, wird sich alles klären, so oder so. Wollen wir es vorerst dabei belassen, Kollegen?«

Vollmar nickte seinem Kollegen Stuck zu, der noch kein Wort gesagt hatte, und wartete auf eine Reaktion von Süden. Sekunden vergingen, ehe der Detektiv sich zur Sprechanlage beugte. »Arbeitet ein Fahnder mit dem Namen Welthe in einer Ihrer Abteilungen?« Am liebsten hätte er gelächelt, aber er wollte sich nicht verraten. Er wusste plötzlich genau, was folgen würde.

»Ich sehe nach, einen Moment.«

Eine Warteschleife aus Stille. Dann: »Nein. Wie kommen Sie auf den Namen?«

Süden, seit jeher unfähig zu schmunzeln, verzog so eigenartig den Mund, dass Hauptkommissar Vollmar sich keinen Reim darauf machen konnte. »Tauchte bei meinen Ermittlungen auf«, sagte Süden. Er stand wieder aufrecht da, die Hände hinter dem Rücken, und glaubte kein Wort mehr.

Er war zu lange bei der Polizei gewesen. Er kannte ihre Codes und Verhaltensweisen zu gut, auch wenn er bis zu dieser Stunde überzeugt gewesen war, das meiste inzwischen vergessen zu haben. Seine Einschätzung von Ralph Welthe war durch die Äußerungen und ausweichenden Sätze des LKA-Kommissars indirekt bestätigt worden, und das bedeutete, die Begegnung im Supermarkt war alles andere als zufällig

gewesen. Vermutlich hatte Welthe ihn die ganze Zeit beobachtet, und er, Süden, hatte nur das Gespür für solche Situationen verloren. Obwohl er inzwischen Detektiv war und mit Beschattungen vertraut sein müsste. Er hatte nichts bemerkt, und das wiederum wies ihn nicht gerade als Profi aus, eher als Dilettanten – noch dazu in einem Umfeld, in dem jede Unachtsamkeit üble Konsequenzen haben konnte.
Wenn Staatsschützer des Landeskriminalamtes mit dem verschwundenen Taxifahrer Denning in Verbindung standen, wussten sie auch über Mia Bischof und deren Umfeld Bescheid und damit über die Arbeit der Detektei Liebergesell. Aber welche Rolle spielte Siegfried Denning? War er ein Agitator der rechten Szene, oder agierte er als verdeckter Ermittler? Falls er Polizist war, dachte Süden, ergab sein Verschwinden keinen Sinn. Welchen Grund hätte er unterzutauchen, ohne seine Vorgesetzten zu informieren? War er einem Verbrechen zum Opfer gefallen?
»Ist unser Gespräch damit beendet?«, fragte Luis Hutter.
Gerade, als Vollmar etwas erwidern wollte, sagte Süden in die Sprechanlage: »Sie bleiben dabei: Den Namen Mia Bischof haben Sie noch nie gehört?«
Hutter räusperte sich. »Herr Süden. Ich habe Ihnen am Anfang unseres Gesprächs gesagt, dass wir beim LKA nichts über diese Frau vorliegen haben. Und Ihre Ex-Kollegen im Dezernat 11 ebenso wenig. Warum fragen Sie mich noch mal dasselbe?«
»Danke für Ihre Offenheit«, sagte Süden.
Hutter sagte nichts mehr. Hauptkommissar Vollmar verabschiedete sich und legte den Hörer auf. Er stöhnte, lehnte sich in seinem Stuhl zurück, sah die beiden vor seinem Schreibtisch stehenden Männer an. »Das war alles etwas randständig, was die Kollegialität angeht, Süden. Normalerweise zeigen wir doch etwas mehr Respekt, auch wenn wir vielleicht anderer Meinung sind als der jeweilige Kollege.«

»Ich bin nicht vielleicht anderer Meinung«, sagte Süden. »Ich bin vollkommen anderer Meinung als der Kollege.«
»Und wieso?« Oberkommissar Ludwig Stuck schüttelte den Kopf und machte sich auf den Weg zur Tür.
Süden beugte sich über den Schreibtisch und streckte dem Leiter der Vermisstenstelle die Hand hin. »Danke für die Geduld, Hagen.«
Vollmar stand auf. »Passt schon. Seltsame Sache, dein Fall. Wieso hat die Frau behauptet, sie hätte den Mann bei der Polizei als vermisst gemeldet? Die hätte doch damit rechnen müssen, dass du das überprüfst.«
»Sie hat nicht damit gerechnet.« Süden steckte seinen kleinen karierten Spiralblock und den Kugelschreiber in die Tasche und zog den Reißverschluss der Lederjacke zu. »Ich muss besser aufpassen, ich habe bisher zu wenig gesehen.«
»Vielleicht brauchst du eine Brille.«
»Wenn ich falsch schaue, nutzt mir auch eine Brille nichts.« An der Tür gab er Oberkommissar Stuck die Hand. Auf dessen immer noch erwartungsvollen Blick reagierte er nicht. Wenn Stuck die Frage beantwortet haben wollte, warum Süden völlig anderer Meinung war als Hutter, hatte er entweder die ganze Zeit nicht zugehört, oder er war bloß naiv. Beides hielt Süden für unwahrscheinlich. Der Kommissar wollte ihn provozieren, weiter nichts, und vor allem wollte er ihn loswerden. In Stucks Augen waren Kommissare, die den Dienst quittierten, um am Ende in einer Detektei anzuheuern, Versager, die sich einbildeten, immer noch Polizist spielen zu müssen. In seinen jungen Jahren bei der Kripo hatte Süden nicht unbedingt eine erhabenere Meinung über Detektive an den Tag gelegt.

Er fuhr mit der U-Bahn und dem Bus zum Waldfriedhof, redete mit seinem Freund Martin und anschließend mit seinem Vater, dem er vom aktuellen Fall erzählte. Kaum hatte er den

Friedhof wieder verlassen, klingelte sein Zwangshandy. »Stör ich dich?«, fragte Leonhard Kreutzer.

»Natürlich nicht.«

»Die Frau war nicht mehr in der Redaktion. Sie ist frühzeitig nach Haus gegangen, weil sie angeblich eine Magenverstimmung hat. Hat mir eine Kollegin von ihr am Telefon gesagt. Bevor ich ewig auf sie warte, wollt ich wissen, ob sie überhaupt da ist.«

»Gut vorausgedacht, Leo.«

»Einige Zellen funktionieren noch. Ich hab dann ihre Festnetznummer gewählt. Wenn sie drangegangen wär, hätt ich gesagt, ich hab mich verwählt. Aber es nahm niemand ab. Auch kein Anrufbeantworter. Ich bin jetzt hier im Viertel, Winthirstraße. Sie wohnt in einem Rückgebäude, das ist ein einstöckiger Anbau mit einem Laubengang, von dem sechs Türen abgehen. Drunter sind Garagen. Sehr schmucklos alles. Geteerter Hinterhof. Im Haupthaus vorn gibt's einen Bäcker und einen Friseur. Schräg gegenüber ist ein Gasthaus, der Großwirt. Ich war drin, keine Gäste.«

»Du warst auch im Bergstüberl.«

»Hab einen Kaffee und ein Mineralwasser getrunken. Ich glaub, ich brauch einen Liter Iberogast, um mich von dem Kaffee zu erholen. Die Frau war nicht da, nur drei Männer, glatzköpfig, Tätowierungen im Nacken, martialisch. Aber sie waren nicht laut, haben mich nicht beachtet, redeten leise miteinander. Wenn ich mich nicht täusche, hat der Wirt einen ostdeutschen Akzent. Kann das sein, du warst ja schon dort.«

»Das kann stimmen«, sagte Süden und überlegte, ob er einem Taxi winken sollte. Er beschloss, eine Zeitlang zu Fuß zu gehen, entlang der vielbefahrenen Würmtalstraße, quer durch Hadern. »Wir müssen uns später treffen und unsere Vorgehensweise besprechen. Die Dinge haben sich verändert.«

»Ich bleib noch eine Stunde hier und versuch ... Da ist sie!

Die Frau verlässt das Haus, sie war also doch daheim, obwohl alles so verrammelt ausgesehen hat. Ich bleib an ihr dran. Bis hernach.«

»Bis hernach.« Süden steckte das Handy ein, zögerte und zog es wieder aus der Tasche. Sein Impuls war, Kreutzer zurückzurufen und ihn in die Detektei zu beordern. Unvermittelt fragte er sich, ob es klug war, was Kreutzer tat. Ab sofort mussten sie vorsichtiger sein, noch unauffälliger, am besten unsichtbar.

Nach dem, was Süden an diesem Tag erlebt hatte, war klar, dass sie viel zu wenig über die Frau wussten. Sie mussten die Zusammenhänge neu bewerten und durften sich auf keinen Fall Situationen aussetzen, über die sie keine Kontrolle hatten.

Oder, dachte Süden, redete er sich etwas ein? Was würde Edith Liebergesell sagen, wenn sie erfuhr, dass sie einer Auftraggeberin misstrauten und sie sogar beschatteten? Mia Bischof hatte gelogen, was die Sache mit der Vermisstenmeldung betraf. Aber hätten sie sie nicht erst dazu befragen müssen? Was genau, würde die Chefin ihn fragen, warfen sie der Journalistin eigentlich vor? Welcher konkrete Verdacht lag der Observierung zugrunde? Dass Mia etwas mit dem Verschwinden des Taxifahrers zu tun hatte? Wieso? Sie ließ ihn für fünfundsechzig Euro in der Stunde suchen. Dass sie in ein Verbrechen im Zusammenhang mit der Person Dennings verwickelt war? In welches? Dass sie Umgang mit Rechtsradikalen hatte? Wer behauptete das? Die Aussagen des LKA-Kommissars waren unbrauchbar. Nicht der Fitzel einer Spur, eines Beweises, eines Tatbestands. Nicht ein Fitzelchen, würde Edith Liebergesell sagen und die Aktion sofort beenden.

Und genau das Gleiche musste Süden tun. Er tippte Kreutzers Nummer in sein Handy und hielt sich das linke Ohr zu. Lastwagen rasten scheppernd an ihm vorbei. Die Mailbox sprang

an. Süden bat den alten Mann, sofort zum Sendlinger-Tor-Platz zurückzukehren.
Zwei Stunden später war Leonhard Kreutzer immer noch nicht da.

Die Schlagermusik erinnerte ihn an Abende mit seiner Frau. Sie mochte es, wenn Musik lief, während sie im Wohnzimmer saßen und Zeitung lasen. Manche Melodien summte sie mit. Das erstaunte ihn immer wieder, weil er sich nicht erklären konnte, wann sie sich die Lieder eingeprägt hatte. Sie standen jeden Tag um fünf auf, gingen ins Geschäft, sortierten die neuen Zeitungen, schlossen um sieben Uhr auf, eine halbe Stunde später als die Bäckerei nebenan. Nur am Sonntag schliefen sie bis gegen acht, danach verbrachten sie den Tag gemeinsam; eigentlich immer, ihr ganzes Leben lang. Wieso kannte sie die Lieder und er nicht?
Solche Erinnerungen baumelten in seinen Gedanken, und er saß angespannt da, nippte an seinem Bier und starrte reglos vor sich hin.
Leonhard Kreutzer starrte nicht vor sich hin. Er beobachtete. Niemand beachtete ihn. Die drei Männer am Tresen – unter ihnen die beiden Glatzköpfigen, die er schon kannte – unterhielten sich, ohne dass er an seinem Tisch an der Wand ein Wort verstand. Am Rand der Theke lehnte Mia Bischof. Die beiden blonden Zöpfe fielen ihr rechts und links auf die Schultern, Mütze und Daunenjacke hatte sie auf den Hocker neben sich gelegt. Wieder, wie schon vor zwei Tagen in der Detektei, trug sie einen schwarzen Wollrock und einen dunklen Rollkragenpullover.
Als Kreutzer ins »Bergstüberl« kam, hatte sie ihm, ebenso wie der Wirt, einen schnellen, überraschten Blick zugeworfen. Er nickte ihr zu und hatschte zu einem Tisch an der Wand. Dieser schleppende Gang stellte für ihn eine Art Tarnung dar. Er wollte damit demonstrieren, wie schlecht er auf den Bei-

nen war, und suggerieren, wie simpel es wäre, ihm zu entwischen.
Vor dem Lokal hatte er eine Zeitlang überlegt, was er tun sollte. Von vornherein war klar gewesen – auch für Süden und Patrizia –, dass er nicht darauf hoffen konnte, unentdeckt zu bleiben. Mia Bischof würde ihn auf jeden Fall wiedererkennen, auch wenn sie ihn nur flüchtig aus der Ferne sehen sollte. Das war nicht der entscheidende Punkt. Wichtig war, da zu sein, zu schauen, was passierte, egal, ob Mia ihn bemerkte. Erklärungen für sein unerwartetes Auftauchen hatte er eine Handvoll parat. Im Grunde handelte es sich weniger um eine Beschattung als vielmehr um einen unangemeldeten Besuch, um eine »Spielart von Neugier«, wie Kreutzer sich ausdrückte.
»Schon wieder da?«, hatte Mario, der Wirt, bei der Begrüßung zu ihm gesagt und ihm wortlos das bestellte Bier gebracht. Kreutzer war nicht entgangen, wie Mia Mario erklärte, wer der alte Mann sei und woher sie ihn kannte.
Jedenfalls glaubte Kreutzer, dass sie das sagte.
In Wahrheit erzählte Mia dem Wirt, der Alte wäre ein ehemaliges Parteimitglied und nach einer schweren Krankheit innerlich zermürbt. Daher auch der Gang und das kaputte Aussehen.
Nach einer Magenverstimmung sah Mia nicht aus, fand Kreutzer. Außerdem bildete er sich ein, dass zwischen ihr und den drei männlichen Gästen eine Spannung herrschte, die vor allem in eisigen Blicken zum Ausdruck kam. Jedes Mal, wenn der etwa fünfzigjährige Mann, der neben den beiden jüngeren stand, Mia den Kopf zuwandte und sie es bemerkte, schien ihr ganzer Körper zu zucken, als würde sie sich einen Moment lang ekeln. Danach drehte sie ihm mit einer eckigen Bewegung den Rücken zu. Der Wirt nahm davon keine Notiz.
Ein neuer Schlager begann. Wieder sah Kreutzer seine Frau

Inge vor sich, wie sie auf der Couch im Wohnzimmer saß, einen Stapel Zeitungen neben sich, und leise summte. Er hörte ihr mehr zu als dem Lied. Wenn sie ihn dabei erwischte, wie er sie beobachtete, verstummte sie sofort, und er senkte, wie schuldbewusst, den Kopf.
Manchmal vermisste er sie so sehr, dass sein Herzschlag aussetzte. Wenn sein Herz dann weiterschlug, fragte er sich, wozu.
»Darf ich mich hinsetzen?«
Er hatte sie nicht kommen sehen. Er hatte auf den kahlen Holztisch gestarrt. »Das ist ja eine Überraschung, Sie hier zu sehen«, sagte Mia Bischof und setzte sich zu ihm, mit dem Rücken zum Lokal. Auf ihren Pullover hatte sie eine weiße »28« gestickt. Kreutzer betrachtete die Zahl, und die Erinnerung, die sie bei ihm weckte, beschämte ihn. Die 28 gehörte fast dreißig Jahre lang zum Repertoire der Lottozahlen, die seine Frau jede Woche tippte. Immer vier Kästchen und in jedem Kästchen immer eine 28.
»Sie sehen traurig aus«, sagte Mia.
»Nein.« Er bildete sich ein, dass sie gut roch. »Ich war früher oft mit meiner Frau hier im Viertel. Sie ist hier aufgewachsen vor ... sehr lang her. Heute ist ihr erster Todestag.«
»Mein Beileid.«
Es war ihr fünfter Todestag, aber für Kreutzer würde es bis zum Ende der Zeit nur einen ersten geben.
»Sie sollten gehen«, sagte Mia. Ihre Stimme klang gedämpft, wenn er sich nicht täuschte. »Gleich kommen Gäste, die haben eine Feier, dann wird's laut. Gehen Sie bitte. Zum Bier lade ich Sie ein.«
»Was sind das für Gäste?«, fragte er.
»Laute Gäste. Haben Sie schon etwas wegen Herrn Denning herausgefunden?«
»Wenig.« Kreutzer sah an ihr vorbei zum Tresen. Die beiden jüngeren Männer mit den Lederjacken verabschiedeten sich

mit Handschlag von ihrem Freund und einem Nicken von Mario und verließen mit schnellen Schritten die Kneipe.
»Sie müssen ihn finden«, sagte Mia und sah Kreutzer mit einer Eindringlichkeit an, die er nicht zu deuten wusste.
»Ja.« Er wollte noch etwas sagen, aber Mia stand auf und hielt ihm die Hand hin.
»Danke«, sagte sie. »Auf Wiedersehen.«
Also stand er auch auf. Er drückte ihr die Hand, die feucht von Schweiß war, und empfand eine tiefe Verstörung. Was wollte die Frau ihm zu verstehen geben? Dass er verschwinden sollte, und zwar schleunigst? Dass etwas bevorstand, das er nicht miterleben sollte? Dass er nicht hierhergehörte? Mia stand immer noch am Tisch, reglos, wie der Gast am Tresen, der beide Arme auf die Theke gelegt hatte und den Kopf gesenkt hielt. Im bleichen Schimmer der Lampen sahen die Gesichter der Frau und des Wirtes steinern aus, dachte Kreutzer. Dann hallte eine Zeile des Schlagers, der schon seit zwei Minuten lief, in seinem Kopf wider. »... solang die Erde sich dreht und unser Stern am Himmel steht ...« Es war ihm unangenehm, dass er zuhörte und sich nicht auf alles andere konzentrierte – auf die Frau, den stummen Gast am Tresen.
»Auf Wiedersehen«, sagte Mia noch einmal.
Nichts passierte. Dennoch kam ihm die Situation wie eine Bedrohung vor, dem Schlager und dem scheinbar gleichgültigen Dastehen der drei anderen Anwesenden zum Trotz. Zitterig pfriemelte er am Reißverschluss seines beigen Anoraks, warf Mia einen verwirrten Blick zu und ging zur Tür. Er wollte sich noch einmal umdrehen, ließ es sein und trat in die kalte Luft hinaus.
»Ehemaliges Parteimitglied?«, sagte der Gast am Tresen, ohne sich zu bewegen. Er trug einen schwarzen halblangen Mantel voller Fusseln. »Was erzählst du denn für dummes Zeug?«
Als hätte sie ihn nicht gehört, ging Mia zu den Toiletten auf dem Flur, der zum Nebenraum führte, und knallte die Tür zu.

»Wir werden's bald erfahren, was der Alte hier will. Gib mir einen Obstler, Mario, und dann mach die beschissene Weibermusik aus.«
»Reg dich nicht auf, Karl«, sagte der Wirt.
»Leg die alten Onkelz ein, die machen Freude. Die erinnern mich an die gute alte Zeit.«

So eine Musik hatte Kreutzer noch nie gehört. Er hörte sie auch nicht richtig, in seinem Kopf toste eine Brandung, die seine Gedanken unter sich begrub. Er blutete. Jemand drückte seinen Kopf auf die Rückbank des Autos, in das sie ihn gezerrt hatten. Anfang und Ende des Überfalls hatte er kaum wahrgenommen. Jemand hatte ihm von hinten in die Seite geschlagen, und er war zu Boden gesackt. Noch ein Schlag auf den Kopf, und er bekam keine Luft mehr. Er wurde gepackt und in ein Auto geschoben. Da war keine Stimme, nur die laute scheppernde Musik. Dann hörte er ein Summen. Darüber wunderte er sich eine Sekunde lang.

9 Die Kirchenglocken läuteten im Fernsehen. Die Sonne schien. Durch die offene Balkontür drang ein Zwitschern wie von Frühlingsvögeln. Es war erst der zweite Februar, aber Edith Schultheis bildete sich ein, dass heute Ostersonntag war, Auferstehung, und unten im Hof spielten übermütige Kinder. Und eines von ihnen wäre Ingmar, ihr Sohn.

Die Sonne schien, das stimmte. Und ein paar Amseln sangen, das stimmte auch. Doch im Hof und auf der Straße spielten keine Kinder. Und Ingmar war seit sieben Tagen verschwunden. Er war acht Jahre alt und nicht von zu Hause weggelaufen, sondern entführt worden. Die Polizisten sagten, er würde noch leben.

Hauptkommissar Thon, der Leiter der Vermisstenstelle, ein gutgekleideter und nach gutem Rasierwasser duftender Mann, betonte immer wieder, sie möge Ruhe bewahren und darauf vertrauen, dass die Täter ausschließlich am Geld interessiert seien und ihren Sohn nach der Übergabe rasch freilassen würden. Ja, für das Interesse der Entführer hatte sie Verständnis. Eine Million Euro waren nicht zu verachten. Vor zwei Tagen hatte ihr Mann das Geld am Ende der Garmischer Autobahn bei Eschenlohe deponiert, in zwei grauen Müllsäcken auf einem Rastplatz. Seitdem bewahrte sie noch mehr Ruhe als zuvor. Die Tabletten halfen ihr dabei. Sie saß auf der Couch und schaute zur offenen Balkontür. Zwischendurch kippte sie zur Seite und schlief eine Stunde, oder eine Minute.

Ihr Mann kochte Kaffee für Hauptkommissar Thon und dessen Kollegin Bauschmidt. Edith Schultheis hatte begriffen, dass die Kommissarin für die Gespräche von Frau zu Frau zuständig war. Zum Glück redete die Kommissarin nicht viel, das war extrem wohltuend, und Edith schenkte ihr deswegen manchmal ein Lächeln. Dann wirkte Frau Bauschmidt etwas verunsichert, was eine schöne Ablenkung für Edith war. Ge-

nau wie das Zwitschern des Vogels im Baum, denn mehr als einer hockte nicht im Geäst, das horchte Edith sich nur ein. Seit Montag war ein Jahr vergangen. Dabei wäre Ingmar beinahe gar nicht in die Schule gegangen, dachte Edith wieder und wieder. Am Samstag hatte er über Magenschmerzen geklagt, und im Lauf des Tages musste er sich zweimal übergeben. Er war sehr tapfer, weinte nur wenig. Gemeinsam mit seinem Vater schaute er die Sportschau im Fernsehen und freute sich über den Sieg des FC. Als das erste Tor gezeigt wurde, klatschte er aufgeregt und strampelte mit den Beinen. Wieder einmal fiel Edith auf, wie dünn sein Körper war. In dem engen grünen Schlafanzug, den er am liebsten trug, sah er noch schmaler aus; zerbrechlich. Das war das Wort, das ihr im Kopf hing und nicht verschwand: zerbrechlich. Um acht lag er im Bett, sein Vater las ihm noch eine Geschichte vor, nur fünf Minuten, dann schlief Ingmar schon fest. Sie küsste ihn auf die Stirn. Am Sonntag hatte er zwar keinen Hunger, aber er flitzte durch die Wohnung und spielte mit der Eisenbahn, die er zu Weihnachten geschenkt bekommen und mit seinem Vater erst einmal im Wohnzimmer aufgebaut hatte. Später sollten die Gleise irgendwie in seinem chaotischen Zimmer Platz finden.
Von der Couch aus konnte Edith Schultheis den ovalen Schienenkreis mit dem Bahnwärterhäuschen, den Ampeln und Weichenkreuzen und den Bäumen und Häusern drum herum gut sehen. Der Zug mit der schwarz-roten Lokomotive und den vier Waggons stand auf offener Strecke. Weiter war er nicht mehr gekommen. Der Lokführer war verschwunden, ohne Vorwarnung, praktisch während der Fahrt. Er hätte, dachte sie, gar nicht verschwinden dürfen; er hätte sofort zurückkommen und die Fahrgäste sicher ans Ziel bringen müssen, wie am Sonntag. Und er war ja auch nicht gleich verschwunden. Er hatte sich nur zum Abendessen an den Tisch gesetzt und hinterher vergessen, dass er eigentlich

noch weiterspielen wollte. Vor lauter Müdigkeit war er, nachdem er ein Viertel Schnitzel und einen Löffel Möhren und einen Löffel Erbsen gegessen hatte, ins Bad gewankt und anschließend ins Bett gefallen. Und dann hatte sie zu ihm gesagt, wenn er morgen früh nicht fit wäre, müsste er nicht zur Schule gehen.

»Dann bleibst du daheim und schläfst dich gesund«, hatte Edith Schultheis gesagt.

Aber um sieben Uhr stand er auf und ging zur Schule. Er freute sich auf seine Freunde. Er hatte sie ein ganzes Wochenende lang nicht gesehen. Sein Schulweg dauerte ungefähr zehn Minuten. Von der Ainmillerstraße links in die Wilhelmstraße und über die Hohenzollern- und Kaiserstraße und schon war er da. Den Weg kannte er seit drei Jahren.

Hauptkommissar Thon und Hauptkommissarin Bauschmidt fragten sie hundertmal nach dem Weg aus, als wäre er ihnen unbegreiflich. Auf diesem Weg war Ingmar am Montagmittag verschwunden, am helllichten Tag, unter lauter Passanten. Die Schule in der Wilhelmstraße hatte er verlassen, das stand fest. Danach aber hatte ihn niemand mehr gesehen. Sie mussten alle erblindet sein, ganz Schwabing auf einen Schlag. Seither war ein Jahr vergangen, und der Zug stand immer noch auf offener Strecke, und niemand stieg aus oder ein. Ingmar hatte sich eine Laterne gewünscht, direkt am Bahnhof, »damit die Leut in der Nacht nicht stolpern und aufs Gleis fallen und überfahren werden, weißt schon, Mama«.

Ja, dachte seine Mutter, wir müssen eine Laterne aufstellen, damit du wieder nach Hause findest, mein Schatz.

Niemand hätte von alldem erfahren dürfen. Nicht einmal die Polizei hätte Robert Schultheis einschalten dürfen, aber er tat es sofort, nachdem er den Brief gelesen und seiner Frau gezeigt hatte. Lydia, die Chefsekretärin im Immobilienbüro Schultheis & Partner, hatte das Kuvert mit der übrigen Post am Dienstagmorgen aus dem Briefkasten im Erdgeschoss genommen und dann sortiert. Das Büro lag im dritten Stock, die Briefkästen befanden sich im Hausflur. Der Absender musste also das Haus betreten haben, wie die Polizei folgerte, und zwar bereits am Montag, dem Tag der Entführung. Niemand hatte jemanden dabei beobachtet, wie er einen Brief bei Schultheis einwarf. Hauptkommissar Thon und seine Kollegen vernahmen den Briefträger, was Edith Schultheis seltsam fand. Sie begriff nicht, was der Mann für die Post konnte, die er austrug. Falls der Brief überhaupt geschickt worden war, er hatte zwar eine Briefmarke, die war aber nicht abgestempelt worden. Vielleicht ein Trick, um eine falsche Spur zu legen. Überhaupt erschienen Edith die Aktionen der Polizei eigenartig. Aber dann dachte sie, dass ihr das Verhalten der Fahnder womöglich nur deshalb unbegreiflich vorkam, weil ihr seit Montag alles unbegreiflich vorkam, jede Stunde, jeder Satz, jeder Blick.

Ständig fuhren Streifenwagen durch die Ainmillerstraße. In der nahen Schule führten uniformierte Polizisten Befragungen durch. Das sei normal, sagte Thon. Edith nickte und dachte an den Brief, in dem stand, dass die Polizei rausgehalten werden sollte, sonst würde »das Kind« sterben. Das Kind war Ingmar. Draußen fuhren Streifenwagen vorbei, und in der Schule liefen Polizisten herum. Das ergab in Ediths Augen keinen Sinn.

Ediths Blick war verschwommen, das war ihr klar, sie war nicht ganz zurechnungsfähig. Doch den Wortlaut des Briefes brachte sie in jedem Moment zusammen. »Ich hab das Kind. 1 Million Euro, zwei Müllsäcke, Eschenlohe Rastplatz, Freitag. Polizei raushalten, sonst stirbt das Kind.« Gewöhnlicher Brief, sagte die Polizei, DIN C6, ohne Fenster, weiß, nassklebend. Ach, hatte Edith ausgestoßen, als Thon ihr diese Details nannte, als wären sie eine Leuchtspur im Dunkeln. Im Labor des Landeskriminalamtes wurden keine verwertbaren DNA-Spuren gefunden, keine Speichelreste, keine Haarschuppen

und dergleichen. In Ediths Ohren klangen die Ausführungen des Kommissars zum Thema Spurentechnik interessant. Drei Minuten später hatte sie alles vergessen.
Sonst stirbt das Kind. Das hatte sie nicht vergessen, auch nicht den Rest. Zwei Müllsäcke. Freitag. Polizei raushalten. Als Robert ihr den Brief zeigte, zitterte seine Hand. So etwas hatte sie noch nie gesehen. Robert war ein selbstbewusster Mann mit starker Ausstrahlung, die er in seinem Beruf als Makler perfekt einzusetzen wusste. Das hatte Edith früher oft genug miterlebt, wenn sie als Scheininteressentin und Mitbieterin bei einem schwierigen Objekt auftrat – mit etwas schlechtem Gewissen, aber auch fasziniert vom Verhandlungsgeschick und dem Charme ihres künftigen Ehemannes. Nach der Heirat lehnte sie solche Spiele ab, und Robert fügte sich widerstrebend.
Am Dienstagmorgen – vor sechs Tagen, und es kam ihr vor wie ein Jahr – nahm sie ihm den Brief aus der zitternden Hand und las ihn und ließ ihn fallen. Das wurde ihr erst später bewusst, als sie gegenüber dem Kommissar die Vorgänge wiederholen, ihre Empfindungen beschreiben sollte, wozu, das verstand sie nicht. Sie erinnerte sich, wie sie ihren Mann, der etwas in der erhobenen Hand hielt, durch den Flur auf sie zukommen sah und wie er, als er vor ihr stand, schwer atmend und mit einem Ausdruck im Gesicht, der ihr an ihm vollkommen unbekannt war, seine Hand ausstreckte und wie sie das Papier knistern hörte. Da bemerkte sie sein Zittern und nahm das Kuvert samt Brief und ließ beides nach dem Lesen fallen.

»Stört's dich, wenn ich mich neben dich setze?«, fragte Robert Schultheis.
Sie rückte ein Stück, obwohl genügend Platz war. Schon die ganze Zeit schaute sie das grüne Trafohäuschen der Spielzeugeisenbahn an, und ihr Mann hatte sie eine Zeitlang

dabei beobachtet, ohne dass sie die geringste Notiz von ihm genommen hatte. »Wo kommst du her?«, fragte sie.
»Aus der Küche, hab mich mit Frau Bauschmidt unterhalten.«
»Mit wem?«
»Der Kommissarin.«
Edith sah ihn an. Er versuchte, sich nicht anmerken zu lassen, wie ihn ihr eingefallenes Gesicht erschütterte. »Du musst dich nicht erschrecken«, sagte sie. »Ich bin's, deine Frau.«
Er legte den Arm um sie. Sie lehnte sich an ihn. Draußen sang immer noch die Amsel, als wäre sie eine Kommissarin fürs Beflügeln.
Edith und Robert Schultheis saßen minutenlang stumm und steif auf der Couch und bemerkten die Frau im Türrahmen nicht, die aus der Küche gekommen war und alle fünf Minuten auf die Uhr sah.
Für Verena Bauschmidt, die sechsundvierzigjährige Hauptkommissarin der Vermisstenstelle, hieß jede Stunde, die ohne einen Anruf ihres Vorgesetzten verging, ein Wort weniger an Zuversicht, ein Satz mehr von Schuld und Unvermögen, ein Schweigen zu viel.
Im Augenblick untersuchten ihre Kollegen die Vermögensverhältnisse der beiden Geschäftspartner von Schultheis, Gregor Hopf und Imke Wiegand. Soweit die Kommissarin bisher erfahren hatte, gab es vor allem im Umfeld des achtundvierzigjährigen Maklers Hopf gravierende Unstimmigkeiten im Zusammenhang mit dubiosen Aktiengeschäften und Vermögenstransfers in die Schweiz. Nach den bisherigen Erkenntnissen der Ermittler hatte Hopf Schulden in Höhe von knapp einer Million Euro, offensichtlich waren umfangreiche Bauprojekte in Portugal und Spanien geplatzt, an denen er auf privater Basis beteiligt war. Von diesen Vorgängen wusste Schultheis ebenso wenig wie von den Recherchen der Kripo. Darüber würde er erst nach Abschluss des Entführungsfalles informiert werden, und Thon hatte seine Kollegin

eindringlich ermahnt, dem Ehepaar keinerlei Auskünfte über den Stand der Ermittlungen zu erteilen.
Woran Verena Bauschmidt keinen Zweifel hatte, war, dass *sie* es sein würde, die den Eltern am Ende die Nachricht überbringen musste, wie schon mehrmals nach dramatischen Suchaktionen mit tragischem Ausgang.
Sie wandte sich von der Wohnzimmertür ab und ging lautlos zurück in die Küche, wo sie am Tisch stehen blieb und auf ihre Armbanduhr schaute.
»Wie spät ist es?«, fragte Edith Schultheis ihren Mann, der sie immer noch festhielt.
»Ungefähr zwei.«
»So spät?« Sie warf ihm einen erschöpften Blick zu. »Hast du schon was gegessen?«
»Nein«, sagte er. »Hast du Hunger? Soll ich dir eine Suppe machen?«
»Ich hab keinen Hunger.«
»Du hast nichts gefrühstückt, nur eine Tasse Kaffee.«
Sie nickte, sah zur Eisenbahn in der Ecke und stieß unvermittelt einen Seufzer aus, der so laut war, dass ihr Mann zusammenzuckte und die Kommissarin aus der Küche herübergeeilt kam. Edith atmete mit weit offenem Mund, als würde sie jeden Moment hyperventilieren. Sie entzog sich der Umarmung ihres Mannes, winkelte die Arme an, ballte die Fäuste und atmete keuchend ins Zimmer, vermischt mit einem leisen, tierähnlichen Wimmern. Weder die Kommissarin noch Robert Schultheis hatten eine Idee, was sie tun sollten.
So abrupt, wie sie damit begonnen hatte, hörte Edith auf zu keuchen. Sie schloss den Mund, nur ihre Schultern zuckten noch unter der beigefarbenen Strickjacke. Es sah aus, als wäre ihr plötzlich bewusst geworden, was gerade mit ihr passiert war. Behutsam öffnete sie die Fäuste, ließ die Finger mit den unscheinbar lackierten Nägeln eine Weile ausge-

streckt, legte die Hände über Kreuz in den Schoß und wandte den Kopf zur Kommissarin. »Mein Sohn lebt nicht mehr«, sagte Edith Schultheis. »Ich weiß, dass er gestorben ist, weil der Täter das so wollte. Hab ich recht?«
Wie aus Versehen trat die Kommissarin einen Schritt ins Zimmer. »So was dürfen Sie nicht denken. Meine Kollegen sind alle unterwegs, niemand hat sich bisher gemeldet, sie tun, was sie können, und sie sind sehr gut darin. Haben Sie Geduld, bitte.«

»Mein Sohn lebt nicht mehr«, wiederholte Edith. Sie sah ihren Mann an, der seine Hände in den Hosentaschen verbarg, und küsste ihn auf den Mund. »Wir haben Ingmar verloren«, flüsterte sie. Robert Schultheis wollte etwas erwidern und schaffte es nicht. Er wollte so vieles sagen, schon gestern, vorgestern, und fand die Worte nicht. Er saß bloß neben seiner Frau oder an ihrem Bett und begriff nicht im Geringsten, warum ausgerechnet sein Sohn Opfer einer Entführung geworden war.
Das Geld hatte er sich von zwei Banken geliehen. Die Direktoren waren freundlich zu ihm gewesen. Er hatte Mühe, sich an diesem Sonntag an die Fahrt nach Eschenlohe zu erinnern. Er hatte die zwei grauen Mülltüten aus dem Kofferraum geholt und ins Gebüsch geworfen, das ihm der Entführer eine halbe Stunde vorher am Handy beschrieben hatte. Der Mann kannte seine Handynummer, und die Polizei hatte keine Chance, ihn zu orten. Unzähligen Leuten hatte Schultheis als Immobilienmakler seine Handynummer gegeben, was bedeutete, dass die Fahnder jede einzelne Person überprüfen mussten. Ob sie es wirklich taten, wusste er nicht, und er fragte auch nicht nach.
Er tat, was der Kidnapper ihm befohlen hatte. Angeblich hielt sich die Polizei in der Nähe auf. Gegenüber Kommissar Thon hatte er erklärt, er würde ihn persönlich dafür zur Re-

chenschaft ziehen, wenn durch eine Unachtsamkeit oder Übereifer seinem Sohn etwas zustoße. Thon hatte versichert, sie würden nichts unternehmen, was Ingmars Leben gefährden könnte.
Robert Schultheis warf die Müllsäcke ins Gebüsch, schaute sich kurz um und fuhr wieder weg, zurück nach München. Nach etwa einem Kilometer klingelte sein Handy. Thon wollte wissen, was passiert sei. Nichts, sagte er und beendete einfach das Gespräch. Es war ein Reflex; er wollte nicht sprechen; er hatte auf einmal das Gefühl, alles falsch gemacht zu haben, und niemand hätte ihn daran gehindert. Eine Million Euro in zwei Müllsäcken, dachte er, das war doch nicht real. Das Leben seines Sohnes gegen zwei Müllsäcke.
Jetzt, auf der Couch, neben seiner Frau, erinnerte er sich daran, wie er auf der Rückfahrt am Freitag immer wieder in den Rückspiegel geblickt hatte. Als würde er verfolgt werden – von der Polizei, vom Täter, von Journalisten. Am Morgen hatten die ersten Reporter angerufen, Fotografen und ein Kamerateam waren vor dem Haus aufgetaucht. Bis dahin hatte niemand Verdacht geschöpft. Schultheis hatte sich fast darüber gewundert. Der Schule hatte seine Frau mitgeteilt, Ingmar sei mit einem Freund mitgegangen, den er noch aus dem Kindergarten kenne und der inzwischen auf die Realschule gehe; sie hätten mit einer Rennbahn im Keller gespielt und die Zeit vergessen. Und wie es im Haus Vorschrift sei, habe ein Mieter am Montagabend die Kellertür zum Treppenhaus abgesperrt, weil er die Jungen im hinteren Abteil nicht bemerkt habe. Die Kinder mussten die ganze Nacht und den halben Tag dort unten verbringen, bevor sie von einer Nachbarin gefunden wurden. In der Zwischenzeit sei die Polizei bereits auf der Suche nach ihnen gewesen. Ingmar habe sich eine schwere Erkältung zugezogen und müsse bis zum Ende der Woche zu Hause bleiben. Anscheinend hatten die Lehrer die Geschichte geglaubt.

Trotzdem hatten auch am Mittwoch und Donnerstag Polizisten immer wieder Passanten und Anwohnern ein Foto von Ingmar gezeigt und gefragt, ob jemand ihn gesehen habe. Kein Wunder, dachte Schultheis, dass einer der Befragten die Presse informiert hatte. Wenigstens hatte es drei Tage gedauert. Lydia, die Sekretärin der Maklerfirma, verwies alle Anrufer an die Pressestelle der Kripo und legte auf, wenn Journalisten aufdringlich wurden.
Und die Pressestelle hatte es geschafft, dass auch in den Wochenendausgaben der Zeitungen weder ein Foto noch eine Notiz erschienen waren. Dem Täter müsste das in die Hände spielen, dachte Schultheis.
»Komm«, sagte er zu seiner Frau. »Ich mach frischen Kaffee, und wir tauen den Kuchen auf, den wir im Gefrierschrank haben.«
Sofort stand Edith auf, was ihn ein wenig überraschte. »Sehr gute Idee, das machen wir.«
In diesem Moment klingelte das Handy der Kommissarin. Sie holte es aus der Tasche ihrer Wildlederjacke und entsperrte die Tasten. »Ja?«
Das war alles, was sie sagte. Ohne ein weiteres Wort beendete Verena Bauschmidt das Gespräch und behielt das silberne Gerät in der Hand. Sie schaute zu dem Ehepaar, das vor der Couch stand, Hand in Hand, und sagte: »Es ist etwas passiert.«

»Was ist passiert?«, fragte Edith Liebergesell. Vor ihr an der Wohnungstür stand Tabor Süden, der seit zehn Minuten geklingelt und geklopft hatte. Anrufen konnte er sie nicht, weil sein Handy in der Detektei lag.
»Leo ist überfallen worden«, sagte er.
Edith wankte vom Rotwein. Sie trat einen Schritt zur Seite, ließ Süden hereinkommen und schloss die Tür. Er blieb im Flur stehen. »Die Täter haben ihn auf dem Sportplatz einer Schule am Hasenbergl abgelegt. Das Areal ist übersät von

fremden Spuren. Leo ist nicht bei Bewusstsein, sie haben ihn brutal zusammengeschlagen. Ein Zufall, dass er so schnell gefunden wurde. Ein junges Liebespaar hat sich dort im Dunkeln herumgetrieben.«
»Keine Zeugen?«
»Niemand.«
»Wo hat er ermittelt?«
Süden berichtete ihr von seinen Gesprächen bei der Polizei und mit Ralph Welthe, seinen Vermutungen über die rechte Szene und seiner Entscheidung, Leonhard Kreutzer auf Mia Bischof anzusetzen. Er stand immer noch im Flur, während er redete. Edith hatte die Arme verschränkt und hörte mit geschlossenen Augen zu. Als er schwieg, sagte sie: »Sie wollen uns einschüchtern.«
»Im Moment haben sie es geschafft«, sagte Süden.
»Du glaubst, Welthe ist vom LKA.«
»Ich bin ziemlich sicher.«
»Und Denning, der Taxifahrer, ist ein verdeckter Ermittler.«
»Das würde das Verhalten des LKA erklären.«
»Aber Mia Bischof lässt ihn von uns suchen«, sagte Edith Liebergesell. »Sie weiß also von nichts.«
»Scheint so.«
»Und wir wissen auch nichts Genaues. Wo ist Patrizia?«
»Bei Leo im Krankenhaus.«
»Wir fahren hin.«
»Schaffst du das?«
»So betrunken bin ich nicht.«
»Das meine ich nicht.«
Sie umarmte ihn, hielt ihn einige Augenblicke fest, schmiegte ihre Wange an seine und wandte sich zum Schlafzimmer. »Machst du die Kerzen aus, bitte?«

10

»Hat das sein müssen?« Sie hatte nicht gewollt, dass er in ihre Wohnung mitkam. Er ignorierte ihre Ablehnung, wie er es früher auch getan hatte.
»Er ist ein Spitzel.«
»Er ist ein alter Mann.«
»Was wollte er von dir?«
»Wieso von mir?«
»Stell dich nicht blöd. Willst du mich verarschen?«
»Nein, Karl.«
»Also?«
»Lass mich los.«
»Also?«
Es kam ihr vor, als wäre er noch kräftiger geworden, hätte noch mehr trainiert. Er roch nach Schweiß und Schnaps, wirkte aber nicht betrunken, wie immer. Wie früher. »Er ist ein alter Kamerad. Er hat mich vor ein paar Monaten auf einer Versammlung angesprochen, und das darf er auch.« Sie löste seine Finger von ihrem Nacken. Der Schmerz ließ nicht nach.
»Dann haben die Bullen ihn umgedreht«, sagte Karl und ging auf und ab. Seit mindestens vier Jahren war er nicht mehr in dieser Wohnung gewesen, beim letzten Mal nur eine Nacht. »Er hätt was sagen können, hat er nicht getan. Die Kameraden mussten ihm eine Lektion erteilen. Wenn er ein Kamerad wär, hätt er den Mund aufgemacht, das ist logisch. Hat er nicht. Er hat dich angelogen. Oder du lügst mich an.«
»Du kannst nicht hierbleiben, Karl.«
»Mach dir nicht in die Hose.«
»Alles läuft gut. Ich mache meine Arbeit, ich habe alles unter Kontrolle, ich erfülle meinen Auftrag, Karl.«
»Quatsch nicht so abgedreht. Wir erfüllen alle unsern Auftrag, was denn sonst? Die Sache mit dem Alten beschäftigt mich, und sie gefällt mir nicht.«
»Was ist, wenn er stirbt?«

»Der stirbt nicht, der ist zäh.«
»Dann kommt die Polizei und verhört uns. Er wird aussagen, dass er im Stüberl war und mit mir gesprochen hat. Hast du dir das überlegt? Wenn wir Pech haben, wird dadurch unsere ganze Arbeit zunichtegemacht. Und ich? Das war dumm, was ihr gemacht habt.«
Er schlug ihr so fest ins Gesicht, dass sie die Tischkante verfehlte, um sich festzuhalten. Sie taumelte und stürzte zu Boden. Sie hob den Kopf, und er sah auf sie herunter und stieg mit dem rechten schwarzen, schweren Schuh auf ihre Hand. Sie presste die Lippen aufeinander. Tränen stiegen ihr in die Augen. Sie wusste, wenn sie weinte oder wimmerte, würde er fester zutreten. Es war nie anders gewesen. Auch seine Stimme klang wie damals, in den schlimmen Phasen ihrer Beziehung, am Ende ihrer Ehe.
»Nicht dumm, Mädel, nicht krank«, sagte er. »Dieser Mann ist ein Spitzel, und jetzt ist er höchstens noch ein berufsunfähiger Spitzel. Und ...« Er rieb die Schuhsohle auf ihrer Hand. Sie hielt sich mit der anderen Hand den Mund zu, die Nase.
»Er wird niemanden beschreiben. Die Bullen werden kommen und ihre Fragen stellen, und dann gehen sie wieder, und das war's. In der Zeit müsst ihr klug sein, kapiert? Nicht dumm, sondern klug. Hast du das verstanden?«
Sie nickte. Er sah ihr zu. Dann hob er den Fuß, und sie zog die Hand weg, wärmte sie an ihrem Bauch.
»Steh auf.«
Er fing wieder an, hin und her zu gehen, während sie, die schmerzende Hand am Bauch, sich hinkniete, so unauffällig wie möglich ein- und ausatmete und aufstand. Ihr war schwindlig. Sie hätte das alles verhindern müssen, dachte sie. Wieso war der alte Mann in die Kneipe gekommen? Zu welchem Zweck? Unter allen Umständen musste sie verhindern, dass die Detektei Liebergesell eine Verbindung zwischen dem Überfall und ihr herstellte. Das wäre fürchterlich,

dann wäre alles verloren, und sie würde Siegfried vermutlich nie wiedersehen.

»Die Jungs sind schon auf dem Weg zu den Kameraden im Osten«, sagte er, als spräche er zu jemand anderem, nicht zu ihr, die auf dem Stuhl saß und ihm zuhörte und heimlich auf ihre Hand pustete. »Mario weiß, was zu tun ist, und sonst war niemand da. Außer dir.«

Im nächsten Moment hatte er den zweiten Stuhl genommen und ihn vor ihr auf den Boden geknallt. Er saß da, breitbeinig, sein schweißnasses Gesicht zwei Handbreit von ihr entfernt. »Du hast mit dem Alten geredet, er hat dich angequatscht, er hat sich verlaufen. Hast du das verstanden? Er ist zufällig reingekommen, hat dich gesehen und gedacht, er kann dir was ausgeben. War's so? Ja?« Sein Arm zuckte, und sie dachte, er würde sie an der Kehle packen. Aber er sah sie nur an aus seinen wässrigen Augen, die ihr einmal so gefallen hatten.

»Ja«, sagte sie, obwohl sie seine Frage vergessen hatte.

»Und dann ist er wieder gegangen, Ende Gelände. Was draußen passiert ist, weiß kein Mensch. Alles gespeichert?«

»Er hat mich angesprochen«, wiederholte sie abwesend. Die Schmerzen zogen aus ihrer Hand in den Arm bis in ihren Kopf. Sie hatte plötzlich hämmernde Kopfschmerzen, wie von selbst kippte ihr Kopf von links nach rechts und wieder zurück.

»Was ist los? Spinnst du?« Mit beiden Händen packte er ihren Kopf und hielt ihn fest. »Bau keinen Scheiß, Mädel, ich kann mir das nicht leisten, das weißt du doch.« Er verschob ihren Kopf bei jedem Wort, das folgte: »Das-weißt-du-doch-das-weißt-du-doch.«

»Ja.« Ihre Stimme versickerte in ihrem Rachen.

»Was?«

»Ja. Ja.« Er ließ sie los. Sie riss den Mund auf und schnaufte, als wäre sie fast ertrunken. »Okay. Aber wieso ...«

»Was?« Er sah sich um. Sein Blick blieb an einer Rotweinflasche auf dem Rollwagen hängen, auf dem Bücher und Zeitschriften lagen.
»Wieso bist du denn das Risiko eingegangen, Karl? Der Alte wär doch sowieso wieder verschwunden.«
Er schüttelte heftig den Kopf und klatschte sich mehrmals auf die Wangen. »Ich brauch was zu trinken. Hast du noch was anderes als diesen Kanackenwein?« Mit einem Ruck stand er auf und steckte die Hände in die Taschen seiner Bomberjacke. »Hab genug gesoffen für heut. Also, vielleicht bist du heut leicht blöde im Kopf, so was passiert, zu viele falsche Sachen gedacht. Zum letzten Mal: Ich wollt wissen, wer der Alte ist und wieso er bei uns rumspioniert. Und das hab ich erfahren, und jetzt ziehen wir die Sache bis zum Ende durch. Es war meine Entscheidung, ich hab die Verantwortung und damit Schluss.«
Er war sich nicht sicher, ob Schluss war. Vermutlich hatte er überreagiert, und der Alte wäre tatsächlich von selber verschwunden. Er hatte so lange nichts unternommen, keine Aktion durchgeführt, keinen Befehl erteilt. Das Versteckspiel zehrte ihn aus. Er machte gerade die schwerste Phase im Untergrund durch, das wusste er. Er hatte genügend Zeit, darüber nachzudenken, vierundzwanzig Stunden am Tag, und er tat nichts anderes. Auch seine Rückkehr nach München hatte seine Stimmung nicht verbessert. Er hockte in dieser Wohnung im Norden, die Geiger für ihn angemietet hatte, aber er hockte im Abseits. Nichts passierte.
Er war nicht undankbar, Geiger hatte alles eingefädelt und ihn aus der Gefahrenzone im Osten ins sichere Bayern gelotst. München, behauptete Geiger, wäre die sicherste Stadt für einen wie ihn. Hier suchte ihn niemand. Ohne Geiger säße er immer noch in diesem Rattenloch im Niemandsland. Geiger hatte alles im Griff.
Die Bullen und der Verfassungsschutz waren nicht sein Pro-

blem, die suchten ihn in anderen Bundesländern, wenn sie überhaupt nach ihm suchten. Diese Leute waren in ihren eigenen Mechanismen gefangen, das gefiel ihm. Sie hatten keine Ahnung von den wahren Vorgängen in der Szene, wie Geiger ihm immer wieder versicherte.
Was ihn fertig machte, war die Tatenlosigkeit. Das Alleinsein. Wenn er wenigstens einen Kameraden hätte, mit dem er dieses Leben teilen könnte, wäre viel geholfen. Sie könnten dann Dinge planen und durchführen, der eine bügelte die Fehler des anderen aus, der eine hatte Ideen, wenn der andere gerade ein zubetoniertes Hirn hatte. So was passierte: dass nichts voranging. Wie früher auf der Baustelle, tagelanger Stillstand, alle waren da, nichts bewegte sich. Das war kein Zustand, das war Dreck. Geiger sagte, er solle sich still verhalten, es würden größere Aufgaben auf ihn warten. Wann? Wahrscheinlich hätte er die Jungs nicht hinter dem Alten herschicken dürfen. Er war sich nicht sicher, aber vermutlich hatte er einen Fehler begangen, und Mia hatte recht. Sie war schlau, machte ihre Arbeit bei der Zeitung, und niemand schöpfte Verdacht. Sie organisierte Treffen und hatte einen Mädelring gegründet, von dem die Behörden nicht wussten, dass er praktisch vor ihrer Nase existierte. Eines Tages würde sie an der Spitze der Bewegung stehen, davon war er schon vor zwanzig Jahren überzeugt gewesen, als er sie geheiratet hatte und mit ihr durch die Clubs gezogen war. Sie war die Beste, in allem, die Härteste, die Raffinierteste, eine Meisterin. Und sie tat, was man von ihr verlangte, seit jeher.
»Lass mich los, bitte. Du musst gehen.«
»Vorher will ich dich haben.«
»Ich bitte dich ...«
»Ja? Um was bittest du mich?«
»Bitte nicht.« Sie versuchte, seine Hand von ihrem Hintern zu nehmen, aber er war stärker. Er war immer stärker gewesen.
»Der alte Mann tut mir leid.«

»Ein alter Mann, allein, ohne Frau, ein Spitzel, vergiss ihn.«
»Nein. Wie soll denn ... wie geht das weiter mit dir? Bitte, antworte mir.«
Er ließ sie los. Sie wich einen Schritt zurück. Dann warf er seine Jacke aufs Sofa, zog seinen Pullover aus, das T-Shirt, bückte sich, schnürte die Schuhe auf, zog sie aus. »Vorerst bleib ich in der Stadt«, sagte er derweil. »Die Wohnung von deinem Vater ist sicher. Was ich brauch, ist Geld, und wir werden uns was ausdenken müssen. Wir leben leider nicht mehr in den Achtzigern oder Neunzigern, ein Banküberfall bringt uns nichts. Es gibt andere Möglichkeiten. Ich bin mit Kameraden in Norwegen und England in Kontakt, wir haben uns regelmäßig getroffen. Wir schreiben uns Briefe.«
»Bitte?«, sagte sie erstaunt und schaute ihm zu, wie er seine Unterhose abstreifte. Die Hände in die Hüften gestemmt, stand er nackt vor ihr. So kannte sie ihn, und das wusste er und tat nichts. Er redete weiter.
»Keine Telefonate, keine Handys. Briefe. Die Post überwacht niemand, und du kannst die Briefe sofort verbrennen. Alles, was du brauchst, ist eine normale Adresse, kein Problem. Und wenn das Geld vorhanden ist, gehen wir nach Südamerika, du und ich. Dein Vater wird uns unterstützen. Wir ziehen das Ganze noch mal durch, damals waren wir zu jung, das weißt du so gut wie ich. Komm endlich. Komm.«
Sie ging zu ihm.

Nichts. Sie saßen auf der Bank im Flur und konnten nichts tun. Das Einzige, was ihnen blieb, war, nachzudenken, zum Ende des Flurs zu schauen, weiter nachzudenken. Minute um Minute, eine Stunde lang. Nach achtzig Minuten kam Dr. Reber, der Arzt, mit dem sie schon gesprochen hatten, aus der Intensivstation und erklärte, Herr Kreutzer werde künstlich beatmet, er sei nicht bei Bewusstsein, sein Gesamtzustand sei besorgniserregend, es gäbe leider keine besseren Nachrichten. Kreutzer habe schwerwiegende innere Verletzungen erlitten, er befinde sich seit einer halben Stunde im Zustand der Sedierung, man habe ihm Propofol und Sufentanil verabreicht, mit Komplikationen sei im Moment nicht zu rechnen. Auf die Frage von Patrizia Roos, welche Art von Sedierung er meine, erwiderte der Arzt, es handele sich um eine Langzeit-Narkose, um das, was man als künstliches Koma bezeichne.

»Natürlich liegt der Patient nicht im Koma, wir nehmen ja Einfluss auf seinen Zustand und die Abläufe. Besseres kann ich Ihnen zu diesem Zeitpunkt nicht berichten, es tut mir leid. Sie sollten nicht länger warten.«

»Danke«, sagte Edith Liebergesell. Nachdem der Arzt hinter einer Tür am Ende des Flurs verschwunden war, griff sie nach Südens Hand. Sie schwiegen lange. Er saß zwischen den beiden Frauen, in seinem Kopf wüteten Gedanken.

Wenn er Kreutzer nicht losgeschickt hätte ... Wenn er diese absurde Idee für sich behalten hätte ... Er wollte die zwielichtige Klientin im Auge behalten. Alles, was er recherchiert hatte, deutete darauf hin, dass sie Ziele verfolgte, die mit der Suche nach dem Taxifahrer nichts oder nur wenig zu tun hatten. Er wollte wissen, welches Spiel sie trieb. Und Kreutzer war ein ausgezeichneter Beschatter und mittlerweile auch erfahren genug, um riskante Situationen einschätzen und die Aktion notfalls rechtzeitig abbrechen zu können. Trotzdem, dachte Süden, hätte er ihn, wie er es eigentlich vorgehabt hatte, warnen und aufhalten müssen.

»Wann kommt endlich der Kommissar wieder?« Patrizia trommelte mit den Händen auf ihre Oberschenkel, den Blick unaufhörlich auf die Treppe gerichtet.

»Hasenbergl«, sagte Edith Liebergesell, drückte noch einmal Südens Hand und ließ sie los. »Was wollte Leo dort? Wieso hat er euch nicht informiert?«

Weil das Sitzen ihn zermürbte, stand Süden auf und stellte

sich vor die Wand gegenüber. Im schäbigen Krankenhauslicht sah sein Gesicht erschreckend aus. »Er wollte nichts am Hasenbergl. Er wurde dort hingebracht.«
»Das wissen wir nicht«, sagte Patrizia, ohne den Blick von der Treppe abzuwenden.
»Wir wissen es nicht, ich vermute es.«
»Wo wurde er misshandelt?«, fragte Edith Liebergesell.
Jetzt sah auch Patrizia Süden an. »Da, wo er unterwegs war«, sagte er. »In Neuhausen, in der Gegend von Mia Bischof.«
»Dann ist sie mitverantwortlich«, sagte Patrizia.
»Können wir das beweisen?«
»Das werden wir«, sagte Edith.
Im Parterre waren Schritte zu hören, jemand kam die Treppe herauf.
Süden dachte wieder an die Gespräche mit seinen Ex-Kollegen; an das abweisende Verhalten des LKA-Kommissars; an die Mauern, gegen die er gerannt war und die, wie er vermutete, erst der Anfang einer ganzen Festung waren.
Den Mann in der mit unzähligen Taschen ausstaffierten grünen Trekking-Jacke kannten die drei Detektive bereits: Hauptkommissar Bertold Franck vom Kommissariat 111, der Mordkommission. Außer Atem nickte er ihnen erst zu, bevor er mit verschlossener Miene von einem zum anderen blickte. »Wir haben mit der Frau gesprochen, Mia Bischof. Sie sagt, sie hat den alten Mann tatsächlich getroffen, er kam in das Lokal und hat ein Bier getrunken. Sie bestätigt Ihre Angaben, dass Sie an einem Auftrag für Frau Bischof arbeiten, über den Sie uns nichts Näheres sagen wollen. Das steht Ihnen frei. Jedenfalls hat Herr Kreutzer das Lokal gegen 20 Uhr verlassen, danach hat Frau Bischof ihn nicht mehr gesehen. Meine Kollegen waren vor Ort. Die Kneipe, das Bergstüberl, hat geschlossen, den Wirt haben wir noch nicht erreicht, mit ihm reden wir morgen früh. Bisher gibt es keine Zeugen, die Herrn Kreutzer in der Nähe des Lokals gesehen haben. Auch

nicht am Hasenbergl. Sollten wir nicht erfahren, um was es bei Ihrem Auftrag geht? Ihr Mitarbeiter ist schwer verletzt, Sie sollten uns bei der Suche nach dem Täter oder den Tätern unterstützen. Nein?«

»Doch.« Schwerfällig erhob sich Edith Liebergesell. Den Rotwein, den sie zu Hause getrunken hatte, spürte sie immer noch. »Wir suchen einen Bekannten von Frau Bischof, eine normale Ermittlung. Ich bitte Sie um Verständnis für unsere Zurückhaltung, das gehört zu unserem Beruf und zur Verabredung mit den Klienten.«

»Schon recht. Es ist gleich zwei Uhr früh, wir liegen nicht auf der faulen Haut. Aber es deutet alles darauf hin, dass Ihr Kollege nicht am Hasenbergl zusammengeschlagen, sondern dort nur abgelegt wurde. Und Spuren für einen Überfall in Neuhausen haben wir bisher nicht. Was ich nicht verstehe, ist, wieso wollte Herr Kreutzer Frau Bischof treffen? Oder war der Mann nur zufällig in Neuhausen? Da sind lauter Lücken in Ihren Aussagen, das gefällt mir nicht, ehrlich gesagt.«

»Da sind keine Lücken«, sagte Edith Liebergesell. »Frau Bischof hat ein paar Angaben gemacht, die wir überprüfen müssen, und wir ...«

»Was für Angaben? Worum geht's?«

»Möglicherweise ein Beziehungskonflikt, bei dem eine eifersüchtige Frau durchdreht und mit allen Mitteln ihren Freund wiederhaben will, der weggelaufen oder untergetaucht ist, weil er Schulden bei ihr hat oder einfach nichts mehr von ihr wissen will. Solche Fälle haben wir ständig, und wir gehen denen nach. Wir sind keine Tanzbären, auch wenn wir dafür bezahlt werden. Wir sind auf Ihre Hilfe dringend angewiesen, Herr Franck, wir stehen unter Schock, das sehen Sie doch.«

Süden machte einen Schritt von der Wand weg, vor der er reglos gestanden hatte. »Ihr Gespräch mit Frau Bischof fand in ihrer Wohnung statt.«

Irritiert sah Franck ihn an. »Bitte? Nein, am Telefon. Die Kollegen haben bei ihr geklingelt, aber sie war nicht da. Die Kollegen haben eine Nachricht an ihre Tür geklebt mit der Bitte um Rückruf. Hat sie dann gemacht, sie war bei einem Freund. Wieso fragen Sie?«

»Hat mich interessiert«, sagte Süden.

»Hat Sie interessiert. Interessant. Und mich interessiert, was Sie mir verheimlichen, Sie drei. Sie sollten morgen um acht zu mir ins Büro kommen, und dann machen wir eine offizielle Vernehmung. Ich hab hier eventuell einen Fall von versuchtem Totschlag oder sogar Mord, und Sie schachern um Informationen. Das gefällt mir nicht. Ich brauch jetzt drei Stunden Schlaf, unter uns. Also, morgen um acht in der Ettstraße.«

Noch während Edith überlegte, wie sie darauf reagieren sollte, und Patrizia am liebsten geblafft hätte, sie werde auf gar keinen Fall im Präsidium antanzen, sagte Süden: »Wir haben Hinweise, dass unsere Klientin in der rechten Szene tätig ist. Deswegen sind wir beunruhigt und ermitteln hinter ihrem Rücken. Möglicherweise gehört der verschwundene Mann ebenfalls zur Szene. Oder er ist ein verdeckter Ermittler.«

Franck zupfte sich an der Nase und zog die Stirn in Falten. Einen ungläubigeren Gesichtsausdruck brächte kein Heide zustande. »Rechte Szene? In Neuhausen? Die Frau ist Journalistin bei einer seriösen Tageszeitung, und mir ist nicht bekannt, dass sie jemals Kontakte zum rechten Lager gehabt hätte. Was ist das jetzt wieder für eine Variante?«

Süden sagte: »Das ist keine Variante. Ich habe heute mit Kollegen von Ihnen gesprochen, auch mit Hutter vom LKA. Sie bestätigen indirekt unsere Vermutungen.«

»Indirekt?« Franck verkniff sich ein Lächeln. »Ob das ausreicht für einen Verdacht? Und was wollen Sie damit andeuten? Dass Ihr Kollege von den Rechten verprügelt worden ist? Wieso?«

»Weil sie ihn für einen Schnüffler halten«, sagte Edith Liebergesell, die sich noch nicht sicher war, ob sie Südens Vorstoß taktisch klug finden sollte.
»Und das wäre das Tatmotiv?« Franck machte eine Pause, bemühte sich offensichtlich, sachlich zu bleiben. »Ich nehme diese Information zur Kenntnis und werde morgen ein paar Telefonate führen. Ich kenne einige Kollegen beim Verfassungsschutz, das wird sich alles schnell und zuverlässig klären lassen. Bei Tageslicht sehen wir mehr.«
»Bei der Gelegenheit sollten Sie sich auch nach einem Ermittler mit dem Namen Welthe erkundigen«, sagte Süden.
»In welcher Abteilung soll der arbeiten?«
»Landeskriminalamt.«
»Dann sollten Sie dort nachfragen.«
»Habe ich getan«, sagte Süden. »Sie leugnen, ihn zu kennen.«
»Sie leugnen? Sie behaupten, die Kollegen vom LKA haben Sie angelogen?«
Süden schwieg.
Franck wandte sich zum Gehen. »Dann erwartet uns morgen ein umfangreiches Programm. Bis um acht vor meinem Schreibtisch.« Er ging kopfschüttelnd die Treppe hinunter, die Hände in den Taschen.
Stille kehrte in den Flur zurück, scheinbar ins ganze Haus. Nach einer Weile sagte Edith Liebergesell: »Ich habe Angst um Leo.«

11 Sie waren nur zu acht, aber das machte ihnen nichts aus. Um das Paar, das nach ihnen einen Termin im Standesamt hatte, scharten sich mindestens dreißig Freunde und Angehörige, unter ihnen drei Kinder und zwei vierzehnjährige Jungen mit langen wallenden Haaren. Auf der Straße drehte Leonhard Kreutzer sich nach ihnen um, wofür er von Inge mit einem heftigen Ruck am Arm gerügt wurde. Es war ein sonniger Montag, dieser dritte Mai 1971, vom nahen Englischen Garten drang das Bellen übermütiger Hunde herüber, und aus den Cabrios, die durch die Mandlstraße fuhren, klang laute Popmusik.
Außer seinen und ihren Eltern nahmen nur Max, der Trauzeuge, und Barbara, die Trauzeugin, an der Hochzeit teil. Mehrere Monate hatten sie überlegt, wen sie einladen sollten, und sich dann für einen kleinen Kreis entschieden, für den kleinstmöglichen. Leonhard war noch nie ein besonders leutseliger Mann gewesen, auch Inge legte wenig Wert auf gesellschaftliches Treiben. Obwohl er sich dabei nicht ganz sicher war. Manchmal hegte er die Vermutung, sie nehme nur auf ihn Rücksicht und wäre öfter gern mal ins Kino oder in ein Lokal gegangen oder hätte sich mit Bekannten verabredet.
Er kannte sie seit zwei Jahren. Sie lebte mit ihrer Freundin Barbara in einer Wohngemeinschaft in der Schellingstraße, mitten im Studentenviertel. Sie waren keine Studenten, sondern Verkäuferinnen in einem Kaufhaus. Im August neunundsechzig waren Leonhard und sie sich zum ersten Mal an der Isar begegnet, und er hatte ihr und ihrer Freundin ein Bier spendiert. Überall lagen junge Leute mit Kassettenrekordern, aus denen Rockmusik schallte, im Gras, rauchten, tranken und küssten sich. Leonhard war ein eher schüchterner Typ, aber Inge nicht. Ihr munteres Wesen beflügelte seinen Mut, und er berührte sie unter all den Leuten ringsum nicht nur am Rücken. Sie genierte sich nicht, er aber zwischendurch schon.

Nach einiger Zeit kam Inge allein zum Flaucher, ohne Barbara. Und als sie sich, wie andere um sie herum, zum ersten Mal nackt auszog, bekam sein Gesicht die Farbe der Kieselsteine am Ufer. Ohne Badehose dazusitzen fiel ihm schwer, und als Inge sich vor ihn hockte, damit die anderen nichts sehen konnten, wurde ihm fast schwindlig vor Aufregung.

Noch Jahre, Jahrzehnte später erzählte er davon, und sie lächelte jedes Mal und strich ihm über die Wange, wie sie es von Anfang an getan hatte.

Inge konnte etwas, das vollkommen einfach und selbstverständlich war und ihm selbst nie gelang: sanftmütig streicheln. Sein Gesicht, seine Arme, seinen Bauch, alles – nur eine Geste, eine beinahe flüchtige Berührung, und er geriet in einen Zustand von Wehrlosigkeit, die für ihn das Maß aller Hingabe war.

Kinder bekamen sie nicht, was für beide kein Grund für schwere Gedanken war. Inges Eltern fragten anfangs oft danach. Sie waren gläubig, gingen regelmäßig in den Gottesdienst und wünschten sich Enkel, während Leonhards Eltern das Thema immer nur am Rand ihrer Treffen anschnitten und mehr aus Höflichkeit als aus Besorgnis. In den Alben mit den Ledereinbänden sammelten sich Fotos aus der Chronik ihrer Ehe. Schnappschüsse aus der neuen Wohnung in der Ainmillerstraße, direkt neben dem Schreibwarengeschäft, das Leonhard schon ein Jahr vor seiner Hochzeit übernehmen musste, nachdem sein Vater einen Herzinfarkt erlitten hatte und arbeitsunfähig geworden war.

Der Laden entwickelte sich zu Leonhards Passion. Er lernte alles über Stifte und Papier, Schulbücher, Zeichengeräte und andere Utensilien für den Büro- und Unterrichtsbedarf. Eine Woche nach der Hochzeit, am zehnten Mai, bezogen sie ihre erste und letzte gemeinsame Wohnung, und wiederum eine Woche später fing Inge im Laden an und blieb dort an Leon-

hards Seite bis einen Tag vor ihrer Einlieferung ins Krankenhaus, aus dem sie nicht mehr lebend zurückkehrte.
Sechsunddreißig Jahre lang war Inge im Geschäft gewesen und beliebt bei allen. Bei seinen Besuchen im Schwabinger Krankenhaus sprachen sie wieder vom Tag ihrer Hochzeit. In jenem Jahr wurde Erich Honecker Nachfolger von Walter Ulbricht, Inge verehrte Bundeskanzler Willy Brandt und schimpfte über den amerikanischen Präsidenten Nixon, den sie für einen Verbrecher hielt. Inge interessierte sich mehr für Politik als Leonhard, aber sie machten keine großen Gespräche daraus, sie lasen Zeitungen und kommentierten das eine oder andere. Als junger Mann, vor seiner Ehe, war Leonhard einmal Mitglied in einer Partei gewesen, mehr eine Spielart von Neugier als alles andere und eine für ihn im Nachhinein grässliche Vorstellung.
Vier Tage vor ihrem Tod fiel Inge ein, welches Lied sie im Jahr ihrer Hochzeit am meisten mochte, »A Song of Joy« von einem Sänger, an dessen Namen sie sich nicht mehr erinnerte. Zu Hause, in der Nacht, blätterte Leonhard die verstaubte Schallplattensammlung im Keller durch und fand die Single. Der Sänger hieß Miguel Rios. Welches Leonhards Lieblingslied in jenem Jahr gewesen war, wusste er nicht mehr. Doch Inge behauptete mit ihrer verbliebenen Stimme und allem Rest an Atem, dass es »Ruby Tuesday« von der schönen Melanie war. Das glaubte er nicht. Er glaubte es einfach nicht. Er glaubte es immer noch nicht.
Sie schlugen auf ihn ein, und das Lied tauchte in seinem Kopf auf wie eine verirrte Erinnerung. Nicht zu glauben. Das Lied der schönen Melanie. Er hatte es nie wieder gehört, in seinem ganzen Leben.

Von den Ausführungen des Bürgermeisters über die Proteste gegen neue Luxusprojekte im Zentrum der Stadt bekam sie nur wenig mit. Ihre Gedanken waren woanders, und was der

Kommunalpolitiker zu sagen hatte, kannte sie schon. Eigentlich wäre eine Kollegin von ihr für die Pressekonferenz im Rathaus eingeteilt gewesen, aber diese musste bei einer Recherche für den Polizeibericht aushelfen, so dass der Chef vom Dienst Mia Bischof mit dem Artikel beauftragt hatte.
Mehr als sechzig Zeilen brauchte sie nicht zu schreiben, was nicht länger als eine halbe Stunde dauerte. Anschließend redigierte sie drei Artikel von freien Mitarbeitern, besprach mit ihrem Kollegen die tägliche Lokalspitze, die sie heute ausnahmsweise nicht schreiben musste, und verabschiedete sich um sechzehn Uhr aus der Redaktion.
Sie behauptete, an ihrer Reportage über ein Jugendzentrum in Pasing, in dem angeblich rechte Hooligans ein und aus gingen, weiterarbeiten zu müssen. Stattdessen ging sie zum Hauptbahnhof, wo sie auf die nächste S6 in Richtung Tutzing wartete. Ihren Besuch hatte sie nicht angekündigt, weil sie von ihrem Diensttelefon aus grundsätzlich keine privaten Gespräche führte, und extra in eine Telefonzelle zu gehen, wie bei anderen Gelegenheiten, wollte sie nicht. Falls ihr Vater nicht da war, würde sie sofort zurückfahren und tatsächlich ihre Reportage fortsetzen.
»Ich freu mich, dass du kommst«, sagte Lothar Geiger und gab seiner Tochter die Hand. Sie umarmten sich selten, das war in ihrer Familie nicht üblich. Er bat sie in sein Büro im dritten Stock, von dessen Fenster aus Mia, wie schon als Kind, über den Starnberger See blickte.
Eine Minute stand sie still da, besetzt von Erinnerungen an ihre Kindheit, die sie sofort verscheuchte, als eine Angestellte hereinkam und ein Tablett mit Kaffee und Butterkeksen brachte. Mia setzte sich in den alten, mit grünem Samt bezogenen Sessel vor dem Schreibtisch. An der Wand hinter ihrem Vater hing das dunkle Gemälde ihres Großvaters in Militäruniform. Joseph Geiger war Oberst bei der Wehrmacht und ein enger Vertrauter von Generalfeldmarschall Keitel

und wie dieser nach der Kapitulation im Kriegsgefangenenlager Bad Mondorf inhaftiert gewesen und schließlich vor dem Internationalen Militärgerichtshof in Nürnberg angeklagt worden. Wie den Oberkommandierenden der Wehrmacht verurteilten die Richter auch Joseph Geiger zum Tod durch den Strang. Seit Mia zurückdenken konnte, galt ihr Großvater als Held und willkürliches Opfer der sogenannten Siegermächte.

Geigers Sohn Lothar war ein schlanker, sportlicher, grauhaariger Mann von dreiundsiebzig Jahren, den viele seiner Gäste auf Anfang sechzig schätzten. Das »Hofhotel Geiger am See« in Starnberg befand sich seit den zwanziger Jahren des vorigen Jahrhunderts in Familienbesitz und galt unter Urlaubern trotz des neu ausgebauten, umfangreichen Wellnessbereichs und der Erweiterung um fünfzig Zimmer als familiär und bezahlbar angesichts der herausragenden Lage in einem der beliebtesten Landkreise Deutschlands.

Regelmäßige Tagungen vor allem im Winter, wenn kaum Tourismus stattfand, brachten dem Hotel gute Einnahmen. Bei seinen Mitarbeitern war Geiger ebenso beliebt wie gefürchtet. Wichtige Entscheidungen traf er ausschließlich allein, zeigte sich aber bei Erfolgen und öffentlicher Anerkennung durchaus spendabel und vermittelte nach außen den Eindruck eines zusammengeschweißten Teams.

Kritik an bestimmten Gästen, die zwischen November und Februar regelmäßig im Hotel abstiegen und bei ihren Vorträgen und Seminaren Parolen brüllten und die Zimmermädchen schikanierten, verbat Geiger sich mit harschen Worten und verweigerte jedes Gespräch darüber.

Wem die Leute nicht passten, der konnte seine Papiere abholen. Das passierte im Lauf der Jahre immer wieder. Bisweilen wunderte sich ein Angestellter, warum bei Parteitagen und Versammlungen hinter verschlossenen Türen nie die Polizei einschritt.

»Schmeckt dir der Kaffee nicht?«, fragte er. In seinem zugeknöpften grünen Janker mit den Hirschhornknöpfen saß er kerzengerade auf dem antiken Holzstuhl, die Hände auf die Tischplatte gestützt. Auf dem schweren Mahagonitisch reihten sich Akten und Bücher Kante an Kante, Füllfederhalter steckten in Lederetuis, am Rand stand eine antike Standuhr mit versilbertem Fuß.

Der Raum mit dem mächtigen und mit Intarsien verzierten Bauernschrank, der Seemannstruhe, den deckenhohen Regalen voller Atlanten, historischen Büchern und dicken Ordnern, der Couch in dunkelrotem Leder, über der ein weiteres nachgedunkeltes Gemälde hing, das ein Wildpferd in einer zerklüfteten Landschaft zeigte, wirkte weniger wie das Büro eines Hotelmanagers, sondern viel mehr wie die Kanzleistube eines altgedienten Anwalts, der seine Zeit damit verbrachte, in alten Unterlagen zu stöbern und die Geschichte Revue passieren zu lassen.

In ihrer Kinderzeit empfand Mia die Atmosphäre in diesem Raum wie etwas Heiliges. Von hier aus, dachte sie oft, wurde die Welt regiert. Wenn ihr Vater hinter seinem Schreibtisch thronte, hörte jedermann auf sein Kommando. Und wenn er in einem Anfall von Zorn oder Missvergnügen mit der flachen Hand auf den Tisch schlug, verstummte das ganze Haus. Und das war auch richtig so, hatte Mia gedacht.

»Ich habe vielleicht einen Fehler gemacht, Vater«, sagte sie.

Er sagte nichts, wartete reglos ab, wie es seiner Art entsprach. Sie hatte keine Erwiderung erwartet. »Ich habe Karl in meine Wohnung gelassen.« Sie sah ihn an, sein Blick verriet nichts. »Er ist auf einmal im Bergstüberl aufgetaucht, niemand hat damit gerechnet. Du hast ihm befohlen, nicht dahin zu gehen.«

»Ich habe ihn darum gebeten«, sagte Lothar Geiger. »Und er hat mir versichert, sich daran zu halten. Was wollte er in dem Lokal?«

»Das weiß ich nicht.« Sie nestelte am obersten Knopf ihrer weißen Bluse, ihre wachsende Nervosität irritierte sie. Sie hatte sich nur aussprechen wollen, und nun war sie kurz davor, die Kontrolle über ihre Empfindungen und Gedanken zu verlieren. Sie senkte ihre Stimme, zumindest versuchte sie es. »Sitzt er da unangemeldet am Tresen, und ich weiß gar nicht, was ich sagen soll. Er tut so, als wäre er zu Hause. Und dann habe ich ihn auch noch mit zu mir genommen.«
»Warum?«
Das Wort und der schroffe Tonfall erschreckten sie. »Ich wollte das nicht. Wollte das nicht. Er hat sich nicht abweisen lassen. Und das nach allem, was passiert war.«
»Was war passiert?«
»Ein alter Mann ist ins Stüberl gekommen, er treibt sich schon länger im Viertel herum, und Karl dachte, er ist ein Polizeispitzel.«
»Was hat Karl unternommen?«
»Er hat Heiner und Jockel hinter dem Mann hergeschickt, damit sie ihn ausfragen.«
»Ist das gelungen?«
»Ich weiß es nicht.« Sie dachte nicht darüber nach, wie es dem Detektiv Kreutzer nach dem Überfall ging. Sie konzentrierte sich darauf, keinen Fehler zu machen, gegenüber ihrem Vater keine Silbe von dem zu verraten, was sie getan hatte. Niemand durfte von ihrem Auftrag an die Detektei erfahren. Das würde ihr niemand in der Gruppe verzeihen und sie wahrscheinlich aus ihren Funktionen katapultieren. Andere würden sie als Verräterin betrachten, als dumme Kuh, die aus Sentimentalität Schwäche zeigte und ihre gemeinsame Mission gefährdete. Dabei war sie doch nie gefühlsduselig, nie eines von den verheulten Mädchen gewesen, die den Schulhof vollrotzten, wenn ein Junge sie verlassen oder blöde angemacht hatte. Sie schlug zurück, mit Worten oder Fäusten, und die Sache war erledigt.

Wegen Siegfried hatte sie noch keine Träne vergossen. Aber sie hatte Angst um ihn. Diese Angst war ein Fluch.
Von Karl ging dieser Fluch aus, und sie litt seit dem Tag darunter, an dem ihr Vater ihr bei einem Essen in Starnberg mitgeteilt hatte, dass er Karl eine Wohnung besorgt habe, und zwar im Münchner Norden, in dem schmucklosen Hochhaus am Hasenbergl, wo er mehrere Wohnungen besaß. In diesem Moment wusste Mia, dass etwas geschehen würde, weil Karl zu einem paranoiden Menschen geworden war, der jedem Kind misstraute und jeden Menschen, den er nicht kannte, für einen Polizeispitzel hielt. Seit fast zehn Jahren lebte Karl im Untergrund. Niemand, auch nicht ihr Vater, zweifelte daran, dass Karl, wäre der Anschlag auf die Synagoge damals geglückt, heute ein Held wäre und nicht, mehr oder weniger auf sich allein gestellt, wie ein Aussätziger durch Deutschland vagabundieren müsste. Zum Glück, wie Lothar Geiger vor den Kameraden immer wieder betonte, legten sich die Ermittlungsbehörden der herrschenden Polit-Kaste gegenseitig lahm, so dass Karl von dieser Seite wenig zu befürchten habe.
Was immer Siegfried zu seinen Gunsten vorgebracht hätte, dachte Mia wieder und wieder, Karl hätte ihm misstraut. Und genau das hatte er auch getan. Sie hatte ihm von Siegfried erzählt, nicht aufdringlich und kein Wort von dem Verhältnis, das sie mit dem Taxifahrer hatte. Sie sagte nur, wie sehr sie ihn schätze und dass er zuverlässig Aufträge erfülle, wenn es darum gehe, Kameraden von einem Ort zum anderen zu bringen oder Waren und Propagandamaterial zu transportieren. Auf Siegfried war hundertprozentig Verlass, hatte sie gesagt und Karls Blick gesehen und alles verstanden. Dass Siegfried von einer Stunde zur anderen ohne eine Erklärung abhaute, ergab nicht den geringsten Sinn. Außer, man kannte Karl Jost. Er hatte etwas mit Siegfrieds Verschwinden zu schaffen, davon war Mia überzeugt, auch

wenn sie noch keinen Beweis dafür hatte. Und wie Karl inzwischen im Innern funktionierte, untermauerte nach der Sache mit dem alten Mann ihre Vermutungen. Karl litt unter schwerstem Verfolgungswahn. Jemand musste ihn aufhalten, notfalls mit Gewalt.

»Ich brauche deine Hilfe, Vater«, sagte sie.

»Jede Hilfe, jederzeit.«

»Der alte Mann ist kein Spitzel. Er ist zu alt, er will seine Ruhe. Er war früher in der Partei, hat er erzählt, er ist harmlos. Seine Frau ist gestorben, er ist einsam, und das kann man auch verstehen. Er wollte mit mir reden, weil wir uns einmal auf der Straße begegnet sind und er mich nach dem Weg gefragt hat. Er ist auch etwas verwirrt. Karl hätte ihm nichts tun dürfen. Die Polizei war bei mir, ich habe nichts ausgesagt, was uns schaden könnte, wie immer. Aber Heiner und Jockel haben den Mann verprügelt, er liegt im Krankenhaus, die Polizei wird wiederkommen. Sie darf Karl nicht finden. Du musst ihm klarmachen, dass er auf keinen Fall wieder nach Neuhausen kommen darf. Auf mich hört er nicht.«

Lothar Geiger saß noch immer reglos an seinem Schreibtisch.

»Was wollte er in deiner Wohnung?«

In Mias Ohren klang seine Stimme so vertraut wie seit jeher. Niemandem würde sie jemals mehr vertrauen als ihrem Vater.

»Er wollte wohl prüfen, ob ich allein lebe.«

»Dann hast du die Prüfung ja bestanden.«

»Ja.«

Nach einem Moment erhob er sich und streckte den Rücken. In seiner Kniebundhose, der grünen Jacke, dem schwarzen Hemd und mit seiner stattlichen Figur sah er aus wie ein Großgrundbesitzer, der seine Ländereien so im Griff hatte wie seine Gefühle. »Jetzt trinken wir ein Glas, und dann besprechen wir alles Weitere. Es gibt keinen Anlass zur Sorge.

Natürlich rede ich mit Karl, die Wohnung ist nur eine Übergangslösung, das weiß er. Was den alten Mann betrifft: Hat er Angehörige, Kinder, Geschwister? Wir werden überlegen, was du weiter tun kannst. Möglicherweise könntest du die Sache in der Zeitung aufgreifen. Der Überfall wird im nächsten Polizeibericht erwähnt werden.«
»Für Polizeiberichte bin ich nicht zuständig.«
»Das lässt sich regeln, oder nicht? Du bist stellvertretende Lokalchefin.«
»Ja.«
Er tippte eine Nummer ins Telefon. »Und du bist sicher, er ist kein Spitzel.« Er wirkte nicht überzeugt. »Zwei Mal Weinbrand«, sagte er in den Hörer und legte auf. »Mach dir keine Sorgen. Es ist gut, dass du gekommen bist. Zuerst dachte ich schon, es geht wieder um deine Mutter.«
»Nein.«
»Hast du von ihr gehört?«
»Nein.«
»Umso besser. Gut siehst du aus. Ein wenig blass, aber sonst kraftvoll und gesund. Spielst du noch Fußball.«
»Selten.«
»Schade. Mach damit weiter, Liebes.«
»Ja.« Und als hätte sie bereits einen Schluck Cognac getrunken, spürte sie eine angenehme Wärme, die sich in ihrem Körper ausbreitete und sie beruhigte.

Du bist nicht schuld, sagte Martin Heuer.
»Jemand spielt mit uns«, sagte Süden. »Jemand benutzt uns.«
Die Polizei muss euch die Wahrheit sagen.
»Sie werden nichts herausfinden, weil sie auch bisher nichts herausgefunden haben. Sie wollen nichts finden.«
Wenn dieser Welthe ein LKA-Mann und der verschwundene Taxler ein verdeckter Ermittler ist, dürfen sie euch nichts sagen.

»Der Taxifahrer könnte auch einer aus der Szene und umgebracht worden sein.«

Dann wird die Kripo ermitteln.

»Ich weiß, dass niemand uns unterstützen wird«, sagte Süden. »Wenn ich das Vertrauen von Mia Bischof nicht gewinnen kann, haben wir keine Chance.«

Sei nicht so pessimistisch.

»Ich schaue nur hin.«

Es ist Nacht, warte bis morgen früh.

Süden stand auf dem Balkon seiner Wohnung, ausgehöhlt von Ungeduld. Die Luft war kalt, und das Handy in seiner Jackentasche klingelte nicht. Gegen vier Uhr früh verließ er das Haus, ging vom Scharfreiterplatz zur Schwanseestraße und von dort weiter in Richtung Nockherberg, die vertraute, ewige Strecke. Keine Sterne am Himmel. Eine Stadt aus sieben leblosen Buchstaben.

12

Süden rechnete mit einer Einzelbefragung. Hinterher war ihm klar, warum Hauptkommissar Bertold Franck darauf verzichtet hatte. Zu dritt saßen sie ihm in seinem nach Kaffee riechenden Büro gegenüber, in der Mitte Edith Liebergesell, links von ihr Patrizia Roos, rechts Süden. Ihn schaute Franck anfangs öfter an als die Frauen, was vermutlich mit dessen Aussehen zusammenhing.

Süden war fast vier Stunden durch die Stadt gelaufen, hatte zwischendurch vom Handy aus im Schwabinger Krankenhaus angerufen, ohne Neues über den Gesundheitszustand von Kreutzer zu erfahren, und kam erschöpft, hungrig und durstig eine Viertelstunde vor acht in der Ettstraße an. Patrizia war vor ihm da, und als sie ihn sah, nahm sie ihn in eine Bäckerei in der Nähe mit, wo sie ihn zwang, einen schwarzen Tee mit Milch zu trinken, eine Butterbreze zu essen und danach noch ein Croissant. Erfrischt oder wenigstens erholt sah Süden dennoch nicht aus. Aber er fühlte sich wach, und ihm entgingen kein Wort und keine Pause des Kommissars, der ein weinrotes Hemd mit einer blauen Krawatte trug.

Franck hatte eine aufgeschlagene Akte vor sich liegen, die, wenn Süden sich nicht täuschte, aus zwei Blättern bestand. Der Kommissar hatte seinen Besuchern Mineralwasser und Kaffee angeboten, aber die drei hatten nur den Kopf geschüttelt. Also holte er nur für sich eine Tasse Kaffee und setzte sich an den rechteckigen weißen Tisch vor der fensterlosen Wand. »Ich will Sie nicht lange aufhalten«, sagte er.

»Seit sieben führe ich Telefonate, und mit dem Ergebnis bin ich durchaus zufrieden. In mehrfacher Hinsicht. Besonders erleichtert bin ich, weil uns keinerlei Hinweise auf rechtsextreme Verbindungen Ihrer Klientin, Frau Bischof, vorliegen. Sie hat sich auch als Journalistin niemals in dieser Richtung geäußert, sie ist sauber. Selbstverständlich beobachten sowohl das LKA als auch der Verfassungsschutz die einschlägig be-

kannten Kameradschaften, das Freie Netz Süd und ähnliche Gruppierungen. Rechte Zeitungen wie die ›Deutsche Stimme‹ von der NPD werden genauso aufmerksam studiert wie entsprechende Verlautbarungen im Internet. Das ist logisch.«
Er sah, wieder einmal, Süden an. »Ich soll Sie vom Kollegen Hutter grüßen, und er lässt ausrichten, dass ein Mann namens Denning nicht für das LKA tätig ist. Sie mögen das bitte zur Kenntnis nehmen und abhaken. Wie von Ihnen gewünscht, habe ich mich auch nach einem gewissen Welthe erkundigt, der Mann ist unbekannt, bei uns wie bei den Kollegen.«
»Welche Hinweise haben Sie auf die Täter, die unseren Kollegen halb totgeprügelt haben?«, sagte Edith Liebergesell. Sie trug einen schwarzen Hosenanzug, darunter eine schwarze Bluse und hatte ihre Haare streng verknotet. Je intensiver sie sich bemühte, ruhig zu bleiben, desto angespannter wirkte sie. Ihr helles Gesicht reflektierte ihre Furcht und Wut wie ein Spiegel. Wenn sie redete, brachte sie kaum die Lippen auseinander.
»Die Ermittlungen haben erst begonnen«, sagte Franck. »Wir werten gerade die Spuren an der Schule aus, wo Ihr Kollege lag. Und wir befragen gleich noch einmal das junge Paar, das den Verletzten gefunden hat.«
Patrizia konnte nicht mehr still sein. »Er ist nicht verletzt, er ist fast totgeprügelt worden. Und wieso glauben Sie uns nicht? Tabor Süden ist ein ehemaliger Kollege von Ihnen, und Sie behandeln ihn wie einen Lügner, der sich wichtigmachen will. Nur weil Sie nichts rausgefunden haben, heißt das nicht, dass Herr Süden nicht mit allem recht hat, was er sagt.«
Franck schob die Kaffeetasse beiseite, als könnten seine Worte darüber stolpern. »Eigentlich möchte ich nicht die Formulierung wiederholen, die mein Kollege Hutter gebraucht hat, als wir über Herrn Süden sprachen, aber ganz

unrecht hat er nicht. Herr Süden ist ein dienstferner Ex-Kollege, er hat seit Jahren keine Polizeiarbeit geleistet und offenbar manches vergessen, was in unserem Beruf zum Alltag gehört. Kein Problem. Ich sage Ihnen, was ich weiß, und ich bitte Sie, und damit meine ich Sie drei, mir zu glauben. Was den Überfall auf Ihren Kollegen angeht, so werden wir alles daransetzen, den oder die Täter zu finden, und das ist keine Floskel, das ist meine Überzeugung. Soweit wir wissen, auch durch Ihre Aussagen, wurde Herr Kreutzer nicht irgendwo an einer abgelegenen Stelle und mitten in der Nacht angegriffen, eher am Abend, in einem belebten Viertel, vermutlich in Neuhausen. Also wird es Zeugen geben, und die werden sich melden. Morgen erscheinen die Berichte in den Zeitungen, mit einem Foto, wenn Sie das wünschen, und dann, spätestens, wird unsere Fahndung Fahrt aufnehmen, darauf können Sie sich verlassen.«

»Was ist mit der Kneipe, in der Herr Kreutzer war?«, sagte Edith Liebergesell. Süden bemerkte, dass ihre rechte Hand leicht zitterte. Vielleicht brauchte sie einfach eine Zigarette.

»Die Kneipe.« Der Kommissar hob das oberste Blatt seiner Akte, betrachtete das darunterliegende und nickte. »Mario Klinke heißt der Wirt, er hatte früher ein Lokal in Weimar, geboren ist er in Erfurt. Den Kollegen liegen mehrere Anzeigen wegen Ruhestörung und Verstöße gegen das Nichtraucherschutzgesetz vor, besonders im Zusammenhang mit Fußballspielen. Das Lokal gilt als beliebter Treff bei Anhängern von 1860, die neigen schon mal zu Ausfällen, speziell bei Niederlagen, verständlicherweise. Allerdings ist seit einem Jahr Ruhe, steht hier. Der Wirt hat alle Strafen bezahlt und seinen Laden anscheinend jetzt im Griff. Versammlungen rechter Gruppierungen haben dort bisher nicht stattgefunden, wie mir bestätigt wurde.«

Er zupfte sich an der Nase und sah von einem zum anderen. Patrizia starrte demonstrativ den Tisch an, Süden sah zur

Wand. Nur Edith Liebergesell erwiderte den Blick des Kommissars. »Würde man Ihnen die Wahrheit sagen, wenn der Verfassungsschutz oder das LKA in dieser Sache tätig wären?«, fragte sie.
»Möglicherweise.« Franck lehnte sich zurück, strich sich mit dem Finger über die Nase und dachte nach. »Passen Sie auf, dass Sie sich nicht verzetteln und verrennen. Entscheidend ist, dass wir die Leute finden, die Ihren Kollegen so zugerichtet haben, und das bedeutet, wir müssen den Weg rekonstruieren, den er an diesem Nachmittag zurückgelegt hat, Meter für Meter, Stunde für Stunde.«
»Er war in dem Lokal«, sagte Süden. »Er redete mit Mia Bischof, der Wirt hat ihn gesehen und vielleicht ein weiterer Gast. Er hat das Lokal gegen zwanzig Uhr verlassen, das hat Mia Ihnen gegenüber behauptet. Ob das stimmt, wissen wir nicht. Und er muss unmittelbar nach Verlassen des Bergstüberls überfallen und verschleppt worden sein.«
»Das sind Spekulationen, Herr Süden.«
»Das sind keine Spekulationen. Wäre Kreutzer später überfallen worden, hätte er inzwischen sein Handy eingeschaltet und uns angerufen.«
»Warum hatte er es überhaupt ausgeschaltet?«
»Er war vorsichtig«, sagte Edith Liebergesell, bevor Süden antworten konnte. »Wir schalten unsere Handys immer aus, wenn wir im Einsatz sind. Und Herr Kreutzer ist ein sehr umsichtiger Detektiv.«
»Er kann keine hundert Meter zurückgelegt haben«, sagte Süden.
»Könnte es nicht sein, dass er einfach vergessen hat, das Handy einzuschalten?«
»Nein«, sagte Patrizia. Der Kommissar sah sie überrascht an. Er hatte nicht mehr damit gerechnet, dass sie noch ein Wort an ihn richten würde. »Herr Süden hat recht, Herr Kreutzer muss aus der Kneipe gekommen sein, dann haben

sie ihn gepackt, in ein Auto gezerrt und zum Hasenbergl gebracht.«
»Warum ausgerechnet dorthin, Frau Roos?«
Genervt von seiner Art, zuckte sie mit den Achseln und starrte wieder auf den weißen Tisch.
»Wir werden es herausfinden«, sagte der Kommissar. »Wir werden alles herausfinden. Klar ist, dass die Täter ihn nicht vor der Kneipe zusammengeschlagen haben. Es war also vermutlich so, wie Sie sagen, Frau Roos, die Täter haben ihn in ein Auto gebracht und sind weggefahren. Aber die Grundfrage bleibt, und Sie alle haben mir noch keine befriedigende Erklärung dafür gegeben: Warum ist das alles passiert? Wer hat den Auftrag erteilt? Ein alter Mann verlässt eine gewöhnliche Kneipe in Neuhausen, acht Uhr abends. In der Kneipe ist nichts vorgefallen, nichts, von dem wir wissen. Er kommt nach draußen, schlägt irgendeine Richtung ein, wahrscheinlich, wie Sie auch sagen, die zur U-Bahn-Station. Nibelungenstraße, Wendl-Dietrich-Straße, Winthirstraße, egal, welchen Weg er einschlägt, er ist nicht allein unterwegs. Das ist ein belebtes Viertel, und von der Kneipe bis zum Rotkreuzplatz, wo die U-Bahn ist, sind es zehn Minuten, wenn man langsam geht.«
»Kinder verschwinden am helllichten Tag in einer Stadt«, sagte Edith Liebergesell.
»Ja, das passiert, und es ist grausam. Aber Herr Kreutzer hätte sich wehren können. Inwieweit er das getan hat, können wir noch nicht sagen angesichts seiner insgesamt sehr schweren Verletzungen. Nächste Frage: Haben die Täter auf ihn gewartet? Woher wussten Sie, wann er das Lokal verlässt?«
»Jemand aus dem Bergstüberl hat sie informiert, ist doch logisch«, sagte Patrizia.
»Oder jemand aus dem Stüberl ist ihm gefolgt«, sagte Süden.
Der Kommissar beugte sich über den Tisch. »Wer?«
Nach einem Schweigen sagte Süden: »Wir wissen es nicht.«

Franck lehnte sich wieder zurück. »Nein. Der Wirt kann es nicht gewesen sein, Mia Bischof auch nicht. Was bedeutet das?«
»Mia hat Sie angelogen.« Edith Liebergesell warf jetzt häufiger einen Blick zu ihrer grünen Handtasche, die sie, wie es ihrer Gewohnheit entsprach, neben sich auf den Boden gestellt hatte.
»Und der Wirt genauso, dieser Mario Dings«, sagte Patrizia.
»Mario Klinke.«
»Von mir aus.« Patrizia sah den Kommissar nicht an.
Süden schwieg.
Franck zog das untere Blatt hervor und legte es obenauf. Er las – oder tat so – die getippten Zeilen und machte ein verzurrtes Gesicht. »Wie gesagt, wir werden alle offenen Fragen klären. Das verspreche ich Ihnen. Wir werden die Verantwortlichen vor Gericht bringen.«
Er machte eine Pause. »Etwas anderes müssen wir auch noch klären. Ich habe hier die Notiz eines Kollegen vom Verfassungsschutz. Demnach war Leonhard Kreutzer von 1966 bis 1968 Mitglied der NPD. Wussten Sie das?«

Sie glaubte ihm nicht. »Sie sind niederträchtig«, sagte Edith Liebergesell. »Jetzt wird mir klar, was hier gespielt wird, in Ihrer Behörde, Sie wollen ...«
In diesem Moment sprang Patrizia vom Stuhl auf und griff nach der Akte auf dem Tisch. Wäre sie nicht aufgesprungen, sondern hätte nur schnell den Arm ausgestreckt, hätte sie die Papiere vermutlich erwischt. So jedoch hatte Franck Zeit genug, Patrizias Hand zu packen und auf die Tischplatte zu drücken. Die junge Frau stieß einen Schrei aus und schlug mit der linken Hand zu. Geistesgegenwärtig beugte der Kommissar sich nach hinten und nahm gleichzeitig die Akte vom Tisch. Dabei hielt er immer noch Patrizias Hand fest. »Hinsetzen!«, sagte er ohne größere Betonung.

Edith Liebergesell hatte die Aktion überrumpelt. Erschrocken hatte sie sich zur Seite gebeugt, zu Süden hin, der scheinbar unbeteiligt auf seinem Stuhl saß. In seiner Zeit als Kommissar hatte er häufig Attacken von Zeugen oder Beschuldigten erlebt, abrupte Wutausbrüche oder den Versuch, mit Gewalt der Situation zu entkommen. Er hatte sich nicht einschüchtern lassen und, wenn es sein musste, Gegenwehr geleistet. Mit Patrizias Reaktion hatte er fast gerechnet. Als sie sich wieder hinsetzte, warf sie ihm einen Blick zu, der vor Vorwürfen loderte. Natürlich erwartete sie, dass er sie verteidigte und den Kommissar in die Schranken wies.

Süden glaubte Franck, da er ihn nicht für einen Trickser hielt, von denen er früher einige im Dezernat gekannt hatte, sondern für einen Ermittler, der vor allem Fakten sammelte und sortierte, die er beweisen und von denen er klar sagen konnte, dass sie zusammenpassten. Das, wie Süden inzwischen einsah, eher ungeschickte Taktieren der Detektei-Mitarbeiter hatte Franck zuerst misstrauisch werden lassen und dann geärgert, weil er den Zweck dieser Art negativer Kooperation nicht begriff. Er verhielt sich wie ein erfahrener, logisch denkender Kriminalist. Und er hatte nicht den geringsten Anlass für eine Provokation oder falsche Behauptungen.

Weil er sich gut in seinen Ex-Kollegen hineinversetzen konnte, glaubte Süden ihm und schämte sich dafür.

»Herr Kreutzer hat diese Pateimitgliedschaft also Ihnen gegenüber nie erwähnt«, sagte Franck. Er legte die Akte aufgeschlagen wieder auf den Tisch, hob den Zeigefinger in Richtung Patrizia, ließ zur Sicherheit aber seine Hände auf den Papieren. »Und er hat sich auch Ihnen gegenüber nie politisch geäußert. Oder doch?«

»Nein«, sagte Edith Liebergesell. Mehr als je zuvor brauchte sie eine Zigarette. »Darf man bei Ihnen rauchen?«

Franck schüttelte unmerklich den Kopf. »Bitte konzentrieren

Sie sich. Mir liegt diese Information vor, und ich hab nicht die Absicht, falsche Schlüsse zu ziehen. Verstehen wir uns, Frau Liebergesell? Wenn Sie sagen, Sie vermuten rechtsradikale Umtriebe im Zusammenhang mit Ihren Privatermittlungen und Ihre eigene Klientin sei möglicherweise in der rechten Szene tätig, und dann erfahre ich, dass einer Ihrer Mitarbeiter Mitglied in einer rechtsradikalen Partei war, habe ich die Pflicht, darüber nachzudenken, was das bedeuten könnte. Bedeutet es etwas, Frau Liebergesell? Seit wann kennen Sie Herrn Kreutzer?«

»Leo ist kein Nazi«, sagte Patrizia. Süden war klar, dass sie an diesem Tag keinen Blick mehr an Franck verschwenden würde, vielleicht auch keinen mehr an ihn.

Eine Weile zupfte sich der Kommissar in gewohnter Manier an der Nase. Vom Flur waren Stimmen zu hören, Handys klingelten. »Er war sehr jung damals.« Dann hob er den Kopf und sah zum Fenster auf der gegenüberliegenden Seite, durch das graues Licht vom Hinterhof des Präsidiums hereinfiel. »Anfang zwanzig. Wer weiß, was ihn dazu bewogen hat, ausgerechnet in die NPD einzutreten. Das Elternhaus?« Er machte eine Pause, aber niemand gab ihm eine Antwort. »Leben seine Eltern noch?«

»Nein«, sagte Edith Liebergesell. »Seine Frau ist auch schon gestorben.«

»Das weiß ich. Die Partei war damals noch ziemlich neu, sie war in den bayerischen Landtag gewählt worden. Möglicherweise hatte Kreutzer einen Freund, der ihn überredet oder überzeugt hat. Wir wissen es nicht. Es gibt keine Hinweise auf parteiliche Aktivitäten, er war nur Mitglied, wie es aussieht. Nach zwei Jahren kündigte er die Mitgliedschaft. Warum? Wissen wir nicht. Schließen Sie aus, dass er hinter Ihrem Rücken ...« Er sah wieder von einem zum anderen. »... Kontakte zur rechten Szene unterhielt? Zur NPD? Dass er sich auf irgendeine Weise politisch betätigte, aber

wusste, er könnte mit Ihnen nicht darüber reden. Wär das denkbar?«
»Niemals.« Süden stand auf. »Ich werde ihn fragen, warum er damals diese Entscheidung getroffen hat, aber ich weiß, dass er heute von einer solchen Ideologie ein Weltall entfernt ist.« Er ging zum Fenster und lehnte sich einen Moment dagegen. Dann kam er zum Tisch zurück, stützte die Hände auf seine Stuhllehne. »Der Verfassungsschutz sollte öfter so akribisch arbeiten.«
Ohne jemanden anzusehen, klatschte Patrizia mit erhobenen Armen dreimal in die Hände.
»Was ist Ihre Ansicht zu der Vergangenheit Ihres Mitarbeiters, Frau Liebergesell?«, fragte der Kommissar.
»Meine Ansicht ist ... Ich weiß, dass Leonhard Kreutzer mit solchen Leuten nichts zu tun hat und auch nicht rechts denkt. Er ist liberal und menschenfreundlich. Es ist mir egal, was auf Ihrem Zettel steht, ich glaube nicht, dass Leonhard jemals Mitglied der NPD war. Ich weiß nicht, wie sein Name auf die Mitgliederliste geraten ist, falls diese Liste nach ungefähr fünfundvierzig Jahren überhaupt noch existiert. Wenn Sie meine Ansicht hören wollen, hier ist sie: Mein Angestellter, Herr Kreutzer, fiel während einer Ermittlung einem versuchten Mordanschlag zum Opfer. Die Täter kommen aus dem Umfeld des Lokals Bergstüberl, und ich verstehe nicht, warum Sie hier sitzen, anstatt alles daranzusetzen, die Schläger zu finden und die Leute, von denen sie beauftragt wurden, hinter Gitter zu bringen. Sie haben sich von diesen Leuten Geschichten erzählen lassen, die nachweislich nicht stimmen können, und Sie lassen es zu, was bedeutet, Sie haben kein Interesse daran.
Wenn es sich tatsächlich um Leute aus der rechten Szene handeln sollte, kann ich Ihr Verhalten nicht anders deuten, als dass Sie diesen Leuten nicht zu nahetreten wollen, aus welchen Gründen auch immer. Ich unterstelle Ihnen nichts,

ich ziehe nur meine Schlüsse. Das ist meine Ansicht, und jetzt möchten meine Kollegen und ich gern gehen, denn wir haben sehr viel zu tun. Wir arbeiten nämlich auch an dem Fall.«

»Ich möchte Sie warnen, unsere Ermittlungen durch eigenmächtige Aktionen zu gefährden.«

Edith Liebergesell bückte sich nach ihrer Handtasche und stand auf. »Wir werden Sie bestimmt nicht gefährden, wobei denn? Sind wir fertig?« Auch Patrizia erhob sich und blickte zur Tür, unübersehbar an Süden vorbei.

»Nach allem, was vorgefallen ist«, sagte Franck beim Aufstehen, »können Sie doch nicht so naiv sein und auf eigene Faust Untersuchungen anstellen. Was glauben Sie denn? Natürlich nehmen wir das Lokal noch mal unter die Lupe, und zwar haarklein. Genauso die Gegend um die Schule am Hasenbergl. Es muss einen Grund geben, dass die Täter ihr Opfer genau dort abgelegt haben, sie kannten die Schule. Die Kollegen vor Ort sind informiert und seit heute um sechs Uhr unterwegs. Wir bearbeiten den Fall und werten ihn, wie schon mehrmals gesagt, als versuchten Totschlag. Also respektieren Sie meine Arbeit und torpedieren Sie sie nicht. Und sollten Sie irgendeinen Hinweis erhalten, den wir nicht kennen, verlange ich, dass Sie mich sofort anrufen. Kann ich mich darauf verlassen, Frau Liebergesell?«

»Selbstverständlich.«

Ein Ja wäre besser gewesen, dachte Süden.

»Ein Ja hätte genügt«, sagte Franck und zog die Tür auf. Auf dem Flur herrschte ein Kommen und Gehen von Männern und Frauen, die Akten oder prall gefüllte Kuverts mit sich trugen.

»Wir bleiben in Kontakt.« Edith Liebergesell ließ Patrizia und Süden den Vortritt und wandte sich noch einmal um. »Sie kommen nicht zufällig auf die Idee, uns beschatten zu lassen?«

»Auf die Idee bin ich schon gekommen, aber ich werde es nicht tun, vorläufig nicht. Und? Was ist Ihr nächster Schritt?«
»Wir haben den Auftrag, einen verschwundenen Mann zu finden, daran arbeiten wir.«
»Überschätzen Sie sich nicht und unterschätzen Sie andere nicht.«
»Was ist denn das für ein sibyllinischer Spruch zum Abschied?«
»Alles Gute, Frau Liebergesell.«
Nach einem letzten Blick zu Süden schloss der Kommissar die Tür.
»Bloß raus hier.« Mit schlurfenden Schritten eilte Patrizia zur Treppe.

»Schwer einzuschätzen«, sagte Bertold Franck ins Telefon. »Ich hab kein Personal für eine Observierung, unmöglich.«
»Wir passen schon auf.«
»Die Vernehmung der Frau Bischof findet also unter normalen Umständen statt.«
»So normal wie möglich. Sie wird das Gleiche aussagen wie in der Nacht, und Sie protokollieren es. Ebenso beim Wirt. Ich kann Ihnen leider nicht mehr anbieten. Falls sich ein Zeuge meldet, umso besser.«
Franck knetete seine Nase, als wolle er sie ausreißen. »Noch mal: Sie haben keine Hinweise auf die Täter. Da hat sich über Nacht nichts getan.«
»Nein. Wir observieren die Gegend ja nicht.«
»Und wie gehen wir mit der Presse um?«
»Sie bleiben bei der Linie, die wir besprochen haben.«
»Die Detektei wird weiter nach dem Taxifahrer suchen«, sagte Franck. »Das bedeutet, sie bleiben weiter in Kontakt mit Frau Bischof.«
»Wenn sie ihn vor uns finden, mache ich drei Kreuze.«
Jemand klopfte an die Bürotür. »Ich wünsch uns viel Glück.«

Franck legte den Hörer auf und dachte nach. Er wusste, dass sein Kollege ihm nicht die ganze Wahrheit erzählt hatte, aber er war nicht befugt, daran Kritik zu üben. Um wen es sich bei dem ominösen Taxifahrer handelte, war ihm nach wie vor vollkommen unklar. »Herein.«
Ein etwa vierzigjähriger Mann in einem grünen Pullover öffnete die Tür. »Kann sein, wir haben einen Zeugen am Hasenbergl. Er will gestern Nacht einen hellen, wahrscheinlich weißen Kastenwagen gesehen haben. Kennzeichen konnte er nicht erkennen, mit Schiebetür, rechts.«
»Das ist ein Anfang«, sagte Franck.

»Wir fangen noch einmal von vorn an«, sagte Edith Liebergesell auf dem Weg durch die Stadt. Vom Polizeipräsidium in der Ettstraße bis zur Detektei am Sendlinger-Tor-Platz würden sie höchstens zwanzig Minuten brauchen. Aber sie gingen langsam und blieben oft stehen. »Wir überprüfen alles, jede Aussage von Mia Bischof, jede Notiz, die ihr gemacht habt, alles.«
Patrizia, die bisher geschwiegen hatte, sagte: »Du hast mich hängenlassen, Süden. Du hast einfach nur zugeschaut, wie der Bulle uns verarscht hat.«
»Er hat uns nicht verarscht.«
»Sagt der Ex-Bulle.«
Süden schwieg.
Sie standen am Rand des Stachus-Rondells. Hunderte Passanten eilten an ihnen vorbei; Jugendliche standen in Gruppen vor dem McDonald's; Polizisten kontrollierten dunkelhäutige Männer. Vom Dach des gegenüberliegenden Hotels beobachtete eine Kamera das unaufhörliche Treiben im Stadtzentrum.
»Von jetzt an müssen wir uns hundertprozentig vertrauen.« Edith Liebergesell inhalierte den Rauch ihrer dritten Zigarette seit der Vernehmung. »Und wir trauen niemandem mehr,

schon aus Prinzip nicht in diesem Fall. Und du, Süden, fährst jetzt nach Hause, schläfst sechs Stunden, und dann sehen wir uns wieder.«

»Ich bin nicht müde.«

»Mit deinen Augenringen kannst du seilspringen. Auf geht's, ab in die Straßenbahn nach Giesing.«

Süden kam nicht von der Stelle. Er misstraute nicht nur seinen Ex-Kollegen bei der Kripo und im LKA, sondern vor allem sich selbst. Er kam sich vor wie Hauptverdächtiger und Vernehmer in einer Person. Er war schuldig und unschuldig, taub und hörend, sehend und blind zugleich; immer noch Polizist und doch längst ein Detektiv mit eigenen Regeln und eigener Verantwortung. Am liebsten wäre er vorübergehend unsichtbar geworden.

Wenig später, im Schlaf, wurde er es dann auch.

Zweiter Teil

13

Die Sonne schien, aber er sah nur den Kies unter seinen schwarzen Halbschuhen, die sein Vater für ihn poliert hatte. Um ihn herum standen Leute, deren Gesichter er nicht erkennen konnte. Er sah hin, und die Gesichter verschwanden in weißem Nebel. Neben seinem Vater ging er den Weg vom Leichenschauhaus zum Friedhof her, vorbei an geschmückten Gräbern zur ausgehobenen Grube mit den Kränzen und Blumenbuketts. Rosen, Lilien, Nelken – die Namen der Blumen kannte er nur vage, er sah die Farben, wie sie leuchteten. Weiß, Rot, Gelb. Zwei Jungen trugen weiße Gewänder, einer von ihnen schwenkte ein Weihrauchfass. Der Geruch brannte ihm in der Nase und ekelte ihn. Das passierte sonst nie, wenn er selbst als Ministrant eingeteilt war. Während der Pfarrer redete und mit ausholenden Gesten den Sarg segnete, legte er, von einem unbändigen Wunsch getrieben, den Kopf in den Nacken, schaute in den wolkenlosen blauen Himmel hinauf und schloss die Augen.

Vielleicht stand er minutenlang reglos da; für die Zeit hatte er kein Empfinden mehr. Erst als er eine Berührung am Arm spürte und im ersten Moment glaubte, seine Mutter würde ihn wecken, wie manchmal in der Früh, öffnete er die Augen und wandte den Kopf.

Rechts neben ihm stand sein Vater und weinte. Da bemerkte er, wie die vier Männer in den schwarzen Anzügen den Sarg an zwei Riemen in die Erde gleiten ließen, behutsam, ohne zu zögern. Da unten verschwindet jetzt meine Mama, dachte er. Dann hörte er eine Stimme, die er zunächst nicht erkannte, weil er nicht begriff, wo sie herkam und warum sie so leise klang. »Gott ist die Finsternis«, flüsterte die Stimme. »Und er sieht uns nicht.«

Bei diesen Worten erschrak er noch mehr als beim Anblick des in die Erde tauchenden Sarges. Während seine Gedanken sich noch überschlugen, griff sein Vater nach seiner Hand und nickte, als befeuere er den Satz, den er gerade gesagt hatte. Gott ist die Finsternis, dachte der dreizehnjährige Tabor Süden, weil er, seit er Religionsunterricht hatte und als Messdiener an Gottesdiensten mitwirkte, das Gegenteil gelernt hatte und auch davon überzeugt war. Was sein Vater sagte, konnte nicht stimmen. Doch dass er bei Mutters Beerdigung lügen würde, konnte er sich nicht vorstellen. Was also meinte sein Vater damit?

Und warum schien die Sonne so groß? Der blaue Himmel, dachte er, war doch wie ein einziges, Obacht gebendes Auge. Im Kirchturm läuteten die Glocken und hörten nicht auf. Die Gesichter um ihn herum waren unsichtbar geworden, genau wie er selbst.

Er wachte auf, augenblicklich erleichtert. Im selben Moment – oder schon eine Weile – klingelte sein Handy. Er dachte, er hätte verschlafen, dabei lag er erst seit vierzig Minuten auf der Couch.

Die Stimme der Frau am anderen Ende klang so fremd wie die seines Vaters im Traum.

»Frau Weisflog ist hier.«

»Bitte?«

»Frau Weisflog aus Ramersdorf.«

Süden stützte sich am runden Wohnzimmertisch ab, Echos der Beerdigung im Kopf.

»Hören Sie mir zu?«

»Unbedingt«, sagte er.

»Sie haben gesagt, ich soll anrufen, wenn mir was einfällt.«

»Sie sind die Nachbarin von Herrn Denning.«

»Ja, natürlich«, sagte die einundsiebzigjährige Rosa Weisflog.

»Ihnen ist etwas eingefallen.«

»Nein.« Während sie eine Pause machte, wischte Süden sich übers Gesicht. Er öffnete die Balkontür und trat nach draußen. Der Wind war kalt, das Licht grau. Er hatte keine Ah-

nung, wie spät es war. »Mir ist nichts eingefallen«, sagte die alte Frau. »Aber ich hab was gehört.«
Süden sollte etwas erwidern, aber er schwieg. Er war immer noch nicht in der Gegenwart.
»Sie sind doch Herr Süden, oder hab ich mich verwählt?«
»Sie haben sich nicht verwählt. Ich war wegen Herrn Denning bei Ihnen in der Wilramstraße.«
»Und wieso sagen Sie nichts?«
»Ich höre Ihnen zu.«
»Das will ich hoffen, wenn ich Sie schon extra anrufe.«
»Sie haben etwas gehört, Frau Weisflog.«
»Schritte und ein Schlüsselgeräusch. Wir haben einen Einbrecher im Haus.«
»Einen Einbrecher mit Schlüssel«, sagte Süden.
»Sie hören mir nicht richtig zu, der Einbrecher ist in der Wohnung von Herrn Denning. Und Herr Denning ist nicht da, wie Sie wissen.«
»Könnte er zurückgekommen sein?«
»Nein.«
»Da sind Sie sich sicher.«
»Ja.«
Nach einem beiderseitigen Schweigen sagte Süden: »Sie haben den Mann gesehen.«
»Guter Detektiv. Ich hab ein komisches Geräusch an der Haustür gehört und durchs Guckloch geschaut. Da kam ein Mann rein, der nicht hier wohnt, der mich aber schon mal vor der Tür nach Herrn Denning gefragt hat. Das habe ich Ihnen doch erzählt. Und der hat jetzt die Haustür aufgebrochen. Mit einem Schlüssel.«
»Und dann, Frau Weisflog?«
»Dann ist er nach oben gegangen und in die Wohnung vom Herrn Denning eingebrochen. Mit demselben Schlüssel. Wie geht so was?«
»Mit einem Dietrich«, sagte Süden.

»Natürlich! Soll ich die Polizei rufen?«
»Nein. Ich danke Ihnen, dass Sie mich angerufen haben. Wir machen jetzt eine Übung, und Sie müssen mitspielen, bitte.«
»Aha.«
»Sie brauchen fast nichts zu tun.«
»Außer mitspielen.«
»Ja.« Süden ging zurück in die Wohnung, in den schmalen Flur, wo seine Lederjacke hing. Er hörte, wie Rosa Weisflog seinen Namen ins Telefon sagte, kümmerte sich aber nicht darum, bis er in einer der Jackentaschen das fand, was er gesucht hatte. Er betrachtete den Bierdeckel und las die Ziffern, die darauf gekritzelt waren. »Besitzen Sie Schuhe, die kein Geräusch machen, Frau Weisflog?«
»Bittschön?«
»Schuhe mit leisen Sohlen.«
»Meine Hausschuhe.«
»Tragen Sie die gerade?«
»Natürlich.«
»Dann gehen Sie so leise wie möglich in den ersten Stock und lauschen an der Tür. Danach gehen Sie zurück in Ihre Wohnung und rufen mich noch einmal an.«
»Aha. Und wenn der Einbrecher grad die Tür aufmacht, wenn ich davorsteh, was mach ich dann?«
»Dann sagen Sie, Sie hätten ein Geräusch gehört, was Sie verwundert habe, da Herr Denning ja verreist sei.«
»Raffiniert. Und wo ist das Spiel dabei?«
»Ich möchte, nachdem Sie oben waren, von Ihnen wissen, was Sie gehört haben.«
»Aha.«
»Legen Sie jetzt auf und machen Sie sich auf den Weg. Lassen Sie Ihre Tür auf, damit ich Ihre Schritte hören kann«, sagte Süden als Test, aber Rosa Weisflog fiel nicht darauf herein.
»Da werden Sie nichts hören, Herr Detektiv. Meine Schritte sind unhörbar.«

»Dann gehen Sie los.«
Sie legte den Hörer auf. Süden nahm sein schnurloses Festnetztelefon, dessen Nummer nicht angezeigt wurde, und ging ins Wohnzimmer, wo er vor dem Fenster stehen blieb. Er legte das Handy aufs Fensterbrett und wartete eine Minute. Dann tippte er die Nummer, die auf dem Bierdeckel stand, ins Telefon und hielt es ans Ohr, ohne damit zu rechnen, dass der Angerufene dranging. Keine Mailbox. Er ließ es eine Weile klingeln und kappte die Verbindung. Er legte den Hörer auf den Bierdeckel und nahm das Handy, das kurz darauf klingelte.
»Frau Weisflog«, sagte er.
»Ich hab was gehört.«
»Ein Telefon hat geklingelt.«
»Ein Handy, glaub ich, die haben diese komischen Töne.«
»Das war gut«, sagte Süden. »Ich habe in der Wohnung angerufen, der Mann hat mir seine Handynummer gegeben. Er ist ein Bekannter von Herrn Denning.«
»Das hat er neulich auch gesagt. Und was treibt der da illegal?«
»Das werde ich herausfinden. Sollte der Mann weggehen wollen und ich bin noch nicht da, halten Sie ihn bitte auf. Erzählen Sie ihm irgendetwas. Fragen Sie ihn nach Denning. Ich mache mich gleich auf den Weg.«
»Das hört sich sehr mysteriös an.«
»Sie brauchen keine Angst zu haben. Wenn ich mich nicht täusche, ist der Mann Polizist.«
»Die Polizei wird auch immer mysteriöser«, sagte Rosa Weisflog.

Lange redeten sie kein Wort. Patrizia Roos blätterte die von Kreutzer mit akkurater Schrift beschriebenen Protokollseiten vor und zurück und verglich sie mit seinem Computerausdruck. Sie dachte wieder daran, wie eigenartig Kreutzer sich

in jüngster Zeit verhalten hatte, zumindest ihrer Einschätzung nach, denn Süden bestätigte ihre Beobachtung nicht. Aber Süden hatte seine eigene Art zu schauen, die sie oft schwer nachvollziehen konnte. Nichts, was sie las, erhellte die Dinge der Nacht, kein versteckter Hinweis auf eine Ungereimtheit oder eine später zu klärende Frage. Offensichtlich war Kreutzer an den Aussagen und am Verhalten von Mia Bischof nichts Besonderes aufgefallen. Das wiederum war ungewöhnlich, dachte Patrizia, da ihr Kollege vielen Klienten erst einmal mit Skepsis und gewissen Vorurteilen begegnete. Ähnlich wie Süden witterte Kreutzer hinter jedem Zögern, jedem ungestümen Sprechanfall eine Lüge oder einen Ablenkungstrick. Und oft behielten die beiden Männer recht, was sowohl Patrizia als auch ihre Chefin verblüffte und Edith Liebergesell ein wenig an ihrer Menschenkenntnis, auf die sie als Leiterin einer Detektei Wert legte, zweifeln ließ.
Jedes Mal, wenn Patrizia und Edith sich einen Blick zuwarfen, waren sie kurz davor, eine Frage zu stellen – gegen die Stille und das atemlose Dasitzen. Doch dann blätterte die eine weiter in den Papieren, die vor ihr auf dem Fenstertisch lagen, und die andere suchte an ihrem Schreibtisch nach gespeicherten Aufzeichnungen in Kreutzers Handy. Die Täter hatte das Telefon offensichtlich nicht interessiert, sie waren gekommen, um zuzuschlagen, sie hatten nicht den Auftrag, das Opfer zu berauben, sondern sie sollten es lediglich schwer verletzt an einem unverdächtigen Ort ablegen. Wieso die Schule?, fragte sich Edith Liebergesell ununterbrochen. Wieso der Stadtteil Hasenbergl? Oder basierte die ganze Aktion auf reiner Willkür? War Leo zur falschen Zeit am falschen Ort? Ging der Gewalt ein Wortwechsel voraus, der schließlich eskalierte? »Garantiert nicht«, sagte sie.
»Bitte?«, sagte Patrizia.
»Bitte?« Edith Liebergesell hatte aus Versehen gesprochen. »Die Täter wussten genau Bescheid, Leo hatte nicht einmal

mehr Zeit gehabt, sein Handy einzuschalten.« Ihr war bewusst, dass sie den Satz im Lauf der vergangenen Stunden schon mehrmals gesagt hatte. Immer wieder musste sie an den in jüngster Zeit leicht gebeugt gehenden Mann denken, den sie schon so lange kannte und der noch ihren Sohn bedient und ihm oft einen Lutscher oder einen Schreibblock geschenkt hatte.
Erschreckend deutlich sah sie den selbsternannten »grauesten Schattenschleicher der Stadt« vor sich, sein hageres Gesicht, seinen schmächtigen Körper, die alte Hornbrille, die graue Windjacke. Bei der Beschattung von Mia Bischof, fiel ihr ein, hatte er Kontaktlinsen getragen, aus welchen Gründen auch immer.
Sie bemerkte, dass Patrizia sie unentwegt ansah. »Darf ich dich was fragen?« Unbeholfen sortierte die junge Frau die Seiten zweier Akten, ließ sie auf den Tisch fallen und schlug für einen Moment die Hände vors Gesicht. »Müssen wir nicht jemanden benachrichtigen? Einen Angehörigen von Leo?«
»Er hat niemanden mehr.«
»Auch keinen Freund?«
»Das weiß ich nicht.«
»Wieso weißt du das nicht?«
Mit einer eckigen Bewegung stand Edith Liebergesell auf, packte Zigarettenschachtel und Feuerzeug, knipste die grüne Lampe aus, nahm ihre Handtasche, die am Boden stand. »Wir fahren hin.«
Eine Viertelstunde später stiegen sie in der Preysingstraße in Haidhausen aus dem Taxi. Edith hatte einen Schlüssel in der Hand, mit der sie sowohl die Haustür als auch die Wohnung im dritten Stock aufsperrte. Während der Taxifahrt hatten die Frauen kein Wort gewechselt.
In der namenlosen Wohnung hing der Geruch nach ungelüfteten Zimmern und abgestandenem Rauch. Die beiden Frauen schnupperten und dachten das Gleiche. Sie konnten sich

an kein einziges Mal erinnern, dass Leonhard Kreutzer in ihrer Gegenwart geraucht hätte.
»In Schwabing, in der Ainmillerstraße, waren wir lange Zeit Nachbarn«, sagte Edith Liebergesell. »Zu Lebzeiten meines Sohnes. Nach dem Tod seiner Frau ist Leo hierhergezogen. Er hat mir einen Zweitschlüssel gegeben, für wenn mal was ist, wie er sich ausdrückte. Ich war seit mindestens zwei Jahren nicht mehr hier. Ich komm mir wie ein Einbrecher vor.«
Patrizia wartete, dass ihre Chefin ein Fenster öffnete, sie selbst traute sich nicht. Die Wohnung war ein Altbau mit hohen Wänden und Stuck an der Decke. Die drei Zimmer waren vollgestellt mit dunklen, einfachen Möbeln, das Bad hatte eine runde Wanne und über dem Waschbecken einen verzierten, von einer Lichterkette eingerahmten Spiegel. Die Küche mit dem kleinen Balkon ging zum Hinterhof.
Edith Liebergesell öffnete die Balkontür und verharrte, die Hand auf der Klinke. An jenem Sonntag vor zehn Jahren, als sie aus dem Gerichtsmedizinischen Institut ins leere Weltall ihrer Straße zurückgekehrt war, hatte Kreutzer vor der Haustür in der Ainmillerstraße auf sie gewartet. Sie hatte ihn später nie gefragt, wie lange er schon dagestanden hatte, in der Kälte, allein. Bestimmt, dachte Edith jetzt, hatte Inge, seine Frau, ihn gerügt, weil er bloß eine Windjacke trug. Wie ein Schutzmann in Zivil, der eine bedeutende Aufgabe erfüllte. Schon vom Wagen der Hauptkommissarin aus sah sie ihn auf dem Bürgersteig stehen, nicht vor, sondern neben der Tür, als wolle er niemandem den Weg versperren. Sie stieg aus, die Kommissarin hielt ihr die Tür auf, und ging so entschlossen auf Kreutzer zu wie jemand, der damit gerechnet hatte, erwartet zu werden. Einen halben Schritt vor ihm blieb sie stehen. Sie sahen sich an, dann kippte ihr Oberkörper nach vorn, er schlang die Arme um sie, und sie zog ihn zu sich her. Er musste einen Schritt machen und stolperte fast über seine eigenen Füße.

Noch heute roch sie sein Rasierwasser. Auch Robert, ihr Mann, war aus dem Polizeifahrzeug gestiegen. Doch um ihn kümmerte sie sich nicht, sie hatte ihn vorübergehend vergessen. Da war niemand für sie außer dem schmächtigen Schreibwarenhändler Leonhard Kreutzer in seiner dünnen Windjacke, der ihrem Sohn erst kürzlich eine Packung Buntstifte und einen unlinierten Block geschenkt hatte. Wie lange er sie festhielt und ob sie etwas zu ihm gesagt hatte, wusste sie hinterher nicht mehr. In ihrer Wohnung setzte sie sich auf die Couch und hielt die linke Hand vor Mund und Nase. Ihre Haut roch nach Rasierwasser, auf ihrem Rücken spürte sie die Abdrücke seiner Umarmung. Immer wieder dachte sie daran, dass er einfach dagestanden hatte, ohne eine Vorstellung, wann sie überhaupt zurückkehren würde. Im Lauf der folgenden Monate hatten sie sich wieder ab und zu umarmt, kürzer als beim ersten Mal, auch vor den Augen von Inge. Jedes Mal verließ Edith Liebergesell den Laden mit einem inneren Umhang aus Geborgenheit. Eines Tages beließen sie es bei einem Blick.
In seiner Nähe, dachte Edith Liebergesell und ließ die Klinke der Balkontür los und drehte sich zu Patrizia um, war das Weltall bewohnt gewesen. In diesem Moment erschien ihr Kreutzers Wohnung wie ein von einem entmenschten Gott verfluchter Planet.
»Danke, dass du keine Fragen stellst«, sagte sie. »Wir nehmen ein paar Sachen mit und gehen wieder. Unterwäsche, ein Hemd, eine Hose, Waschzeug.«
Patrizia stellte keine Fragen, weil sie an all die Dinge dachte, die sie tun müsste, um wieder halbwegs klar denken zu können: dem Leiter der Mordkommission eine Plastiktüte voller sorgfältig produzierter Scheiße vor die Bürotür legen; diesen LKA-Mann, von dem Süden berichtet hatte, vor seiner Behörde abpassen und wegen schlechter Sichtverhältnisse aus Versehen mit dem Fahrrad umhauen; in der Kneipe »Berg-

stüberl« Feuer legen und von außen die Türen verrammeln, damit alle, die drin waren, in der Hölle brutzelten.
Für Patrizia stand fest, dass ihr erster Eindruck sie nicht getäuscht und sie die Frau, die angeblich ihren Geliebten suchen lassen wollte, richtig eingeschätzt hatte – als verschlagene, bösartige Lügnerin. Was deren wirkliches Ziel war, wusste sie noch nicht, aber sie würde es mit allen legalen oder illegalen Mitteln herausfinden. Kein Mensch, schon gar nicht ein Kripomensch, konnte ihr einreden, der Überfall auf Leo habe nichts mit dem Auftauchen von Mia Bischof zu tun und dieses wiederum nichts mit dem verlogenen Verhalten der Polizei.
Was immer Leo entdeckt haben mochte, dachte Patrizia und hielt die Reisetasche auf, in die ihre Chefin Unterhosen, Hemden und Socken legte, welchen Fehler auch immer er bei seinen Ermittlungen in Neuhausen begangen haben mochte – von jetzt an war das Versteckspiel zu Ende. Niemand würde die Detektei Liebergesell je wieder unterschätzen. Ganz gleich, was Süden oder Edith dachten, sie, Patrizia, würde sich nicht länger für blöd verkaufen lassen. Sie hatten alle drei die Pflicht, Leo zu rächen und wieder ins Leben zurückzuholen. »Ich geh da hin«, sagte sie, als Edith Liebergesell die Schranktür schloss und den Reißverschluss der Tasche zuzog. »Und du wirst mich nicht dran hindern.«
»Du gehst nirgendwo hin.«
»Ich geh da hin«, wiederholte Patrizia. »Ich geh denselben Weg wie Leo, und dann wirst du schauen, was passiert.«
»Zuerst reden wir mit Süden über alles.«
»Er ist ein Ex-Bulle, er deckt seine eigenen Leute, begreifst du das nicht?«
»Nein.« Edith Liebergesell stellte die Tasche ab und holte ihr Handy aus der Manteltasche. »Du benimmst dich unprofessionell und kindisch. Reiß dich zusammen. Wir starten keinen Rachefeldzug, wir benutzen unseren Kopf.«

»Ich hab meinen Kopf schon benutzt. Ich werde nicht länger rumsitzen und so tun, als könnte ich damit was bewirken. Ich geh in diese Kneipe und krieg alles raus, was ich will.«
»Du wirst gar nichts rauskriegen.« Edith Liebergesell tippte eine Telefonnummer.
»Bist du damals auch bloß rumgesessen und hast deinen Kopf benutzt, als dein Sohn entführt und umgebracht worden ist?«
Edith Liebergesell hörte auf zu tippen. Sie senkte den Arm, sah ihr Gegenüber aus schattenvollen Augen an. Nach einem Duell aus Schweigen sagte sie: »Ja. Aber ich hatte niemanden, mit dem ich meine schwarzen Gedanken hätte austauschen können. Ich wollte rausgehen und meine Nachbarn ermorden, weil sie nichts gehört und gesehen hatten. Weil unter ihren Augen ein Verbrechen geschehen war und sie es nicht verhindert hatten. Ich wollte die Polizistin aus dem Fenster werfen. Und meinen Mann hinterher, der bei der Lösegeldübergabe irgendwas falsch gemacht haben musste. Ich hielt ihn für den größten Versager der Welt. Ich saß auf der Couch, und in meinem Kopf zündete ein Satz den nächsten an. So viel Hass und Schmerz und niemand da, dem ich das alles ins Gesicht schreien konnte.
Du hast recht, ich hab rumgesessen und nachgedacht. Und in der Nacht hab ich dagelegen und nachgedacht. Und am nächsten Morgen und am übernächsten. Und nichts ist passiert, ja, stimmt. Die Polizei hat den Kollegen meines Mannes verhört, Gregor, der hatte Schulden, und in seinen Aussagen stimmte anscheinend eine Menge nicht.
Dann geriet auch noch Imke Wiegand, seine Maklerkollegin, ins Visier der Polizei. Sie wurde verdächtigt, Beihilfe geleistet zu haben. In der Zeitung tauchten Berichte auf, dass der Fall vor der Aufklärung stünde. Hohles Gerede. Nach einem Vierteljahr stellten sich beide als unschuldig heraus. Diese Hauptkommissarin und ihre Kollegen hatten sich verrannt.

Sie sind einer Spur gefolgt, weil sie keine andere hatten, sie haben sich was in den Kopf gesetzt und geglaubt, das sei der Weg zum Ziel. Sie haben zwei Menschen an den Pranger gestellt. Und ich?

Ich habe anfangs selber daran geglaubt. Ergab ja einen Sinn: Gregor hatte erhebliche Schulden, er kannte unsere Lebensgewohnheiten, er besaß einen Schlüssel für die Haustür, konnte also problemlos den Erpresserbrief einwerfen. Und für die Zeit der Geldübergabe hatte er kein Alibi. Praktisch. Hinterher stellte sich heraus, dass er in Innsbruck war, um Geldgeschäfte zu erledigen, von denen niemand etwas wissen durfte. Er hatte Schwarzgeld deponiert und wollte es in die Schweiz transferieren, wo er es für besser geschützt hielt. Natürlich konnte er darüber mit der Polizei nicht reden. Das tat er erst, als es eng für ihn wurde und die Polizei kurz davor war, einen Haftbefehl zu beantragen. Bei all diesen Geschäften hat Imke ihn gedeckt, sie hing mit drin, eine einfache Geschichte. Aber die beiden glaubten, und das kann ich nachvollziehen, dass die Polizei sie irgendwann in Ruhe lassen würde, hatten sie doch mit Ingmars Entführung nicht das Geringste zu tun. Aber so arbeitet die Polizei nicht.

Unschuldig ist niemand. Sie hatten keine Spur, und ich weiß nicht, welche Dilettanten der Spurensicherung in Eschenlohe am Werk waren, als sie den Übergabeort untersuchten. Da muss es Spuren von Autos gegeben haben, Fingerabdrücke, was weiß ich. Nichts. Unsichtbare Entführer, unsichtbare Mörder. Und nachdem sie einsehen mussten, dass sie die falschen Leute beschuldigt hatten, fingen sie an, meine Glaubwürdigkeit und die meines Mannes zu untergraben. Auch in unseren Aussagen gab's Widersprüche, das liegt in der Natur der Sache, oder nicht?

Der eigene Sohn wird gekidnappt, da verliert man schon mal die Balance und sagt Dinge, die wirr oder sogar falsch sind. Unschuldig ist niemand in den Augen der Polizei. Sie haben

unser Telefon abgehört, unser Auto verwanzt, unsere Wohnung. Hauptkommissarin Bauschmidt leistete gute Arbeit oder wer immer die Abhörgeräte installiert hat. Wir haben nichts gemerkt. Ohne uns zu fragen, beschafften sie sich DNA-Spuren von Robert und mir, von Zahnbürsten, Kleidern, ich weiß nicht, woher. Später teilten sie uns mit, die Spuren hätten uns entlastet, und sie zeigten uns sogar die richterliche Genehmigung fürs Abhören. Wir waren allen Ernstes Verdächtige.
In der Zeitung war ein Bericht, in dem stand, dass wir zur Vernehmung ins Polizeipräsidium kommen müssten. Reine Routine, sagte der Pressesprecher. Zum Glück fragten die Journalisten nicht nach. Nichts. Sie fanden nichts, während all der Monate. Ja, Patrizia, ich saß da und gebrauchte meinen Kopf und stellte mir immer wieder dieselben Fragen, und die Antworten kamen zurück wie das Echo von Kanonenschüssen. Nein. Nein. Nichts. Nichts. Heute denke ich, wenn die Entführer ihre Pässe im Treppenhaus verloren hätten, hätten diese Polizisten sie auch nicht gefunden.
Und ich setze mich auch noch ins Fernsehen und bitte die Täter, meinen Sohn freizulassen. Fünf Millionen Leute sehen zu, wie ich vor laufender Kamera heule. Und danach? Verdächtigt die Polizei mich. Hört mich ab. Beschnüffelt mich wie einen Staatsfeind. Was für ein Dreck, was für eine unfassbare Willkür und Ahnungslosigkeit.
Es dauerte Jahre, bis ich wieder so was wie Vertrauen in den Rechtsstaat hatte. Falls das überhaupt noch möglich ist: Vertrauen zu haben. Noch dazu in einen Rechtsstaat, dessen Vertreter ich hautnah kennengelernt habe. Das waren die mit den Wanzen in unserer Wohnung. Und die Täter laufen immer noch frei rum, zehn Jahre danach. Keine Spur. Ich rufe nicht mehr an, ob es etwas Neues gibt. Was soll es geben?
Manchmal bin ich verzweifelt genug, mich wieder auf die Couch zu setzen und zu grübeln. Wie in den vergangenen

drei Tagen. Und wieder ist da niemand, mit dem ich meine Gedanken teilen kann, der sie mir abnimmt und aus dem Fenster wirft, damit ich einen klaren Kopf kriege und wieder in der Lage bin, Entscheidungen zu treffen, meine Schritte abzuwägen, besonnen zu handeln, und nicht überstürzt und von irren Gefühlen geleitet. Klug zu sein, wenn schon so viele andere mir ihre Dummheit aufzwingen wollen.
Deswegen ruf ich jetzt den Süden an, dann setzen wir uns zusammen und besprechen unsere Strategie, wie wir das dem Leo schuldig sind.«
Sie tippte erneut die Nummer in ihr Handy. Patrizia sah ihr dabei zu. »Sein Handy ist aus. Das hab ich ihm doch verboten, dem Sturschädel.«

»Ist das erlaubt?«
»Das Guckloch ist zum Durchgucken«, sagte Süden.
»Schon, aber wir bespitzeln den Mann da draußen.«
»Er ist in eine fremde Wohnung eingebrochen, haben Sie das vergessen, Frau Weisflog?«

14

Er wischte sich über die Wange und überwand innerhalb von Sekunden seine Überraschung. Sein Kollege Hutter hatte ihn vor dem Eifer und der Uneinsichtigkeit des »dienstfernen Ex-Kollegen« gewarnt, doch mit einem derart raschen Wiedersehen hatte er nicht gerechnet. Er nahm die Hände aus den Taschen seines Lodenmantels und nickte der alten Frau und Süden zu. Während er fand, dass die Frau nervös und eingeschüchtert wirkte, machte der Detektiv einen erschöpften, fast enttäuschten Eindruck auf ihn.

»Unverhofft kommt oft«, sagte Ralph Welthe. Er hatte kein Bedürfnis, stehen zu bleiben und eine Erklärung abzugeben. Die Frau, davon war er überzeugt, hatte ihn wiedererkannt, und anscheinend hatte Süden sie so geschickt unter Druck gesetzt, dass sie ihn sofort zu Hilfe geholt hatte. Seit dem Überfall auf den alten Mann geriet die akribisch und mehr als ein Jahr lang vorbereitete Aktion ins Wanken, und niemand wusste bisher genau, woher der Wind wehte. Solange die Kripo noch nicht einmal Beweise dafür fand, dass die Täter tatsächlich aus der rechten Szene stammten, betrachtete das LKA den Vorfall lediglich als massive Störung zum vollkommen falschen Zeitpunkt. Falls es bei solchen Operationen einen richtigen Zeitpunkt für ein unvorhergesehenes Ereignis gab.

Für Welthe, einen der Hauptverantwortlichen, stellte das ständige Herumschwirren von Detektiven eine persönliche Belästigung dar. Sosehr er auch darüber nachdachte, er fand nicht die geringste Erklärung für das Verhalten von Mia Bischof. Inzwischen musste er sogar die Vorstellung verdrängen, sie könnten sich geirrt und an die falsche Person angedockt haben. Unvorstellbar, dachte Welthe dann jedes Mal und zwang sich zur Ruhe.

Jede halbe Stunde sah er auf die Uhr in der Hoffnung, der Kollege Franck von der Mordkommission würde endlich einen

konkreten Fahndungserfolg melden. Um ständig erreichbar zu sein, ließ er sein Handy Tag und Nacht eingeschaltet, und es hatte keine zwanzig Minuten gedauert, bis die Kollegen den Besitzer der »privaten Nummer« ermittelt hatten, der ihn in Dennings Wohnung angerufen hatte.
War der Überfall auf den Detektiv Kreutzer eine Art überflüssiges Foul, so kam Welthe Dennings Verschwinden wie eine Blutgrätsche vor, die das komplette Spiel aus den Angeln hob. Plötzlich fiel der wichtigste Mann aus, und das in einem Moment, als es nach einer echten Wende aussah und die Dinge schnurstracks aufs Ziel zuliefen. Stattdessen: eine Katastrophe, deren Ausmaß mit jedem Tag wuchs. Insofern erschreckte ihn Südens Auftauchen im Parterre des Hauses an der Wilramstraße nicht, es nervte ihn nur. Und auch diese Regung wusste er zu verbergen. Zumindest bildete er sich das ein.
»Grüß Gott zusammen«, sagte er.
Süden schwieg. Rosa Weisflog lugte hinter seinem Rücken hervor und sagte: »Guten Abend, Herr Kommissar.« Dann warf sie einen misstrauischen Blick auf beide Männer und knetete weiter das weiße Stofftaschentuch in ihren Händen. Sie hatte ein ungutes Gefühl und wusste nicht, wieso. Welthe sah sie hinter seiner schmucklosen Brille freundlich an.
»Dies ist ein polizeilicher Einsatz«, sagte er. »Sie haben nichts zu befürchten. Die Wohnung im ersten Stock ist bis auf weiteres versiegelt, das braucht Sie nicht zu kümmern. Vergessen Sie, dass ich hier war, und wenn ich noch mal kommen sollte, gibt's keinen Grund, einen Detektiv zu rufen. Hier passiert nichts Illegales. Herr Denning ist einige Zeit verreist, und wir kümmern uns um die Wohnung. Kein Grund zur Sorge, Frau Weisflog.« Er sah Süden an, der reglos in der Tür stand. »Und Sie verzichten bitte auf Einzelaktionen. Es ist Ihnen und Ihrer Detektei unbenommen, weiter Ihrem Auftrag nachzugehen und nach Herrn Denning zu suchen, wir kön-

nen Ihnen das nicht verbieten, auch wenn es uns besser gefallen würde, Sie würden den Auftrag ruhen lassen.«
»Wir ist das LKA«, sagte Süden.
»Wir sind das LKA. Wir ermitteln, wir haben unsere Gründe dafür und eine richterliche Genehmigung für jeden Schritt, den wir unternehmen. Als ehemaliger Kollege sollten Sie nicht querschießen. Ich weiß, dass Sie Fragen haben, Sie beide, aber diese Fragen kann ich Ihnen zum jetzigen Zeitpunkt nicht beantworten. Falls Sie unser Gespräch weitergeben, haben Sie mit rechtlichen Konsequenzen zu rechnen, den Hinweis kann ich Ihnen leider nicht ersparen. Ich vertraue auf Ihr Vertrauen.«
Jetzt, dachte Rosa Weisflog, wusste sie, woher ihr ungutes Gefühl rührte: Sie traute dem polizeilichen Einbrecher nicht. Außerdem trug er einen Lodenmantel, der modrig roch, und er hatte diese verdruckste, aufdringliche Art von Vertretern, die früher hier in der Gegend von Haus zu Haus gezogen waren. Wieso Süden dem Mann nicht schon längst über den Mund gefahren war, wunderte sie allerdings. Dann fiel ihr ein, dass, wie sie gerade erfahren hatte, Süden ein ehemaliger Polizist war, und damit war auch von ihm keine Unterstützung zu erwarten. Also, dachte sie und trat einen Schritt zurück in die Küche, hätte sie ihn erst gar nicht anzurufen brauchen. Jetzt hatte sie zwei Polizisten im Haus. Ihr Mann hätte für ihr Verhalten nur Hohn und Spott übrig gehabt. Er war vielleicht nicht der cleverste Einbrecher unter der Sonne gewesen, aber er hatte immer für sie gesorgt, auch aus dem Gefängnis heraus, und Polizisten waren die Feinde, grundsätzlich und für alle Zeit.
»Wenn Sie möchten, gehen wir einen Kaffee trinken«, sagte Welthe zu Süden.
»Gehen wir.«
Sie fuhren in eine Kneipe in der Balanstraße, fünf Minuten von Dennings Wohnung entfernt, in der Nähe einer Bahnun-

terführung. Das Lokal lag im Erdgeschoss eines mehrstöckigen Wohnblocks. An einem Tisch gegenüber der Theke saßen drei ältere Männer, am Rand des Tresens las eine Frau in Jeansrock und Jeansjacke in einer Zeitung. Als Süden und Welthe eine Weile am Fenstertisch gesessen hatten, stand die Frau auf und kam zu ihnen. Der Kommissar bestellte einen Kaffee, der Detektiv ein Bier. Dann schwiegen sie, bis die Bedienung die Getränke brachte und an ihren Platz am Tresen zurückgekehrt war.

Ein Radiosender spielte alte Hits, deren Lautstärke die Stimmen der Männer am Stammtisch übertönte. Auf den Regalen an der Wand reihte sich ein silberner Pokal an den nächsten, dazwischen hingen Urkunden und Fotos von Teams. Die fünf Tische aus hellem Holz waren blank poliert, neben der Tür zu den Toiletten stand ein Blechnapf mit Wasser für Hunde. Wenn Süden sich nicht getäuscht hatte, hatte einer der Männer Welthe beim Hereinkommen zugenickt, ohne dass der Kommissar darauf reagiert hätte. In Welthes Auto hatte Süden keinen Hinweis auf dessen Arbeit entdeckt, ein aufgeräumter, kaum verstaubter Innenraum eines gewöhnlichen Mittelklassewagens, dessen Besitzer seinen Mantel an einen Haken hinter dem Fahrersitz hängte.

Welthe rührte in seinem Kaffee und klopfte mit dem Löffel an die Tasse, als bitte er um Ruhe. »Ich gestehe«, sagte er und legte den Löffel auf den Unterteller, »ich habe Sie ein wenig angelogen. Aber das war notwendig.« Er saß an der Schmalseite des Tisches, mit Blick ins Lokal, Süden mit dem Rücken zum Fenster, Blick zum Stammtisch. Welthe zögerte. »Wir sprechen auf Augenhöhe, das versteht sich von selbst. Auch wenn Sie nicht mehr im Dienst sind und mancher Kollege Ihnen gegenüber eine eher kritische Haltung pflegt. Spielt keine Rolle für mich. Die Situation ist heikel, und ich brauch Ihre Unterstützung ebenso wie Sie möglicherweise die meine, wir werden sehen.«

Süden schwieg.
»Es wär mir lieber, Sie würden gelegentlich etwas sagen.«
»Möge es nützen!« Süden hob sein Glas und trank einen Schluck.
Welthe dachte an die Worte seines Kollegen Hutter, die dieser in Gegenwart von Vertrauten bei jeder sich bietenden Gelegenheit wiederholte und manchmal in lockerer Runde sogar offen aussprach. Nach Hutters Einstellung dienten das Polizeipräsidium und das Landeskriminalamt – »und das gilt für sämtliche Landeskriminalämter und Präsidien in Deutschland« – zwar derselben Sache, aber nicht mit denselben Methoden und »denselben inneren Kodizes«.
Für Hutter tummelten sich bei der Kripo zu viele unberechenbare Einzelgänger und Karrieristen. Sie hätten nur das eigene Fortkommen und höchstens das Ansehen der jeweiligen Abteilung im Blick und wären unbrauchbar für komplexe, länderübergreifende Ermittlungen auf dem Gebiet des Staatsschutzes, außerdem oftmals ein Sicherheitsrisiko, wenn es darauf ankäme, in Bereiche vorzudringen, »die mehr Gehirn und persönliche Flexibilität als das Befolgen von Dienstvorschriften und die Handhabe von Dienstwaffen erforderten«.
Hutters Misstrauen – davon wussten außer Welthe nur eine Handvoll Kollegen in der Behörde – ging gelegentlich so weit, dass er im Zusammenhang mit verdeckten Ermittlungen Zeugen bat, ihre Beobachtungen nicht vom häuslichen Festnetz mitzuteilen, sondern von einer Telefonzelle, die von der Kripo nicht abgehört werden konnte. In der Kooperation mit dem Amt für Verfassungsschutz zeigte Hutter weniger Dünkel, auch wenn Welthe sich in jüngster Zeit häufig die Frage stellte, ob Hutter überhaupt jemandem traute und woher die Haltung des neunundvierzigjährigen, verheirateten Hauptkommissars und Vaters einer elfjährigen Tochter rührte. Gesprächen über sein Privatleben und andere persönliche Dinge ging Hutter generell aus dem Weg.

Was Süden betraf, so neigte Welthe im Moment dazu, sich innerlich ähnlich abzuschotten wie sein Kollege. »Vielleicht habe ich mich falsch ausgedrückt«, sagte er. »Mit Unterstützung meine ich nicht, dass wir Informationen tauschen oder dergleichen, ich meine, wir sollten jeder unsere Arbeit machen und bei kritischen Berührungspunkten ehrlich miteinander umgehen. Glauben Sie, das klappt?«
»Nein«, sagte Süden.
»Sie glauben es nicht.«
»Nein.«
Welthe legte die rechte Hand an die Wange und blickte zum Tresen, wo die Bedienung seinen Blick erwiderte. Daraufhin schüttelte er den Kopf und starrte eine Zeitlang vor sich hin, was Süden angenehm fand. Er hatte begriffen, was Welthe von ihm wollte – einen kooperativen Rückzug aus allen Recherchen im Fall Mia Bischof –, und rechnete damit, dass die Detektei samt Mitarbeitern abgehört werden würde, falls die Behörde deren Loyalität bezweifelte oder einfach nur sichergehen wollte.
In den Augen mancher Fahnder waren Detektive Parasiten, zu deren Bekämpfung jedes Mittel recht war, unabhängig vom Ansehen der beteiligten Personen. Schon als Polizist galt Süden als Eigenbrötler am Rande dienstlicher Befugnisse. Sein Erfolg bei schwierigen Vermissungen verschaffte ihm bei den meisten seiner Kollegen aus anderen Abteilungen nicht mehr Respekt, sondern steigerte eher noch deren Misstrauen und Zweifel an seiner Arbeit. Sein Aussehen – die längeren Haare, die blaue Halskette, die an den Seiten geschnürten Hosen –, seine Schweigsamkeit und auch seine bedingungslose Freundschaft mit einem alkoholkranken Kollegen verschafften ihm den Ruf eines Kriminalers, der allenfalls im Innendienst zu gebrauchen sei. Dass seine direkten Vorgesetzten dennoch zu ihm hielten und ihn gewähren ließen, stieß phasenweise auf allgemeines Unverständnis

und führte vereinzelt zu Beschwerdebriefen ans Innenministerium.
Deswegen war Süden klar: Einem wie ihm mit dieser Vergangenheit würde das LKA keine Minute offen zuhören und schon gar keine Sonderrechte gewähren oder ihm irgendeine Form von Vertrauen entgegenbringen. Was Welthe tat, wertete Süden als Notwehr-Gerede, weil er ihn ertappt hatte, und zwar vor einer Zeugin und in dem für einen geheimen Ermittler denkbar ungünstigsten Augenblick.
Dann dachte er wieder an den schwerverletzten Leonhard Kreutzer. Er wandte den Kopf ab, denn er brauchte einige blicklose Sekunden für sich allein.
»Sie erinnern sich an das geplante Sprengstoffattentat am St.-Jakobs-Platz«, sagte Welthe.
Süden hörte zu.
»Natürlich erinnern Sie sich. Rechtsradikale wollten bei der Grundsteinlegung des Jüdischen Zentrums eine Bombe zünden. Wir haben es verhindert, die Täter wurden gefasst, zumindest einige von ihnen. Sie wurden verurteilt, saßen ihre Haftstrafen ab und sind inzwischen wieder auf freiem Fuß. Der Verfassungsschutz beobachtet sie. Einer der mutmaßlichen Attentäter ist damals entwischt, sein Name tauchte in Unterlagen auf, die die Kollegen in einer konspirativen Wohnung in Sendling gefunden haben. Ob der Mann tatsächlich zum inneren Kreis gehörte, wissen wir nicht. Er wurde zur Fahndung ausgeschrieben, blieb aber verschwunden.
Bis heute haben wir keine Spur von ihm. Im Verfassungsschutz geht man aber davon aus, dass er an dem geplanten Anschlag auf die Synagoge beteiligt war und seither im Untergrund weitere Aktionen plant. Eine Weile hielten die Kollegen es für denkbar, dass er auch im Umfeld der Zwickauer Terrorzelle tätig gewesen sein könnte, aber es ließen sich keine Belege finden, ganz abgesehen davon, dass niemand weiß, wo der Mann sich heute aufhält. Wir glauben aller-

dings nicht, dass er ins Ausland geflüchtet ist. Im Übrigen ist er nur einer von etwa vierzig Rechtsradikalen, die auf der Fahndungsliste stehen. Der Verfassungsschutz hat V-Leute in allen möglichen Kameradschaften, auch in Bayern, vor allem in Franken, wo wir viele Familien mit einem rechten oder auch rechtsradikalen Hintergrund beobachten. Deshalb schließen wir auch nicht aus, dass unser Mann in der Region lebt, absolut anonym, beschützt und finanziell unterstützt von Gesinnungsgenossen, ähnlich wie wir es bei den Zwickauern erlebt haben.«

»Der Mann hat einen Namen«, sagte Süden.

Die Preisgabe eines Namens stellte für Werthe kein Problem mehr dar, weil er davon ausging, dass die Telefonüberwachung sowohl von Südens Handy und Festnetz als auch der Apparate in der Detektei Liebergesell mittlerweile richterlich genehmigt worden war. »Der Mann heißt Karl Jost, Ende vierzig. Er war schon in den Neunzigern in der rechten Szene unterwegs, gründete Freie Netzwerke und lebte immer wieder in Berlin, wo er zweimal wegen Körperverletzung auf Bewährung verurteilt wurde. Seit etwa zehn Jahren fehlt jede Spur von ihm. Wir glauben nun, jemanden gefunden zu haben, der uns zu ihm führen könnte, und wir glauben auch, dass die Kameradschaft München Süd-Ost und das landesweit agierende Freie Netz Süd neue Anschläge planen, gewalttätige, militante Aktionen, die weit über die üblichen Demos und martialischen Auftritte hinausgehen. Wir beobachten eine der Burschenschaften in der Stadt, bei der gelegentlich braune Schläger Unterschlupf finden. Und wir stellen fest, dass besonders auf dem Land viele junge Leute für ausländerfeindliche Parolen und rechtes Gedankengut aufgeschlossen sind. Die Kameradschaften haben da oft leichtes Spiel.«

Süden sagte: »Und das Spiel ist nicht zu verhindern.«

»In Maßen. Wir können nicht überall gleichzeitig sein. Aber wir sind auf einem guten Weg. Wie gesagt, wir haben Kontakt zu einer Person, die Karl Jost gut kannte und uns früher oder später zu ihm und seinen Kameraden führen wird. Möglicherweise schon bald. Falls niemand uns dreinpfuscht und unsere mühsam aufgebauten Kontakte torpediert.«

»Siegfried Denning ist ein verdeckter Ermittler.«

»Darüber gebe ich keine Auskünfte.«

»Und Sie sind sein V-Mann-Führer«, sagte Süden. »Und Sie haben keine Ahnung, was mit ihm passiert sein könnte.«

»Wir suchen nach ihm und wir werden ihn finden.«

»Wir auch. Wer ist die Zielperson?«

Welthe trank seinen Kaffee, der kalt geworden war. Er nestelte an seiner Brille, schaute auf die Uhr. »Josts ehemalige Frau. Mia Bischof.«

Süden schwieg. Er dachte an so vieles gleichzeitig.

»Jetzt«, sagte Welthe, »wird Ihnen klar, warum dies nicht Ihr Fall ist, sondern unserer, und warum Sie den Auftrag, den Frau Bischof Ihnen erteilt hat, ab sofort ruhen lassen müssen. Ich darf Ihnen mitteilen, dass wir bis zum heutigen Zeitpunkt Frau Bischof nicht zum rechten Umfeld ihres Ex-Mannes zählen. Sie verhält sich absolut unauffällig, sie arbeitet, wie Sie wissen, bei einer Tageszeitung und engagiert sich ehrenamtlich in ihrem Stadtviertel Neuhausen. Ihr Vater besitzt ein Hotel in Starnberg, das zeitweise in Verruf geraten war, weil angeblich Funktionäre der NPD dort abgestiegen sind. Nach den Ermittlungen der örtlichen Polizei und meiner Behörde haben solche Treffen in dem Hotel tatsächlich stattgefunden, jedoch ohne Wissen des Besitzers. Vorfälle dieser Art sind seither nicht mehr gemeldet worden.

Was ich von Ihnen wissen möchte, ist: Hat Frau Bischof Ihnen oder Frau Liebergesell gegenüber Andeutungen gemacht, wo Siegfried Denning sich aufhalten könnte? Jedes Detail könnte uns helfen. Ich war sehr offen zu Ihnen und darf erwarten, dass Sie es auch sind. Sie verstehen den Ernst der Lage, die sich noch dadurch verschärft hat, dass Ihr Kollege zusammengeschlagen wurde und Sie das Gerücht in die Welt gesetzt haben, die Täter wären Rechtsradikale gewesen. Nichts ist bewiesen, Herr Süden, und wir sollten unter den Umständen, die ich Ihnen gerade geschildert habe, alles dransetzen, dass solche Vermutungen nicht in der Presse landen. Was also hat Frau Bischof Ihnen anvertraut? Ich appelliere dringend an Ihre Verantwortung als Ex-Kollege, aber auch als Bürger einer Stadt, die den Makel zu tragen hat, dass in ihrem Stadtrat ein Neonazi sitzt, ein hoher Funktionär der NPD, ein enger Vertrauer der Netzwerke und Kameradschaften.«

Als Bürger der Stadt, in der er seit seinem achtzehnten Lebensjahr wohnte und arbeitete und in der er schon als Kind mit der Straßenbahn und als Jugendlicher mit der neu gebauten U-Bahn gefahren war, kannte Süden die entspannte Haltung im Rathaus zur Kriminalität. München, so hieß es seit Jahrzehnten, zähle zu den sichersten Großstädten Deutschlands und Europas, die Aufklärungsrate bei Mordfällen lag bei fast hundert Prozent. Nachts sei es auf den Straßen so sicher wie in keiner anderen Metropole.

Süden hatte solche Statistiken nie überprüft. Als er noch bei der Kripo tätig war, fiel das Licht der heilen Welt manchmal ein wenig auch auf ihn. Er sonnte sich dann im Lächeln des Oberbürgermeisters, wenn dieser bei Fällen, in denen verschwundene Kinder wohlbehalten wiedergefunden worden waren, die erfolgreiche Arbeit der Vermisstenstelle in aller Öffentlichkeit lobte. Währenddessen verprügelten Rechtsradikale einen griechischen Mitbürger, und Süden erhielt die Anweisung, von Einzelfällen zu sprechen. Rechtsradikale marschierten am zwanzigsten April durch die Innenstadt, und das Verwaltungsgericht erlaubte die Aktion, bei der Hundertschaften von Polizisten eingesetzt und Jugendliche festgenommen wurden, die Steine warfen und antifaschistische Parolen riefen.

Als Bürger der Stadt wunderte Süden sich schon lange nicht mehr, dass Neonazis rassistische Prospekte an Schulen verteilen und sich rechtskräftig Verurteilte trotz eines Kontaktverbots bei Konzerten rechter Rockbands in Franken treffen durften, während nachweislich freiheitlich-demokratisch agierende Organisationen beim Bayerischen Verfassungsschutz als linksextrem und somit als nicht förderungswürdig galten.
Süden war nie – auch nicht in seiner von Radikalenerlass, linksextremem Terrorismus, Olympiaattentat, Biermann-Ausbürgerung, staatlicher Bespitzelung eines missliebigen Wissenschaftlers und anderen gesellschaftspolitischen Erschütterungen geprägten Jugend – ein lautstark auftretender politischer Mensch gewesen. Doch worüber er nachdachte, das sprach er auch aus. Wenn seine Vorgesetzten ihn deswegen offiziell rügten, rügte er sie inoffiziell wegen unerhörter Hörigkeit.
Mit zunehmendem Alter bettete er seine Meinung und seinen Abscheu gegenüber Vertretern von Stadt und Staat, deren Weltsicht sich in ihrer Krawattennadel spiegelte, in Schweigen und pure Wahrnehmung. Gelegentlich ging er am Rand von Demonstrationen mit, unterschrieb Petitionen, überwies eine Spende an Amnesty oder Greenpeace. Er nahm, weil er es als seine Pflicht ansah, an Kommunal-, Landtags- und Bundestagswahlen teil, las die eine oder andere Zeitung und ertappte sich dabei, wie er am Ende mancher Tage sein Bier beschimpfte.
Das zumindest – so war ihm eines Nachts aufgefallen – hatte er mit seinem Vater gemeinsam, der nie ein Wort über die politischen Zustände im Dorf oder in der Welt verloren hatte. Aber er las regelmäßig die Heimatzeitung von der ersten bis zur letzten Seite und murmelte dabei an sein Weizenbierglas hin, belauscht von seinem Sohn hinter der Kinderzimmertür. Als Erwachsener trank Süden zwar nie Weißbier, nur Helles,

und er redete auch nicht leise mit seinem gläsernen Niemand, sondern so wie sonst auch. Doch das Ritual war das gleiche, und Süden stellte fest, dass es ihm guttat.
Als verantwortungsvoller Bürger, dachte Süden in der mit Pokalen vollgestellten Kneipe und leerte sein Glas, sollte er einem hochrangigen Ordnungshüter des Staates die Wahrheit sagen, nichts als die Wahrheit. »Frau Bischof«, sagte er, »geht insgeheim davon aus, dass Siegfried Denning von Leuten aus dem Umfeld des Neuhauser Bergstüberls entführt worden ist.«
Dieser Satz schien einen Riss in Welthes Vorstellung verursacht zu haben. Mit einem Anflug von Irresein starrte er durch seine Brille und rieb sich mit den Fingern so heftig über die Wange, dass Süden dachte, sie würde anfangen zu bluten. »Was ... was meinen Sie mit ›insgeheim‹, in Gottes Namen? Insgeheim! Was soll das denn bedeuten? Reden Sie endlich Klartext, ich bin hier doch nicht zum Spaß, Kollege.«
»Insgeheim bedeutet, sie deutete es an. Sie traute sich nicht, es deutlich auszusprechen, sie wollte es geheim halten, was ihr nicht gelang. Insgeheim ist sie überzeugt davon.«
»Das kann doch nicht sein.«
Einer der Männer vom Stammtisch, jener, der Welthe vorhin vielleicht zugenickt hatte, warf einen besorgten Blick herüber, obwohl er bei der Musik unmöglich ein Wort verstanden haben konnte.
Süden schwieg sein leeres Glas an und ließ seine Lüge weiter wirken.

15

Vor seinem Auto gab Ralph Welthe Süden die Hand. Sie standen auf dem kleinen Parkplatz vor dem Lokal, im Licht einer Lampe, das ihre Gesichter vergilben ließ. »Sie sind schwierig«, sagte der LKA-Kommissar. »Aber Sie sind nicht unmöglich.« Er ließ Südens Hand los und zog den Autoschlüssel aus der Manteltasche. »Und Sie versprechen mir, Ihre Chefin zu instruieren und mich auf dem Laufenden zu halten.«
»Unbedingt.«
Welthe zögerte, öffnete die Fahrertür, senkte den Kopf und zog dann mit einer schnellen Bewegung den Mantel aus. Er hängte ihn an den Haken hinter dem Fahrersitz und drehte sich zu Süden um. »Vielleicht hab ich noch nicht deutlich genug zum Ausdruck gebracht, wie besorgt ich bin. Herr Denning ist ein langjähriger Freund. Was ich Ihnen in der Wilramstraße erzählt habe, war nicht alles erfunden, sogar das wenigste. Wir kennen uns lange, vieles ist wahr, Herr Süden. Ich weiß nicht, wo er sein könnte. Und ich habe keine Möglichkeit, ihn über die Kollegen der Kripo suchen zu lassen. Sie sind jetzt ein Geheimnisträger, und ich bin mehr oder weniger in Ihrer Gewalt.«
»Von mir geht keine Gewalt aus«, sagte Süden. »Wie ist Dennings richtiger Name?«
»Das ist sein Name.«
Süden wollte schweigen und gehen, fand diese Reaktion aber unangemessen. »Lassen Sie unsere Telefone abhören?«
»Nein.«
»Sie haben die Nummer meines Festnetzes ermitteln lassen, nachdem ich Sie in Dennings Wohnung angerufen hatte.«
»Natürlich.«
Süden schlang den grauen Wollschal um seinen Hals und steckte die Hände in die Taschen seiner gefütterten Lederjacke. Die Nacht war kalt und verlogen, und er hatte seinen Teil dazu beigetragen. »Auf Wiedersehen.« Er hatte die Straße

schon fast erreicht, als Welthe ihm ein Servus hinterherrief. Einige Meter von der Einmündung zum Parkplatz entfernt blieb Süden stehen. Der anthrazitfarbene Audi bog auf die Balanstraße ab und entfernte sich in nördlicher Richtung. Süden hatte keine Ahnung, wo Welthe wohnte – garantiert nicht in einem Zimmer in Neuperlach, wie er erzählt hatte, und erst recht nicht in Neu-Isenburg.

Obwohl es bereits kurz nach Mitternacht war, überlegte Süden, die alte Frau in der Wilramstraße anzurufen, und falls sie noch wach war, ihr einen Besuch abzustatten. Doch dann entschied er, sein Vorhaben auf morgen früh zu verschieben, und tippte, nachdem er sein Handy wieder eingeschaltet hatte, die Nummer der Detektei.

»Wo warst du?«, fragte Edith Liebergesell anstelle einer Begrüßung.

»Unsere Telefone werden abgehört.«

Sie zweifelte keine Sekunde daran, sagte aber: »Glaub ich nicht, wer behauptet denn so was?«

»Niemand. Das ist eine Vermutung.«

»Wo bist du?«

»Auf dem Heimweg. Hast du Neuigkeiten aus dem Krankenhaus?«

»Nein.«

»Wir sollten den Auftrag erst einmal ruhen lassen«, sagte Süden. »Wir bewegen uns auf vermintem Gebiet.«

So einen gestelzten Satz hätte Edith Liebergesell ihm nie zugetraut. Sie sagte: »Wenn du meinst, wir sollten das tun, tun wir es.«

So einen Satz würde sie nie zu ihm sagen, dachte Süden. »Wir tun uns alle einen Gefallen damit. Ich habe morgen um acht einen Termin beim Zahnarzt und bin gegen zehn in der Detektei.«

Die Detektivin hoffte, er würde sich bei dem, was er in Wirklichkeit vorhatte, keinen Zahn ausbeißen. Sie zündete sich

die letzte Zigarette des Tages oder die erste des neuen Tages an. »Viel Glück. Und lass dich besser betäuben.«
»Ich kriege gern alles mit«, sagte er. »Dann weiß ich hinterher, woher die Schmerzen kommen.«
Sie legte auf, weil sie lachen musste. Ohne Hast machte Süden sich auf den Heimweg, über die Balanstraße und am Mittleren Ring entlang bis zur Schwanseestraße. In der »Scharfreiter Alm« brannte noch Licht, und Süden überlegte reinzugehen. Was für ein entschlossenes Traumbier schließlich eindeutig zu lang dauerte.

Sie traute ihm nicht. Er war ein ehemaliger Polizist und hatte sie gestern überrumpelt und in ein schlechtes Licht gerückt. Der andere, ältere Polizist musste von ihr denken, sie sei eine Spionin und stünde den ganzen Tag hinter der Tür. So eine war sie nie gewesen, auch wenn Erich, ihr Mann, sie stets angewiesen hatte, wachsam zu bleiben und Schritte und Stimmen auch auf die Entfernung unterscheiden zu lernen. Wenn sie ihm vorwarf, er würde unter Verfolgungswahn leiden, meinte er, im Gefängnis müsse jeder auf sich selber aufpassen und es sei immer klug, Dinge zu antizipieren. Die Bedeutung des Fremdworts blieb ihr weitgehend verborgen. Zeit seines Lebens hatte sie sich gefragt, wo er es her hatte, traute sich aber nie, ihn danach zu fragen. Alles, was sie begriffen hatte, war, dass es etwas mit »vorher was wissen, was andere nicht mal ahnen« zu tun haben musste, wie Erich sich ausdrückte. Eigentlich fand sie, dass antizipieren nach dem Gegenteil von etwas klang. Aber so wichtig war das Wort dann auch wieder nicht.
Nun stand dieser Süden wieder vor ihr und schaute aus seinen grünen Augen auf sie herunter, als könne er kein Wässerchen trüben. Irrtum, dachte Rosa Weisflog, dieser Mann war ein Feind im Sinne ihres verstorbenen Mannes, und ein Feind blieb ein Feind auch über den Tod hinaus. »Ich mach

das nicht«, sagte sie, den Kopf im Nacken, die Lippen aufeinandergepresst.
»Ich bitte Sie darum, Ihr Nachbar ist vermutlich in großer Gefahr.«
»Ihr Kollege sucht nach ihm und kümmert sich schon um die Wohnung.«
»Er ist nicht mein Kollege«, sagte Süden. »Er will uns beide austricksen, er spielt ein doppeltes Spiel.«
Die alte Frau klopfte mit der rechten Faust auf ihre Hüfte. »Polizisten spielen alle dasselbe Spiel, machen Sie mir nichts vor. Ich möcht, dass Sie gehen und nicht wiederkommen.«
»Ich gehe nicht.« Er stand vor der geschlossenen Küchentür, die zum Treppenhaus führte. Es war halb acht Uhr morgens, und er war überzeugt, dass um diese Zeit noch niemand das Haus überwachte. Im Lauf des Vormittags würde Welthe zwei Kollegen in einem Zivilfahrzeug schicken, und sie würden darauf warten, dass jemand auftauchte, der in Kontakt mit Siegfried Denning stand, oder wie immer der Mann hieß. Vermutlich traute Welthe ihm, Süden, auch einen Einbruch zu, allerdings nicht so früh am Tag.
Seinen ersten Einbruch hatte er bereits erledigt. Als Rosa Weisflog die Wohnungstür vorsichtig öffnete, zwängte er sich durch den Spalt, nahm die Hand der Frau von der Klinke und drückte die Tür von innen zu. Dann entknotete er seinen Schal, öffnete den Reißverschluss seiner Jacke und faltete die Hände vor dem Bauch. Rosa war so verblüfft, dass sie ihren Mund nicht zubrachte. Er entschuldigte sich und erklärte ihr, was er vorhabe. Ihr Blick war erfüllt von Misstrauen und einer Brise Verachtung. Ihr Kleid gefiel ihm, es war hellgrün mit roten und gelben Punkten, die aussahen wie Sonnen oder Monde. Sie hatte ihre grauen Haare hochgesteckt und roch nach einem Parfüm, das Süden minzig vorkam. Nachdem sie sich etwas beruhigt hatte, wich sie keinen Zentimeter zur Seite. Als er keine Anstalten machte,

irgendetwas zu tun, verschränkte sie die Arme und starrte auf sein weißes Hemd.
»Ich bin kein Polizist mehr«, sagte er. Sie reagierte nicht. »Der Polizist, der gestern oben eingebrochen ist, arbeitet beim Landeskriminalamt, er ist zuständig für verdeckte Ermittler.«
Verdeckte Ermittler, dachte Rosa, waren die Erzfeinde. Das hatte Erich sie ganz am Anfang seiner Karriere gelehrt, und sie hatte es nicht vergessen. Schon der Name verursachte ihr einen Brechreiz. »Und Herr Denning ist ein verdeckter Ermittler, der unter Neonazis ermittelt. Es kann sein, dass er in eine Falle geraten ist. Der Polizist, den Sie meinen, Ralph Welthe, sagt nicht die Wahrheit. Er fürchtet, ich könnte mehr herausfinden, als ihm recht ist. Wir müssen Herrn Denning helfen, Frau Weisflog. Vielleicht ist er von Neonazis entführt oder sogar schon ermordet worden.«
»Wieso sagen Sie Neonazis?«
»Bitte?«
»Was ist der Unterschied zwischen Neonazis und Nazis?«
»Wir leben nicht mehr im Nationalsozialismus«, sagte Süden.
»Und deswegen gibt's keine Nazis mehr, nur noch Neonazis?«
Süden schwieg.
»Was sind denn Sie für einer?« Flinker, als er erwartet hätte, schob Rosa Weisflog ihn beiseite, ging zur Anrichte und nahm die Kanne aus der Kaffeemaschine. »Ich biete Ihnen keinen Kaffee an, weil ich davon ausgeh, Sie haben daheim schon einen getrunken.«
»Ja«, log Süden.
»Dacht ich's mir.« Sie goss Kaffee in eine bauchige weiße Tasse, nahm einen Löffel Zucker aus einer Dose und rührte um. »Nazis bleiben Nazis. So wie Polizisten immer Polizisten bleiben. Oder sind Sie, wenn Sie wieder eine Uniform anziehen, ein Neopolizist?«
Süden schwieg.
Sie trank und umklammerte die Tasse mit beiden Händen.

»Find ich richtig, wenn Herr Denning Nazis jagt, sonst tut's ja keiner.«
»Ich muss in seine Wohnung, Frau Weisflog. Bitte helfen Sie mir.«
»Und wenn der andere wiederkommt? Die Wohnung ist versiegelt, hat er gesagt. Das ist ein Verbrechen, ein Siegel aufzubrechen. Ich kenn mich aus, ich hatte schon mal eine versiegelte Wohnung, ich weiß, was das bedeutet.«
»Sie hatten was angestellt.«
»Nur die Ruhe. Ich habe nichts angestellt. Es ging um meinen Mann, aber der lebt nicht mehr, also Schluss damit. Nein, ich helf Ihnen nicht.«
»Warum nicht?«
»Ich finde Sie zwielichtig.«
»Warum?«
»Sie kommen hier unangemeldet rein, rufen nicht mal vorher an, halten mich in meiner Wohnung fest ...«
»Ich konnte Sie nicht anrufen, mein Telefon wird abgehört.«
»Von wem?«
»Von den Kollegen von Herrn Welthe.«
»Der traut Ihnen auch nicht.« Sie trank Kaffee und schlürfte dabei.
»Er traut mir zu Recht nicht«, sagte Süden. »Aber ich vertraue Ihnen, und ich möchte, dass Sie mir auch vertrauen.«
»Sie wiederholen sich. Sie sind Detektiv, nicht mal ein richtiger Polizist. Was ist das für ein Gewerbe? Detektiv. Kann ja jeder werden.«
»Unbedingt.«
»Detektive sind Spitzel.«
»Nein.«
Rosa Weisflog stellte die Tasse in den Ausguss und ließ Wasser hineinlaufen. Mit beiden Händen stützte sie sich am Rand ab. Dann drehte sie sich um und seufzte schwer. »Was tun Sie denn schon groß? Leute suchen?«

»Ja.«
»Und finden Sie sie manchmal?«
»Oft.«
»Herzlichen Glückwunsch. Und wenn Sie sie nicht finden, bekommen Sie trotzdem Ihr Geld?«
Süden machte, warum auch immer, einen Schritt weiter in die Küche, weg von der Tür.
»Wo wollen Sie hin?«
»In die Wohnung von Herrn Denning.«
»Hinter Ihnen. Mein Mann musste auch mal gesucht werden. Er war plötzlich weg. Spurlos. Ich hab mir schon gedacht, was er vorhat, aber ich hab's niemandem gesagt. Keinem Menschen. Auch der Polizei nicht. Sie haben sich auf die Suche gemacht, und ich hab überlegt, wie das geht, jemanden suchen. Fährt man durch die Straßen und hält Ausschau?«
Sie erwartete keine Antwort. »Ich weiß noch, sie haben mich gefragt, ob mein Mann einen Platz hat, wo er gern hingeht oder wo er schon öfter war. Sag ich zu ihnen, ja, Stadelheim. Da haben sie mich angesehen wie einen verbeulten Trabbi. Ich war achtundfünfzig. Bloß weil meine Haare grau waren, war ich noch keine Schachtel. Der eine hat dann telefoniert und in Stadelheim nachgefragt. Kein Erich da. Hätt ich ihm gleich sagen können. Sie haben dann irgendwelche Kollegen informiert, und die haben weitergesucht. Erfolglos.
Am nächsten Tag war alles klar. Mein Mann ist zur Isar gegangen, in der Nähe vom Tierpark, wo der Kiosk ist und der Kiesstrand. Er hat sich unter einen Baum gesetzt und abgedrückt. Die alte Schmidt und Westen hatte er von einem Bekannten im Knast, der hat ihm die Knarre verkauft. Die Pistole lag immer schön eingewickelt in einem roten Handtuch im Schlafzimmerschrank, ganz unten. Da hab ich zuerst nachgeschaut, als er weg war. Die Pistole war nicht mehr da, und alles war klar. Ich wollte ihn aber beerdigen, deswegen

hab ich ihn vermisst gemeldet. Ich dachte mir, das klappt schon, so weit weg geht der nicht. Und so war's auch. Einer wie Sie hat ihn dann gefunden, weil ich gesagt hab, dass er gern zu dem Kiosk radelt und da sein Bier trinkt, direkt an der Isar beim Zoo. So hat ihn der Polizist ausfindig gemacht, versteckt im Gesträuch unter einer Eiche. Wer sucht, der findet, heißt's, und manchmal stimmt's.«

»Das war nicht einer wie ich«, sagte Süden. »Ich habe Ihren Mann gefunden.«

»Niemals. Das ist dreizehn Jahre her.«

»Sie haben nicht hier gewohnt, sondern woanders.«

Rosa schlug wieder mit der rechten Faust gegen ihre Hüfte und presste die Lippen aufeinander. In der Stille hörte Süden sie atmen. »Wir haben auf der anderen Seite der Rosenheimer Straße bei der Kirche gewohnt.«

»Jetzt erinnere ich mich.«

»Sie täuschen sich.«

»Kleine Stadt, kleine Welt.«

»Sie waren damals bei der Kriminalpolizei?«

»Ja.«

»Wieso haben Sie mich nicht gleich erkannt?«

»Vielleicht habe ich Sie nicht gut genug angesehen.«

»Das ist möglich.« Sie ließ die Arme hängen, blickte zum Nebenzimmer, dessen Tür geschlossen war, und ging an Süden vorbei zur Wohnungstür. Sie legte beide Hände auf die Klinke und wandte halb den Kopf. »Wir haben also was gemeinsam in der Vergangenheit.«

»Einen Zufall«, sagte Süden.

Sie nickte und drückte die Klinke runter, zögerte aber, die Tür zu öffnen. »Der Erich hat sich jedenfalls nicht zufällig erschossen. Der hat genau gewusst, wo er hinzielt.« Sie zog die Tür auf und drehte sich zu Süden um. »Machen Sie sich nichts draus, ich hab Sie auch nicht erkannt. Das Leben ist flüchtig.«

Als Süden an ihr vorbeiging, streckte sie den Arm in die Höhe und strich ihm mit der Faust über die Wange. Die Berührung war immer noch da, als Süden die Tür von Dennings Wohnung hinter sich schloss.

Im ersten Moment dachte Süden, Welthe habe die Wohnung über Nacht ausräumen lassen. Im Flur hing ein rechteckiger, rahmenloser Spiegel neben einem roten Kleiderständer. Im Schlafzimmer standen ein hellbrauner, schmaler Kleiderschrank mit zwei Türen, eine Kommode aus Kiefernholz mit drei Schubladen und ein Doppelbett in der Farbe des Schranks, dessen Matratze mit einem blauen Spannbetttuch bezogen war. Vor dem Fenster hing eine weiße Leinengardine. Ein grauer Auslegeteppich bedeckte sowohl den Boden des Schlafzimmers als auch den des Wohnzimmers, in dem es kein Mobiliar außer einem billigen beigen Sofa gab, dazu ein rechteckiger lackierter Eichentisch, zwei grau-beige bezogene Stühle mit Armlehnen, die, obwohl es nach Südens Meinung darauf auch nicht mehr ankam, nicht zum Rest der Einrichtung passten, sowie eine Art Vitrine mit vier Schubladen und einem Glasaufbau.
Am Fenster hing die gleiche weiße Gardine wie drüben. An den Wänden keine Bilder. Keine Blumen oder Pflanzen auf dem Fensterbrett. Keine Stereoanlage, kein Fernseher.
Das Bad war klein und fensterlos, hatte aber eine Badewanne. In der schmucklosen Küche verstärkten ein rechteckiger Tisch, auf dem ein zerknittertes Fernsehmagazin lag, und zwei Klappstühle erst recht nicht den Eindruck einer Wohnung, in der ein Mensch zu Hause war. Alles schien billig zusammengekauft und kaum benutzt worden zu sein.
In den Schubladen im Schlafzimmer entdeckte Süden saubere Unterwäsche, eine Handvoll karierter Hemden, drei weiße T-Shirts, Socken und Bettbezüge. Im Schrank hingen ein brauner Anzug und ein zerknitterter Regenmantel.

In der Vitrine standen einige Gläser in unterschiedlichen Größen und in den Hängeschränken in der Küche vier Tassen, vier kleine, vier große Teller, eine hölzerne Salatschüssel, weitere Gläser, ein Topf, eine Pfanne. Der Kühlschrank war vollständig leer, auch das Eisfach. Der Strom lief noch. Entweder, dachte Süden, hatte Denning die Wohnung vor seinem Verschwinden ausgeräumt oder vorher nie richtig eingeräumt.

Er setzte sich aufs Sofa und sank trotz seines Gewichts kaum ein. Er schaute sich um und sah nichts. Was, fragte er sich, hatte der LKA-Mann Welthe hier gesucht? Warum wusste er nichts von dem, was Denning vorhatte, obwohl dieser als verdeckter Ermittler ihm, dem V-Mann-Führer, über jeden Schritt Rechenschaft ablegen musste?

Anders als bezahlte V-Leute, die aus dem Milieu stammten, das sie im Auftrag des Verfassungsschutzes auskundschaften sollten, und die weitgehend auf sich allein gestellt und damit unberechenbar waren und ihr Handeln willkürlich bestimmen konnten, unterlagen Polizeiermittler strengen Auflagen. Bei eigenmächtigen und von außen nicht zu kontrollierenden Aktionen riskierten sie ihr Leben.

Im Grunde, das wusste Süden aus seiner Zeit bei der Kripo, besaßen V-Leute, auch wenn der Buchstabe dafür stand, nur wenig Vertrauen bei ihren Auftraggebern und oft auch bei ihren von Haus aus misstrauischen Kameraden. Im Gegensatz zu solchen Informanten lebten verdeckte Ermittler in zwei Welten mit demselben Rechtssystem, das sie zu befolgen hatten, wenn auch in der einen Welt unter erweitertem Rahmen. So durften sie Zeugen befragen, ohne sie vorab zu belehren, in fremde Wohnungen ohne ausdrückliche Genehmigung eindringen und andere Aktionen durchführen, die zur Aufklärung oder der Verhinderung einer schweren Straftat auf dem Gebiet des Staatsschutzes dienten.

Ohne die Zustimmung des Vorgesetzten, der Staatsanwalt-

schaft oder eines Richters durfte kein Landeskriminalamt einen seiner Beamten in eine kriminelle Szene einschleusen. Auf eigene Faust zu agieren brächte dem Ermittler ein Disziplinarverfahren ein, an dessen Ende die Entlassung aus dem Polizeidienst drohte.
Im Untergrund tätige Ermittler waren Tag und Nacht auf den unsichtbaren Begleitschutz ihrer Kollegen und deren schnelle Einsatzfähigkeit angewiesen. Eigenmächtige Entscheidungen zu treffen und Risiken einzugehen, von deren möglichem Ausmaß der V-Mann-Führer vorher keine Kenntnis hatte, waren für den Ermittler tabu. Der gesamte, monate-, manchmal jahrelang vorbereitete Einsatz inklusive kostspieliger und mühsamer Erschaffung einer Legende und deren Umfeld stünde auf dem Spiel, vom Leben des Beamten ganz zu schweigen. Kein Ermittler, dachte Süden, würde sich also so verhalten, und doch hatte einer es getan.
Siegfried Denning hatte die Regeln gebrochen. Sein Verbindungsmann war in Panik geraten, auch wenn Welthe alles daransetzte, überlegen und ruhig zu wirken. Schon bei seiner ersten Begegnung mit Süden hatte er sich verraten, indem er meinte, sie beide, Denning und er, wären ungebunden und hätten keine privaten Verpflichtungen. Dabei wusste er von der Beziehung zwischen seinem Kollegen und Mia Bischof. Welthe war verwirrt, als plötzlich eine weitere Person auftauchte, die nach Denning suchte. Seine Irritation steigerte sich noch, als er erfuhr, warum Süden ihn suchte.
Wieso Mia Bischof der Detektei Liebergesell diesen Auftrag erteilt hatte, musste Welthe verzweifelt beschäftigen, dachte Süden und ging im Wohnzimmer geräuschlos auf und ab. Kein Polizist, geschweige denn Welthe oder sonst jemand vom Landeskriminalamt, konnte unter den gegebenen Umständen die Journalistin oder deren Umfeld nach Denning befragen, ohne Aufsehen zu erregen und die Undercover-Aktion, die nach wie vor lief, zu gefährden.

Umzingelt von Lügnern, dachte Süden und ging noch einmal in die Küche.
Mia Bischof hatte behauptet, die Polizei habe sie mit ihrer Vermisstenanzeige abgewiesen. Ralph Welthe gab sich als Jugendfreund des Verschwundenen aus. Der Chef des Taxiunternehmens wusste nichts über seinen Angestellten, und ein Taxi-Kollege unterstellte Denning eine rechte Gesinnung. Und dann wurde Leonhard Kreutzer genau in der Phase Opfer eines Überfalls, als er das Lebensumfeld seiner Auftraggeberin erkundete, aus dem die Polizei bisher nicht einen einzigen Verdächtigen identifiziert hatte.
Auf seinem kleinen karierten Schreibblock hatte Süden den Namen des Mannes notiert, der bis heute im Zusammenhang mit dem geplanten Anschlag auf das Jüdische Zentrum gesucht wurde und laut Welthe mit Mia Bischof verheiratet gewesen war: Karl Jost. Die Fahndung nach ihm dauerte inzwischen fast zehn Jahre.
Das bedeutete, dachte Süden, dass Josts Ex-Frau nicht den geringsten Kontakt mehr zu ihm unterhielt, andernfalls wären die Fahnder ihm längst auf die Spur gekommen. Nach Welthes Aussage hatte Mia mit der rechten Szene nichts zu tun.
Aber warum, überlegte Süden und nahm die alte TV-Zeitschrift vom Küchentisch und fing an, darin zu blättern, hatte Denning dann überhaupt mit ihr den Kontakt gesucht?
Welthe, davon war Süden inzwischen überzeugt, ging mit einer Welt aus Lügen hausieren, und die Detektei musste alles daransetzen, ihn in dem Glauben zu lassen, dass Edith, Patrizia und er ihm alles abkauften. Nur so hätten sie vielleicht eine kleine Chance, den verschwundenen Taxifahrer und die Hintermänner des Überfalls auf Kreutzer zu finden.
Sie wollen uns alle kleinkriegen, dachte Süden. Er blätterte in der Zeitschrift, als suche er nach etwas Bestimmtem.
Plötzlich empfand er in der staubigen Stille eine Furcht, die

er nicht kannte. Die Zeitschrift glitt ihm aus den Händen. Wie benommen lehnte er sich an die Wand.
Verdunkelte Gedanken; er wusste sofort, dass er nicht um sein Leben oder das von Edith Liebergesell oder Patrizia Roos und noch nicht einmal um das von Leonhard Kreutzer fürchtete. Was ihn erschütterte, war nicht die Angst vor physischer Gewalt, die er mit seinem Verhalten, seinem Trotz und seiner Überzeugung provozieren könnte. Es war die ihm maßlos bedrohlich erscheinende Vorstellung vom völligen Versagen. Von der Unfähigkeit, den Zusammenhängen nicht gewachsen zu sein und sich wie ein Anfänger zu verhalten. Er fürchtete, wie ein Kind zu sein, dem Erwachsene Wiegenlieder ins Ohr summten und mit dem sie nach Gutdünken spielten, bis es, selig eingelullt, in den Schlaf fiel.
Süden war zu lange Polizist gewesen, um die Regeln nicht zu kennen, nach denen auf dieser Seite so rücksichtslos gespielt wurde wie auf jener der Gesetzesbrecher.
Und er war zu professioneller Rücksichtslosigkeit nicht fähig, weil das Rücksichtnehmen Teil seines Anwesenheitsverhaltens war. In seinem Wesen fehlte das Gen für die harten Bandagen. Er bewertete andere nicht von seiner Warte aus, sondern von deren, und dies – so hatte er längst kapiert – war angesichts der Wirklichkeit, für die er sich entschieden hatte, ein lächerliches Gebaren.
Ebenso gut hätte er nur mit einem Lendenschurz bekleidet über den Nordpol spazieren und einen Eisbären umarmen können.
In der trostlosen Wohnung eines aus ungeklärten Gründen verschwundenen verdeckten Ermittlers war er nur einen Schritt von einer Witzfigur entfernt. Und wenn er nur lange genug in den kleinen Spiegel im Flur schaute, würde er die Angst in seinen grünen Augen erkennen. Sie loderte wie ein Flächenbrand.
Gott ist die Finsternis und die Liebe das Licht, das wir ihm

schenken, damit er uns sehen kann. Warum ihm dieser mehr als fünfunddreißig Jahre alte Satz aus dem Abschiedsbrief seines Vaters jetzt einfiel, wusste er nicht, aber er tröstete ihn beinahe ein wenig.
Süden riss sich aus seiner Erstarrung, machte einen Schritt von der Wand weg, rieb sich mit beiden Händen über das Gesicht. Dann bückte er sich, hob die Zeitschrift auf und bemerkte, dass einige Seitenzahlen markiert waren. Jemand hatte die Zahlen mit einem schwarzen Stift unterstrichen, nicht fett, eher wie zufällig. Vier Zahlen, acht unterstrichene Ziffern, entdeckte Süden und notierte sie auf seinem Block. Die Zahlen kamen ihm vor wie die erste und einzige persönliche Note in dieser Wohnung.
Noch einmal zog er sämtliche Schubladen im Schlaf- und Wohnzimmer auf, tastete die Unterseiten ab, sah hinter den Schränken nach, unter dem Sofa, ein zweites Mal in den Küchenschränken und hinter den kalten Heizkörpern. Wenn Denning irgendwo etwas versteckt hatte, musste Welthe es entdeckt und mitgenommen haben.
Einer Fernsehillustrierten in einem Haushalt ohne Fernseher hatte Welthe offensichtlich keine Aufmerksamkeit geschenkt.

»Was meinen Sie damit, Sie wollen telefonieren?« Rosa Weisflog stand hinter der halb geöffneten Tür, nachdem Süden eine Weile geklingelt hatte. »Ich schau grad meine Serie im Fernsehen.«
Aus dem Nebenzimmer waren Stimmen und Musikfetzen zu hören.
»Es dauert nur eine Minute.«
»Wieso haben Sie kein Handy?«
»Der Akku ist leer.«
»Dann kommen Sie kurz rein, und ich geh wieder rüber.«
Das schwarze Schnurtelefon stand auf einem runden Stehtischchen in der Küche, auf einem gehäkelten Untersetzer.

Süden vertauschte die Zahlen, die er aus Dennings Zeitschrift abgeschrieben hatte, so oft, bis bei einer Nummer der Anrufbeantworter ansprang. »Hier ist die Isabel Schlegel, bitte hinterlassen Sie eine Nachricht oder schicken Sie mir ein Fax. Tschüss und bis bald.« Süden hinterließ keine Nachricht, er wollte später noch einmal anrufen, wenn er herausgefunden hatte, wo die Frau wohnte.
»Auf Wiedersehen, Frau Weisflog.«
»Haben Sie da oben alles so gelassen, wie es war?«, rief sie aus dem Wohnzimmer.
»Unbedingt.« Süden verließ die Wohnung und das Haus, stellte sich auf den asphaltierten Weg, der zwischen den Wohnblocks hindurchführte, legte den Kopf in den Nacken und schloss die Augen. Er dachte an seinen toten Freund Martin Heuer, der ein Spezialist im Knacken von Schlössern gewesen war und ihm als Andenken einen fabelhaft funktionierenden Dietrich hinterlassen hatte, den Martin zeitlebens Kläuschen nannte.

Die beiden Männer vermieden es, sich anzusehen. Der eine, Lothar Geiger, stand am Fenster im vierten Stock mit dem Rücken zum Raum und fragte sich seit einiger Zeit, ob er die Sache nicht endlich zu Ende bringen sollte. Der andere, der sechsundzwanzig Jahre jüngere Karl Jost, saß auf einem Stuhl, schaute zum Fernseher, der ohne Ton lief, und rauchte. Er trug einen schwarzen Trainingsanzug und war barfuß.
»Ist mir gleich, was du sagst, ich bleib. Ich hab hier noch was zu erledigen«, sagte Jost.
»Du hast schon genug erledigt.« Unten auf der schmalen Straße zwischen den achtstöckigen, viereckigen Wohnblöcken beobachtete Geiger eine Frau, die ihren Sohn ohrfeigte. Er schüttelte den Kopf. »Du bist hier nicht mehr sicher, begreifst du das nicht?« Das sagte er nur so. Er würde schon dafür sorgen, dass der andere in Sicherheit blieb.

»*Du* begreifst was nicht. Ich bleib hier und besorg mir frisches Geld. So wie geplant.«

Die Frau auf der Straße ging mit ihren zwei vollgepackten Plastiktüten weiter, der Junge blieb heulend auf dem Bürgersteig sitzen. Geiger verzog den Mund. »Gesindel. Und deine Helfershelfer laden den Mann ausgerechnet hier im Viertel ab. Wie kann man nur so dumm sein?«

»Sie kannten die Gegend.«

»Ich hatte dir nicht erlaubt, die beiden bei dir wohnen zu lassen, Karl.«

»Hier ist Platz genug. Außerdem sind sie weg und kommen nicht wieder.«

»Das hoffe ich.«

»Ich kann ja in dein Hotel ziehen, wenn dir das lieber ist.«

»Meine Tochter hat mich gebeten, dir zu helfen, und ich hab es getan«, log Geiger. »Was ich damit riskiere, ist klar. Ich erwarte Dankbarkeit von dir und Folgsamkeit. Und dass du dich von meiner Tochter fernhältst. Verstanden, Karl?«

»Kann ich was dafür, wenn sie sich nicht von mir fernhält?«

Geiger wandte sich um und streifte Jost mit einem verächtlichen Blick. Für ihn war dieser Mann seit jeher charakterlich nichts wert und auf der politischen Ebene mehr oder weniger unbrauchbar, außer für Aktionen, bei denen rohe Gewalt vonnöten war.

»Ich erwarte von dir, dass du dich in den nächsten zwei Wochen hier nicht wegbewegst.« Geiger ging in den Flur. Jost starrte zum Fernseher mit den Tieraufnahmen aus einem deutschen Zoo. »Du kannst in den Supermarkt gehen und sonst nichts. Wir müssen abwarten, was passiert. Die Polizei rekonstruiert den Weg des alten Mannes, und sie wird Mia weiter befragen. Das ist nicht zu ändern. Wichtig ist, dass du auf keinen Fall wieder in Neuhausen auftauchst.«

»Deine Tochter hat einen Kerl.«

»Bitte?«

»Da ist ein Kerl, mit dem sie zusammen ist, weißt du das nicht?«
Geiger fehlte das Interesse, um darauf zu antworten.
»Irgendwas ist mit dem passiert«, sagte Jost. »Sie sucht ihn, er ist weg. Ich hab ihr ins Gesicht gesagt, der Typ ist ein Spitzel, aber sie glaubt es nicht. Was hab ich damit zu tun?«
»So ist es.« Geiger knöpfte seine Strickjacke zu und öffnete die Wohnungstür. Der Gestank nach Zigarettenrauch, der überall hing, widerte ihn an. Die Sache mit dem Mann, von dem Mia ihm keinen Ton erzählt hatte, ging ihm auf der Rückfahrt nach Starnberg nicht mehr aus dem Kopf.

16

Nachdem sie sich wortkarg von jemandem verabschiedet hatte, legte Edith Liebergesell ihr Handy vor den Holzglobus am Rand ihres überfüllten Schreibtischs und versank in Gedanken. Sie trug einen ihrer dunklen Hosenanzüge und dazu eine blaue Bluse. Ihre Haare hatte sie zu einem Knoten gebunden, und ihr Gesicht, fand Patrizia, die sie vom Fenstertisch aus beobachtete, sah verlebt aus. Bisher hatten sie kaum ein Wort gewechselt. Auf die Frage, wo Tabor Süden sei, hatte Edith – nach Patrizias Meinung wenig überzeugend – erwidert: beim Zahnarzt. Inzwischen waren zwei Stunden vergangen, und Süden war immer noch nicht da.

Von draußen fiel wenig Licht herein. Ein schäbiger Freitag, dessen Stimmung dem inneren Zustand der beiden Frauen in der Detektei entsprach, die sich ansahen und Angst vor jedem neuen Wort zu haben schienen.

»Das war Süden am Telefon«, sagte Edith Liebergesell leise. Patrizia war sie sich nicht sicher, ob sie den kurzen Satz richtig verstanden hatte. »Er rief von einer Telefonzelle an. Ich gehe nicht davon aus, dass die Polizei über Nacht unser Büro verwanzt hat.«

Sie griff nach ihrer Zigarettenschachtel und legte sie wieder hin, wie sie es in der vergangenen Stunde schon mehrmals getan hatte. Seit Patrizia heute früh gekommen war, hatte ihre Chefin noch keine einzige Zigarette geraucht. »Dem Telefon trauen wir besser nicht mehr, hast du gehört? Vielleicht werden wir auch schon paranoid. Lass uns einfach vorsichtig sein. Was rede ich da eigentlich? Süden hat den Namen einer Frau herausgefunden, die unser verschwundener Taxifahrer kannte. Ich werde gleich übers Internet ihre Adresse raussuchen. Danach rufe ich Mia Bischof an und verabrede mich mit ihr. Ich werde ihr ein paar Sachen erzählen, die nicht stimmen, aber am Telefon überzeugend klingen müssen für den Fall, dass Süden recht hat und wir tatsächlich abgehört

werden. Unsere Arbeit geht in eine neue Richtung, Patrizia, und ich kann dir nicht sagen, ob uns das was bringt und wir Leo damit helfen können.«
Diesmal stippte sie eine Zigarette aus der Schachtel und zündete sie mit dem Feuerzeug an. Hastig inhalierte sie dreimal hintereinander und drückte die Zigarette in dem leeren Glasaschenbecher aus. »Schmeckt grauenhaft.«
»Wo ist Süden?«, fragte Patrizia.
»Er war in Dennings Wohnung und wartet jetzt auf die Adresse der Frau.«
»Aber eigentlich sollen wir den Fall vergessen.«
»Ja.«
»Machen wir aber nicht.«
»Ich weiß nicht.«
Vor Patrizia lagen vier im Lokalteil aufgeschlagene Tageszeitungen mit Berichten und einem Foto vom Überfall auf Leonhard Kreutzer. Das Bild zeigte einen lächelnden älteren Herrn mit einer roten Krawatte, das aus einem Album von Edith Liebergesell stammte und bei einem Fest in der Detektei aufgenommen worden war. Der Name der Detektei wurde in dem Artikel erwähnt. Verbunden mit dem Aufruf an Zeugen, sich zu melden, hatte die Polizei als möglichen Tatort die Gegend um den Rotkreuzplatz in Neuhausen genannt und als Auffindungsort des Opfers die Realschule an der Petrarcastraße unweit der U-Bahn-Station Hasenbergl. Motive für den Überfall seien bisher nicht zu ermitteln gewesen, von den Tätern fehle jede Spur, das Opfer sei schwer verletzt und nicht ansprechbar.
Mit geschlossenen Augen sagte Edith Liebergesell: »Ich habe Angst vor etwas, das ich nicht begreife. Und ich muss dauernd an meinen Sohn denken, was ich grad gar nicht gebrauchen kann. Tut mir leid, mein Schatz, ich mein's nicht so.«
Sie öffnete die Augen und sah zu Patrizia hinüber. »Ich muss dir was verraten. Heuer hatte ich zum ersten Mal die Vorstel-

lung, dass ich loslassen kann. Dass ich an Ingmars Todestag an ihn denken und gleichzeitig akzeptieren kann, dass er tot ist und seine Mörder nie gefasst wurden und nie mehr gefasst werden. Das war so eine starke Überzeugung, wie eine Befreiung, wenn das nicht das verkehrte Wort dafür ist. Ich saß in meiner Wohnung, trank Rotwein, verhedderte mich mal wieder in meinen schrecklichen Erinnerungen und auf einmal ... Auf einmal sah ich die vielen Kerzen und dachte: Das Leben hat ihn mir geschenkt und wieder genommen, wir konnten nicht verhindern, dass er vor seiner Zeit gehen musste, und das werde ich nie verstehen. Aber ich kann trotzdem weiter existieren, ohne ihn, ich hatte ihn ja, acht Jahre lang. Er war da, und wir waren zusammen. Und jetzt ... jetzt ist er nicht mehr da, und wir sind immer noch zusammen, auf eine andere Weise, aber nicht weniger eng und wahrhaftig. So war das in diesem Moment. Dann klingelte es an der Tür, und ich dachte, das ist mir jetzt egal, ich trete grade in einen neuen Lebensabschnitt ein, endlich, nach so vielen Jahren. Aber das Klingeln hörte nicht auf. Also ging ich zur Tür, machte auf, und da stand unser Süden und sagte, es ist was passiert. Hab ich dir das nicht schon alles erzählt?«

»Nein, Edith.«

»Ehrlich? Seit zwei Tagen rasen die Gedanken in meinem Kopf wie in einem Kettenkarussell, ich weiß schon gar nicht mehr, was ich sage und was ich denke und was ich als Nächstes tun muss.«

»Soll ich dir einen Kaffee kochen?«

»Gute Idee. Und was wollte ich jetzt tun?«

»Die Adresse einer Frau raussuchen«, sagte Patrizia und stand auf. »Du bist echt überzeugt, dass die Mörder deines Jungen nie mehr gefunden werden?«

»Bei der Fahndung sind von Anfang an zu viele Fehler passiert. Es ist, wie es ist. Die Polizei hat versagt, aber wir konn-

ten nichts beweisen. Vielleicht wären wir sonst vor Gericht gegangen, mein Mann und ich.«
Patrizia machte sich auf den Weg zur kleinen Küche, die vom Flur abzweigte. »Dein Junge galt doch als vermisst. Hatte Süden nichts mit dem Fall zu tun?«
»Frag ihn bloß nicht danach.«
»Wieso nicht?«
»Weil er sich Vorwürfe macht, heute noch. Er war nicht da, er war in Urlaub, sein erster seit ungefähr zehn Jahren, wie er immer behauptet. Du weißt doch, dass er nichts vom Verreisen hält, aber damals hat ihn eine Freundin überredet, mit ihm nach Kreta zu fliegen. Flugangst hat er auch noch. Aber er ist geflogen. Und er blieb drei Wochen dort. Als er zurückkam, war alles schon vorbei. Ich weiß nicht, ob er die Täter überführt hätte. Weiß ich nicht.«
Sie steckte sich wieder eine Zigarette an, behielt das Feuerzeug in der Hand, blies den Rauch über den Schreibtisch. »Aber ich bin überzeugt, er hätte nicht so viele Fehler gemacht, vielleicht überhaupt keinen. Wenn er da gewesen wäre, hätten wir uns nicht so alleingelassen gefühlt, Robert und ich. Er wäre an unserer Seite gewesen, jeden Tag in diesem Alptraum, jede Nacht, ganz bestimmt.«
»Das glaub ich auch«, sagte Patrizia an der Tür. Sie sah, wie Ediths Hand mit der Zigarette zitterte.
»Ja. Bestimmt. Aber so ... So waren wir allein, und die Polizisten haben uns verdächtigt und unsere Mitarbeiter. Sie haben überhaupt nichts begriffen, sie wollten nur so schnell wie möglich die Akte schließen. Vorbei. Zehn Jahre Zorn sind genug.«
Mit der Zigarette im Mund stand sie auf, nickte Patrizia zu, sah zum Tisch mit den Zeitungen und inhalierte noch einmal, bevor sie die halb gerauchte Zigarette ausdrückte. »Wir müssen die Gegenwart bewältigen, das erwartet Leo von uns. Du machst Kaffee, ich wasche mir die Hände, und dann rede

ich mit unseren staatlich geprüften und von unseren Steuergeldern bezahlten illegalen Mithörern.«

Zwei Minuten später saß sie wieder an ihrem Schreibtisch und wählte vom Festnetz aus eine Nummer. Eine Sekretärin erklärte, die stellvertretende Lokalchefin sei in einer Konferenz, woraufhin Edith Liebergesell sie bat, Mia Bischof auszurichten, wie wichtig und unaufschiebbar der Anruf sei. Sie würde in zehn Minuten noch einmal anrufen. In der Zwischenzeit brachte ihr Patrizia den Kaffee, schwarz mit einem Stück Zucker. »Du nimmst die U-Bahn und fährst in die Augustenstraße. Wir wiederholen Leos Aktion. Ich will, dass wir wissen, wo sie hingeht und mit wem sie sich trifft. Wenn sie dich bemerkt, redest du mit ihr. Halt sie hin, schau, wie sie reagiert, ruf mich an.«

»Ich hab gedacht, wir sollen nicht telefonieren.«

»Ich tu's trotzdem, entscheidend ist, was wir sagen. Du rufst mich an und sagst mir, deine Ärztin hätte dir geraten, zu Hause zu bleiben und zwei Tage auszuspannen. Dann weiß ich, du hast sie getroffen und ihr redet miteinander. Kein Hinweis, wo ihr seid, nichts sonst. Du bist allein auf dich gestellt. Du gehst in keine privaten Räume und nach achtzehn Uhr nirgendwo mehr hin. Ich besorge mir ein Prepaid-Handy, dann kannst du mich von einem öffentlichen Telefon jederzeit erreichen.«

»Glaubst du, das stimmt, dass wir abgehört werden?«, sagte Patrizia und trank aus ihrer Teetasse. Im Vergleich zu den im Grizzleys beliebten bunten Getränken mit unberechenbarer Wirkung hielt sie Kaffee in allen Variationen für ein Teufelsgesöff.

»Möglich wäre es.«

»Cool.«

»Wir werden überwacht, Patrizia. Wir werden überfallen und mit dem Tod bedroht.«

»Entschuldige, das wollt ...«

»Das Wichtigste ist, dass Leo wieder gesund wird.«
»Ja.«
»Und dass wir uns nicht verrückt machen lassen.«
»Ja.«
»Und dass ich noch einen Kaffee kriege.«
Patrizia nahm ihr die schwarze Tasse aus der Hand und eilte in die Küche.
»Noch mal ich, Liebergesell«, sagte sie ins Telefon. »Die Frau Bischof, bitte.« Die Sekretärin stellte die Verbindung her.
»Hallo?«
»Wir müssen uns dringend unterhalten, Frau Bischof.«
»Geht's später? Wir sind arg unter Druck.«
»Wir auch, Frau Bischof. Sie haben den Artikel heute in Ihrem Lokalteil gelesen.«
»Selbstverständlich, ich habe ihn redigiert.«
»Was da steht, basiert auf den Informationen, die Sie von der Polizei erhalten haben.«
»Und was wir selbst recherchiert haben.«
»Wo haben Sie recherchiert?«
»An den Orten, die uns die Polizei genannt hat.«
»Aber Sie haben nichts Neues herausgefunden«, sagte Edith Liebergesell und schob eine Akte beiseite, um Platz für ihren Schreibblock zu schaffen. »Keine Hinweise auf die Täter, keine Aussagen von Zeugen.«
»Wir konnten keine Hinweise auf bestimmte Täter finden, deswegen haben wir das auch nicht geschrieben.«
»Obwohl die Polizei Sie auf die Möglichkeit von bestimmten Tätern hingewiesen hat.«
»Wir schreiben nie eins zu eins die Polizeiberichte ab, schon gar nicht bei größeren Vorkommnissen.«
»Haben Sie mit der Polizei gesprochen?«
»Nein, mein Kollege, der in dieser Woche für den Polizeibericht zuständig ist.«
Edith Liebergesell betrachtete Patrizia, die die dampfende,

schwarze Tasse Kaffee hinstellte und ihren Mantel und ihre gefütterten Schuhe angezogen hatte. Sie wartete auf weitere Anweisungen.
»Sie haben Ihrem Kollegen nicht gesagt, dass Herr Kreutzer sich mit Ihnen getroffen hat.«
Mia Bischof erwiderte nichts.
»Der Polizei haben Sie es erzählt, und die Polizei hat es Ihrem Kollegen gesagt.«
»Davon weiß ich nichts. Der Artikel ist sauber geschrieben, es steht nichts Falsches drin, was wollen Sie von mir?«
»Sie haben Ihre Beteiligung an der Geschichte aus dem Artikel rausgestrichen.«
»Das ist eine Unterstellung. Ich muss in die nächste Sitzung.«
»Einen Moment.« Edith Liebergesell hielt die Sprechmuschel zu. »Fahr hin, sei vorsichtig«, sagte sie zu Patrizia. »Hast du die Perücke hier im Büro?«
»Liegt im Schrank.«
»Setz sie auf, und die Brille, und eine Mütze. Versuch's.«
»Ist doch klar.« Patrizia Roos brauchte keine zwei Minuten, um die schwarze Langhaarperücke so aufzusetzen, dass sie wie echt aussah. Dazu trug sie zu ihren weichen Kontaktlinsen eine leicht getönte Brille aus Fensterglas.
»Wir können uns später unterhalten«, sagte Mia Bischof ins Telefon.
»Es geht um den Auftrag, den Sie uns erteilt haben.«
In Ediths Blick, den Patrizia nicht mehr wahrnahm, weil sie sich schon umgedreht hatte und zur Tür ging, lag außer der Anerkennung für Patrizias überzeugende Tarnung vor allem eine schwermütige Furcht. Sie benötigte ihre ganze professionelle Kraft, um sich auf das Telefonat zu konzentrieren, und hatte gleichzeitig den Eindruck, sie wäre unter der Erde eingesperrt und spräche in die Finsternis.
»Der Auftrag bleibt bestehen«, sagte Mia Bischof.
»Die Polizei will, dass wir den Auftrag ruhen lassen, sie ha-

ben gewisse Befürchtungen und wollen keine Störenfriede bei ihren Ermittlungen.«
»Welche Befürchtungen?«
Edith Liebergesell kam es so vor, als wäre es in der Leitung stiller geworden, als habe die Journalistin eine Tür hinter sich geschlossen. »In den Überfall könnten Rechtsradikale verwickelt sein, und auch das Verschwinden von Siegfried Denning könnte damit zusammenhängen.«
»Womit?«
»Er könnte in den Überfall verwickelt sein.«
»Das ist doch Humbug«, sagte Mia laut und senkte ihre Stimme sofort wieder. »Wer so was behauptet, ist ein Dummkopf. Sagt das die Polizei? Dass Herr Denning was mit dem Angriff auf den alten Mann zu tun hat?«
»Sie sagt es nicht direkt. Denning könnte aus der rechten Szene stammen.« Wieder bekam sie keine Reaktion, und sie blieb ebenfalls stumm.
»Frau Liebergesell?«
»Ich bin hier.«
»Wieso sagen Sie nichts mehr?«
»Ich fürchte, wir müssen unsere Zusammenarbeit beenden, Frau Bischof.«
»Das will ich nicht.«
»Halten Sie die Vermutungen der Polizei für abwegig?«
»Die Vermutungen der Polizei interessieren mich nicht. Ich bezahle Sie dafür, dass Sie den Mann finden. Wo ist Herr Süden? Mit ihm habe ich alles verhandelt.«
»Er ist beim Zahnarzt«, sagte Edith Liebergesell.
»Wenn er zurückkommt, will ich, dass er weiter alle Spuren verfolgt. Oder hat er noch keine Spuren?«
»Haben Sie keine Angst, dass die Polizei Sie ebenfalls verdächtigen könnte?«
»Verdächtigen wegen was?«
»Zur rechten Szene zu gehören.«

»Vor der Polizei hab ich keine Angst, noch nie gehabt, das schwör ich Ihnen. War das nötig, dass Sie denen von meinem Auftrag erzählt haben? Wäre das nicht anders gegangen? Was hat der alte Mann mit meinem Auftrag zu tun? Was wollte der überhaupt von mir?«

»Herr Kreutzer ist mein engster Mitarbeiter, und es gehört zu seinen Aufgaben, sich über das Umfeld unserer jeweiligen Klienten zu informieren. Besonders bei Vermisstenfällen stoßen wir auf diese Weise oft auf konkrete Spuren.«

»In meinem Fall nicht.«

»Das können wir noch nicht wissen.«

»Ich weiß es.«

»Sie haben als Letzte mit Herrn Kreutzer gesprochen. Machte er irgendwelche Angaben, wo er hinwollte, was er vorhatte? Bitte denken Sie nach, Frau Bischof.« Das Verstellen ihres Tonfalls ließ sie beinahe würgen.

»Er hat mir belanglose Fragen gestellt, das war alles. Ich weiß nicht, was er wollte. Er kam in die Kneipe, trank was und ging wieder. Er hat mir hinterherspioniert, das gefiel mir nicht, ich mag das nicht. Aber ich habe mich höflich mit ihm unterhalten. Was dann passiert ist, weiß ich nicht. Ich war nicht dabei.«

»In gewisser Weise sind wir jetzt Verbündete«, sagte Edith Liebergesell und stand auf. Sie hoffte, im Stehen mehr Luft zu bekommen. »Die Polizei misstraut uns beiden, am Ende glauben sie noch, wir würden gemeinsame Sache mit der rechten Szene machen. Dabei haben wir keine konkreten Hinweise in dieser Richtung. Und Sie sind auch keine Rechte, Frau Bischof, das ist ja klar.«

»Wie kommt die Polizei dann da drauf?«

»Das muss etwas mit Herrn Denning zu tun haben. Wahrscheinlich hat er sich in der Öffentlichkeit entsprechend geäußert. Vorhin habe ich in einem Protokoll, das Herr Süden geschrieben hat, gelesen, Herr Denning habe sich in seinem

Beruf seltsam geäußert. Er habe Andeutungen gemacht, wonach ausländische Eltern zu viele Vergünstigungen und Ähnliches zugesprochen bekämen, dass sie also vom Staat besser behandelt würden als deutsche Familien. Solche Dinge. Er ist wohl bekannt für ausländerfeindliche Äußerungen.«

»Das geht heute schnell. Was Sie oder die Polizei für ausländerfeindlich halten, ist in den meisten Fällen einfach nur inländerfreundlich, das ist ein großer Unterschied. Ich habe Herrn Denning nie ein Wort gegen einen einzelnen Ausländer sagen hören. Das wäre ja auch ein dummer Mensch, der so was sagt. Also, was Sie da anführen, bedeutet gar nichts. Herr Denning nimmt seinen Beruf sehr ernst, er weiß sich zu benehmen und zu wem er gehört. Ich möchte, dass Sie Herrn Süden seine Arbeit machen lassen, damit er Herrn Denning findet.«

»Sie machen sich große Sorgen um ihn.«

»Denken Sie, ich würde sonst so viel Geld bezahlen? Es ist meine Pflicht, mich um ihn zu kümmern, er ist ein guter Mensch, und ich hab die Sorge, dass ihm was zugestoßen sein könnte.«

»Was könnte das sein?«

»Das weiß ich nicht«, schrie Mia Bischof in den Hörer. Dann war es still.

Edith Liebergesell dachte an die Worte, die sie soeben gehört hatte, an die kalte Stimme und das Weltall darin.

Als Mia sich beruhigt hatte, klang sie gleichgültig und abwesend. »Ich muss rüber in den Konferenzraum. Wir haben alles besprochen, Sie wissen Bescheid, und ich bitte Sie inständig, künftig nur noch mit mir über den Auftrag zu reden. Kann ich mich darauf verlassen? Ausschließlich ich bin Ihre Ansprechpartnerin, Sie unterliegen einer Schweigepflicht, die Sie schon mehrfach verletzt haben. Darüber wollen wir nicht mehr sprechen. Ich erwarte morgen einen Bericht von Herrn Süden. Und Ihrem Mitarbeiter im Krankenhaus wün-

sche ich eine gute Genesung. Auf Wiederhören.« Sie legte auf.
Edith Liebergesell stand hinter ihrem Schreibtisch und streckte den Arm vom Körper, als hielte sie einen schwarzen stinkenden, telefonhörerförmigen Fisch in der Hand.

Sie saß am Schreibtisch, beide Hände über Kreuz auf dem Telefon, reglos. Dann stand sie ruckartig auf, stemmte die Hände in die Hüften und spannte ihre Bauchmuskeln an. Dreimal in der Woche joggte sie am Hochufer der Isar, jeweils genau vierzig Minuten; einmal in der Woche ging sie zum Schwimmen ins Dantebad; und jeden Tag machte sie Liegestütze, wie ein Mann. Wenn es darauf ankam, war sie in der Lage, sich zu wehren. Wichtig war, sich treu zu bleiben. Überleben in der Krise, mit diesem Leitspruch war sie aufgewachsen, und er hatte sich bis heute bewährt.
Mit Disziplin und guter Gesinnung führte Mia Bischof ihr Leben, und wenn sie in diesem Moment innehielt, um ihre Gedanken zu ordnen und ihr Herz zu beruhigen, empfand sie eine tiefe Zugehörigkeit zu jenen Frauen, die Schlimmeres durchgemacht hatten und dennoch ihr Schicksal nicht verfluchten, sondern es annahmen und sich behaupteten. Was die Polizei tat, entsprach bloß deren Natur, das war nichts Besonderes, und es war einfach, sich selbst entsprechend zu verhalten. Aber die Verzagtheit der Detektivin, mit der sie soeben gesprochen hatte, verachtete sie, auch wenn sie die Frau noch nie gesehen und dies ihr erster Kontakt gewesen war. Mia fand, dass sie viel zu nachgiebig reagiert hatte. Das würde ihr nicht wieder passieren.
Sie wollte, dass Siegfried wieder da war und sie gemeinsam weiter an ihrer Zukunft arbeiteten. Er war der zuverlässigste Mann, dem sie je erlaubt hatte, sie zu berühren. Er war treu und ehrlich und teilte vollständig ihre Weltanschauung. Sie waren wie geschaffen füreinander, dachte sie oft. Wieso er

plötzlich verschwunden war, verstand sie nicht und duldete es auch nicht. Das war wie ein Verrat. Sie verlangte eine Erklärung. Dass sie sich einsam fühlte, spielte keine Rolle. Für Gefühle war später noch Zeit, nach seiner Rückkehr und wenn er alles erklärt hätte.
Mia ließ die Arme sinken. Wenn Siegfried wieder da war, dachte sie, würde sie endlich den Mut fassen und ihm die Frage stellen, die sie noch keinem Mann gestellt hatte, weil keiner bisher dafür in Frage gekommen war – abgesehen von Karl in ihrer Ehe. Aber damals waren sie jung und gewalttätig und verbrachten die meiste Zeit in Swingerclubs mit schamlosen Männern und hündischen Frauen.
Die Frage an Siegfried lautete, ob er sie, obwohl sie schon achtunddreißig war, in den Stand der Mutterschaft erheben und sie von ihrem unvollkommenen Frauendasein erlösen wolle, unter dem sie so sehr litt und wofür sie sich in vielen Nächten verachtete. Sie hoffte, er würde es tun, wenn sie ihn darum bat. In der Tiefe ihres Herzens war sie davon überzeugt. Alles, was sie tun musste, war, vor ihm zu stehen und tapfer zu sein. Sie würde es sein. Deswegen befahl sie ihm mit aller Macht, zu ihr zurückzukehren, schon morgen, am besten noch heute Nacht.
Als es hinter ihr an der Tür klopfte, hielt sie die Luft an und legte beide Hände auf ihren Bauch. Den Gedanken an ein Kind hütete sie wie ein Geheimnis.
Die Pflicht ruft, dachte sie und wandte sich zur Tür, vor der der junge Volontär ungeduldig und ungehörig auf seine Armbanduhr zeigte.

17

Isabel Schlegel arbeitete in einem Büro im Lehel, wo Süden sie auf dem Handy erreichte. Ihre abweisende Art überraschte ihn angesichts des Verhaltens der meisten anderen Personen in diesem Fall nicht. Aber seine Geduld begann zu schrumpfen und sein Misstrauen wuchs allmählich über ihn hinaus. Trotzdem gelang es ihm, in der Telefonzelle an der Werinherstraße den Hörer nicht allzu weit vom Ohr entfernt zu halten. Was sie nicht begreife, meinte die Architektin, die er der Stimme nach auf Anfang zwanzig schätzte, bevor er erfuhr, dass sie sechsunddreißig war, sei, wieso er, wenn es um den Taxifahrer Denning gehe, *sie* ausfrage und nicht ihre Freundin Mia.
Süden erwiderte, er würde sie nicht ausfragen, sondern ihr ein paar Fragen stellen wollen. Wo da der Unterschied sei, fragte sie und erklärte zum vierten Mal, dass sie keine Zeit habe, weil sie mit ihren Kollegen bis zum Abend noch die Pläne für einen »enorm wichtigen Wettbewerb« ausarbeiten müsse. Süden bat sie um maximal eine halbe Stunde. Sie gab einen so tiefen Seufzer von sich, dass er befürchtete, sie würde auf der Stelle verzweifeln. Doch dann bestellte sie ihn mit derselben gelangweilten Stimme, mit der sie die ganze Zeit gesprochen und sich wiederholt hatte, um zwölf Uhr in ein Café am St.-Anna-Platz – verbunden mit der ausdrücklichen Bitte, pünktlich zu sein. Sie habe »zwanzig Minuten und keine einzige mehr«.
Süden bedankte sich, hängte ein, schob hastig die Tür der ramponierten gelben Telefonzelle auf und ging mit schnellen Schritten davon.
Er war nicht in Eile – bis zwölf hatte er noch knapp zwei Stunden Zeit –, er brauchte bloß Luft und Bewegung und Abstand von der Stimme. Wenn er Isabel Schlegel hernach traf, musste er innerhalb der kurzen Zeit alles, was sie wusste, aus ihr herauskriegen und sie gleichzeitig zu einigen unbedachten Aussagen verführen. Dabei, dachte er, durfte er

sich weder von ihrer gewöhnungsbedürftigen Tonlage noch ihrem flitzenden Sprechen ablenken oder überrollen lassen.
Seit er die Wohnung des Taxifahrers verlassen hatte, balancierte er in seiner Vorstellung über ein Seil fünf Meter über der Straße, mit verbundenen Augen, eingeschüchtert und verstummt. Er ging wie ferngelenkt und wunderte sich, dass er nicht längst abgestürzt war. Wozu der Aufwand, dachte er, wenn ihm alles, was er aus eigenem Antrieb in die Hand bekam, im nächsten Moment wieder entrissen wurde. Die Dinge, die er herausfand, zählten nicht oder waren nichts wert, weil sie kein Bild ergaben und keine Aussicht ermöglichten. Alles blieb schwarz, niemand war da und hörte zu.
Der Überfall auf Leonhard Kreutzer kam Süden vor wie der Einschlag eines Meteoriten, der die Welt für immer verändert hatte. Eine neue Zeit war angebrochen, und er war ihr nicht gewachsen. Er war zu klein, zu alt, zu schwer, ein Dinosaurier auf tönernen Füßen; Relikt einer untergegangenen Epoche, in der nachts ein Mord geschah und tagsüber Spuren zu erkennen waren, die in eine eindeutige Richtung wiesen, und in der festgelegte Grenzen existierten. Und wer sein für ihn bestimmtes Urgebiet verließ, musste früher oder später Rechenschaft ablegen oder dafür büßen – moralisch, juristisch, auf welche Weise auch immer.
Jedenfalls, dachte Süden, handelten alle entsprechend. Und auch wenn die einen seit jeher niemals zwangsläufig die Guten und die anderen ausschließlich die Bösen waren, sondern sich die Ränder berührten und der Glaube an einen gerechten Gott selten jemandes Handeln beeinflusste, galt doch »das große Gesetz«. Dieses hatte Süden als sehr junger Mann für sich entdeckt, und dessen Wortlaut hatte er von seinem Lieblingsdichter geborgt: *Die Liebe zwingt all uns nieder.*
Seit er seinen aufrechten Gang und seine Rolle in der Welt begriffen hatte, glaubte Süden an die magische Wahrhaftigkeit der Liebe, vor deren Wucht letztlich jeder Mensch kapi-

tulierte und gezwungen war, sein noch so gehütetes Geheimnis zu offenbaren – zuerst gegenüber sich selbst, dann vor einem Fremden, einem Freund, einem Polizisten.
Das war es, was Süden wie besessen glaubte.
»Doch es kehret umsonst nicht unser Bogen, woher er kommt.« Hölderlins Verse hallten in ihm seit seiner Jugend wie ein Mantra wider, dem er folgte und vertraute. Seiner unausgesprochenen Überzeugung nach war das Erkennen eines jeden nackten, ungeschönten, tränen- oder blutüberströmten Gesichts möglich.
Niemand, dachte Süden, sei undurchschaubar, niemand zur absoluten Lüge fähig, zum perfekten Verbrechen. Für jeden kam die Stunde der bedingungslosen Erkenntnis, und manchmal bestimmte einer wie er, Süden, den Zeitpunkt.
Heute war Freitag, der dritte Februar, acht Minuten nach zehn Uhr vormittags. Das sah er auf der Uhr im Halbdunkel des Kiosks. Süden dachte, dass er nichts weiter sei als ein aus einem selbstgezimmerten Himmel gestürzter Engel, der vor die Füße der allergewöhnlichsten Erdenbewohner geplumpst war. Diese folgten den allgemeinen Regeln und hielten eine Gestalt wie ihn für einen aufdringlich riechenden Besserwisser, der sie beim Essen störte.
Mit einem Mal war Süden alles klar. Als wäre der Seiltanz mit verbundenen Augen schlagartig zu Ende und er wie elektrisiert von der Berührung mit dem Asphalt, sagte er zu dem Mann am Kioskfenster: »Ich nehme eine Semmel mit Schinken, ein Stück Mohnkuchen und einen Becher Kaffee mit Milch und Zucker.«
»Sie können auch reinkommen, hier drin ist's wärmer.«
»Hier draußen ist es genau richtig.« Süden stellte sich an den Rand des hölzernen, lackierten Fensterbretts und beschloss, während er aß und trank und – so empfand er es – endgültig und vollständig in diesen Tag hineinwuchs, den begonnenen Weg weiterzugehen. Weil es sein Weg war und seine Art zu

gehen. Vielleicht glaubte er nun an etwas anderes als bisher, er wusste es noch nicht.
Was er wusste, war, dass er seinen Schatten wiederhaben wollte, der zu ihm gehörte und den er in der andauernden Finsternis dieses Falles beinah verleugnet hätte. »Noch einen Kaffee, bitte«, sagte er zu dem Mann im Kiosk und schaltete sein Handy ein.

Edith Liebergesell war verwirrt, als sie die Nummer auf dem Display las. Sie hatte gerade ihren Mantel angezogen und war dabei, die Detektei zu verlassen, um sich ein billiges Handy zu besorgen. Unentschlossen ließ sie es dreimal klingeln, bevor sie den Hörer abnahm.
»Wir ändern nichts«, sagte Süden am anderen Ende.
Über diesen Satz zur Begrüßung war sie so überrascht, dass sie kein Wort hervorbrachte. »Wir werden nicht feig sein.« Sie hörte Autogeräusche und Kinderstimmen im Hintergrund. »Niemand kann uns den Auftrag verbieten. Und wenn sonst niemand dazu in der Lage ist, werden wir herausfinden, wer Leo so zugerichtet hat.« Er machte eine Pause, aber Edith blieb stumm. »Alles andere wäre so, als würden wir einknicken, ohne vorher überhaupt aufrecht gestanden zu haben.«
»Süden?« Sie zögerte. »Hast du was getrunken?«
»Kaffee.«
»Sonst nichts?« Plötzlich überlegte sie, ob hinter seinen Sätzen ein geheimer Code steckte, den sie nicht abgesprochen hatten.
»Hast du eine Nachricht aus dem Krankenhaus?«
Sie schüttelte den Kopf.
»Edith?«
»Keine Nachricht.«
»Wo ist Patrizia?«
»Beim Zahnarzt«, sagte sie aus Versehen.

»Das tut weh.«
»Entschuldige. Warum ... Was ist los mit dir? Wo bist du?«
»In der Stadt, in der Nähe eines Handymasts. Kannst du mir bitte zwei Telefonnummern raussuchen?«
»Sicher, aber ich versteh nicht ... Du rufst vom Handy auf meinem Festnetz an und ... Hast du keine Angst?«
»Wovor?«
»Bitte?«
»Ich habe Angst, dass wir Zeit verlieren oder dass andere uns die Zeit wegnehmen.«
Mit ihrem zugeknöpften Mantel setzte Edith Liebergesell sich wieder hin, wechselte den Hörer in die linke Hand, verharrte. Was gerade passierte, war ihr ein Rätsel, und sie hatte kein gutes Gefühl dabei. Eigentlich hielt sie es für ausgeschlossen, dass Süden am Vormittag Alkohol trank, doch bei ihm konnte man nie wissen. Er hatte seine Phasen, dann endete ein entspannt begonnener Frühschoppen bei einem flüssigen Betthupferl um Mitternacht. »Welche anderen?«, fragte sie aus purer Verlegenheit.
»Alle, die uns nicht bezahlen.«
»Wer?«
Süden schien nicht zugehört zu haben. »Ich brauche die Nummern von Mias Vater in Starnberg und ihrer Mutter, die vielleicht in München lebt.«
Wieder verging fast eine halbe Minute, während die Detektivin dasaß und vor sich hin starrte und keinen klaren Gedanken zustande brachte. »Okay«, sagte sie. »Mach ich ... Rufst du wieder an oder wie?«
»Ich bleibe dran.«
»Du bleibst dran.«
»Was ist los mit dir, Edith?«
»Nichts. Ich bin nur ... Wir telefonieren hier so ...«
»Wir werden weiter telefonieren. Glaubst du, wir werden abgehört?«

Was sollte sie darauf antworten? Sie sagte: »Möglich.«
»Das erspart uns doppelte Erklärungen. Außerdem wäre ich auf die richterliche Begründung gespannt. Suchst du mir die Nummern raus, bitte?«
Als wären ihre Finger klüger als ihr Kopf, tippte sie die Namen in den Computer, wechselte zum Register mit den Hotels, probierte mehrere Orte im Landkreis Starnberg aus, öffnete das Münchner Adressbuch. Derweil lehnte Süden an der Wand des Kiosks und sah Kindern und Jugendlichen zu, die aus einer Seitenstraße von einer nahen Schule kamen. Sie versammelten sich an der Bushaltestelle vor dem kleinen Lokal, zu dem der Kiosk gehörte. Ein einziges Stimmengewirr, das bei Edith Liebergesell doppelt so laut ankam. Aber sie fragte nicht nach.
»Hofhotel Geiger am See«, sagte sie und nannte ihm die Nummer. Er hatte das Handy zwischen Schulter und Ohr geklemmt und notierte die Zahl auf seinem kleinen Block. »Der Inhaber heißt Lothar Geiger.«
»Dann trägt Mia Bischof den Mädchennamen ihrer Mutter«, sagte Süden.
»In München sind neun Bischof mit männlichen Vornamen gemeldet und zwei mit Frauennamen, Vera und Hedwig. Willst du alle Nummern?«
»Unbedingt.«
Nachdem er den Zettel abgerissen hatte, steckte er Block und Kugelschreiber wieder in die Tasche. »Ich habe mittags noch einen Termin.« Er wusste, sie würde keine Details verlangen. »Hängt mit meinem Termin von heute früh zusammen.«
»Aha.« Wenn er beschlossen hatte, in die Offensive zu gehen, dachte Edith Liebergesell, warum hielt er dann Informationen zurück, die sie eventuell für ihre eigene Recherchearbeit nutzen oder ihrer Mitarbeiterin Patrizia weitergeben könnte? Im nächsten Moment fiel ihr ein, dass er in eine

fremde Wohnung eingebrochen war. »Sehr gut«, sagte sie. »Soll ich hier auf dich warten?«
»Sprich noch einmal mit den Kollegen von Siegfried Denning. Er hat vielleicht doch Andeutungen gemacht, die wir gebrauchen können. Und mach einen Termin mit Mia Bischof und erkläre ihr, dass wir keine Berührungsängste wegen ihrer politischen Einstellung haben, ich sowieso nicht.«
»Darüber haben wir nie gesprochen, Süden.«
»Wir hatten keinen Anlass.«
Angesichts ihres allgemeinen Verwirrungszustands tauchten sie diese Bemerkungen, die hoffentlich für eventuelle Mithörer gedacht waren, noch tiefer in ihr Gedankenmoor. Sie musste das Gespräch sofort beenden. »Du hast recht. Bis später.« Sie knallte den Hörer auf, ruckte nervös mit den Schultern und fing vor lauter Zigarettenlosigkeit an zu zittern. Nichts stimmte mehr, dachte sie. Das Knistern der unsichtbaren Lunten um sie herum, das sie seit Tagen verfolgte, hörte nicht auf.

Lothar Geiger verstand nicht, was der Mann, noch dazu ein Detektiv, von ihm wollte. Zudem empfand er den Krach im Hintergrund als unverschämt. »Was soll das, Herr ... Sie suchen einen Mann, den ich nicht kenne? Oder wie?«
Süden ging auf dem Bürgersteig neben einer Hauptstraße, auf der auch Straßenbahnen fuhren. »Ihre Tochter hat Ihnen den Mann nie vorgestellt«, sagte er. »Sie wissen gar nicht, dass er verschwunden ist?«
»Wer denn? Ich bin in einer Besprechung, wir erwarten eine Gesellschaft, stehlen Sie mir nicht die Zeit, Herr ...«
Süden war es egal, ob der Hotelier seinen Namen behielt. »Siegfried Denning ist sein Name.«
»Kenn ich nicht. Sind Sie Journalist? Was wollen Sie?«
»Ich bin kein Journalist, das habe ich Ihnen gesagt. Ich suche im Auftrag Ihrer Tochter einen Mann und habe ...«

»Was für ein Unsinn.«
»Sie wissen davon nichts, Herr Geiger.«
»Dass meine Tochter von Ihnen einen Mann suchen lässt? Sind Sie irre? Wieso sollte sie das tun? Ich lege jetzt auf.«
»Einen Moment noch.« Süden blieb stehen. Die Ampel an der Kreuzung schaltete auf Grün, Passanten huschten an ihm vorbei. Er keuchte und drückte das Handy kurz an seine Jacke. »Der Mann ist, wie gesagt, Taxifahrer, und Ihre Tochter kennt ihn sehr gut. Sie macht sich große Sorgen, dass ihm etwas zugestoßen sein könnte. Deswegen hat sie uns beauftragt, nach ihm zu suchen. Aber Sie wissen davon nichts.«
»Wen meinen Sie mit ›uns‹?«
»Die Detektei Liebergesell in München.«
»Meine Tochter lässt niemanden suchen«, sagte Geiger. »Schon gar nicht von einer Detektei. Sie bespricht alles mit mir, und von der Sache hat sie mir nichts erzählt. Noch was, Herr ...«
»Wo kann ich Ihre Frau erreichen?«
»Nirgends.«
»Ist sie gestorben?«
»Sie ist nicht gestorben. Auf Wiedersehen.«
Süden sagte: »Ich muss mit ihr sprechen.«
»Herr ... Ich sage es Ihnen zum letztem Mal: Was Sie mir von meiner Tochter erzählen, ist Humbug. Ich werde sie gleich anrufen und die Sache klären. Außerdem werde ich meinen Anwalt anweisen, damit er Schritte einleitet, die verhindern, dass Sie oder Ihre Detektei mich noch einmal belästigt. Damit ist das Gespräch beendet.« Er drückte den Finger auf die Gabel und wählte eine neue Nummer.
Birgit Feigl, seine einundsechzigjährige Assistentin, saß die ganze Zeit vor seinem Schreibtisch, einen linierten Block auf den Knien, und verzog keine Miene.
»Ich bin's«, sagte Geiger ins Telefon. »Wer ist der Taxifahrer, den du angeblich von einem Detektiv suchen lässt?«

Reglos stand Mia Bischof vor der Anrichte mit den Wasserflaschen und der Kaffeemaschine. Hinter ihr am runden Tisch waren ihre Kollegen in eine Diskussion vertieft. Sie war nur deshalb ans Telefon gegangen, weil sie die Nummer ihres Vaters gesehen hatte und dachte, es ginge um den Termin am Wochenende, zu dem sie ins Hotel kommen sollte. Erschrocken stellte sie das Glas wieder hin. »Wer behauptet denn so was, Vater?« Ihre Stimme klang verzagt, doch sie konnte es nicht ändern.
»Sag die Wahrheit, Mia.« Er dachte an Karl Jost, der ihm eine ähnliche Geschichte erzählt hatte, und wurde noch wütender.
»Ich erklär's dir später.«
»Jetzt!«
»Ich bin in einer Konferenz. In einer Stunde.«
»Warum lügst du mich an?«
»Ich lüge nicht, ich konnte ... Denk nichts Falsches, bitte.«
»Hat die Sache etwas mit dem Überfall auf den alten Mann zu tun?«
»Nein. Bestimmt nicht.«
»Der Taxifahrer ist ein Freund von dir? Warum weiß ich von dem nichts und steh wie ein Idiot da?«
»Du stehst doch nicht ... Er gehört zu uns, Vater, er ist ... Vertrau mir, bitte.«
»Dieser Detektiv hat mich nach deiner Mutter gefragt.«
»Wieso nach Mama? Wieso ...«
»Hast du ihr von dem Mann erzählt?«
»Hab ich nicht.«
»Lüg mich nicht an.«
»Ich hab nur mal seinen Namen erwähnt«, log sie.
»Und warum?«
»Was?«
»Hörst du nicht zu?«
»Doch.«

»Was stimmt nicht mit dir, Mia? Brauchst du einen Arzt? Soll ich Doktor Gerhardt anrufen? Hast du wieder Stresssymptome?«
»Ich bin gesund. Ich wollte nicht, dass du davon erfährst, weil ich mich ein wenig schäme. Aber ich wusste nicht, was ich tun soll, und da habe ich mich entschieden …«
Jemand am Tisch rief ihren Namen. »Das ist so kompliziert. Bitte denk nicht, ich hätte dich …«
»Ruf mich in einer Stunde an.«
Sie wollte noch etwas sagen, aber ihr Vater hatte schon aufgelegt.

18

Das bedeutet gar nichts«, sagte die Frau, die mit verschränkten Armen vor dem Fenster stand. Sie trug einen selbstgestrickten schwarzen Pullover, der ihr bis zu den Knien reichte, eine beigefarbene Stoffhose und weiße Filzlatschen. Sie hatte kurze dunkle Haare und leuchtende Augen und sah nach Südens Einschätzung deutlich jünger als fünfundsechzig aus. Ihre Art zu sprechen allerdings war schleppend, ihre Stimme klang wie erschöpft. Wenn sie gelegentlich gestikulierte, wirkten ihre Bewegungen fahrig. »Mia hatte immer ihre Geheimnisse. Dass ihr Vater nichts von dem Mann weiß, sagt nur aus, dass Mia ihre Gründe dafür hat. Sie weiß, was sie tut.«

»Sie haben regelmäßig Kontakt zu ihr.« Süden stand neben der Tür und hielt seinen Block in der Hand.

Die Wohnung von Hedwig Bischof lag im Erdgeschoss eines zweistöckigen, blassrosa gestrichenen Hauses an der Balanstraße, direkt an der Kreuzung zum Mittleren Ring. In fast allen Wohnungen hing die Gardine genau in der Mitte der kleinen Fenster, die den steten Verkehrslärm kaum dämpften. Über der Eingangstür war eine Art Bullauge eingelassen.

Obwohl es sicher keine Bedeutung hatte, fand Süden die Tatsache merkwürdig, dass die Wohnungen von Siegfried Denning und der Mutter der Frau, die ihn suchen ließ, ziemlich nah beieinanderlagen. Bei den Telefonnummern, die Edith Liebergesell herausgesucht hatte, führte schon die zweite mit weiblichem Vornamen zur richtigen Person. Bis zu seinem Treffen mit der Architektin im Lehel hatte Süden noch Zeit, und da er in der Nähe war, fragte er Hedwig Bischof, ob er spontan vorbeikommen dürfe.

Sie schien sich über seinen Besuch zu freuen. Nachdem sie ihm erfolglos einen Platz angeboten hatte, ging sie zum Fenster und blieb dort stehen.

»Mia und ich«, sagte sie. »Wir sind uns nah, aber es gibt auch Dinge, da trennen uns Welten, wenn das nicht zu pathetisch

klingt. Mit großen Worten muss man bei uns in der Familie aufpassen, die sind für meinen Ex-Mann reserviert.«
Für Süden war es noch zu früh, das Thema zu wechseln, die möglichen Dinge hinter den Ereignissen anzusprechen. »Ihre Tochter hat Ihnen von ihrer Beziehung mit dem Taxifahrer erzählt.«
»Ja.« Das machte Hedwig Bischof öfter: Sie sagte etwas, verstummte abrupt und redete dann weiter. Dabei ließ sie Süden nicht aus den Augen. »Zumindest hat sie erzählt, sie hätte jemanden und wäre gern mit ihm zusammen. Ein Satz, den ich noch nicht oft von ihr gehört habe. Beziehungen waren immer schwierig für sie. Für mich auch. Deswegen lebe ich seit Urzeiten allein.«
»Mit Mias Vater waren Sie nicht verheiratet.«
»Nein.« Dann: »Wir hatten den Plan, aber wir haben ihn nicht in die Tat umgesetzt. Mia war fünf, als wir aus Starnberg wegzogen, sie und ich.«
»Sie haben sich von Ihrem Freund getrennt.«
»Kann man so sagen.«
»Wollte er nicht, dass seine Tochter bei ihm bleibt?«
»Doch.« Sie nickte unmerklich. »War mir egal, ich wollte da raus. Mir gefiel das alles nicht mehr, das Ambiente, die ganze Stadt, Lothars Bekannte. Alles Leute, die Sie nicht in Ihren Vorgarten lassen würden.«
»Leute mit einer bestimmten Weltanschauung«, sagte Süden.
»Weltanschauung, Menschenanschauung. Ich hab mich nie eingemischt. Diese Leute haben mich nicht interessiert, und Lothar ließ mich in Ruhe. Solange ich mich um das Kind gekümmert und den Mund gehalten hab, war das kein Problem für ihn. Er war halt so, das muss man verstehen, geprägt vom Elternhaus, das streng war und eins mit den Machthabern damals. Lothar kam grade in die Schule, als der Krieg aus war. Von heute aus betrachtet, kommt einem das ewig her vor, ist es aber nicht. Und schauen Sie ihn sich an,

er sieht nicht aus wie ein Mann, der den Zweiten Weltkrieg noch erlebt hat und sich im Bunker verstecken musste. Ich bin jünger, völlig andere Situation. Mein Elternhaus war unpolitisch, sofern man das in jener Zeit sein konnte. Aber meine Eltern haben nie heroisch von den alten Zeiten erzählt. Ehrlich gesagt, bin ich kein politischer Mensch. Ich finde, Politik ist ein mieses Geschäft, und wenn es nicht sein muss, beschäftige ich mich nicht damit. Blind und taub bin ich allerdings auch nicht, ich sehe schon, was vor sich geht. Und wenn es vor der eigenen Haustür passiert oder sogar im eigenen Haus, muss ich natürlich reagieren. Hab ich getan. Also hab ich Mia genommen und bin nach München gezogen. Ramersdorf.

Mia ist hier in die Volksschule gegangen, später aufs Asam-Gymnasium. Sie war intelligent, strebsam, wachsam, ein gescheites Mädchen. Und sie hat sich früh für Politik interessiert. Leider hat sie zu früh geheiratet und noch dazu den falschen Mann. Ihre Entscheidung, ich hab ihr nie dreingeredet, das hat sie mir als Jugendliche verboten, und daran hab ich mich gehalten.

Eines Tages – wir hatten Streit wegen ihrer Noten und ihres Umgangs mit Typen, die sich wie Zuhälter aufgeführt haben, sie war vierzehn Jahre alt –, da sagte sie, wenn ich noch einmal versuchen würde, ihr was vorzuschreiben, würde sie abhauen und nie wiederkommen. Sie würde mich aus ihrem Leben und ihrem Gedächtnis streichen. Das waren ihre Worte. Gestrichen wäre ich dann.

Diese Vorstellung hat mich zermürbt, glauben Sie mir das? Denn ich war überzeugt, dass sie es ernst meint, brutal ernst. Sie hat immer alles ernst gemeint. Damit will ich nicht sagen, dass sie nicht fröhlich sein konnte. Zum Beispiel hat sie von Kind auf leidenschaftlich Fußball gespielt, wie ein Junge. Das war ziemlich gewöhnungsbedürftig. Eine Stürmerin vor dem Herrn, keine Angst vor den Gegnern, und die

Gegner waren natürlich Jungs, sie war das einzige Mädchen auf dem Spielfeld, immer. Aber die Jungs hatten sie gern dabei, sie hatte Talent, auf dem Gebiet also auch. Wäre sie heute jung, würde sie wahrscheinlich in der Frauennationalmannschaft spielen. Die hat was drauf, die Mia. Aber das wollen Sie alles gar nicht wissen, Ihnen geht's um den Taxifahrer.«
»Mir geht's auch um Ihre Tochter, Frau Bischof.«
»Warum noch mal ist der Taxifahrer verschwunden?«
»Das wissen wir nicht. Er hat keine Nachricht hinterlassen.«
»Das machen Selbstmörder selten.«
Jetzt fehlten Süden die Worte.
»Er war doch krank, oder nicht?«, sagte Hedwig Bischof.
»Davon hat Ihre Tochter uns nichts gesagt.«
»Ich weiß nicht, was er hat. Ich erinnere mich aber genau, dass Mia meinte, er wäre in jüngster Zeit schlecht drauf und angeschlagen. Etwas in der Richtung.«
»Das bedeutet nicht, dass er sich umbringen will.«
»Nein.« Dann: »Das war nur meine Interpretation, entschuldigen Sie. In meinen Ohren klang das, was Mia über ihn sagte, bedrohlich. Ich dachte, der Mann ist schwermütig und deshalb gefährdet. Wahrscheinlich ist das völlig abwegig, vergessen Sie es wieder. Mehr kann ich Ihnen nicht über den Mann sagen. Außer halt, dass Mia ihm sehr nahestand, das hat mich überrascht und auch gefreut. Ist schon unheimlich, dass er spurlos verschwunden ist. Und es gibt überhaupt keine Hinweise? Mia hat auch keine Ahnung?«
»Sie ist genauso ratlos wie Sie«, sagte Süden. »Denkt Ihre Tochter politisch wie ihr Vater? Kennt sie seine Freunde?«
Diesmal ließ Hedwig Bischof fast eine Minute verstreichen. Reglos wie bisher stand sie vor dem kleinen Fenster mit der Gardine in der Mitte, den Blick unverwandt auf Süden gerichtet. »Einige. Vermutlich. Wir reden über so was nicht.«
»Sie sprechen nicht über Politik.«

»Nein.«
»Ihr Ex-Mann hat Kontakte zur rechten Szene.«
»Wir waren nicht verheiratet.«
»Mias Vater hat Kontakte zur rechten Szene.«
Sie fragte sich, warum er die Frage wiederholt hatte. »Wie ich Ihnen erklärt hab: Er ist geprägt von seiner Familie.«
»Und er prägte auch seine Tochter.«
»Das weiß ich nicht.«
»Sie wissen es nicht.«
»Solche Sachen interessieren mich nicht, wie oft muss ich das wiederholen?«
»Ihr Desinteresse ist eine andere Geschichte, Frau Bischof«, sagte Süden. »Ich muss wissen, ob Ihre Tochter in ähnlichen Kreisen verkehrt wie ihr Vater.«
»Fragen Sie sie.«
»Das haben wir getan.«
»Und?«
»Sie streitet es ab, aber wir glauben ihr nicht.«
Mit einer undefinierbaren Geste strich sie durch die Luft und verschränkte wieder die Arme, presste sie an ihren Körper. »Warum nicht?«
»Sie lügt uns an.« Süden steckte Block und Kugelschreiber in seine Jackentasche und machte dabei einen für seine Verhältnisse geradezu lässigen Eindruck. Er wippte in den Knien und schüttelte launig den Kopf. Ein Schauspiel, das er nie vorher geprobt hatte. »Das begreife ich nicht. Wieso sagt sie mir nicht, was sie denkt und macht? Sie hat nie etwas angestellt, sie ist nicht vorbestraft, sie ist keine Gewalttäterin, sie spricht vermutlich nur aus, was Hunderttausende in Deutschland denken. Warum ist sie also mir gegenüber so zurückhaltend? Glaubt sie, ich begreife nicht, was sie meint? Glaubt sie, ich würde sie verurteilen? Ich verurteile niemanden, ich bin kein Richter. Die Dinge, die in diesem Land falsch sind, muss man ansprechen dürfen, auch wenn viele das nicht

hören wollen. Ich kann mir nicht vorstellen, dass Ihre Tochter darüber mit Ihnen nicht spricht.«
»Wenn Sie meinen.«
»Sie tut es, und sie nimmt kein Blatt vor den Mund.«
»Das ist wohl wahr. Aber was hat das alles mit dem verschwundenen Mann zu tun?«
»Er denkt wie Ihre Tochter«, sagte Süden, bemüht, seine Maske nicht zu verlieren. »Möglicherweise ist er einem Verbrechen zum Opfer gefallen.«
»Davon hätte meine Tochter doch eine Ahnung, oder nicht? Ein Verbrechen ist ausgeschlossen, dann wär Mia doch längst bei der Polizei gewesen. Sie war aber nicht bei der Polizei, das weiß ich, das hat sie mir gesagt.«
»Sie wussten, dass sie eine Detektei beauftragt hat.«
Hedwig Bischof nickte. »Sie hat mir strikt untersagt, ein Wort darüber zu verlieren.«
»Haben Sie Siegfried Denning kennengelernt?«
»Nein.« Dann: »Ich weiß nur, dass er zwei verkrüppelte Finger hat.«
Seine Maske half ihm, die Überraschung zu verbergen. »Das wissen wir«, sagte er wie gelangweilt. »Aber wir wissen nicht, woher er die schweren Verletzungen hat.«
»Von einem Einsatz.«
»Ihre Tochter ist eindeutig offener zu Ihnen als zu uns«, sagte Süden in launigem Tonfall. »Obwohl sie uns bezahlen muss.«
»Über den Einsatz weiß ich nichts Genaues. Hing wohl mit seiner Tätigkeit im ... Jetzt hätte ich beinahe Milieu gesagt ... Anscheinend war er für eine Gruppe seiner Gesinnungsleute, oder wie man die nennt, im Einsatz. Mia hat sich nicht weiter darüber ausgelassen, geht mich auch nichts an.«
In der mit schlichten, funktionalen Möbeln in hellen Farben eingerichteten Wohnung war es kalt geworden. Vielleicht kam es Süden nur so vor. Auf dem runden Tisch am Durchgang zur Küche lagen – das war Süden schon beim Herein-

kommen aufgefallen – mehrere Ausgaben des Tagesanzeigers. »Sie verfolgen die Arbeit Ihrer Tochter jeden Tag.«
»Muss ich. Sie hat mir ein Abonnement geschenkt. Sie unterstützt mich manchmal ein wenig.«
»Finanziell.«
»Das auch. Meine Rente ist bescheiden, aber ich komm schon durch. Diesen Pullover hat sie mir gestrickt, sie ist handarbeitlich sehr geschickt. Und sie kann gut mit Kindern umgehen. Wie ich auch, wenn ich das sagen darf. Leider hat sie keine eigenen Kinder. Darunter leidet sie. Sie sagt das nicht so, aber ich weiß es. Darf ich Sie was fragen?«
»Unbedingt.«
»Hat Mia Sie und Ihre Detektei mit der Suche beauftragt, weil Sie sich politisch nahestehen? Kannten Sie Mia schon vorher?«
»Nein«, sagte Süden und zog den Reißverschluss seiner Jacke hoch. »Das war eher Zufall, dass sie auf uns gestoßen ist.«
»Aber dann ja auf die Richtigen, wie es scheint. Das freut mich. Hoffentlich finden Sie den Mann. Mia hängt an ihm. Sie bekommt immer eine ganz weiche Stimme, wenn sie von ihm spricht. So oft erzählt sie ja nicht von ihm und wenn, dann auch nur wenig. Aber ich hab ein gutes Gehör.«
»Wann hat Ihre Tochter Kontakt mit Kindern, Frau Bischof?«
»In ihrer Krabbelgruppe natürlich. Sie organisiert doch regelmäßig Treffen für Mütter aus dem Viertel und Kinderfeste. Sie betreut Kinder am Nachmittag, wenn die Eltern arbeiten müssen. Sie ist sehr familienbewusst. Die Familie, sagt sie immer, ist die Keimzelle der Gesellschaft. Sie hat viel übrig für Brauchtum und alte Tänze. Und sie schreibt regelmäßig in einer Zeitung für Kinder, ich glaub, die heißt ›Die Zwergenpost‹ oder so ähnlich. Und, wenn ich das richtig verstanden hab, hat sie eine überregionale Gruppe gegründet, in der sich einmal im Monat Frauen unterschiedlichen Alters treffen, eine Art Mädelring, wie sie immer sagt. Ich frag mich

oft, wo sie die Zeit für all das hernimmt. Und wenn sie ein Kind hätte, dann würde sie das auch noch schaffen, da bin ich ganz sicher. Sie hat eine Energie und einen Stolz, meine Tochter. Beneidenswert.«

»Das war sehr dumm von dir«, sagte Lothar Geiger am Telefon. »Ich verstehe dich nicht.«
»Verzeih mir, bitte.«
»Du musst den Auftrag rückgängig machen.«
»Das geht nicht mehr.«
»Selbstverständlich geht das. Brauchst du einen Anwalt?«
»Ich regele das schon. Bitte, Vater.«
»Erst bringt uns dein Ex-Mann in die größten Schwierigkeiten und jetzt auch noch du. Hast du ihn wieder getroffen?«
»Natürlich nicht.«
»Gut. Lass uns vernünftig bleiben. Komm erst mal wie besprochen übers Wochenende raus und erhol dich. Wir haben eine Tagung hier, ein paar der Teilnehmer kennst du, alte Freunde. Wann kannst du da sein?«
»Heut Abend um acht. Ich freu mich drauf.«
»Ich auch, Liebes.«

19 Sie stand an der Bar und trank ein Glas Mineralwasser ohne Kohlensäure. In ihrer schmal geschnittenen schwarzen Hose, der taillierten weißen Bluse und dem lachsfarbenen Anorak, der vermutlich auch einem Kind gepasst hätte, sah die sechsunddreißigjährige Architektin mager und verloren aus. Nach Südens erstem Eindruck schleppte die Frau eine schwere Magersucht mit sich herum. Ihre blonden Haare hatte sie zu einem Zopf gebunden, der unter dem Kunstpelzkragen ihres Anoraks verschwand. Von den zwanzig Minuten, die sie Süden für ein Gespräch in Aussicht gestellt hatte, waren fünf bereits vergangen, als er das Café am St.-Anna-Platz betrat. Vor der Wohnung von Hedwig Bischof musste er lange auf das bestellte Taxi warten, und der Fahrer kannte dann zwar den Stadtteil Lehel, aber offensichtlich nicht die Stadt. Dafür schien er eine Menge von anderen Autofahrern zu verstehen, die im Gegensatz zu ihm den Führerschein bei der Glücksspirale gewonnen hätten.
»Entschuldigen Sie die Verspätung«, sagte Süden.
»Ich muss gleich wieder rüber.«
Süden bestellte einen Kaffee, und als die Bedienung ihn fragte, welchen er haben wolle, sagte er: »Einen mit Koffein.« Er war nicht auf der Höhe, was die aktuelle Kaffeekultur betraf, und auch nicht in Stimmung für Diskurse zum Thema. Die rosigen, gleichmütigen Sätze der ehemaligen Kindergärtnerin färbten seine Gedanken noch immer grau.
»Wollen Sie mir keine Fragen stellen?«, sagte Isabel Schlegel.
»Wie gut kennen Sie den Lebensgefährten von Mia Bischof?«
»Lebensgefährte? Weiß nicht. Den Siegfried? Flüchtig. Wieso?«
Süden schwieg. Die Bedienung stellte seinen Kaffee mit einem Kännchen Milch auf den Tresen. Er roch den Duft. Alle Tische waren besetzt. Die Gäste – die meisten von ihnen Geschäftsleute aus der nahen Umgebung – aßen zu Mittag und

unterhielten sich. Das Mobiliar bestand aus antiken Vitrinen und Schränken. Vor einer Wand standen Batterien von Weinflaschen. Das Licht war hell, aber nicht aufdringlich. Von dem Lokal ging eine Behaglichkeit aus, die Süden kaum ertrug, weil er sie unangemessen fand. Das betraf nur ihn, wie er wusste, und er sollte sich auf seine Arbeit konzentrieren und sich nicht von einer Welt ablenken lassen, die ihre Berechtigung hatte wie jede andere. Aber da waren diese wuchernde Ungeduld in ihm und die nette Stimme in der kalten Wohnung in der Balanstraße. Und jetzt geißelte die Architektin ihn mit einem Blick, als würde er ihre Zukunft verstellen.
»Wann haben Sie Herrn Denning zum letzten Mal gesehen, Frau Schlegel?«
»Den Siegfried? Muss ich nachdenken.« Tatsächlich zog sie die Stirn in Falten, was nach Südens Meinung eher genervt aussah als nachdenklich. »Ein Monat her, schätze ich.«
»Wirkte er krank?«
»Wie immer.«
Süden hatte das Bedürfnis, einen Schluck Kaffee mit Milch und Zucker zu trinken, aber er fürchtete, seine Hand würde zittern. »Er wirkte immer krank. Wie krank?«
»Ein Gaudibursch war er nicht.« Sie lächelte. Es war ein kurzes, kühles, vielleicht unbeholfenes Lächeln. Süden überlegte, ob sie sich nicht traute, offen zu lächeln.
»Bitte beschreiben Sie die Beziehung zwischen Ihrer Freundin Mia und Siegfried.«
»Hat sie das nicht schon getan?«
»Sie ist sehr zurückhaltend. Sie liebt ihn, hat aber aus irgendeinem Grund eine Scheu, es zuzugeben.«
»Gut beobachtet«, sagte Isabel Schlegel. Sie nippte an ihrem Mineralwasser, zog ihr Handy aus der Anoraktasche und schaute auf die Zeitanzeige. Dann steckte sie das Handy wieder ein und seufzte.
Womit dieser Seufzer zusammenhing, wusste Süden nicht

genau, jedenfalls nicht nur mit dem Zeitdruck, unter dem sie stand – eher, vermutete er, mit ihrem Leben insgesamt, mit all dem Verzicht, den Selbstanforderungen, der Ratlosigkeit im Umgang mit einer Freundin, die nicht weniger für sich behielt als Isabel selbst. Beinahe hätte Süden nach ihrer Hand gegriffen. Das hatte er früher, als Kommissar auf der Vermisstenstelle, gelegentlich getan, und es hatte seinen Befragungen nicht geschadet.

»Halten Sie es für möglich, dass Siegfried sich etwas antut?« Er goss Milch in seinen Kaffee und trank mehrere Schlucke, damit Isabel Zeit hatte, außerhalb seines Blickes nachzudenken.

Sie wartete, bis er sie wieder ansah.

»So gut kenn ich ihn nicht. Weiß nicht. Er ist Taxifahrer. Weiß nicht. Nein.«

»Sie meinen, Taxifahrer sind generell keine potenziellen Selbstmörder.«

Wieder dieses irrlichternde Lächeln.

»Wir verfolgen noch eine andere Spur«, sagte Süden in der Hoffnung auf die letzten Minuten, die er noch zur Verfügung hatte. »Ihre Freundin ist politisch sehr interessiert und auch aktiv, Siegfried genauso. Die Kreise, in denen die beiden sich bewegen, sind gewaltbereit und unberechenbar. Spricht Mia manchmal darüber?«

»Wir reden doch nicht über Politik. Wir treffen uns, trinken ein Glas Wein zusammen, sie erzählt mir von ihrer Arbeit in der Zeitung und ich ihr von unseren Projekten. Ab und zu schauen wir gemeinsam Fußball im Fernsehen. Sie ist totaler Löwen-Fan, ich bin Bayern-Fan. Das kann lustig sein, vor allem, wenn ihre Kumpels dabei sind. Aber ich versteck mich nicht, das können Sie mir glauben. Politik brauchen wir nicht.«

»Aber Sie haben doch mit Politik zu tun.«

»Ich? Ich nicht.«

»Sie haben keine kommunalen Auftraggeber? Die Stadt, den Freistaat, einzelne Behörden, Landkreis-Verwaltungen. Politische Organisationen.«
»Doch. Sicher. Schon. Aber das ist was anderes, die Verhandlungen mit den Auftraggebern führen unsere beiden Chefs. Ich bin für die Umsetzung zuständig, fürs Entwickeln, für das, was möglich ist, und das, was möglich gemacht werden muss. Unabhängig von irgendwelchen politischen Verhältnissen.«
Grüße an Albert Speer, dachte Süden und sagte: »Wir haben Hinweise, dass Mia Mitglied einer rechten Organisation sein soll.«
»In welcher denn?«
»In einem sogenannten Mädelring.«
»Mädelring? Klingt nach Kindergarten. Davon weiß ich nichts, und jetzt muss ich los.«
»Mia hat Sie nie gefragt, ob Sie in ihrer Organisation mitmachen möchten.«
»Diese Organisation existiert nicht. Nein, sie hat mich nicht gefragt.«
»Das glaube ich nicht.«
»Ihr Problem.«
»Ihres auch«, sagte Süden. »Sie sind einer der wenigen Menschen, die den vermissten Siegfried Denning gekannt haben. Sie sind eine Zeugin, Sie sind die beste Freundin von Mia. Und es ist eine Sache, der Detektei und mir nicht bei der Suche zu helfen. Aber Sie werden Probleme bekommen, wenn sich herausstellt, dass Siegfried Opfer rechter Gewalt geworden ist und Sie rechtzeitig Hinweise hätten liefern können. Niemand wird Ihnen glauben, dass Sie keine Ahnung hatten.«
»Langsam, lieber Mann. War das eine Drohung? Was wollen Sie von mir? Stehlen mir meine Mittagspause und fangen dann an, mir zu drohen? Geht's noch?«

»Ich drohe Ihnen nicht. Ich bin hier, weil Ihre Freundin mich dafür bezahlt, ihren Freund wiederzufinden. Was soll ich ihr antworten, wenn sie meinen Bericht liest, in dem auch das Protokoll unseres Gesprächs stehen wird, und wenn sie behauptet, ich hätte alles erfunden, weil sie Ihre Aussagen nicht glauben kann. Soll ich sagen: Ja, ich habe alles erfunden, weil es mein Hobby ist, sechsundzwanzig Buchstaben in beliebiger Reihenfolge zusammenzusetzen und daraus Protokolle zu basteln? Andere setzen Puzzles zusammen oder sammeln Briefmarken, ich spiele mit Buchstaben. Tut mir leid, ich bin halt ein verspielter Mann.«
»Sind Sie betrunken?« Isabel Schlegel zog ihren Zopf aus dem Anorakkragen und strich an ihm entlang. »Ich lass mich doch von Ihnen nicht beleidigen.« Sie sah zur Kaffeemaschine, wo die Bedienung hantierte. »Esther, zahlen, bitte.«
»Sie sind eingeladen«, sagte Süden. »Was hat Mia zu Ihnen gesagt? Wobei hätte sie gern Ihre Teilnahme? Wozu wollte sie Sie überreden? Ich suche nach einem Menschen, den Sie kennen und dessen Leben wahrscheinlich in Gefahr ist. Das ist keine moralische Keule, Frau Schlegel, das ist nur eine Tatsache im Dunkeln, und ich bin für die Laternen zuständig. Helfen Sie mir beim Anzünden.«
»Da war nichts. Sie wollte ... Sie hat mich ein paarmal gefragt, ob ich ihr in der Kindergruppe helfe. Ich wohne ja gleich um die Ecke. Und Mia macht da viel ehrenamtlich, sie hat manchmal einen fast altbackenen Zug an sich, nach dem Motto: Kinder sind wichtig, Mütter sind wichtig, Familie ist wichtig. Solche Sachen. Da bin ich irgendwie ganz anders.
Ist vermutlich kein Zufall, dass ich keine Kinder hab, und ich glaub, ich will auch keine. Mein momentaner Freund hätte schon gern eines oder sogar zwei. Was soll ich machen? Ich kann nicht gut mit Kindern. Und eine Familie haben, zu Hause sitzen, tagaus, tagein immer derselbe Trott, das kenne

ich alles von meiner Mutter. Sie hat drei Kinder geboren, ich bin die Jüngste. Meine Mutter hat geschuftet, weil mein Vater nur unterwegs war, das kennt man. Er war Angestellter bei der Bahn, immer auf Achse. Eine Familie zu haben war nie mein Ziel.
Mia hätte wahnsinnig gern ein Kind, aber es klappt nicht. Adoptieren will sie keines, dem traut sie nicht, sagt sie, da weiß man nie, was man kriegt. Das ist alles. Sie hat mich gefragt, ob ich Lust hätte, was für die Kinder zu tun, und ich habe ihr erklärt, dass ich erstens wenig Zeit habe und zweitens nicht geeignet bin. Warum ist das so wichtig? Das ist doch toll, dass sie sich so kümmert, so selbstlos. Sie ist auch eingespannt bei ihrer Zeitung, hat jeden Tag Termine, auch am Wochenende, sie schreibt viele Artikel immer noch selber, obwohl sie stellvertretende Lokalchefin ist und eigentlich andere Dinge zu tun hat. Sind Sie jetzt schlauer?«
»Etwas«, sagte Süden. »Über konkrete politische Aktionen haben Sie bisher nie gesprochen.«
»Hören Sie mir nicht zu?«
Süden bezahlte die Rechnung. Isabel Schlegel stand so nah neben ihm wie die ganze Zeit nicht, und er hatte nicht bemerkt, dass sie näher gerückt war. Während sie ausdruckslos zur Tür schaute, berührten sich ihre Arme. Süden steckte sein Portemonnaie ein und bewegte sich, mit dem Rücken zum Lokal, nicht von der Stelle. Er glaubte nicht, dass sie ihm noch etwas sagen wollte. Er wusste nicht, was sie mit der Berührung bezweckte und warum sie nicht schon aufgebrochen war. Die meisten Gäste waren inzwischen gegangen, aus einem Lautsprecher klang leise klassische Musik.
Nach einer Weile sagte Isabel: »Danke für die Einladung. Drücken Sie uns die Daumen für den Wettbewerb.« Als Süden sich zur Tür umdrehte, war sie im verschwommenen Licht der Straße schon nicht mehr zu sehen.

In der »Wickelkiste«, einem Treffpunkt für Mütter mit Babys und Kleinkindern, erfuhr Süden, dass Mia Bischof vor fünf Jahren eine der Gründerinnen war. Seither engagiere sie sich, »wann immer sie eine Minute Zeit für uns hat«. Eine Erzieherin sagte, ohne Mia könnten viele Aktionen nicht durchgeführt werden – Ausflüge im Sommer oder Geburtstagsfeiern für die Kleinen, wenn die Eltern überfordert seien oder aus Arbeitsgründen keine Zeit hätten.
Regelmäßig leihe Mia über ihre Kontakte bei der Zeitung preisgünstig einen Kleinbus aus und fahre mit Müttern und Kindern in die Natur, an den Chiemsee oder den Starnberger See, »wo sie ausgelassen herumtollen, Spiele machen, Märchen vorlesen und bis zur Erschöpfung die Seele baumeln lassen«. Auf die Frage, ob Mia Bischof schon einmal durch politische Äußerungen aufgefallen sei, erhielt Süden eine klare Antwort. »Auf keinen Fall. Bei uns bleibt jede Politik draußen. Wir sind ein offener, überparteilicher und konfessionsloser Verein. Es geht ums Wohl unserer Kleinsten und das ihrer Mütter, die oft alleinerziehend sind und nicht viel Geld zur Verfügung haben.«
Im Eingangsbereich betrachtete Süden fünf Schaukästen mit Unmengen von Fotos. Zu sehen waren spielende und lachende Kinder mit ihren Müttern, Kinder auf Weihnachtsfeiern, beim Ostereier-Suchen, an einem See, im Garten, beim Basteln von Drachen und Holzfiguren. Laut der Bildunterschriften entstanden einige der Aufnahmen vor drei Jahren, andere vor zwei Monaten.
»Keine dunkelhäutigen, asiatischen oder türkischen Kinder auf den Fotos«, sagte Süden zu der Erzieherin.
»Zurzeit haben wir keine. Das ergibt sich so. Die meisten Kontakte bei uns laufen über Mia. Sie ist gut vernetzt und bringt uns immer wieder neue Familien, worüber wir natürlich sehr dankbar sind, auch aus finanziellen Gründen, das kann ich leider nicht verhehlen.«

Von einem Siegfried Denning hatte die Erzieherin noch nie etwas gehört.

»Endlich meldest du dich«, sagte Edith Liebergesell, als Süden sie übers Handy anrief. Er war in der Jagdstraße in Neuhausen, gegenüber der »Krabbelkiste«.
»Wir müssen uns treffen«, sagte er.
»Ja, und zwar gleich und im Krankenhaus. Leo ist aus dem Koma aufgewacht.«

20

Nachdem seine Werte sich stabilisiert hatten, beendeten die Ärzte die Langzeit-Narkose früher als geplant. Dr. Nils Reber erklärte, Leonhard Kreutzer erhalte weiterhin Schmerz- und Beruhigungsmittel und sei kaum in der Lage, sich zu artikulieren. Dies hänge nicht mit der Funktion seines Gehirns zusammen, sondern sei vor allem auf seinen Kieferbruch und die massiven Verletzungen aufgrund der Schläge zurückzuführen. Andererseits habe der Körper des Achtundsechzigjährigen die enorme Stressbelastung durch den Überfall inzwischen einigermaßen überwunden, so dass sein Herz fast wieder normal schlage, was erstaunlich sei. Insgesamt aber werde der Regenerationsprozess mindestens ein halbes Jahr dauern, eventuell auch mehr als ein Jahr. Nach der Einschätzung des Arztes habe der Patient trotz der diversen Knochenbrüche und schweren Quetschungen noch »relatives Glück« gehabt. »Der Angriff hätte für Ihren Kollegen auch tödlich ausgehen können«, sagte Dr. Reber zu Edith Liebergesell.
Zwar versicherte der Mediziner, Kreutzer würde seine Besucher erkennen, aber die Detektivin und Süden bemerkten kaum eine Reaktion. Wenn Kreutzer mit einer minimalen Bewegung den fast vollständig bandagierten Kopf drehte und sie ansah, blieben seine Augen starr. Sein Blick schien keinen Anteil an der Außenwelt zu nehmen. Edith Liebergesell beugte sich zu ihm hinunter und flüsterte seinen Namen. Er schaute sie nur an.
Durch das Fenster des Einzelzimmers fiel graues Licht. Die gelben Rosen, die Edith mitgebracht hatte, standen in einer Vase auf dem leeren Tisch.
Süden dachte, dass Kreutzer vermutlich über Monate hinweg keine feste Nahrung zu sich nehmen konnte. Und weil er nicht wusste, was er tun sollte, deutete er unbeholfen zur Tür, um Kreutzer zu signalisieren, dass er das Zimmer verlassen wolle. Warum er das tat und warum er überhaupt hin-

ausgehen wollte, wusste er nicht. Vielleicht erschütterte ihn der Anblick seines Freundes zu sehr; vielleicht gab er sich immer noch die Schuld an den Ereignissen und ertrug deshalb seine Hilflosigkeit nicht; vielleicht war für Süden im Moment jeder Ort ein Verlies.
»Geh ruhig«, sagte Edith Liebergesell.
Er wollte etwas erwidern.
Sie nahm seine Hand, aber er ließ sie los. Er wollte nicht, dass Kreutzer dachte, sie hätten ein Verhältnis. Oder dass er mitbekam, wie ratlos sie waren. Oder dass er sich ausgeschlossen fühlte.
Solche Sachen reimte Süden sich zusammen und kam sich unbrauchbar vor. Gern hätte er Kreutzers Gesicht berührt oder wenigstens seine Schulter. Er traute sich nicht. Also nickte er ihm zu und ging zur Tür, wo er sich noch einmal umdrehte. »Wir finden die Verbrecher«, sagte er, weil er sicher war, Kreutzer würde ihn hören. »Und wir holen dich so bald wie möglich hier raus.« In seinen Ohren klangen die Sätze wie geliehen, und er hätte sie ihm auch direkt am Bett sagen können.
Tatsächlich atmete er tief durch, als er im Flur die Tür hinter sich schloss und sich an die Wand lehnte, mit hängenden Schultern und ausgelaugt, als hätte er ein Land vermessen.
Wenig später kam Edith Liebergesell aus dem Zimmer. Er berichtete ihr von seinen Begegnungen. Sie schlug vor, nach draußen zu gehen, damit sie rauchen konnte. Es hatte angefangen zu regnen, und sie blieben unter dem Vordach, eine Zeitlang schweigend, stehen. Besucher, die ihre Autos an der Straße geparkt hatten, eilten an ihnen vorbei. Nicht weit entfernt klingelten Straßenbahnen. Dann klingelte Ediths Handy. »Liebergesell.«
»Franck.«
»Herr Kommissar.« Sie sah nicht ein, ihn zu begrüßen, wenn er es auch nicht tat.

»Auf das Foto in der Zeitung hat sich ein Zeuge gemeldet. Möglicherweise hat er Herrn Kreutzer kurz vor dem Überfall gesehen. Außerdem hat jemand angerufen, der ein verdächtiges Auto an der Schule am Hasenbergl beobachtet hat. Ist Ihr Mitarbeiter inzwischen ansprechbar?«
»Nein, wir sind gerade bei ihm.«
»Wann werde ich mit ihm sprechen können?«
»In einem Monat etwa.«
»Das ist schlecht.«
»Herr Süden möchte mit Ihnen sprechen.« Er hatte ihr ein Zeichen gegeben, und sie hielt ihm das Telefon hin.
»Haben Sie veranlasst, dass unsere Telefone abgehört werden?«
Hauptkommissar Franck antwortete nicht sofort. Vorher beendete er seine Notizen. »Süden! Ich habe das nicht veranlasst, wieso denn? Sie sind zwar störrisch und wenig kooperativ, was mich angesichts des Zustands Ihres Kollegen schon etwas verwundert. Jedenfalls sind Sie und Ihre Detektei nicht wichtig genug für so eine Aktion. Das müsste Ihnen doch klar sein.«
»Offensichtlich sind wir wichtig«, sagte Süden.
»Gut. Haben Sie Neuigkeiten für mich?«
»Nein.«
»Was machen Sie den ganzen Tag?«
»Ich arbeite. Die Dinge, die ich herausfinde, sind nicht neu, sie belegen nur unsere Vermutungen.«
»Welche Vermutungen?«
»Dass der verschwundene Taxifahrer, Ihr Kollege vom LKA, in der rechten Szene tätig war und vermutlich deswegen entweder untergetaucht ist oder beseitigt wurde. Fragen Sie Ihren Kollegen Hutter.«
»Der Taxifahrer ist kein Kollege von mir.«
»Wo hat der Zeuge Herrn Kreutzer gesehen?«
»Geht Sie das was an?«

»Unbedingt«, sagte Süden.
»Bleiben Sie bei Ihren Vermissten, und wir klären die wirklich wichtigen Fälle. Auf Wiedersehen.«
Süden hatte das Telefon schon wieder zurückgegeben. »Liebergesell noch mal. Was hat der Zeuge gesehen, Herr Franck? Kann er die Täter beschreiben?«
»Bisher haben wir nur telefoniert, er kommt in einer Stunde in mein Büro. Ich wollte Sie nur informieren, und es wäre gut für uns alle, wenn Sie Süden auf den Boden der Tatsachen zurückbringen würden. Sein Verhalten nützt niemandem, am wenigsten dem Opfer.«
»Ich bin Ihnen dankbar, dass Sie angerufen haben«, sagte Edith Liebergesell. »Wir unterstützen Ihre Arbeit, auch Herr Süden. Aber wir befinden uns in einer extrem angespannten Lage. Unsere Informationen werden nicht ernst genommen, wir bewegen uns eindeutig in einem Milieu, das hochkriminell ist, und niemand von Ihrer Seite bietet uns Unterstützung an. Wir sind auf uns allein gestellt. Wir werden uns damit abfinden und uns bei unserer Arbeit nicht behindern lassen, von niemandem.«
»Ich bin in der Mordkommission, Frau Liebergesell, ich bin nicht in der OK-Abteilung oder beim Verfassungsschutz. Im Augenblick bin ich damit beschäftigt, die Hintergründe eines möglicherweise versuchten Totschlags aufzuklären, nämlich den an Ihrem Mitarbeiter. Also konzentrieren auch Sie sich bitte auf den Fall und auf nichts sonst.«
»Unsere Fälle hängen zusammen, der Überfall und der verschwundene verdeckte Ermittler.«
»Er ist kein verdeckter Ermittler«, sagte Franck. »Er ist Taxifahrer.«
»Nicht Süden muss zurück auf den Boden der Tatsachen, sondern Sie. Auf Wiederhören.« Sie beendete die Verbindung und fröstelte. »Lass uns drüben in dem Gasthaus was essen. Bitte.« Wieder klingelte ihr Handy. »Ja? Grüß dich, Patrizia.«

»Meine Ärztin hat gesagt, ich soll besser zwei Tage zu Hause bleiben, ist das für dich in Ordnung?«
»Natürlich. Brauchst du was? Soll ich dir was vorbeibringen?«
»Nein, danke«, sagte Patrizia Roos, die von einer Telefonzelle anrief. »Ich hab mir gedacht, ich fahr zu meinem Freund nach Starnberg raus, da kann ich mich am besten erholen, da ist es so schön still.«
»Sehr gute Idee. Melde dich einfach, wenn's dir besser geht.«
»Ciao.«
Edith Liebergesell betrachtete ihr Handy. »Sie bleibt an Mia dran. Was sagt uns Starnberg?«
»Mias Vater hat dort ein Hotel.«
»Dann ist Patrizia auf dem Weg dahin. Oder sie ist schon dort. Eigentlich wollte ich mir ein Prepaid-Handy mit einer neuen Nummer holen, damit wir ungestört sprechen können. Aber jetzt sagst du, es spielt keine Rolle, dass wir abgehört werden. Erklär mir das beim Essen.«
Sie hakte sich bei ihm ein. Der Regen klang friedvoll.

»Die Dinge sind, wie sie sind«, sagte Hauptkommissar Luis Hutter vom Landeskriminalamt. »Wir haben die richterliche Genehmigung, und damit erübrigen sich alle weiteren Erklärungen. Schauen wir, was wir erfahren. Wenn nichts dabei rauskommt, ist die Aktion beendet wie in vergleichbaren Fällen. Und Sie, Kollege Franck, haben damit nicht das Geringste zu tun. Wenn die Detektei Fragen hat, soll sie sich an unsere Behörde wenden.«
»Mich beunruhigt, dass denen anscheinend egal ist, ob sie abgehört werden.«
»Wieso beunruhigt Sie das?«
»Weil es bedeutet, dass sie nicht kooperieren«, sagte Bertold Franck. »Sie kümmern sich nicht um Ihre oder meine Belange, sie stellen ihre eigenen Ermittlungen an, und die werden

sie nicht am Telefon besprechen. Sie hätten sie nicht so brüsk abweisen sollen.«

»Hören Sie mir auf mit diesem dienstfernen Kollegen und seiner Truppe. Wenn die irgendetwas tun, was unsere Kreise stört, ziehen wir sie aus dem Verkehr. Sie behindern unsere Arbeit auf dem Gebiet des Staatsschutzes. Glauben Sie mir, Kollege, die sind schneller weg vom Fenster, als einer der Braunen den Arm heben kann. Die sollen den Mann ruhig weiter suchen, uns sind die Hände gebunden, wie Sie wissen, die Detektei Liebergesell arbeitet uns zu, das werden wir doch nicht unterbinden. Allerdings wird nach unseren Regeln gespielt, und daran müssen die sich halten, sonst gibt es eine Detektei weniger in Bayern. Und mehr haben Sie nicht erfahren in Ihrem Telefonat?«

»Nein.«

»Dann bitte ich Sie, mich auf dem Laufenden zu halten, falls sich durch Ihre Befragung des Zeugen Neues ergibt. Ich meine damit, bevor Sie mir den Bericht schicken.«

»Das mache ich selbstverständlich. Und es steht Ihnen frei, den Zeugen ein zweites Mal zu befragen.«

»Das ist auch meine Absicht.«

»Wiedersehen, Kollege.«

Hauptkommissar Franck legte den Hörer auf und klopfte sich mehrmals mit dem Finger auf die Nasenspitze. Scheißdinge, dachte er, sind das, die so sind, wie sie sind, wir kriegen den Gestank ab und dürfen nicht mal ein Fenster aufmachen.

Süden schnupperte an seiner Nudelsuppe, als gäbe es etwas zu riechen. Edith Liebergesell aß ein Putenschnitzel mit gemischtem Salat, dessen Blätter über den Rand des Glastellers hingen, und trank dazu eine Weißweinschorle. Süden hatte ein großes Glas Mineralwasser und sein aktuelles Hauptgetränk vor sich stehen, Kaffee mit Milch und Zucker. An einigen Tischen des rustikal eingerichteten Gasthauses unter-

hielten sich Leute über ihre Angehörigen und deren Gesundheitszustand. Eine ältere Frau weinte still, eine andere hatte die Arme aufgestützt und die Hände gefaltet und murmelte vor sich hin. Die Männer tranken Helles oder Weißbier, ab und zu nahm einer der Jüngeren seine Zigarettenschachtel und verließ den Raum. Die Bedienung machte einen fröhlichen Eindruck und begegnete jedem Gast mit derselben Höflichkeit. Hinter dem Tresen zapfte ein Mann mit einem voluminösen Schnauzbart Bier und redete kein Wort.
Auch Edith Liebergesell sagte nichts. Das war immer so, wenn sie aß. Süden schob die leere Suppenterrine an den Rand des Tisches, nippte am Mineralwasser, das ihm zu still war, und trank seinen Kaffee. Dann legte er die Arme auf den Tisch, schaute sich in der Gaststube um, als suche er jemanden, wischte sich mit beiden Händen übers Gesicht und sah Edith an, die neben ihm auf der Bank saß.
»Ich weiß nicht, was richtig ist«, sagte er. »Wir können nicht abwarten, das ist alles, was ich weiß. Aber was bedeutet das schon. Wir tun so, als würden wir einen Auftrag ausführen, wir suchen eine Spur, wir wollen unser Geld wert sein. Anders kann ich mit alldem nicht umgehen. Ich bilde mir ein, die Lebensgefährtin eines Taxifahrers bittet uns um Mithilfe bei der Suche nach ihrem Freund, der an einem Sonntag urplötzlich unsichtbar wurde. Also machen wir uns ans Werk, befragen Leute, sammeln die Puzzleteile, die am Ende ein vollständiges Bild ergeben sollen. Wir machen das, was wir können, und wir sind gut darin. Wir werden Erfolg haben, wir werden den Taxler ausfindig machen.«
»Tot oder lebendig«, sagte Edith Liebergesell.
»Tot oder lebendig.«
»Aber wir suchen keinen Taxifahrer.«
»Nein.«
»Wir suchen einen verdeckten Ermittler des LKA.«
»Ja«, sagte Süden.

»Aber unsere Auftraggeberin lässt uns einen Taxifahrer suchen. Und unsere Auftraggeberin spielt ein doppeltes Spiel, oder ein dreifaches. Unsere Auftraggeberin ist womöglich beteiligt am Überfall auf unseren Leo, der dabei fast sein Leben verloren hätte. Wir wissen nicht, ob sie wirklich etwas damit zu tun hat, sie bestreitet es. Und vielleicht lügt sie nicht einmal.«
»Sie lebt in der Lüge, Tag und Nacht.«
»Das bringt uns nicht weiter«, sagte Edith Liebergesell.
»Hat's Ihnen geschmeckt?« Die Bedienung räumte das Geschirr ab. »Noch eine Weinschorle für die Dame?«
»Nein.«
»Schmeckt Ihnen das Mineralwasser nicht?«
So eine Frage hatte Süden noch nie gehört. »Unbedingt.«
Die Bedienung lächelte.
»Sie wissen nicht, wo er ist«, sagte die Detektivin. »Sie sind auf uns angewiesen.«
Süden schwieg.
»Hältst du es für möglich, dass wir an diesen Polizisten andocken können, den Mordermittler Franck? Der sollte doch trotz seiner Selbstgefälligkeit an unseren Recherchen interessiert sein.«
»Er ist nicht selbstgefällig, er macht seine Arbeit. Wir werden ihn nicht ansprechen, der meldet sich von selber, wenn er uns braucht.« Süden versank in Schweigen. Zwei Frauen, die sich gegenseitig stützten, verließen die Gaststube. Edith winkte der Bedienung und bezahlte die Rechnung.
»Wenn ich den Kerl mal in die Finger kriege, der das Rauchverbot angezettelt hat«, sagte die Detektivin, ohne weiter darauf einzugehen, was sie dann mit ihm vorhätte. »Woran denkst du? Sprich mit mir. Hier werden wir nicht abgehört.«
Zu ihrer Überraschung lächelte Süden. »Kannst du Patrizia erreichen?«, fragte er.

»Auf ihrem Handy, falls sie es eingeschaltet hat. Ich habe ihr gesagt, sie soll es ausschalten.«

»Versuch es bitte.«

Edith Liebergesell tippte die Nummer. »Nur die Mailbox.«

Süden nahm ihr das Telefon aus der Hand. »Ich bin es, Patrizia. Ruf mich an und sag mir, ob dein Freund zu Hause ist. Wenn nicht, hol ich dich ab und bring dich in deine Wohnung, wo du dich auskurieren kannst.« Er gab Edith das Telefon zurück, holte seins aus der Jackentasche und schaltete es ein.

»Sehr verschlüsselt klingt das nicht«, sagte Edith.

»Simpel genug, dass es gerade deswegen klappen könnte.«

»Was hast du vor?«

»Wenn Mia in Starnberg ist, steht ihre Wohnung leer«, sagte Süden. Edith wartete ab, worauf er hinaus wollte. »Ich werde mir ein Bild machen.«

»Das machst du nicht.«

»Ich werde nach Hinweisen suchen, die uns zu dem verdeckten Taxifahrer führen.«

»Das ist zu riskant, es ist illegal, und du weißt nicht, ob sie allein dort wohnt.«

»Ich klingele, bevor ich reingehe.«

»Willst du das Schloss aufbrechen?«

»Ich werde ihr Schloss genauso wenig aufbrechen wie das von Dennings Wohnung.«

»Da hattest du einen Schlüssel von der Nachbarin«, sagte Edith Liebergesell.

Wieder lächelte Süden, und wieder hatte sie sofort den Verdacht, dass etwas nicht unbedingt Komisches dahintersteckte. »Einen Schlüssel hatte ich in dem Sinn nicht. Weil Frau Weisflog, die Nachbarin, keinen Zweitschlüssel von Dennings Wohnung besitzt. Wozu auch? Ich habe ein Hilfsmittel benutzt, das uns schon früher bei der Kripo gute Dienste geleistet hat.«

Seine Chefin wirkte nicht amüsiert. »Was für ein Hilfsmittel?«
»Kläuschen.«
Sie sagte nichts, ihr Blick war laut genug.
»So nannte Martin seinen Dietrich, und der gehört jetzt mir. Und Kläuschen wird mir auch Zugang zu Mias Wohnung verschaffen. Und du mietest dich im Hofhotel Geiger am See ein.«
»Noch mal zurück zu Kläuschen. Du bist in Dennings Wohnung eingebrochen?«
Sein Schweigen war eindeutig genug.
»Hast du das schon mal gemacht? Seit du bei mir arbeitest?«
»Nein.«
»Soll ich dir das glauben?«
»Unbedingt.«
»Wir dürfen so was nicht tun. Wir müssen unsere Quellen offenlegen. Außerdem gehört die Wohnung, in die du einbrechen willst, unserer Klientin. Nein, Süden, diesmal nicht, auf keinen Fall.«
Südens Handy klingelte, ein lauter, unangenehmer Ton. Einige Gäste schauten grimmig zu ihm her. Vielleicht, dachte er, kamen die Leute aus einer Höhle unter der Oberpfalz und wussten bisher nichts von der Erfindung des Mobiltelefons.
»Ja?« Seine Stimme war schon am Nebentisch nicht mehr zu verstehen. Er hörte eine Zeitlang zu. »Sehr gut. Dann lass dir von ihm eine gesunde Landsuppe kochen. Bis bald.« Er schaltete das Handy wieder aus und steckte es ein. »Sie hat ihr Handy nur deswegen eingeschaltet, weil sie vergessen hatte, ihrem Chef im Grizzleys Bescheid zu sagen. Glück für uns. Mia ist im Hotel. Und du fährst hin. Sie kennt dich nicht.«
»Sie kennt meine Stimme«, sagte Edith Liebergesell.
»Du musst ihr nicht begegnen, du sollst dich nur umsehen und umhören. Und Patrizia nach Hause schicken, bevor ihre Tarnung doch noch auffliegt.«
»Bist du jetzt der Chef?«

»Nein.«
Sie schwiegen. »Du bist nicht schuld an dem, was passiert ist«, sagte Edith Liebergesell. Das Schweigen begann von neuem. »Also, ich fahre nach Starnberg, und du tust etwas, was ich nicht weiß. Und morgen treffen wir uns bei Leo und erzählen ihm, was wir herausgefunden haben. Auf geht's.«
Süden stand schweigend auf, zog seine Jacke an, ließ, wie erschöpft, den Kopf sinken. Edith Liebergesell sah ihn an und dachte, dass sie ihm keinen Vorwurf machte, nicht den geringsten.

21

Regen prasselte auf seinen schwarzen Schirm. Niemand kam aus der Durchfahrt. Süden stand auf der anderen Straßenseite und wartete. Hinter den meisten Fenstern des fünfstöckigen Hauses mit der champagnerfarbenen Fassade war es dunkel. Aus dem Innenhof drang kein Laut. Vereinzelt fuhren Autos durch die Winthirstraße, in der keine Parkplätze mehr frei waren.

Um fünf nach zehn Uhr abends überquerte Süden die Straße und ging durch die Einfahrt zum Rückgebäude, dem Flachbau mit Laubengang, an dem sechs Wohnungen lagen, so wie Kreutzer es beschrieben hatte. Eine der mittleren der sechs grauen Türen gehörte zur Wohnung von Mia Bischof. Hinter zwei anderen Fenstern brannte Licht. Die Garagentore im Erdgeschoss waren geschlossen.

Süden stieg die Treppe zum Laubengang hinauf, an deren linkem Ende sich eine psychotherapeutische Praxis befand, oberhalb der Einfahrt zur Tiefgarage. Er klappte den Schirm zu und schüttelte ihn aus.

Um mit seinem Dietrich das Türschloss zu öffnen, brauchte er keine zehn Sekunden. Er lehnte den Schirm an die Wand neben der Tür, verschwand im Innern und schloss die Tür, was ein Geräusch verursachte, das in dem auf den Asphalt prasselnden Regen nicht zu hören war. Dann tastete er nach dem Lichtschalter. Eine Wohnung, die am späten Abend beleuchtet war, hielt er für wesentlich unauffälliger als den unruhig umherhuschenden Lichtstrahl einer Taschenlampe. Für den Fall, dass Patrizia ihm Neuigkeiten aus Starnberg meldete, trug er sein Handy eingeschaltet in der Jackentasche.

An der Wand gegenüber der Tür hing eine blaue Fahne des Fußballclubs TSV 1860 München. Vor dem Rest der Wand reichten Regale bis an die Decke, vollgestopft mit Büchern aus unterschiedlichsten Epochen, dazu Atlanten, Lexika, gerahmte Schwarzweißfotografien, Zeitungen und Illustrierte, vergilbte Taschenbücher, CDs und Musikkassetten.

In der linken Ecke des etwa fünfunddreißig Quadratmeter großen Zimmers stand ein Doppelbett, zugedeckt mit einer roten Wolldecke, auf der zwei große, zottelige Teddybären hockten. Neben dem Bett war die Tür zum Badezimmer, die fensterlose Küche lag rechts neben der Eingangstür. Süden warf einen Blick hinein. Auf der Anrichte türmte sich schmutziges Geschirr, auf dem Boden standen ein Kasten mit leeren Bierflaschen und ein Bastkorb mit leeren Wasser- und Saftflaschen.

Süden beugte sich zur Kühlschranktür hinunter, auf der ein ihm unbekanntes Symbol mit einem Schriftzug klebte: »Unser Symbol – Das Dreierschild.« Es zeigte zwei ineinander verschlungene waagrechte Schalen und eine gleich große senkrechte Schale. Darunter stand auf einem zweiten Aufkleber: »Deutschland stirbt nicht!«

Zu seiner Überraschung wunderte sich Süden nicht darüber. Auch wenn er keine Ahnung hatte, was das Symbol bedeutete, war ihm sofort klar, was es nicht bedeutete: Nächstenliebe.

Dieses Wort war das erste, das ihm einfiel. Er hatte es lange nicht mehr gehört. In seiner Kindheit, als Ministrant, war das Wort fester Bestandteil der Texte, die der Pfarrer vorlas. Während seiner Zeit als Hauptkommissar hatte er es kein einziges Mal ausgesprochen, vielleicht in bestimmten Situationen empfunden, wenn die Leute ihn barmten, deren vermisste Angehörige er nur noch tot zurückbringen konnte.

Ein im täglichen Leben beinahe ausgestorbener, von seiner eigenen Bedeutung erschlagener Begriff, dachte Süden.

Nächstenliebe.

Er wollte später darüber nachdenken, warum er ausgerechnet jetzt darauf kam.

Von draußen drangen das unaufhörliche Trommeln des Regens und das Hupen von Autos herein. Aber das Licht im Zimmer war nicht kalt. An der Decke hing eine Lampe mit

einem altmodischen Stoffschirm, von dem weizenfarbene Troddeln baumelten. Süden sah sich um, bevor er noch einmal in die Küche zurückkehrte.
Er nahm sein Handy aus der Tasche, tippte nicht gerade geschickt darauf herum, fand die gesuchte Funktion. Er fotografierte die Aufkleber auf dem Kühlschrank und behielt das Telefon in der Hand, während er zum Bücherregal ging und die unzähligen, kreuz und quer gestapelten Bände betrachtete. Karl-May-Sammlungen standen neben mindestens zwanzig Werken von Jack London und verschiedenen Ausgaben von »Robinson Crusoe« und »Lederstrumpf«. Unzählbar erschienen Süden die Bücher mit Kinder- und Jugendliteratur, wobei Mia Bischof offensichtlich eine Vorliebe für die Autorinnen Else Ury und Magda Trott hegte, deren Namen er auf fast allen Buchrücken in einem einzigen Regal las. Er machte weitere Fotos.
In langen Reihen entdeckte Süden Fortsetzungsgeschichten mit immer denselben Hauptfiguren: »Nesthäkchen«, »Goldköpfchen«, »Pucki«. Titel wie »Nesthäkchens Backfischzeit«, »Pucki als junge Hausfrau«, »Goldköpfchens Glück und Leid« zeigten ein Panorama idyllischer Heimatwelten, in denen die Kinder schwere Prüfungen zu bestehen hatten. Dadurch wurden sie gestärkt und begriffen, zu welchem Volk sie gehörten und welche Pflichten sie bedingungslos zu erfüllen hatten. Das Leben lohnte, wenn man gehorchte.
Süden hörte nicht auf zu blättern. Manche Ausgaben waren staubig und die Seiten rissig, die Illustrationen verblasst und die Bände an vielen Stellen geklebt. Bilderbücher aus den dreißiger und vierziger Jahren des vorigen Jahrhunderts dienten als Stütze für andere, heutige Exemplare. Eines der zerlesenen, vergilbten Bilderbücher trug den Titel »Trau keinem Fuchs auf grüner Heid und keinem Jud bei seinem Eid«. Süden legte das Buch auf den Holztisch vor dem gestreiften braun-grünen Sofa und fotografierte es. Dann legte er es so

zurück, wie er es aus dem Regal genommen hatte, und rieb sich die Hände an seiner Hose ab.
Einen Moment überlegte er, in der Küche ein Glas Wasser zu trinken. Dann setzte er sich aufs Sofa neben der Küchentür, gegenüber dem modernen Flachbildfernseher, krümmte den Rücken und keuchte.
Er hob den Kopf und sah sich wieder um, als würde er etwas Neues entdecken. Ihm fiel auf, dass der kleine Tisch mit dem Fernseher Räder hatte, so dass Mia das Gerät zum Bett drehen konnte. An der Wand links neben der Eingangstür und dem Fenster thronte ein breiter, alter Bauernschrank aus massivem Holz mit kräftigen Intarsien und einem schmiedeeisernen Schlüssel. Den Fußboden bedeckte ein grauer Auslegeteppich, abgetreten und ausgeblichen. Vor dem Fenster hing eine grauweiße Gardine mit gesticktem Muster.
In diesem nachlässig eingerichteten, von nationalsozialistischen Machwerken überfüllten Apartment, dachte Süden, wohnte eine achtunddreißigjährige, noch nie straffällig gewordene, unverheiratete Journalistin mit fester Anstellung, deren Vater zwar im Verdacht gestanden hatte, rechtsextreme Gäste in seinem Hotel zu beherbergen, deren eigene Gesinnung und Lebenswandel jedoch niemandem auffielen.
Im Gegenteil: Mia Bischof engagierte sich in der Kinderbetreuung und unterstützte ledige und berufstätige Mütter bei der Bewältigung ihres schwierigen Alltags. Für eine passionierte Leserin und Sammlerin von Kinderbüchern ein fast zwangsläufiger Schritt, fand Süden. Wieder nahm er Bücher aus den Regalen, diesmal antiquarische Ausgaben, die Mia vermutlich von ihrem Vater geerbt hatte.
Ein Großteil der dicken Schwarten bestand aus historischen Werken. Süden entdeckte eine Trilogie mit den Titeln »Jungen im Dienst«, »Jungzug 2«, »Kanonier Brakke«, Abhandlungen über historische Figuren wie »Der erste Deutsche: Roman Hermann des Cheruskers«, »Ein Paar Reiterstiefel oder Die

Schlacht bei Minden« oder auch ein Buch, dessen Titel ihm bekannt vorkam: »Hitlerjunge Quex«.
Er schlug das in Leinen gebundene Buch auf und las auf der ersten, vergilbten Seite, von Hand geschrieben: »Dem Oberst Geiger in Dankbarkeit – Baldur von Schirach«.
Süden wusste nicht mehr, von welchem Stapel er das Buch genommen hatte. Er hielt es mit beiden Händen fest und hätte es am liebsten fallen lassen. Während er dastand und einen fauligen Geruch wahrzunehmen glaubte, entdeckte er weitere Jugendbücher, von denen einige offensichtlich von Indianern handelten: »Tecumseh, der Berglöwe«, »Tecumsehs Tod – eine Erzählung vom Kampfe eines roten Mannes für sein Volk«. Oder: »Evchen Springenschmitt und ihre Geschwister«, »Das Soldatenkind«, »Henning sucht ihren Weg«. Süden schob das Quex-Buch über zwei andere ähnlich aussehende Bände und ging ins Bad, um sich die Hände zu waschen.
Der Besitz derartiger Bücher, dachte er, war nicht strafbar, Mia Bischof hatte nichts zu befürchten.
Weil er es eilig hatte, den Staub und den eingebildeten Schmierfilm von den Fingern zu reiben, lehnte er die Tür hinter sich an, drehte den Wasserhahn auf und rieb eine Minute lang die Hände aneinander. Als er den Kopf hob, stutzte er. Ohne den Hahn wieder zuzudrehen, starrte er in den Spiegel, mit nassen Händen, mit einem ungläubigen, verzerrten Gesichtsausdruck. Dann drehte er mechanisch den Hahn zu, riss mehrere Blätter Toilettenpapier ab, trocknete sich ab, warf das zerknüllte Papier in die Schüssel, drückte die Spülung und wandte sich zur Tür.
Dort hing ein Plakat des Films »Hitlerjunge Quex« unter der Regie von Hans Steinhoff, mit dem fett gedruckten Untertitel »Vom Opfergeist der deutschen Jugend«, in den Hauptrollen Heinrich George und Berta Drews. Am rechten unteren Rand entzifferte Süden im gelblichen Licht der Toilette eine Unter-

schrift. Wenn er sich nicht täuschte, lautete der Name Schanzinger oder Schenzinger, daneben eine Jahreszahl: 1933. Das Plakat zeigte einen blonden jungen Mann mit entschlossenem Blick und einer Hakenkreuzbinde am linken Oberarm.
Was Süden beim Anblick des Plakats so aufwühlte, war ihm nicht recht klar. Er hatte das Buch im Regal entdeckt, den Film hatte er nie gesehen, aber er wusste, dass es sich um einen der damals üblichen Propagandastreifen handelte. Mia Bischof lebte ein Doppelleben – das einer jungen, erfolgreichen Redakteurin bei einer angesehenen Tageszeitung, in dem sie dieselben Zöpfe trug wie in ihrem Zweitleben als braunes Mädel, eingehüllt in die schrundigen Schatten der Vergangenheit.
Das waren keine Schatten, dachte Süden. Das waren leibhaftige Gestalten, die ihre Stimmen erhoben und diese Frau aufforderten zu handeln. Stimmen, die Mia zwangen, Kinder in alter Manier zu erziehen und dafür zu sorgen, dass diese nicht in Berührung mit ausländischen Gleichaltrigen gerieten. Mia Bischof machte ihre Arbeit gut. Niemand sagte ihr etwas Schlechtes nach, niemals gab sie Anlass zu Kritik an ihrem Verhalten. Sie führte ein gewöhnliches Leben, unbehelligt von den Behörden, ähnlich wie ihr Vater.
Was Süden nicht für möglich gehalten hätte, war, dass seine Hand zitterte, als er das Filmplakat mit dem Handy fotografierte.
Bücher, dachte er – vielleicht, um eine Erklärung für seinen verrutschten Zustand zu finden oder ein wenig Klarheit in diesem Schattenreich zu erlangen –, Bücher konnte man erben und sie, wenn man keinen Platz mehr im Keller hatte, ins Wohnzimmer stellen, hinter Glas oder offen und dann nicht weiter beachten. Die Bücher, die hier massenweise lagerten, redete Süden sich ein, bedeuteten zunächst nichts Bestimmtes. Mia Bischof hatte sie garantiert nicht gekauft, sie hatte sie geschenkt bekommen. Das war die eine Seite. Die andere

Seite war das Plakat an der Innenseite der Klotür. Auch das musste sie geschenkt bekommen haben, aber sie hätte es zusammenrollen und unters Bett schieben oder im letzten Winkel des Kellers verräumen können. Es aufzuhängen bedeutete etwas. Es war ein Zeichen, eine Botschaft, wie das Symbol an der Kühlschranktür. Deutschland stirbt nicht. Und sie hatte die Botschaft angebracht, damit sie jeden Morgen und jeden Abend daran erinnert wurde.

Darin lag der Grund für den gewaltigen Schrecken, der Süden so abrupt überfallen hatte: dass sein letzter Rest Glauben an Mia Bischofs innere Freiheit durch den Anblick des Plakats vernichtet worden war.

Er stand in der Mitte des Zimmers und hörte von draußen – wie aus einer anderen Welt – das Geräusch des Regens. Dann öffnete er die Tür des Bauernschranks und begriff, dass er jede Art von Glauben an diese Frau im Grunde schon in dem Augenblick verloren hatte, als er vom Überfall auf Leonhard Kreutzer erfuhr.

Im Schrank hing eine Unzahl von schwarzen und roten Wollröcken, weißen Kleidern und Blusen, karierten Röcken und Sakkos, T-Shirts in Schwarz-Rot-Gold, dazu zwei Jacken mit dem Aufdruck »Kameraden helfen Kameraden«. In den Regalen lagen Unterwäsche, Mützen und Schals, stapelweise Aktenordner, Papiere, Mappen mit Unterlagen, mehrere offenbar selbstgestrickte Pullover mit der Zahl 28 auf der Vorderseite. Auf dem Boden stapelten sich alte Zeitungen und Magazine, obenauf zahlreiche Ausgaben der Wochenzeitung »Junge Freiheit«.

Süden nahm den gemusterten Militärrucksack heraus, der in der hinteren Ecke lehnte, und öffnete ihn: zusammengerollte Jeans, Hemden, Männersocken. Er leerte den Inhalt auf den Teppich. Außer den Kleidungsstücken fielen eine Handvoll Orden aus den zwanziger und dreißiger Jahren heraus, militärische Rangabzeichen, verschiedene nationalsozialistische

Embleme, Anstecknadeln, Schulterklappen – alles beschädigt, verbogen, verblichen. Außerdem eine verkratzte Videokassette und ein Paar schmutzig-grüner, halb zerrissener Wollhandschuhe. Süden fotografierte die Sachen, danach das Innere des Schranks, schob den gefüllten Rucksack an seinen Platz zurück und rieb sich erneut die Hände an seiner Hose ab.

Aus uralter Gewohnheit tastete Süden die Regale hinter der Wäsche und den Kleidungsstücken ab. Keine Waffen.

Neben dem Bett stand ein von ausgeschnittenen Artikeln, Blöcken und Büchern überfüllter Schreibtisch. Darunter ein niedriger viereckiger Kasten mit drei Schubladen. Ohne wahre Neugier zog Süden sie auf und entdeckte weitere Akten, abgeheftete Zeitungsartikel zu gesellschaftspolitischen Themen. Schon die ersten Seiten strotzten vor Formulierungen wie »das Volksganze«, »die heilige Pflicht deutschbewusster Mütter«, »unsere schöne deutsche Heimat«, »unsere nationale Bewegung«. Die oberste Schublade war leer – bis auf den Prospekt eines Hotels und Restaurants mit dem Namen »Der Heimgarten«. Der aufklappbare sechsseitige Prospekt zeigte ein Landhaus mit blumengeschmückten Balkonen, einen lauschigen Biergarten, in orangefarbenen und roten Tönen eingerichtete Zimmer, einen idyllischen Weiher, Teller mit ansprechend zubereitetem Fisch und Salat, eine Familie in bayerischer Tracht mit Tochter und Sohn. Auf die Rückseite hatte jemand mit Kugelschreiber notiert: »Doppelzimmer 80 €, incl. Frühstück«. Das Anwesen lag etwa fünfzehn Kilometer südlich von München in der Nähe der Ortschaft Erl.

Süden verglich die Schrift mit handgeschriebenen Papieren auf dem Schreibtisch, sie stimmte nicht überein. Er schrieb Name, Adresse und Telefonnummer des Hotels auf seinen kleinen Block, legte den Prospekt zurück und ging zur Tür. Allmählich bekam er in dem Zimmer keine Luft mehr. Auch wenn Mia Bischof am Überfall auf Leonhard Kreutzer nicht

direkt beteiligt gewesen sein sollte – und davon ging Süden aus –, hatte sie dennoch nichts dagegen unternommen. Jede Person, mit der sie verkehrte, hätte sich in diesem Zimmer heimisch gefühlt.
Von der Sekunde an, als er von Kreutzers Unglück erfuhr – Süden verließ das Zimmer so unbemerkt, wie er es betreten hatte –, bewegte er sich in einem Gehege ohne Nächstenliebe. Und dieses Gehege, dachte er, war keine neue, eigene Welt, es war Teil der Welt, in der auch er seinen Schatten warf. Er musste endlich aufhören, sich zu wundern und zu fürchten. Solche Empfindungen blendeten ihn bloß.
Dann, auf der Straße mit seinem aufgespannten Schirm, dachte er wieder an Leonhard Kreutzer und daran, dass der alte Detektiv die Täter beschreiben und entscheidende Aussagen machen würde, ganz gleich, wann. Süden überlegte, Edith Liebergesell anzurufen. Aber er wollte sie nicht aufscheuchen.
Um bei seinen Gedanken an die Wohnung, aus der er kam, nicht zu ersticken, machte er sich trotz des unablässig fallenden Regens zu Fuß auf den mindestens eine Stunde dauernden Heimweg.

Manchmal sah er sie im Traum, manchmal im wachen Zustand. Er konnte es nicht unterscheiden. Für Leonhard Kreutzer war wichtig, dass Inge wieder da war, gerade jetzt, da er seinen Freunden so viele Umstände bereitete und ihnen nicht helfen konnte. Seine Gedanken kamen ihm wie Papierdrachen vor, die am Himmel in einen Wirbelsturm geraten waren und sich verhedderten und unentwegt im Kreis rasten.
Manchmal glaubte er, dass es vollkommen still in seinem Kopf sei. Dann wieder rollte ein Donner von einer Seite zur anderen, und ein entsetzlicher Schmerz breitete sich in ihm aus, für den er keine Stimme hatte.
Vielleicht täuschte er sich.

Er lag in einem dunklen Zimmer. Zwei Schläuche verbanden seinen Körper mit Maschinen. Er war am Leben. Vor einigen Stunden – oder Minuten? – war dieser Satz wie eine Leuchtschrift in seinem Kopf aufgetaucht. Er bildete sich ein, ihn sehen zu können. Wie seine Inge, die so deutlich vor ihm stand, als stünde sie neben seinem Bett. Sie trug ein grünes Kleid und gelbe Schuhe, obwohl so weit nach unten zu schauen ihm gar nicht möglich war. Warum eigentlich nicht?, dachte er einmal, dann vergaß er diesen Gedanken wieder.
Da war sie, und von ihrem Blick ging eine Freude aus wie in den schönen Zeiten, wenn sie abends erschöpft ihr Geschäft absperrten und sich an der Hand hielten. Das taten sie oft, und niemand hatte sie jemals dabei beobachtet, was ihnen nur recht war. Es war ein Ritual. Ein Glück wahrscheinlich. So ein Wort hätte Inge nie in den Mund genommen. Aber wenn er jetzt an diese Augenblicke zurückdachte, fiel ihm kein anderes Wort dafür ein. Glück. Er wollte es aussprechen, aber es ging nicht. Er würde es später aussprechen, wenn die Schläuche aus seinem Körper verschwunden waren und er wieder in der Detektei saß, wo er seinen Platz und seine Aufgabe hatte.
Minuten – oder Sekunden? – vergingen, in denen Leonhard Kreutzer fast atemlos dalag und etwas nachspürte. Doch er spürte nichts, keine Schmerzen, kein Rasseln, kein Dröhnen im Kopf. Als würden die Drachen sanft am Himmel gleiten. Diese Stille war wie eine unendliche Geborgenheit.
Er hielt nach Inge Ausschau und sah sie nirgends. Vielleicht holte sie Wasser für die Tulpen, die sie mitgebracht hatte. Bald würde er gemeinsam mit ihr zu Abend essen, wie sie das nach Feierabend immer getan hatten, jahraus, jahrein. Meist bereiteten sie sich nur eine Brotzeit zu, aßen Brot und Aufschnitt, Gurken oder Tomaten. Kein Aufwand mehr nach einem langen Tag. Sie besprachen die nötigen Dinge, und er trank ein Bier und sie ein Glas Rotwein. Er wusste, dass sie

manchmal eine halbe Flasche am Abend leerte, aber er sprach sie nie darauf an. Sie war nie betrunken oder zeigte es ihm nicht. Disziplin hatte sie, und Hingabe und Freude auch.
Da bist du ja wieder, sagte – oder dachte? – Leonhard Kreutzer und freute sich auf morgen, wenn er seiner Chefin berichten würde, was ihm wie aus dem Nichts heraus gerade eingefallen war.
Einer der Männer, die ihn zu Boden geschlagen hatten, hatte eine Tätowierung am Hals, einen Adler, der einen Fisch in seinen Klauen hielt.

Als sie zu den Toiletten im Tiefgeschoss ging, folgte ihr der Mann im schwarzen Rollkragenpullover. Im Flur vor den Türen sprach er sie an. Er hatte zwei Hocker neben ihr am Tresen gesessen und sie gelegentlich angesehen, ohne eine Miene zu verziehen. Sie hatte kein Interesse gehabt, mit ihm ins Gespräch zu kommen, und war unsicher, wie sie weiter vorgehen sollte.
Sie war Mia Bischof gefolgt, nachdem diese mit einem schwarzen Rucksack das Zeitungsgebäude in der Augustenstraße verlassen hatte. Unbemerkt blieb sie in ihrer Nähe, als Mia in die U-Bahn zum Hauptbahnhof stieg und dort in die S-Bahn Richtung Tutzing. In Starnberg stieg Mia aus und machte sich – scheinbar ohne das Geringste von ihrer Umwelt wahrzunehmen – auf den direkten Weg zum wenige Minuten entfernt gelegenen Hofhotel Geiger am See. Dort verschwand sie in einem Seiteneingang. Da Patrizia Roos im Umkreis des Hotels keine Telefonzelle fand, ging sie zurück zum Bahnhof und rief von dort aus ihre Chefin an. Dann korrigierte sie ein wenig den Sitz ihrer schwarzen Perücke, putzte die Gläser ihrer Fensterglasbrille mit einem Papiertaschentuch und schlenderte erneut zum Hotel.
In der Bar bestellte sie einen grünen Veltliner, ein großes Glas Mineralwasser und einen Schinken-Käse-Toast. Eine

Stunde lang blieb sie der einzige Gast, dann kamen fünf Männer in dunkler Kleidung herein, von denen sich vier an einen Tisch am Fenster setzten und einer an die Theke. Sein erstes Bier trank er in wenigen Schlucken aus, und der Barkeeper brachte ihm unaufgefordert ein frisches. Mia Bischof war nicht wieder aufgetaucht. Wenn sie von der Toilette zurück war, wollte Patrizia eine Entscheidung treffen.
Sie wunderte sich, warum Edith Liebergesell sich noch nicht gemeldet hatte, da packte der Mann sie am Arm. »Was machen Sie in dem Hotel?«, sagte er mit heiserer Stimme.
»Lassen Sie mich los. Was soll das?« Sie griff nach seiner Hand, aber er presste sie so schnell und rabiat gegen die Wand, dass sie ihn wieder losließ. Er zerrte an ihren Haaren. Sie versuchte, ihn wegzustoßen und nach ihm zu treten. Im nächsten Moment hielt er ihre Perücke in der Hand. Nach einem kurzen Zögern schlug er ihr mit solcher Wucht ins Gesicht, dass sie zu Boden stürzte. Ihre Brille zerbrach auf den Marmorfliesen.
»Das wird jetzt ungemütlich für dich«, sagte der schmächtige Mann, der nicht so aussah, als könnte er derart gewalttätig werden. Patrizia liefen Tränen über die Wangen und sie hatte Todesangst.

Im Hofhotel Geiger hatte eine Mitarbeiterin am Telefon erklärt, bis Montag seien sämtliche Zimmer ausgebucht. So mietete Edith Liebergesell sich in der Pension Riemann ein, einige hundert Meter vom Hotel entfernt. Auf diese Weise musste sie wenigstens keinen falschen Namen benutzen. Auch wenn sie aufgrund der bisherigen Recherchen nicht davon ausging, dass Mia Bischof ihrem Vater inzwischen von dem Suchauftrag erzählt hatte, hätte sie bei einer Hotelbuchung auf jeden Fall den Namen ihres Ex-Mannes, Schultheis, angegeben. Womöglich warf Mia nebenbei einen Blick ins Gästebuch, zumal sie nach den Ereignissen der letzten

Tage mit Aktionen der Detektei auch im Zusammenhang mit ihrer Person rechnen musste.
Ein wenig wunderte sich Edith Liebergesell, dass Patrizia ihr noch keine Nachricht geschickt hatte. Vermutlich war ihre Kollegin noch immer im Hotel auf Posten.
Was sie trotz der angespannten Situation und des seit Tagen in ihr schwelenden Gefühls einer dumpfen Bedrohung in ihrem Tun weiter bestärkte, war, dass der alte Leo zumindest wieder ansprechbar war und in absehbarer Zeit seine Sprache zurückfinden würde. Mit seiner Hilfe würden sie einen entscheidenden Schritt vorankommen, dachte sie, als sie die Bar des Hofhotels Geiger am See betrat.
Zwei Männer eilten an ihr vorbei. In der Bar saß kein weiterer Gast. Auf dem Tresen standen ein halbvolles Weinglas, ein leeres Glas Mineralwasser und ein leeres Bierglas. Der Barkeeper begrüßte sie mit einem freundlichen »Grüß Gott, die Dame«. Sie setzte sich an einen Zweiertisch und fühlte sich augenblicklich belauert.

Dies war der erste Fall in seinem Leben als Vermisstenfahnder, bei dem er kein einziges Foto des Verschwundenen besaß. Erschöpft nach dem weiten Weg von Neuhausen nach Giesing, für den er fast zwei Stunden gebraucht hatte, hockte Süden auf dem Boden seines dunklen Zimmers. Weder in der Wohnung des vermeintlichen Taxifahrers noch in Mias braunem Apartment gab es wenigstens einen Schnappschuss von Siegfried Denning. Sie suchten nach einem Unsichtbaren in Verkleidung.
Die Balkontür stand offen, die Sträucher im Hof knisterten vom Regen, der nachließ, aber nicht aufhörte. Wenn Patrizia und Edith aus Starnberg zurück wären, dachte Süden, würden sie ihre Ergebnisse austauschen und bewerten, und zwar in Gegenwart von Kreutzer, damit er, wenngleich zur Untätigkeit verdammt, eingeweiht blieb. Anschließend mussten sie einen

Weg finden, Mia Bischof so unter Druck zu setzen oder einzulullen, dass sie keine andere Wahl hatte, als ihnen zu vertrauen und Dinge preiszugeben, von denen nicht einmal ihre Gesinnungsgenossen eine Ahnung hatten.
Süden stand auf, um ins Bett zu gehen. Im selben Moment meldete sein Handy, das er neben sich auf den Boden gelegt hatte, eine SMS. Er hob das Telefon auf, und noch bevor er das erste Wort las, bemerkte er, wie seine Hand wieder zitterte. Die Nachricht kam von Edith Liebergesell. »Vor einer halben Stunde ist Leo gestorben.«

Dritter Teil

22

Die Ärzte gingen von einer »rhythmogenen Ursache« aus. Exitus letalis. Das war im Wesentlichen alles, was die beiden Besucher von der Begegnung mit dem Oberarzt, der ruhig, behutsam und in zugewandter Art mit ihnen gesprochen hatte, in Erinnerung behielten. Sie gaben ihm die Hand und bedankten sich für etwas, das ihnen vollkommen unklar war. Sie verließen das Zimmer und eilten den Flur entlang, als hätten sie ein Ziel. Es war sieben Uhr morgens. In einem Rollbett lag ein alter Mann und starrte zur Decke, sie sahen ihn nicht. Zwei Ärzte diskutierten laut miteinander, sie hörten sie nicht.

Edith Liebergesell und Tabor Süden gingen die Treppe ins Parterre hinunter, wortlos, verirrte Bewohner einer außerirdischen Gegenwart, und blieben vor den gleichen Türen stehen – sie vor der Damen-, er vor der Herrentoilette.

Als sie zehn Minuten später wieder herauskamen, wollten sie ihre Blicke voreinander verstecken, aber es gelang ihnen nicht. Sie umarmten sich und fingen noch einmal an zu weinen, diesmal ohne sich zu schämen.

Eine Zeitlang, nachdem sie die Arme hatten sinken lassen, verharrten sie mit nassen Gesichtern. Die Krankenschwestern und Ärzte, die durch die Eingangshalle kamen, wichen ihnen aus und schienen sie nicht zu beachten.

Seit sie das Arztzimmer im ersten Stock verlassen hatten, wollte Süden etwas sagen. Doch die Worte fügten sich nicht. Bevor er einen Satz zu Ende denken konnte, stotterte er schon.

Eine Stunde hatten sie an Leonhard Kreutzers Totenbett verbracht. Edith Liebergesell hatte sich neben das Bett gesetzt und Süden hatte versucht, stehen zu bleiben. Der Anblick des Mannes, der, von allen Schläuchen befreit, bis zum Kinn unter der weißen Bettdecke lag, verursachte jedoch einen solchen Schwindel in ihm, dass er gezwungen war, den zweiten Stuhl zu holen. So saßen sie nebeneinander und betrachteten

unentwegt Kreutzers noch immer fast vollständig bandagiertes Gesicht, von dem nur die geschlossenen Augen und der Mund zu sehen waren. Auf dem Tisch brannte die weiße Kerze, die Edith von zu Hause mitgebracht hatte. Nach dem Anruf aus dem Krankenhaus hatte sie in der Starnberger Pension Riemann sofort ein Taxi gerufen, beim Nachtportier die Rechnung bezahlt und sich auf den Weg zum Schwabinger Krankenhaus gemacht, das nicht weit von ihrer Wohnung entfernt lag. Die Flamme brannte ruhig und aufrecht und gab dem Zimmer genügend Licht. Als schließlich eine Schwester hereinkam und flüsterte, der Arzt sei nun zu sprechen, erhob Edith Liebergesell sich schwerfällig und faltete für einen Moment die Hände. Dann beugte sie sich über den Leichnam, küsste ihn auf den Mund und malte mit dem Daumen ein Kreuz auf den Verband über seiner Stirn. Auch Süden malte ein Kreuz und kam sich unbeholfen dabei vor.
»Gibst du mir Feuer?«
Süden knipste das Feuerzeug an. Seine Hand zitterte nicht weniger als ihre Hände. Wieder einmal standen sie unter dem Vordach des Krankenhauseingangs, zwei Verbündete gegen die Angst, an einem Tag, der noch dunkel war und keinen Namen hatte.
»Kannst du bitte etwas sagen?«
Süden holte Luft. Das tat er schon die ganze Zeit: nach Luft schnappen wie einer, der zu lange unter Wasser war. »Was ich ... Leo starb an Herzversagen, habe ich das richtig verstanden?«
Sie inhalierte tief, sah ihn an und nickte. »Rhythmo ... Sein Herz hat den Rhythmus nicht mehr gefunden. So in etwa.«
»Ja.«
»Sie haben ihn umgebracht.« Edith Liebergesell blickte zur Straße. So wehte ihr der kalte Wind in die Augen. »Schwere Körperverletzung mit Todesfolge. Wie viele Jahre kriegt man da?«

»Mindestens drei.«
»Zu wenig.«
»Vielleicht auch fünf oder acht Jahre«, sagte Süden.
Die Detektivin zerdrückte die Zigarette im Gitter des Metallaschenbechers, stieß einen Seufzer aus, hielt Süden ihre Hand hin. Er griff danach, zögerte. Ein nach gutem Rasierwasser duftender Mann in einem braunen Wildledermantel kam die Steinstufen herauf, und Süden musste Ediths Hand loslassen. Der Mann grüßte und verschwand im Eingang. »Wo ist Patrizia, Süden? Wieso meldet sie sich nicht? Sag doch was.«
»Wir schalten die Polizei ein«, sagte Süden. In seinen Ohren klang der Satz unendlich verzagt.

Selbstverständlich, hatte Lothar Geiger mehrmals erklärt, stehe es ihr frei, bei der Polizei Anzeige zu erstatten. Er übernehme auch »vollständig die Verantwortung für das unverhältnismäßig harte Vorgehen« seines Angestellten vom Sicherheitsdienst. Aber der Mann habe Verdacht geschöpft, und als er die Tarnung mit der Perücke bemerkte, habe er seinen Verdacht bestätigt gesehen »und dummerweise überreagiert«.
Die im Hotel stattfindende Tagung, betonte Geiger zum zweiten Mal, erfordere ein hohes Maß an Sicherheit, die er wichtigen Gästen, die hinter verschlossenen Türen ihre Konferenzen abhielten, seit jeher garantiere. Daher sei es an der Zeit, dass sie endlich zugebe, für wen und aus welchem Grund sie sich verkleidet habe, andernfalls würde *er* erwägen, die Polizei zu informieren.
Daran glaubte Patrizia Roos nicht. So gelassen und mitfühlend er auch wirkte und sosehr er sich bemühte, sie mit einem Lächeln von ihrem pulsierenden Schmerz in der Wange abzulenken – sie misstraute jeder Geste von ihm, jedem Blick, jedem Wort. Der Raum, in dem sie sich befand, bedrückte sie – die zwei dunklen Gemälde, der schwere Bauernschrank, die

Unmengen von in massives Leder gebundenen Büchern, der thronartige Schreibtisch, hinter dem der Mann aufrecht und unbeweglich saß. Das alles verstärkte das Pochen in ihrem Kopf, das von dem Eisbeutel, den Geiger ihr hatte bringen lassen, nicht gelindert wurde. Woher er unten im Flur plötzlich gekommen war, wusste sie nicht mehr.
Sie wusste nur noch, dass sie am Boden gelegen hatte, perplex von dem brutalen Schlag, und der dürre Mann im Rollkragenpullover ihre schwarze Perücke in der Hand geschwenkt hatte. Sie sah ihre kaputte Brille neben sich liegen, und ein Gedanke flößte ihr panische Angst ein: dass der Mann sie packen, irgendwo hinschleppen und töten würde. Sie hatte alles falsch gemacht und wurde nun dafür bestraft. Einen Augenblick später tauchte ein weiterer Mann auf. Er trug eine Kniebundhose und eine grüne, bis zum Hals zugeknöpfte Trachtenjacke, dazu schwarze Halbschuhe, die Patrizia sofort als bedrohlich empfand. Als käme der Mann auf sie zu, um ihr ins Gesicht zu treten. Einen Schritt vor ihr jedoch war er stehen geblieben. Daraufhin halfen ihr die beiden Männer, die sich offensichtlich kannten, auf die Beine, stützten sie und gingen mit ihr zum Aufzug. Sie fuhren in den zweiten oder dritten Stock, sie hatte nicht aufgepasst. Behutsam – jedenfalls kam es ihr so vor – setzte der ältere Mann sie dann aufs Sofa in seinem Büro, unter ein Gemälde mit einem Pferd, und rief jemanden an. Er nickte ihr zu und sprach kein Wort.
Vor ihm auf dem Schreibtisch, dessen Ordentlichkeit, wie Patrizia unweigerlich dachte, einen krassen Kontrast zum Verhau auf dem ihrer Chefin bildete, lagen die Perücke und die zerbrochene Brille. Etwa nach fünf Minuten – Patrizia hielt sich mit beiden Händen den Kopf, sah sich vorsichtig um und versuchte, aus dem alten Mann schlau zu werden – klopfte es, und eine Frau mit breiten Hüften, in einem schwarzen Kleid und einer altmodischen weißen Dienstbotenschürze,

brachte einen in ein graues Handtuch gewickelten Eisbeutel. An ihren Namen erinnerte sich Patrizia noch, auch wenn der Alte ihn sehr leise ausgesprochen hatte: Frau Burg.
Nachdem die Angestellte ohne ein weiteres Wort das Büro verlassen und die Tür fast lautlos geschlossen hatte, kam der Mann um den Schreibtisch herum und ging bis zur Mitte des Zimmers. Dann nannte er seinen Namen und erklärte, dass er der Besitzer des Hotels sei. Die Umstände ihres Kennenlernens seien »natürlich die denkbar schlechtesten« gewesen. Nun gehe es darum, die Situation zu klären, und er sei »fraglos bereit«, seinen Beitrag zu leisten. Vor Schmerz kniff sie die Augen zusammen, und als sie sie wieder öffnete, war Lothar Geiger an seinen Schreibtisch zurückgekehrt und setzte sich auf den aristokratisch anmutenden Stuhl mit der hohen Lehne.
Irgendwann fiel ihr auf, wie still es war. Kein Laut vom Flur, kein Geräusch vor den Fenstern. Auf dem schwarz-rot gemusterten Teppich, der die Hälfte des Zimmerbodens bedeckte, hatte sie nicht einmal Schritte gehört.
»Möchten Sie einen Cognac?«, fragte Geiger.
Patrizia schüttelte den Kopf, was angesichts des Aufruhrs in ihrem Innern keine gute Idee war.
»Ihren Namen bitte.«
Sie wunderte sich, dass er nicht schon früher danach gefragt hatte. Auch jetzt klang seine Bemerkung nicht drängend, obwohl sie genau so gemeint war, daran hatte sie keinen Zweifel. Ihren Ausweis hatte sie zu Hause vergessen, ihr Handy war ausgeschaltet. Sie überlegte, was sie antworten sollte.
Sie sagte: »Erst möchte ich auch was wissen. Wieso hat der Typ mich zusammengeschlagen?«
»Hören Sie mir denn nicht zu? Wir haben wichtige Gäste im Haus, und er hielt sie für einen Eindringling.«
»Ich war Gast an der Bar.«
Geiger zupfte, wie gedankenverloren, an den schwarzen

Haaren der Perücke. »Selbstverständlich. Aber wieso in meinem Haus? Die Stadt ist voller Bars und Lokale. Wen wollten Sie treffen? Was suchen Sie bei uns?«
Sie hielt seinem Blick nicht stand. Doch den Anblick des Militaristen auf dem Bild hinter Geiger ertrug sie erst recht nicht. Sie starrte die versilberte Standuhr auf dem Schreibtisch an und musste an den antiken Globus aus Holz denken, den ihre Chefin auf ihrem Tisch stehen hatte. »Der Kerl hätte mich fragen können, statt gleich zuzuschlagen. Was ist der? Ihr Bodyguard?«
»Wie es scheint, geht es Ihnen besser.« Im nächsten Moment schlug Geiger mit der flachen Hand so fest auf die Tischplatte, dass Patrizia von dem unerwarteten Knall zusammenzuckte, den Eisbeutel mit dem Handtuch fallen ließ und aufsprang, als hätte sie einen Befehl erhalten. Als Geiger zum zweiten Mal auf sie zukam – sie hatte nicht bemerkt, dass er überhaupt aufgestanden war –, rechnete sie mit einem Faustschlag, der ihr Gesicht zertrümmern würde.
Doch wie im Tiefgeschoss hielt Geiger einen Schritt vor ihr inne und sah sie an, ohne dass seine Augen verrieten, was in ihm vorging. Trotz seines heftigen Ausbruchs wirkte er kontrolliert. Keine Spur von übermäßiger Wut in seiner Stimme. Patrizia konnte nicht anders, als seinen rechten Zeigefinger anzustarren, den er vor ihr hob und der sich nicht bewegte, während er redete. »Ich habe mich sehr entgegenkommend verhalten, ich habe mich sogar entschuldigt, obwohl das nicht nötig gewesen wäre. Hören Sie mir zu?«
Sie hörte ihm zu, aber das Dröhnen in ihrem Kopf verhinderte jedes Zeichen einer Zustimmung. Sie stand da, ihr Blick wie paralysiert von dem knochigen farblosen Finger.
»Ich habe Sie etwas gefragt.«
Endlich gelang ihr ein Räuspern. Dann bildete sie sich ein, Geiger hätte sich bewegt und käme noch näher, was nicht stimmte. Sie hauchte ein mickriges Ja. Seit der Schulzeit, seit

der ersten Klasse in der Grundschule, als ein Lehrer namens Gabelsberg sie und andere Mädchen mit strenger Stimme und abschätzigen Blicken für jedes winzige Fehlverhalten zur Rechenschaft gezogen hatte, hatte sie nie mehr vor einem Menschen gestanden, dessen Autorität die Luft aus ihr sog wie aus einem Luftballon, bis nur noch eine verschrumpelte Hülle von ihr übrig blieb. Sie fühlte sich nutzlos und misshandelt und klein. In der unmittelbaren Nähe dieses Mannes empfand sie eine monströse Feigheit, die ihren Körper, ihr Hirn lähmte und sie so sehr beschämte, dass sie lauthals schreien würde, hätte sie noch eine Stimme im Mund und nicht bloß den Schatten einer Stimme. Zwanghaft dachte Patrizia immer wieder den Namen Gabelsberg, obwohl sie seit einer Ewigkeit nicht mehr an den Lehrer gedacht hatte.
»Danke«, sagte Geiger. Sie wusste nicht mehr, wofür er sich bedankte. »Nun kommen wir zur Wahrheit. Wie ist Ihr Name?«
Sie brachte keinen Ton heraus.
»Machen Sie das alles nicht noch viel schlimmer. Ihren Namen jetzt.«
Woher ihre Stimme kam, begriff sie nicht. »Roos. Roos, Patrizia.«
»Gut gemacht.« Geiger ließ seine Hand sinken, und Patrizia folgte der Bewegung mit einem trägen Blick. »Frau Roos. Wen haben Sie ausspioniert? Wer ist Ihr Auftraggeber? Seien Sie ehrlich, bitte.«
Sie schwankte. Sie musste dringend aufs Klo. Das Bedürfnis überkam sie mit einer Wucht, auf die sie nicht vorbereitet war. Wenn sie nicht sofort ging, würde sie sich in die Hose machen – wie damals, fiel ihr ein, in der Grundschule. Daran musste sie plötzlich denken, und ihr Drang wurde unerträglich. »Ich muss ...« Sie öffnete mehrmals den Mund, ehe sie den Satz zustande brachte. »Ich muss wohin, sofort, ich bin gleich wieder da.«
»Sie gehen nirgendwo hin.«

»Bitte, ich muss ...«
»Wer ist Ihr Auftraggeber, Frau Roos?« Er streckte den Kopf vor. In seinen blauen, wässrigen Augen war nichts als Kälte. Patrizia sprach in seine Augen.
»Die Detektei Liebergesell.«
»Wo sitzt diese Detektei?«
»In ... in München. Am Sendlinger ...«
»Wen spionieren Sie aus?«
»Niemand. Ich muss, bitte, ich ...«
»Die eine Antwort, dann dürfen Sie gehen.«
»Einen Mann.« Sie kniff die Beine zusammen. Sie kam sich vor wie ein eingeschüchtertes, lächerliches Mädchen. Aber ihre Gedanken waren nicht mehr gefroren. »Einen Ehemann, der soll hier im Hotel das Wochenende mit seiner Geliebten verbringen. Ein Zahnarzt aus München.«
»Sein Name?«
Patrizia sah ihn an, als wollte sie ihm signalisieren, dass sie den Namen nicht preisgeben dürfe. Dabei kramte sie nach einer Idee.
Geiger verschränkte die Hände hinter dem Rücken und hob das Kinn. »Ich kenne alle meine Gäste. Den Namen, Frau Roos.«
Vor lauter Verkrampfung rang sie wieder nach Luft. Dann pustete sie mit vorgeschobener Unterlippe zu ihrer Ponyfrisur hinauf und strich sich hastig übers Gesicht. »Der Mann ...« Sie presste viel Überzeugung in ihre Stimme. »Der Mann heißt Gabelsberg.«
Geiger schien eine ähnliche Antwort erwartet zu haben, jedenfalls ließ er Patrizia den Namen kaum zu Ende aussprechen. »Wohnt hier nicht. Hat nie hier gewohnt. Sie haben sich geirrt. Oder Sie lügen mich an.«
»Ich lüge nicht. Seine Frau hat uns beauftragt, ihn zu überwachen. Unsere Informationen haben darauf hingedeutet, dass er das Wochenende im Hotel Geiger am See verbringt.«

»Ihre Informationen.«
Patrizia blickte zur Tür, auffällig, damit der Mann sie endlich gehen ließ.
»Und deswegen die Verkleidung.«
»Ja.«
»Lächerlich. Damit verdienen Sie Ihr Geld?«
»Ich arbeite noch in einer Bar.«
»In welcher?«
»Im Grizzleys. In München. Ich muss echt dringend ...«
»Was tun wir jetzt?«
»Ich habe mich getäuscht, es tut mir leid. Woher hätte ich wissen sollen, dass Sie eine geheime Tagung haben, bei der alles abgesperrt ist? Die Bar war offen, und ich habe gehofft, den Herrn ... den Gabelsberg mit seiner Geliebten erwischen zu können ...«
»Die Tagung ist nicht geheim, sie findet nur hinter verschlossenen Türen statt. Und hier ist auch nichts abgesperrt. Sie hören mir nicht zu, Frau Roos, das beleidigt mich.«
»Ich wollte Sie nicht beleidigen.« Übelkeit stieg in ihr auf. Der Mann vor ihr presste die Lippen aufeinander, eine abweisende, unberechenbare, Gewalt ausstrahlende Gestalt in ländlichem Gewand.
Minuten, so schien es Patrizia, vergingen in polarer Lautlosigkeit. Dann wandte Geiger sich mit einem Ruck um und ging, ohne seinen Gast noch einmal anzusehen, zum Schreibtisch zurück.
»Auf Wiedersehen, Frau Roos«, sagte er. »Die Toiletten sind im Flur links.«
Beinahe hätte sie sich für die Auskunft bedankt. Beinahe wäre sie losgerannt. Im letzten Moment besann sie sich und ging einigermaßen langsam zur Tür, wenn auch mit fliehendem Atem und erhitzt von Ungeduld. Sie riss die Tür auf und schloss sie im Flur mit einem dumpfen Geräusch – anders als die übervorsichtige Hausangestellte. Dann stürzte sie zu den

Toiletten und knallte die Kabinentür zu und gab einen tiefen Seufzer der Erleichterung von sich.

Nach außen hin unerschüttert saß Geiger an seinem Schreibtisch und telefonierte.

»Frau Burg, Sie müssen bitte in meinem Büro einen Fleck aufwischen. Und außerdem würde ich Sie bitten ...«

23

Beim Händewaschen fiel ihr ein, dass sie vergessen hatte, in der Toilettenkabine ihr Handy einzuschalten. Ihre Nervosität, mit der sie nicht umgehen konnte, und das Gefühl der Beklemmung, das immer stärker wurde, je länger sie sich in dem unheimlichen Büro aufhielt, hatten sie vorübergehend jeder Vernunft beraubt. Wie sie auf den Namen ihres ehemaligen Lehrers gekommen und ihr trotz der klaustrophobischen Situation noch eine Ausrede eingefallen war, wunderte sie. Das kalte Wasser, das sie sich über dem Waschbecken ins Gesicht schlug, löste nur unwesentlich Erleichterung bei ihr aus.

Vermutlich machte Edith sich längst Sorgen um sie. Allein, um zu erfahren, wie spät es war, musste sie das Handy einschalten, denn sie hatte keine Uhr. Dann hörte sie wieder die Stimme des Mannes auf seinem Thronstuhl und erschrak. Und wer war der andere Mann, der dürre im Rollkragenpullover, der sie niedergeschlagen hatte? Seinen Namen hatte der Hotelier nicht erwähnt. Oder hatte sie ihn vergessen? Angeblich ein Angestellter eines Sicherheitsdienstes. Das bezweifelte sie. Wieso sollte er eine Konferenz bewachen, die hinter verschlossenen Türen stattfand und von der niemand wusste? Vielleicht hatte Edith Liebergesell oder Süden inzwischen etwas erfahren und ihr eine Nachricht auf der Mailbox hinterlassen. Patrizia betrachtete ihr Gesicht im Spiegel. Ihre linke Wange war angeschwollen und verfärbt, sie hatte dunkle Ringe unter den Augen, und ihre Haut sah krank aus. Ein Wunder, dachte sie, dass ihre Kontaktlinsen durch den Schlag nicht verrutscht waren. Wenn sie ehrlich war – sie wandte sich um, weil sie ihren Anblick nicht ertrug –, musste sie sich eingestehen, dass sie praktisch nichts erfahren hatte. Klar war: Etwas stimmte mit dem Hotel nicht. Sein Besitzer gab sich den Anschein eines ehrenwerten Mannes, der gleichzeitig Schläger beschäftigte, die jeden einschüchterten, den sie nicht kannten. Sie erinnerte sich an den Mann in der Militär-

uniform auf dem Gemälde, vermutlich ein Nazi, seinem Alter und Habitus nach zu urteilen. Das würde zu den Dingen passen, die sie in der Detektei seit dem Überfall auf Leo Kreutzer mit Mia Bischof in Verbindung brachten.
In der Hoffnung, ihre Chefin wäre von ihrer Starnberg-Mission nicht allzu enttäuscht, zog Patrizia Roos das Handy aus der Jeanstasche und wollte gerade den Einschaltknopf drücken, als die Toilettentür aufging.
»Hallo«, sagte Mia Bischof. »Was machst du denn hier?«
Patrizia war so überrascht, dass sie das Telefon in die Gesäßtasche schob und verlegen lächelte. Ihr war nicht einmal bewusst, dass Mia sie geduzt hatte.
»Ich habe gehört, dass eine junge Frau im Haus ist, die nicht zur Tagung gehört. Ich bin sehr überrascht, dass du es bist.«
»Ich bin auch überrascht, dich zu sehen.« Patrizia versuchte, die Fragen, die ihr im Kopf herumwirbelten, einigermaßen zu ordnen. Sie durfte dem Blick der Frau nicht ausweichen, sie durfte keine Schwäche zeigen, sie durfte keine Fehler mehr machen.
»Was ist passiert?«, sagte Mia. »Bist du gestürzt? Deine Backe ist ganz dick und rot.«
Ratlos starrte Patrizia sie an. Mias blonde, ordentlich geflochtenen Zöpfe hingen ihr über die Schultern, sie trug einen schwarzen Pullover und die gleichen schwarzen Jeans wie Patrizia, dazu graue Filzpantoffeln, die nicht zu ihrer Erscheinung passten. Mia machte einen erschöpften Eindruck und roch ein wenig nach Schnaps.
»Komm mit, wir trinken einen guten Obstler, und du erzählst mir alles.«
»Ich muss los«, sagte Patrizia schnell.
»Nichts da.« Mia ging zur Tür und öffnete sie. »Ich ruf dir gleich ein Taxi, das bringt dich nach München zurück. Wir kennen ein Unternehmen, das unsere Gäste chauffiert. Bester Service.«

»So gut wie der von Siegfried Denning?« Woher der Satz kam, konnte Patrizia sich nicht erklären, er sprang ihr aus dem Mund, und sie bemerkte sofort die Veränderung auf Mias Gesicht.
Die Journalistin drehte den Kopf weg, hielt ihn eine Weile schief und sagte dann mit einer Stimme, die so kontrolliert klang wie die ihres Vaters: »Nein, nicht so gut. Aber gut genug. Komm, ich möchte mit dir reden.«
Patrizia zögerte. Sie wollte raus aus dem Hotel, an die Luft, an den See, ihre Gedanken auf die Reihe bringen, endlich telefonieren, ein Lebenszeichen von sich geben, zur Professionalität zurückkehren. Und plötzlich tauchte die Frau auf, wegen der sie hier war und deren familiäres Umfeld sie erkunden sollte. Die Frau, die möglicherweise wusste, wer Leo so zugerichtet hatte. Die Frau, die behauptete, einen verdeckten Ermittler zu lieben, von dessen wahrer Identität sie nichts ahnte. Oder doch? Es war Freitagnacht und Patrizia hätte eigentlich Bardienst gehabt. Bei dieser Arbeit wusste sie wenigstens in jeder Minute, was zu tun war. Andererseits wurde sie genauso dafür bezahlt, hier zu sein und ihrem Job als Detektivin gewachsen zu sein.
»Was hast du für einen Schnaps?«, fragte sie.
»Er wird dir schmecken«, sagte Mia.

Geiger bat sie, einen Augenblick auf der Couch Platz zu nehmen. Sie setzte sich, nachdem sie den Plastikeimer mit den drei Handtüchern und dem Eisbeutel hingestellt hatte, mit einer so vorsichtigen Bewegung auf den Rand des Sitzpolsters, als fürchte sie, das kostbare Leder zu zerkratzen. Den Rücken leicht gekrümmt, faltete sie die Hände im Schoß und sah zu ihrem Diensherrn auf, wie sie ihn in Gesprächen mit dem Personal nannte. Ihre Müdigkeit bereitete ihr Sorge, und das schon die ganze Woche. Sie hoffte, dass wieder einmal nur die Arbeitsbelastung dahintersteckte und sonst nichts.

Jeden Morgen um sechs Uhr aufzustehen und dann, wenn zusätzliche Veranstaltungen zu bewältigen waren – wie das Treffen des Freundeskreises an diesem Wochenende –, bis Mitternacht durchzuhalten, zehrte mehr an ihren Kräften als früher, auch wenn sie sich gesund ernährte, ausreichend Wasser trank und es meistens schaffte, sich am Nachmittag eine halbe Stunde zurückzuziehen und die Beine hochzulegen. Heute war sie nicht dazu gekommen. Als vorhin ihr Dienstherr anrief, hatte sie gerade ihre Schürze ausgezogen und wollte in ihr Zimmer gehen.

»Ich sehe Ihnen an, dass Sie erschöpft sind, Frau Burg«, sagte er. »Ich will Sie nicht aufhalten, aber wir hatten in jüngster Zeit wenig Gelegenheit, ein paar persönliche Sätze zu wechseln.«

»Ihr Haus ist beliebt, Herr Geiger, wir sind alle immer wieder stolz auf Ihren Erfolg.«

»Das weiß ich, und es ist selbstverständlich der Erfolg der Gemeinschaft. Ich bin nur ein Teil davon. Was ich Sie fragen will: Wie geht es Ihnen nach der Trennung von Ihrem Mann? Das war eine schwere Zeit, Sie haben wenig darüber gesprochen. Sie sind eine bescheidene Person, das schätze ich an Ihnen seit mehr als zehn Jahren. Wie ich vieles andere an Ihnen wertschätze. Haben Sie die Trennung überwunden?«

»Ja.« Ines Burg krallte die Finger ineinander. »Die Entwicklung war abzusehen, mein Leben und seines hatten keine gemeinsame Basis mehr. Unsere Tochter, die Lisa, ist mit achtzehn ausgezogen und lebt jetzt in Amerika, was will man da machen? Sie wollte halt in die große Welt. Mein Mann hat seine Steuerkanzlei, nicht groß, aber einträglich, er hat treue Klienten. Wir haben uns kaum noch gesehen, ich war oft drei Wochen am Stück im Hotel, das verkraftet eine Ehe auf Dauer nicht. Es ist gut, wie es ist, ich bin sehr zufrieden hier im Haus.«

»Es ist immer bedauerlich, wenn eine Lebensgemeinschaft zerbricht. Die Ehe ist eines der höchsten Volksgüter, die wir besitzen. Aber sie haben eine Tochter großgezogen, das ist wunderbar, das bleibt, das ist ein tief verwurzelter Wert. Sie wissen, wie sehr meine Tochter darunter leidet, keine Mutter zu sein, das quält sie immer wieder, auch wenn ich ihr sage, sie soll diese Selbstgeißelungen lassen. Sie hat einen Beruf, in dem sie wirken kann, sie engagiert sich auf anderen Feldern, die uns allen dienen. Manchmal benimmt sie sich sehr schwach, meine liebe Mia. Ich bin froh, dass sie so großes Vertrauen zu Ihnen gefasst hat, Frau Burg.«
»Wir mögen uns. Wir sprechen viel miteinander, ich glaube, ich darf sagen, wir sind wirklich Freundinnen geworden. Und seit ich GDF-Mitglied bin, verbindet uns eh so vieles mehr, die Gesprächsrunden, die Ausflüge, die Aktionen für die Kleinen, Sie kennen das alles.«
»Ich kenne es und bin stolz auf euch«, sagte Geiger. Er beugte sich zu ihr hinunter und berührte sie an der Schulter. »Bitte gehen Sie jetzt schlafen, Sie sehen müde aus, und ich möchte auf keinen Fall, dass Sie wegen mir krank werden. Weil ich Ihnen zu viel abverlange. Wenn Sie sagen, Sie benötigen eine Gehilfin, kümmere ich mich darum, wir stellen jemanden ein, das habe ich Ihnen versprochen.«
»Ich weiß Ihr Angebot zu schätzen, Herr Geiger.« Beim Aufstehen glaubte sie eine Sekunde lang, ihr gesamtes Blut würde aus ihrem Körper schießen. Sie gab ein kurzes Stöhnen von sich, für das sie sich sofort genierte.
»Ist Ihnen nicht gut?«
»Doch. Das schnelle Aufstehen ...« Sie griff nach dem Eimer und verfehlte beim ersten Mal den Henkel. Geiger beobachtete sie, dann ging er zur Tür. Mit schleppenden Schritten, derer sie sich nicht bewusst war, durchquerte die Vierundfünfzigjährige das Zimmer, in der rechten Hand den Eimer, die linke auf dem Bauch.

»Schlafen Sie recht gut«, sagte Geiger und hielt ihr die Tür auf.
»Ihnen auch eine gute Nacht. Bitte entschuldigen Sie mein ... Es ist alles in Ordnung.« Sie war schon im Flur, als sie sich noch einmal umdrehte. »Da fällt mir ein, Ihre Tochter hat mich vorhin gebeten, Sie etwas zu fragen. Sie hätte es selber getan, aber sie wollte keine Zeit verlieren, wegen der jungen Frau, die sich bei uns eingeschlichen hat. Wir sind doch dabei ... also Ihre Tochter ist natürlich die Hauptverantwortliche, wir unterstützen sie nur nach Kräften ... Sie würde gern noch in diesem Februar den Aktionsbund Starnberg-Weilheim beschließen und die ersten Unternehmungen planen. Vorträge über unser Brauchtum, ganzheitliche Lebensführung, Ausflüge organisieren und Ähnliches. Halten Sie es für möglich, dass wir dafür noch ein Wochenende finden oder wenigstens zwei Tage? Der Bund bedeutet ihr viel, und mir inzwischen auch, muss ich zugeben. Es ist immer wieder eine Ermutigung durch und durch, mit Mia Dinge anzupacken und in die Tat umzusetzen. Ich muss oft an den schönen St.-Martins-Umzug vor zwei Jahren denken, so viele Kinder und Mütter, und unsere Zwergenpost wurde uns praktisch aus der Hand gerissen.«
»Das war ein wahrer Erfolg von Ihnen allen«, sagte Geiger. »Einen Termin für den Aktionsbund finden wir auf jeden Fall, Frau Burg, darauf können Sie sich verlassen. Sehen Sie meine Tochter jetzt noch?«
»Das glaube ich nicht. Sie ist bestimmt noch mit der jungen Frau beschäftigt.«
»Ich hoffe, sie verlässt das Haus bald und kommt nicht wieder. Bis morgen früh, Frau Burg.« Er nickte ihr zu und schloss die Tür. Ines Burg fragte sich, was er so spät noch in seinem Büro zu erledigen hatte. Er war ein unermüdlicher, selbstbewusster, unbeugsamer Mensch, das bewunderte sie an ihm. Dagegen war ihr Ex-Mann geradezu ein Wurm.

Sie wollte keinen Bodensee-Obstler mehr trinken. Mia stieß schon wieder mit ihr an, also schüttete sie den Schnaps in sich hinein wie an der Bar im Grizzleys nach Dienstschluss, wenn der Abend gut gelaufen war und draußen die Sonne aufging.
Ihr war wieder schwindlig. Nicht so schlimm, dass sie befürchtete, sie müsse sich übergeben. Ihre Gedanken drehten sich bloß zu schnell.
Außerdem lief Mia in dem kleinen Zimmer ständig auf und ab, und Patrizia kam mit dem Schauen kaum hinterher. Das Zimmer bestand aus einem Einzelbett, einem Schrank in hellem Holz, einem runden Tisch, auf dem mehrere Tageszeitungen lagen, einem Fernseher auf einem Regal, und zwei bequemen Sesseln aus den fünfziger Jahren. Nebenan war das Bad mit Dusche und Toilette. Keine Bilder an den Wänden. Nur an der Tür hing ein gelbstichiges, knitteriges Filmplakat in Schwarzweiß, das ein in einer Wiese sitzendes und einen Hasen streichelndes Mädchen mit Zöpfen zeigte, im Hintergrund ein geschmücktes Bauernhaus vor einem Bergpanorama. In weißer, wie von Kinderhand gemalter Schrift, verlief der Titel quer über das Bild: »Grete hieß mein Häschen«. Ein kitschigeres Motiv hatte Patrizia lange nicht mehr gesehen. Sie schaute immer noch hin, während Mia bereits wieder am anderen Ende des Zimmers auftauchte.
»Könntest du dich mal hinsetzen?«, sagte Patrizia, bemüht, nicht zu lallen.
»Du hast ein falsches Bild von mir.« Mia Bischof schien nicht zugehört zu haben. »Deswegen erklär ich dir das jetzt.«
»Okay«, sagte Patrizia, obwohl sie etwas ganz anderes sagen wollte, auch wenn sie nicht genau wusste, was. Etwas stimmte mit dem Obstler nicht. Oder mit ihr? Sie fläzte sich in den Sessel und bemerkte nichts von dem, was die Tochter des Hauses vor ihren Augen tat.
Mia hatte keine Eile. Sie hatte noch nicht entschieden, ob es tatsächlich klug war, die junge Detektivin schon heute aus

dem Weg zu räumen. Vielleicht hatten Patrizia und ihre Kollegen doch eine Spur zu Siegfried gefunden, und er kehrte wohlbehalten wo immer her zurück, und sie wäre von diesem Alpdruck befreit, der sie keine Nacht mehr ruhig schlafen ließ.

Ihr Vater hatte sie bestimmt nicht beauftragt, sich um Patrizia zu kümmern, ohne von ihr eine Entscheidung zu erwarten. Ihr war immer noch nicht klar, welcher Plan Patrizia ins Hotel geführt hatte. Woran Mia jedoch nicht mehr den geringsten Zweifel hatte und was sie jeden Tag von neuem in rasenden Zorn versetzte, war, dass der hirnrissige Überfall auf den alten Mann all das gefährden könnte, was sie fast zwei Jahrzehnte lang in teilweise ausbeuterischer Hingabe aufgebaut hatte.

Wahrscheinlich, dachte sie und schob das Fläschchen mit der farblosen Flüssigkeit, von dem ihre Besucherin keine Notiz nahm, auf dem Fensterbrett zwischen den Gläsern und Medikamentenschachteln hin und her, wäre es vernünftiger, erst einmal ihren durchgeknallten Ex-Mann zu exekutieren. Jeder Gedanke an ihn entfachte in ihr einen himmelhoch lodernden Hass.

»Mir ist irgendwie merkwürdig«, sagte Patrizia.

»Ich will wissen, was du hier wolltest.«

»Einen ... einen Ehemann beschatten.«

»Deinen?«

»Was?«

»Du lügst.«

»Ich lüge nicht.« Patrizia versuchte, sich zu konzentrieren. »Und ich will wissen, warum du mir dauernd von dieser Regisseurin erzählst. Was hat das mit mir zu tun? Ich will nach Hause.« Sie wollte aufstehen und sackte in den Sessel zurück. Sie hätte etwas essen sollen, dachte sie, anstatt Wein und Schnaps zu trinken, der auch noch seltsam schmeckte. Oder bildete sie sich das nur ein?

»Du kriegst ein Taxi, das hab dir versprochen. Ich erzähl dir von Leni Riefenstahl nicht wegen dir, sondern wegen mir. Damit du mich begreifst. Damit du kein dummes Zeug denkst.«
»Woher willst du wissen, was ich denke?« Patrizia wusste es nicht einmal selbst genau.
Mia erzählte ihr von Leni Riefenstahl, weil es sie entspannte und sie so besser planen konnte. Allmählich drängte die Zeit doch ein wenig. Ihr Vater würde nicht eher ins Bett gehen, bis er wusste, was geschehen war.
Keine Minute später, wie bei einer göttlichen Eingebung, mitten in einem Satz über das Zusammenspiel von Musik und Schnitt im Film »Triumph des Willens«, begriff sie, warum ihr Vater sie gebeten hatte, »die Laus«, wie er die Detektivin genannt hatte, abzufangen.
Alles war klar, notwendig und gut. Kein Zurück mehr, dachte Mia und sagte: »Ich ruf dir ein Taxi, du musst dich mal ausschlafen, du siehst fertig aus. Ich geh runter zur Rezeption und bring dir noch eine Flasche Wasser für die Fahrt mit. Du bleibst so lange hier, es kann zwanzig Minuten dauern, bis Volland kommt. Richard Volland ist einer unserer zuverlässigsten Taxifahrer, der bringt dich bis vor die Haustür. Du kriegst einen Sonderrabatt, das ist selbstverständlich. Bin gleich wieder zurück.« Sie drehte sich zum Fenster, nahm eine Packung Aspirin und steckte gleichzeitig die kleine Flasche ohne Aufdruck in ihre Jeanstasche.
Die Dinge, dachte sie, waren einfach, wenn man wusste, wer man war. Wie schon oft hatte ihr Vater ihr im entscheidenden Moment die Augen geöffnet.

24 Die beiden jungen uniformierten Polizisten kannte Lothar Geiger vom Sehen. Ihr Vorgesetzter kam mit seiner Frau gelegentlich am Sonntag zum Kaffeetrinken ins Hotel. Über Politik wurde nie gesprochen, aber Geiger hatte mit dem Mann – er hieß Rolofs – nie negative Erfahrungen gemacht, wenn es darum ging, Probleme am Wegesrand zu beseitigen. Nicht, dass er so weit gehen und den Inspektionsleiter als loyal bezeichnen würde – das tat er allenfalls bei einer Handvoll Personen, zwei von ihnen waren seine Tochter und seine Angestellte Ines Burg. Gleichwohl hatte Rolofs ihm noch kein einziges Mal willkürlich oder weil er sich im Recht glaubte, Steine in den Weg gelegt, was für einen Beamten in seiner Position durchaus Mut erforderte, gerade, wenn die öffentliche Meinung die Wahrheit gepachtet haben wollte.

Geiger würde dem Polizeihauptkommissar nie einen Cognac aufs Haus anbieten, weil er dadurch die Regeln verletzen würde, die unausgesprochen für sie beide galten.

Von heute an, das war Geiger bewusst, begann in ihrer Beziehung eine neue Zeitrechnung. Schwäche zu zeigen wäre fatal. »Sie war hier«, sagte er. »Ich habe mit ihr gesprochen, weil wir eine Tagung im Haus haben und nur geladene Gäste zugelassen sind. Sie sagte mir, sie arbeite für eine Detektei und habe einen untreuen Ehemann im Hotel vermutet. Ihren Namen habe ich schon wieder vergessen.«

Nach dem Anruf seiner Rezeptionistin hatte Geiger die beiden Beamten in sein Büro im dritten Stock gebeten. Keiner der drei Männer setzte sich. Allein die Tatsache, dass die Polizisten sich widerspruchslos darauf eingelassen hatten, nach oben zu kommen, offenbarte ihre Unsicherheit. Dass Rolofs ihnen entsprechende Anweisungen erteilt hatte, hielt Geiger für unwahrscheinlich. Vielmehr, dachte er, habe Rolofs einfach die richtige Auswahl getroffen.

»Roos«, wiederholte einer der Polizisten. Er hatte sich mit

Erbmaier oder Ebner vorgestellt. Geiger hatte nicht hingehört. »Patrizia Roos.«
»Übrigens trug sie anfangs eine Perücke und eine falsche Brille, wegen ihrer Ermittlungen.«
»Sie hat eine Perücke aufgehabt?« Der jüngere der beiden, ein rothaariger Mann Anfang zwanzig mit einem blassen, sommersprossigen Gesicht, betrachtete schon die ganze Zeit die Bücherwände. Sein Name war Hechsner oder Hessler. »Das ist ja schräg. Und woher wissen Sie, dass es eine Perücke war? Hat sie die dann abgenommen?«
Dumm war der nicht, dachte Geiger und sagte: »Wie ich Ihnen sagte: Wir haben eine geschlossene Gesellschaft, und ich habe Frau Roos zur Rede gestellt. Der Mann, den sie suchte, wohnt nicht bei uns, also konnte sie ihre Tarnung aufgeben. Bitte sagen Sie mir, was passiert ist. Sie suchen die Frau?«
»Nicht direkt«, sagte Erbmaier, über dessen Bauch sich die Uniformjacke spannte. »Kollegen von der Frau sind etwas beunruhigt, weil sie schon längst hätte wieder da sein sollen. Sie haben die Kollegen in München eingeschaltet, und die haben sich dann bei uns gemeldet. Das ist alles etwas undurchsichtig. Uns geht's darum, dass wir wissen müssen, ob die Frau hier war, weil das die Kollegen von ihr behaupten.«
»Sie war hier und ging wieder.« Geiger sah von einem zum anderen, und sein Blick machte die Beamten nicht entspannter. Kinder, dachte Geiger, sympathisch, bemüht, gut erzogen, in einem Beruf, der tödlich für sie enden konnte, mit Waffen am Gürtel, von denen sie sich nur einbildeten, sie hätten sie in der Gewalt. In Wirklichkeit war es umgekehrt. Wenn die jungen Männer Glück hatten, würden sie den Unterschied nie erfahren müssen.
Das lange Schweigen machte den Rothaarigen ungeduldig. Oder die Bücher schüchterten ihn ein. Oder die reglose Präsenz des Gastgebers. »Sie hat also die Perücke runtergezogen und dann? Sie haben sie rausgeschmissen.«

»Selbstverständlich nicht. Wir haben uns unterhalten, hier im Büro, und anschließend hat meine Tochter noch mit ihr gesprochen, und dann fuhr Frau Roos, soweit ich weiß, mit dem Taxi nach Hause.«
»Wo ist Ihre Tochter?«, sagte Erbmaier.
»Sie schläft noch. Heute ist Samstag, ein sogenannter journalistenfreier Tag. Meine Tochter arbeitet beim Tagesanzeiger in München.«
»Und sie wohnt bei Ihnen«, sagte Hechsner.
»Sie besucht mich regelmäßig am Wochenende. Und schläft sich aus.«
»Das hilft ja nichts.« Hechsner warf seinem Kollegen einen Blick zu. »Wir müssen mit ihr sprechen. Bitte wecken Sie sie auf.«
»Ungern. Aber unter diesen Umständen geht es eben nicht anders. Wenn Sie bitte hier warten, ich hole sie.« Er verließ das Büro und dachte keine Sekunde darüber nach, dass die Polizisten seinen Schreibtisch durchsuchen könnten. Als er wenige Minuten später die Tür wieder öffnete, standen sie am selben Platz wie vorher. Hinter ihm erschien Mia Bischof, sie trug einen weißen Morgenmantel und sah verschlafen und mürrisch aus.
Geiger sagte: »Das ist meine Tochter. Frau Bischof. Bitte stellen Sie Ihre Fragen.«
Mia blieb in der Tür stehen und verschränkte die Arme. Sie war gegen vier ins Bett gekommen und hatte keine Vorstellung, wie lange sie geschlafen hatte, maximal eine Stunde, schätzte sie, eher weniger.
»Frau Bischof«, sagte Erbmaier. »Es ist so ... die Patrizia Roos, Sie kennen sie, eine Detektivin aus München, die ist verschwunden. Jedenfalls ist sie nicht nach Hause gekommen, sagen ihre Kollegen von der Detektei ...«
»Sie haben mit ihr geredet«, unterbrach Hechsner seinen Kollegen. »Worüber und wie lang?«

Mia streckte den Rücken, schloss einen Moment die Augen, um sich zu konzentrieren. »Frau Roos und ich kennen uns, sie bearbeitet einen Auftrag von mir, und ich war überrascht, sie hier zu treffen. Bei dem Auftrag geht es um jemanden in München. Sie hat mir erzählt, dass sie einen Ehemann beschattet, wir haben was getrunken, dann hab ich ihr ein Taxi gerufen. Herrn Volland vom Volland-Taxiunternehmen in Starnberg, den kennen Sie wahrscheinlich.«
»Nicht persönlich«, sagte Erbmaier.
»Und wann war das genau?«, fragte Hechsner, den das Gemälde von Geigers Vater in Militäruniform zu faszinieren schien.
»Das weiß ich nicht mehr. Kurz vor zwölf.«
»Mitternacht«, sagte Hechsner.
Mia nickte. Nach einem Schweigen sagte sie: »Herr Volland müsste es genau wissen, er hat sie abgeholt und nach München gefahren. Wieso ist sie also nicht nach Hause gekommen?«
Vermutlich aus purer Ungeduld gestikulierte der Rothaarige mit flatternden Händen. »Dann müssen Sie den Mann jetzt anrufen und fragen, Frau ... Bischof. Wir brauchen die Aussage, die ist wichtig.«
»Lassen Sie meiner Tochter ihren freien Tag«, sagte Geiger. »Ich gebe Ihnen die Nummer, und Sie rufen die Firma Volland gleich hier von meinem Büro aus an. Einverstanden?« Er wandte sich an seine Tochter. »Leg dich wieder schlafen, Liebes. Alles wird sich aufklären.«
Bevor einer der Polizisten etwas erwidern konnte, war Mia verschwunden. Hechsner warf ihr einen unfreundlichen Blick hinterher, der Geiger nicht entging. »Herr Volland wird Ihre Fragen beantworten«, sagte der Hotelier. Aus einem Adressbuch auf seinem Schreibtisch schrieb er die Telefonnummer des Taxiunternehmers ab und gab den Zettel Erbmaier, obwohl Hechsner schon die Hand ausstreckte.

»Ruf du an«, sagte Erbmaier. Hechsner zog sein Handy aus der Tasche. Sein Kollege diktierte ihm die Nummer, es klingelte am anderen Ende.

»Polizeiobermeister Hechsner, PI Starnberg, guten Morgen. Sprech ich mit Herrn Volland? Hören Sie zu. Sie haben heut Nacht eine Frau vom Hotel Geiger nach München gefahren. Wo haben Sie die abgesetzt? Ich brauch die genaue Uhrzeit.« Er hörte zu, bemüht, Geiger mit keinem Blick zu streifen. »Ist das sicher? Es geht hier wahrscheinlich um eine Vermisstensache. Kann sein, dass die Kripo Sie vernehmen muss. Exakte Angaben, bitte, Herr Volland. Ja ... Dann reicht das fürs Erste. Die Sache ist aber noch nicht zu Ende. Wiederhören.« Er steckte das Handy ein. »Alles klar«, sagte er zu seinem Kollegen. Gegenüber Geiger versuchte er, so dienstlich wie möglich zu klingen. »Wie es ausschaut, stimmen die Angaben Ihrer Tochter. Der Taxler hat die Frau vor ihrer Wohnung in der Unteren Weidenstraße in München rausgelassen, anschließend ist er nach Starnberg zurückgefahren.«

»Also ist sie gut daheim angekommen«, sagte Geiger. »Wie kann ich Ihnen noch helfen?«

»Fürs Erste passt's, danke.« Hechsner sah seinen Kollegen an und nickte zur Tür. Offensichtlich hatte er den Eindruck, nicht ernsthaft genug behandelt worden zu sein.

»Lassen Sie die Tür auf«, sagte Geiger. Für die beiden Polizisten hatte er nichts als Verachtung übrig.

»Was ist los mit dir?«, sagte Erbmaier auf der Treppe. »Die schaut doch ganz nett aus, die Braut.«

»Ist das ein Nazi, der Typ?«

»Spinnst du, das ist ein Bekannter von Rolofs. Der ist doch kein Nazi.«

»Der Typ auf dem Bild war ein Nazi«, sagte Hechsner.

»Wegen der Uniform? Glaub ich nicht. Viel wichtiger ist: Wenn der Taxifahrer die Frau nach Hause gebracht hat, was ist dann mit der passiert?«

»Er hat ihr sogar eine Quittung gegeben, sagt er, aus seinem Rechnungscomputer im Taxi, das ist nachprüfbar, also ein echter Beweis. Ich sag den Kollegen in München Bescheid, das geht jetzt zur Kripo.«
»Ich fand die Zöpfe von der Braut echt erotisch«, sagte Erbmaier.
»Du bist brutal am Ende.« Hechsner schüttelte den Kopf und grüßte im Vorübergehen die Rezeptionistin, die ihn nicht beachtete und weitertelefonierte.

Sie ließ den Morgenmantel auf den Boden gleiten und legte sich nackt ins Bett. Ihr war kalt, ihr war schlecht. Sie erinnerte sich schon nicht mehr an die Gesichter der beiden Männer in ihren lächerlichen Uniformen. Frauen sahen darin noch peinlicher aus. In ihrer Redaktion hatten sie immer wieder Glossen über diese beige-graue Mode geschrieben. Von vielen Lesern ernteten sie dafür Beifall und aus dem Polizeipräsidium jedes Mal eine Rüge, die alle amüsierte.
Sie lag auf der Seite, mit angewinkelten Beinen, die Hände hinter dem Kopf, und hatte Bilder aus ihrem Alltag vor Augen, von ihren Kollegen, von den Diskussionen am runden Tisch. Kein Bild von Patrizia Roos.
Die Dinge, dachte sie, waren einfach, wenn man sie akzeptiert hatte. Für Mia Bischof ging das Leben weiter. Was in der Nacht geschehen war, lag hinter der Nacht verborgen, und da gehörte es auch hin. Keine Nachsichtigkeiten mehr. Wen interessierte es morgen noch, was einer betrunkenen Frau zugestoßen war? In Mias Augen hatte Patrizia Roos den Fehler ihres Lebens begangen, und dafür musste sie die Rechnung bezahlen. Niemals hätte sie ihr hinterherspionieren, niemals das Hotel betreten, niemals eigenmächtig handeln dürfen.
Natürlich wussten Edith Liebergesell und Süden über die Aktion ihrer Kollegin Bescheid, aber sie hatten keinen Kontakt

und keine Ahnung, andernfalls wäre der Abend anders verlaufen.
Durch das gekippte Fenster war das Klatschen der Seewellen zu hören, ferne Stimmen von Menschen, Verkehrsgeräusche. Ihr Vater hatte gesagt, als er sie weckte, es sei kurz nach acht. Vielleicht war es inzwischen neun oder zehn. Das passierte häufig, dass ihr die Zeit abhandenkam. Deswegen war sie in der Arbeit perfekt organisiert und hasste es, wenn jemand zu einer Dienstbesprechung oder einem Termin außer Haus zu spät erschien. Termine stellten für sie ein einzigartiges, lebensnotwendiges, alles regulierendes Koordinatensystem dar. Aber der Samstag war ein weißes Land.
Sie drehte sich auf den Rücken, lag eine Weile so da und drehte sich dann zur Wand. Für heute hatte sie sich nichts vorgenommen. Morgen hatte sie keinen Sonntagsdienst, was an ein Wunder grenzte. So ergäbe sich die Möglichkeit, mit Ines an den Plänen für den Aktionsbund weiterzuarbeiten und sich eventuell einen Vortrag des Freundeskreises anzuhören. Auch wenn sich dann garantiert Georg Thal neben sie setzen und sie von der Seite anglotzen würde, als wäre die Vergangenheit nicht längst begraben.
Sie hatte ihn nie gemocht. Karl hatte mit ihm gesoffen und ihn regelmäßig in den Swingerclub mitgeschleppt, wo sie damals wie zwanghaft ganze Wochenenden verbrachten – vergeudeten, aus ihrer heutigen Sicht. Dann ging Karl in den Untergrund, und Georg studierte allen Ernstes Informatik und passte sich scheinbar an. Gleichzeitig knüpfte er Kontakte zur Partei, ließ sich bei den wichtigen Leuten sehen und gehörte bald dazu, ohne dass er bei den Behörden auffiel. Ein Glücksfall für die Kameraden.
Eine Zeitlang, fiel Mia ein, etwa zwei Jahre, war er sogar verheiratet gewesen. Später hatte er ihr erzählt, seine Frau habe sich in den Clubs geekelt, aber Mia hatte herausgehört, dass sie sich eher vor seinen betrunkenen Kameraden geekelt

hatte, die er nach Hause einlud, um ihnen alte Filme zu zeigen und Parolen in die Ohren zu hämmern. Darin war er ein Meister.
Unser Meister, erinnerte sich Mia – so hatte ihn sogar Karl respektvoll genannt. Plötzlich verspürte sie Lust. Sie legte die Hand zwischen ihre Beine und presste die Schenkel aneinander. Aus der Vergangenheit schienen doch noch ein paar Stromstöße zu wirken, dachte sie und gab sich ihnen hin. An die angetrunkene, aufgekratzt vor sich hin plappernde Frau, die sie irgendwann nachts zum Taxi begleitet und der sie im Zimmer eine kleine Plastikflasche mit Wasser in die Hand gedrückt hatte, verschwendete sie keinen Gedanken mehr.

Bevor sie ins Taxi stieg, trank sie einen weiteren Schluck, und die Worte sprudelten nur so aus ihr heraus. Sie hatte nicht bemerkt, dass sie immer redseliger geworden war, seit Mia mit der Wasserflasche in das karge Hotelzimmer zurückgekehrt war und erklärt hatte, der Wagen sei in zehn Minuten da. Patrizia amüsierte sich über den Ausdruck »der Wagen« und vor allem über das Plakat an der Tür – mit dem kleinen Mädchen und dem Hasen, dem in dem Film bestimmt der Hals umgedreht wurde, um aus ihm einen leckeren Hasenbraten zu kochen. Haha.
Dann, ohne Übergang, fragte sie Mia, ob es stimme, dass sie in rechten Kreisen verkehre. Der verschwundene Taxifahrer sei doch ebenfalls ein Nazi, jedenfalls so was Ähnliches. Was Mia darauf antwortete, hörte Patrizia nicht. Sie blieb verblüfft stehen, weil sie die Orientierung verloren hatte. Wann sie an der Seite von Mia das Zimmer verlassen hatte, wusste sie hinterher nicht mehr. Mia versicherte ihr, sie seien auf dem richtigen Weg, das Taxi würde im Hof warten und sie nähmen den Hinterausgang. Patrizia redete ununterbrochen. An ihrem linken Handgelenk baumelte eine Plastiktüte mit

der Perücke und der zerbrochenen Brille, in der anderen Hand hielt sie die Flasche, die sie umständlich aufschraubte. Sie ließ den Verschluss fallen, und Mia hob ihn auf. Patrizia trank, musste würgen, beruhigte sich wieder.
Als sie in den kalten, schwach beleuchteten Hof hinauswankte, sagte sie, sie sei zusammengeschlagen worden, weil der Kerl glaubte, sie wäre ein Sicherheitsrisiko. »Ich bin ein Sicherheitsrisiko«, schrie sie gegen die Hauswand. Der Taxifahrer – ein Mann Ende vierzig mit einer schwarzen Wollmütze auf dem kahlen Schädel – hatte die hintere Tür geöffnet und griff Patrizia beim Einsteigen unter den Arm. Mia wartete, bis Patrizia es geschafft hatte, ihre Adresse zu nennen, die ihr kurzfristig entfallen war. Ohne ein Wort mit dem Taxifahrer gewechselt zu haben, kehrte Mia ins Haus zurück. Hastig schüttelte Patrizia die Plastiktüte vom Handgelenk, und die Tüte rutschte auf den Boden. Das war ihr egal. Sie schraubte wieder die Flasche auf, trank gierig und klemmte sie geöffnet zwischen die Beine. Dann riss sie ihr Handy aus der Hosentasche und hörte bis zum Beginn der Autobahn nach dem Starnberger Zubringer nicht mehr auf zu reden. Die ständigen Blicke des Fahrers im Rückspiegel bemerkte sie zwar, aber sie schien sie nicht wirklich wahrzunehmen, ebenso wenig wie ihre Gesprächspartnerin, die scheinbar nicht zu Wort kam.
»Das ist ganz klar, was da abgeht, Edith, das ist ein Geheimbund oder so was. Die Tochter steckt da mit drin, und ich bin hundertpro sicher, dass die alle ein falsches Spiel spielen. Die spielen mit uns, die haben mich zusammengehauen, so ein dürrer Schlägertyp, das glaubst du nicht. Und die Tochter, Mia, Mia heißt die. Die hat so ein Kinderplakat in ihrem Zimmer hängen. Und der Vater, der Vater von der ist umzingelt von alten Büchern und Gemälden. Der ist gefährlich, der Mann, der ist der Führer, das schwör ich dir, der führt die alle. Und die Tochter macht da mit, die machen alle da mit.

Ich konnt dich nicht früher anrufen, das wär zu riskant gewesen, das weißt du. Gut, dass ich hingefahren bin, das war eine kluge Idee von dir. Jetzt ist mir grad etwas merkwürdig, könnten Sie bitte etwas langsamer fahren? Herr Fahrer, bitte etwas langsamer! Pass auf, Edith, wenn ich daheim bin, ruf ich dich noch mal an, ich muss jetzt mal Pause machen, ich kann nicht mehr. Bis gleich, ich rühr mich dann bei dir, hoffentlich schläfst du dann noch nicht. Warte! Hast du was aus dem Krankenhaus gehört, wie geht's Leo? Morgen besuchen wir ihn alle zusammen, du und Süden und ... Mir ist nicht gut.«

Das Handy glitt ihr aus der Hand und fiel neben ihre Füße. Sie umklammerte die Plastikflasche, wollte noch einen Schluck trinken und schaffte es nicht. Die Flasche war zu schwer. Patrizia sackte auf ihrem Platz hinter dem Beifahrersitz zusammen und fiel in einen bleiernen Schlaf.

Als der Taxifahrer in der Unteren Weidenstraße anhielt, war Patrizia zur Seite gekippt und gab keinen Laut von sich. Der kleine Computer am Armaturenbrett surrte. Der Fahrer, dessen Handschuhe Patrizia nicht aufgefallen waren, druckte die Rechnung aus, beugte sich nach hinten und stopfte ihr den Zettel in die Hosentasche. Dann fingerte er auf dem Boden nach dem Handy und hob es auf. Wie er vermutet hatte, war es nicht eingeschaltet. Patrizia hatte nach dem Einsteigen einfach drauflos geplappert.

Der Fahrer schaltete Motor und Scheinwerfer aus und wartete. Kein Mensch war unterwegs. Das Taxi stand in einer unbeleuchteten Einfahrt, unweit der Gaststätte »Zum Brandner Kaspar«, die bereits geschlossen hatte. Die Frage war, ob Patrizia innerhalb der nächsten fünf Minuten aufwachen würde.

25

Süden und Edith Liebergesell warteten vor dem Haus. Gegenüber blockierten ein Streifenwagen und ein Kombi mit dem Werbeaufkleber eines Schlüsseldienstes die Einfahrt zu einem fünfstöckigen renovierten Bürogebäude. In der schmalen Einbahnstraße fuhren ständig Autos, kein Parkplatz war mehr frei an diesem Samstagvormittag. Quer auf dem Bürgersteig, zwei Meter von den Detektiven entfernt, stand ein zweiter Streifenwagen, in dem ein junger Beamter saß und mit mürrischer Langeweile die beiden Personen vor der Haustür beobachtete. Die Frau ging ständig auf und ab und rauchte, der Mann lehnte an der Hauswand, den Kopf im Nacken, mit geschlossenen Augen. Soviel der Polizist mitgekriegt hatte, hatten sie es diesem Mann an der Wand zu verdanken, dass sie hier herumstehen und in eine fremde Wohnung eindringen mussten. Deren Mieterin war angeblich verschwunden. Der nachlässig rasierte Mann mit den längeren Haaren und den grünen Augen war, wie der junge Polizist erfahren hatte, ein ehemaliger Kollege von der Kripo, der sich heute als Detektiv verdingte. Tatsächlich hatte Süden seine alten Kontakte zur Vermisstenstelle ausgespielt, um die Polizeiinspektion, die von den Starnberger Kollegen nach deren Befragung im Hofhotel Geiger informiert worden war, zu weiteren Ermittlungen zu bewegen. Zuvor war Edith Liebergesell mit ihren Bemühungen gescheitert. Warum Patrizia Roos sich noch nicht gemeldet hatte, konnte eine Menge Gründe haben, meinte Polizeihauptmeister Jordan. Am Naheliegendsten sei, dass sie im Zuge ihres Undercover-Einsatzes noch keine Gelegenheit dazu gehabt habe. Unabhängig davon, dass der Polizist solche Einsätze auf eigene Faust – wie überhaupt das gesamte Detektivgewerbe – für unausgesprochen idiotisch hielt, hatte Süden Verständnis für die Skepsis seiner Ex-Kollegen.

Hinweise auf ungewöhnliche, womöglich lebensbedrohende Umstände existierten nicht – außer Süden hätte die noch ungeklärten Verbindungen zur rechtsradikalen Szene erwähnt, was er aber so lange wie möglich vermeiden wollte. Die Detektei stand schon hell genug unter Beobachtung übergeordneter Abteilungen.

Nachdem Süden mehrfach versichert hatte, er würde den Schlüsseldienst aus eigener Tasche bezahlen, die Wohnung nicht betreten und sich aus allen ermittlungstechnischen Angelegenheiten vor Ort heraushalten, stimmte Jordan einer Routineüberprüfung zu. Vor vielen Jahren, erzählte er Edith Liebergesell abseits der Kollegen, habe Süden mitgeholfen, seinen elfjährigen Neffen, der in der Bahnhofsgegend und im zwielichtigen Milieu seiner Mutter verschwunden war, wiederzufinden. Das habe er nicht vergessen und sei eine Gegenleistung wert.

»Du weißt gar nicht, wie dankbar ich dir bin«, sagte Edith Liebergesell vor dem Haus in der Unteren Weidenstraße. Süden lehnte weiter an der Wand und hielt den Kopf im Nacken und die Augen geschlossen. »Entschuldige, das habe ich dir schon zehnmal gesagt. Wann kommen die endlich wieder runter?«

Süden glaubte nicht daran, dass die Durchsuchung einen Hinweis ergab. Er glaubte auch nicht, dass Patrizia tot oder bewusstlos in ihrer Wohnung lag. Er glaubte, dass Anlass zur Sorge bestand, aber die Dinge sich bald befriedigend aufklären ließen. Das glaubte er wirklich. Als hätte er seinen toten Kollegen im Krankenhaus vergessen. Als bildete er sich, trunken vor lauter Nüchternheit, einen klaren Blick ein, der aus dem schönen Abstand entstünde, den er zu seinem Tun entwickelt zu haben glaubte.

Jemand rief seinen Namen. Er öffnete die Augen, drehte den Kopf und sah sich verwirrt um. Der junge Polizist war aus dem Streifenwagen gestiegen und winkte ihn zu sich. Im gleichen Moment kamen Polizeiobermeister Jordan mit zwei Kollegen und der Mann vom Schlüsseldienst aus dem Haus.

»Alles ruhig«, sagte Jordan. »Niemand da.«
»Die Rechnung schick ich an die Detektei, richtig?«, sagte der Mann vom Schlüsseldienst. Edith Liebergesell nickte ihm zu, und er nickte zurück. Er hatte einen schwarzen Werkzeugkoffer bei sich und trug eine grüne Militärjacke.
Inzwischen hatte Süden den Streifenwagen erreicht. »Peters ist mein Name«, sagte der junge Mann. »Polizeimeister. Da hat grade die Zentrale angerufen. Zwei Jogger haben eine Frau in der Nähe vom Isar-Hochufer aufgegriffen, schwer untergekühlt, ziemlich fertig, aber anscheinend unverletzt. Die Zentrale hat uns informiert, weil wir in der Gegend sind. Wir hatten ja die Beschreibung Ihrer Kollegin weitergegeben. Ich kann nichts Konkretes sagen, aber das Alter könnte stimmen.«
»Wo an der Isar?«
»Irgendwo beim Braunauer Eisenbahnkiosk.«
»An der Wittelsbacher Brücke?«
»Beim Kiosk, sag ich, der ist an der Braunauer Eisenbahnbrücke, deswegen heißt der Kiosk ja so. Und Sie dürfen eh nicht mit. Wo gehen Sie hin?«
Süden ging zu Edith Liebergesell zurück. »Schaffst du die Strecke, oder sollen wir ein Taxi rufen?«, fragte er sie.
»Sie machen gar nichts.« Jordan kam mit ausgestrecktem Zeigefinger auf Süden zu. »Wir haben eine Abmachung, und dabei bleibt's. In der Wohnung hält sich niemand auf, sie ist aufgeräumt, kein Zeichen von Gewalt oder sonstigen Vorkommnissen. Jetzt schauen wir mal, was es mit der Frau auf sich hat, die uns die Jogger gemeldet haben. Und dann bitte ich Sie eindringlich, Ruhe zu bewahren. Wenn Ihre Freundin bis heut Nachmittag immer noch nicht auftaucht, melden Sie sie als vermisst, auf dem normalen Dienstweg.«
»Nehmen Sie uns mit, Herr Jordan«, sagte Süden.
»Das dürfen wir nicht, das wissen Sie doch.«
»Ich bitte Sie drum.«
»Es geht nicht.«

»Eine letzte kleine Gefälligkeit wegen der Geschichte mit Ihrem Neffen«, sagte Edith Liebergesell und steckte die Zigarette, die sie gerade anzünden wollte, in die Schachtel zurück.
»Sie überziehen Ihren Kredit«, sagte der Polizeihauptmeister. Seine Kollegen sahen ihn erwartungsvoll an. Dann nestelte er an seinem Gürtel. »Steigen Sie hinten ein. Und wenn Sie sich in meine Befragung einmischen, mach ich Ihnen einen solchen Ärger, dass Sie Ihre restlichen Sorgen vergessen können.«

Auf der Fahrt, eingezwängt auf der Rückbank des Streifenwagens, sprachen sie kein Wort. Auf dem Beifahrersitz telefonierte Jordan mit der Einsatzzentrale, nahm neue Informationen entgegen und behielt diese für sich. Polizeimeister Peters folgte den wortlosen Anweisungen seines Chefs mit grimmiger Miene, die er im Rückspiegel auffällig einübte.
Bis zur Rettungszufahrt, die kurz nach der Eisenbahnunterführung von der Teutoburger Straße abzweigte, brauchten sie keine fünf Minuten. Der asphaltierte Weg führte in westlicher Richtung bis zum Kiosk, der unmittelbar am Hochufer lag, oberhalb des Flusses und der Wiesen. Wenige Meter nach der Einmündung zweigte der Weg zu einem von Sträuchern und Bäumen gesäumten, weiherartigen Nebengewässer der Isar ab. Der versteckt gelegene, schmutzig aussehende Tümpel befand sich am Rand einer weitläufigen Sportanlage nahe des Mittleren Rings. Zwei einsame Schwäne zogen ihre Bahnen.
Am Ufer stand ein Rot-Kreuz-Wagen. Zwei Sanitäter kümmerten sich um eine Frau, die auf einer verwitterten Parkbank saß, eingehüllt in eine dicke braune Wolldecke und mit einer zusätzlichen grauen Decke über dem Kopf. Mit zitternden Händen trank sie heißen Tee aus einer Tasse. Neben ihr lag eine durchnässte Plastiktüte. Ein etwa dreißigjähriger Mann und eine gleichaltrige Frau – beide im Trainingsanzug

mit Schal und Mütze – hüpften ungeduldig auf der Stelle. Als sie Hauptmeister Jordan und dessen Kollegen bemerkten, stieß die Frau ihren Begleiter an, und sie liefen ihnen entgegen.
Süden erkannte die Frau auf der Bank schon aus der Entfernung.
Auch der zweite Streifenwagen war inzwischen eingetroffen. Süden wartete, bis Edith Liebergesell näher kam, dann ging er um die Bank herum. Patrizias Gesicht war grau wie Stein und wirkte alt und ausgehöhlt, ihre bleichen Lippen zitterten stärker als ihre Hände. Ihr Blick aus großen, blutunterlaufenen Augen starrte ins Leere. Eine Sanitäterin nahm ihr die Tasse aus der Hand. Ihr Kollege stand mit dem Erste-Hilfe-Koffer ein wenig unschlüssig hinter ihr.
»Patrizia«, sagte Süden.
Sie hob den Kopf und sah ihn wie einen Fremden an. Oder sie sah ihn überhaupt nicht. Nichts in ihrem Gesicht verriet eine Reaktion.
»Sie war wohl sehr stark angetrunken.« Die Sanitäterin war etwa im selben Alter wie Patrizia und redete in einem eigenartigen Singsang. »Als die beiden Herrschaften sie gefunden haben, lag sie zwischen den Bäumen und versuchte immer wieder aufzustehen. Sie ist durchnässt, offensichtlich ist sie ins Wasser gefallen und konnte zum Glück wieder rauskriechen. Am besten, wir nehmen sie mit.«
»Nicht ins Krankenhaus ...« Süden erkannte Patrizias Stimme kaum wieder. Edith setzte sich neben Patrizia und legte den Arm um ihre Schulter. »Ich will schlafen ... bitte ...«
»Sind Sie verwandt mit ihr?«, fragte der Sanitäter.
»Wir sind Kollegen«, sagte Edith Liebergesell. »Wir bringen sie nach Hause und kümmern uns um sie.«
Polizeihauptmeister Jordan sah Patrizia eindringlich an und wandte sich an Süden. »Alkohol also. Sie hat getrunken und im Rausch die Orientierung verloren. Was ist in der Tüte?«

Nach einem Schweigen sagte Süden: »Ich weiß es nicht.«
Der Tag war grau und windig und abweisend. Die schwarzen Sträucher hingen wie verknotet ineinander, auf dem braunen Wasser schwammen Abfälle und abgebrochene Äste. Winterlich gekleidete Spaziergänger bildeten einen Kreis, einige hielten Hunde an der Leine. Hin und wieder schrie eine Krähe.
»Somit ist der Einsatz beendet«, sagte Jordan.
»Danke«, sagte Süden.
»Sieht nicht gut aus, die Frau. Sollen wir sie und euch mitnehmen? Ausnahmsweise.«
Die Sanitäter warteten ab.
»Kannst du aufstehen?«, fragte Edith Liebergesell.
Patrizia stützte eine Hand auf die Bank und stemmte sich in die Höhe. Sie warf Süden einen erstaunten Blick zu und schien zu lächeln. Er war sich nicht sicher. Mit winzigen wackligen Schritten, die beiden Wolldecken über Kopf und Schulter, trippelte Patrizia, gestützt von Süden und Edith, zum Streifenwagen. Edith gab die Decken der Sanitäterin zurück und setzte sich auf der Rückbank neben Patrizia, die schlotternd den Kopf an ihre Schulter lehnte.
»Sie ist robust«, sagte der Sanitäter zu Süden, der die nasse Plastiktüte mitgenommen hatte. »Nimmt sie Drogen?«
»Nein. Gewöhnlich trinkt sie auch nicht so viel.«
»Beobachten Sie, wie es ihr in den nächsten zwei Stunden geht. Kontrollieren Sie Puls und Atmung. Im Moment ist ihr Blutdruck sehr niedrig. Wenn Sie Anzeichen einer Bewusstlosigkeit bemerken, rufen Sie sofort den Notarzt. Immerhin kann sie schon wieder aufrecht gehen, das ist ein gutes Zeichen. Wenn Sie sagen, dass sie normalerweise nicht trinkt, dann könnte es sein, dass K.-o.-Tropfen im Spiel waren, und sie erinnert sich an nichts mehr. Versuchen Sie, mit ihr zu reden, am besten, bevor sie sich wieder hinlegt. Alles Gute.«
Die K.-o.-Tropfen erwähnte Süden gegenüber Jordan mit keinem Wort, während sie zurück in die Untere Weidenstraße

fuhren. Wie bei seinen regelmäßigen Taxifahrten saß er hinter dem Beifahrersitz, von sich selbst in die Ecke gedrängt. Er sah hinaus in die geschäftige Samstagsstadt. Für ausführliche Überlegungen war die Fahrt zu kurz, aber im Grunde wütete nur ein einziger Gedanke in ihm: Da Patrizia offenkundig von Starnberg nach München zurückgekehrt war, warum hatte sie nicht sofort ihn oder Edith benachrichtigt? Über diese Frage kam Süden nicht hinaus. Natürlich, dachte er schwerfällig, musste ihr miserabler Zustand dabei eine Rolle gespielt haben. Oder nicht? Anders war es nicht zu erklären, dass ... Wie war Patrizia nach München gekommen? Auf welchem Weg? Wann?

»Wiedersehen«, sagte Polizeihauptmeister Jordan, ohne den Kopf zu drehen. In einem Zustand von Benommenheit, mit der Plastiktüte unterm Arm, stieg Süden aus dem Streifenwagen. Vor der Haustür warteten schon die beiden Frauen auf ihn, Patrizia mit verschränkten Armen und einem verwirrten Ausdruck im bleichen Gesicht, umklammert von ihrer Chefin, die einen Schlüsselbund in der Hand hielt. Süden sperrte die Tür auf. Zu zweit hievten sie Patrizia in den ersten Stock hinauf. Vor jeder Stufe mussten sie innehalten und Patrizia, deren Kopf ständig nach unten sackte, verschnaufen lassen. Trotz ihrer Erschöpfung schaffte sie den Weg bis in ihr Schlafzimmer, wo sie aufs Bett fiel und eine Weile ein undefinierbares Stöhnen von sich gab.

Bevor Süden mithelfen konnte, hatte Edith Liebergesell der jungen Frau Jacke, Hose und Pullover ausgezogen und suchte im Schrank nach frischer Unterwäsche. Unschlüssig stand Süden im Flur der Zweizimmerwohnung und wartete darauf, dass Edith aus dem Schlafzimmer kam. Als sie schließlich auftauchte, erschrak er fast.

»Das habe ich in ihrer Hosentasche gefunden.« Sie gab ihm einen zerknüllten Zettel. Auf dem Arm trug sie Patrizias Kleidung.

»Eine Taxiquittung«, sagte Süden.
»Sie hat ein Taxi genommen und sich von unterwegs nicht gemeldet?«
Was sollte Süden darauf antworten, er sagte: »Da ist die Adresse eines Starnberger Unternehmens.« Eine Zeitlang standen sie stumm einander gegenüber. Dann ging Edith ins Bad, um die nassen Sachen aufzuhängen, und Süden ins Schlafzimmer. Er kniete sich neben das Bett. Patrizia lag auf der Seite und hatte die Decke bis zum Hals gezogen. Wie an dem Tümpel starrte sie vor sich hin. »Kannst du dich erinnern, was in Starnberg geschehen ist, Patrizia?«, sagte er.
Sie reagierte nicht. Er strich ihr über den Kopf. Ihre Haare waren wieder trocken und fühlten sich struppig an. Ihr ansonsten akkurat über den Augenbrauen endender Pony bestand nur noch aus wirren Fransen.
»Wie bist du nach München zurückgekommen, Patrizia?«
Süden wartete.
Sie öffnete den Mund, wollte etwas sagen, schloss ihn wieder und gleichzeitig die Augen.
In diesen zwei Minuten, während er auf dem bunten Teppich vor dem Bett kniete, kam es Süden vor, als wäre alles, was er bisher – mehr als fünf Jahrzehnte lang – getan und geträumt hatte, für immer aus dem Weltall verschwunden. Als wäre er bloß eine von einem geduldigen Schatten geworfene Hülle. Ein Mensch aus Luft, ohne einen Funken Vergangenheit oder Zukunft, eine Fata Morgana seiner Gedanken. Bei seinem Namen dachte er an keinen Mann, keinen Vater oder Sohn, sondern an eine konturlose Himmelsrichtung, von der sich Sonne, Mond und Sterne fernhielten.
In dem vermoderten Atemhaufen, aus dem er zu bestehen schien, kramte er vergeblich nach einem Rest noch brauchbarer Stimme. Da war nichts mehr. Nicht einmal ein mickriges Echo, mit dem er wenigstens einen Husten hätte füllen können, um der Welt zu beweisen, dass er einmal existiert hatte.

Süden gab keinen Laut von sich. Kein Blick ging von ihm aus, kein Zeichen, kein Verlangen. Vor ihm im Bett lag eine geschundene Frau und in einem anderen Teil der Stadt ein toter Mann, und an keinem von beiden hatte er ein Wunder vollbracht. Das und sonst nichts, dachte er vage, wäre sein Anteil am Leben gewesen. Und er war davon überzeugt, dass er sich immer nur eingebildet hatte, anwesend zu sein und der Hüter verlassener Zimmer. Hätte es mich gegeben, dachte er, wäre Leonhard Kreutzer nicht ungeschützt in die Nacht gegangen und Patrizia Roos nicht mutterseelenallein geblieben. Er war nicht da gewesen, das war Beweis genug.
Er trieb in seiner Verzweiflung wie in einem fauligen Meer. Dann wuchtete er sich in die Höhe und brauchte eine Zeitlang, bis ihm wieder bewusst wurde, wo er sich befand.

Patrizias Augen waren immer noch geschlossen. Als Süden sich umdrehte und Edith Liebergesell bemerkte, die in der Tür stand, hörte er aus dem Bett eine kümmerliche Stimme.
»Mia«, sagte Patrizia ins Kopfkissen mit dem grün-gelben Bezug. »Ich war ... bei ihr im ... Zimmer ... bei Mia ...«
Noch einmal beugte Süden sich zu ihr hinunter und strich ihr wieder behutsam über den Kopf. Anschließend ging er mit Edith ins Zimmer nebenan, wo auf dem Boden neben der gelben Couch ein rotes Kabeltelefon stand. Überall in der Wohnung tauchten Farben auf – blaue, rote, gelbe Bücherregale, bunte Tassen, Teller und Kissen, ein dunkelroter Kleiderschrank, sogar die Zeitschriften und Bücher schienen nach ihren farbenfrohen Umschlägen und Bildern ausgesucht worden zu sein. Nur der Flachbildschirm war so schwarz wie die Stereoanlage mit dem integrierten Plattenspieler.
Süden stellte das Telefon auf die Couchlehne und tippte die Nummer auf der Taxiquittung. Eine Angestellte bestätigte die Fahrt nach München in der vergangenen Nacht. Ihr Chef, Richard Volland, habe ihr heute Morgen davon erzählt. So-

weit sie verstanden habe, sei Volland »von der Stadt auf direktem Weg« nach Starnberg zurückgekehrt und habe wie üblich sein Auto vor seinem Haus abgestellt, »weil er um sieben schon wieder runter nach Tutzing wegen einer Krankenhausfahrt musste«. Im Augenblick sei er mit einem Stammkunden auf dem Weg zum Münchner Flughafen. Süden bat die Angestellte um einen Rückruf ihres Chefs, am besten innerhalb der nächsten halben Stunde. »Versprechen kann ich das nicht«, meinte die Frau, worauf Süden sagte, sie brauche es ihm nicht zu versprechen, sie solle einfach ihren Chef informieren.

Dann nahm Süden sein Handy, suchte eine bestimmte Nummer auf der Kontakteliste und tippte diese auf Patrizias Apparat. Obwohl ihm im Grunde egal war, ob das LKA seine Verbindungen registrierte, hatte er sich anders entschieden.

Edith Liebergesell hatte das Fenster zur Straße geöffnet, einen türkisfarbenen, muschelförmigen Aschenbecher von einem Regal genommen und rauchte. Unten weinte ein kleines Kind.

»Süden. Ich würde gern mit Ihrer Tochter sprechen, Herr Geiger.«

»Sie ist nicht im Haus, sie ist einkaufen gegangen.«

»Sie hatten gestern Abend Besuch von meiner Kollegin Patrizia Roos.«

»Ja«, sagte Geiger. »Ich habe mit ihr gesprochen.«

»Warum?«

»Bitte?«

»Warum haben Sie mit Frau Roos gesprochen?«

»Wir haben eine geschlossene Gesellschaft im Haus, und ich wollte wissen, ob sie eine Journalistin ist. Ich mache mir Sorgen. Ist Ihre Kollegin denn inzwischen aufgetaucht? Wir hatten deswegen heute Morgen schon die Polizei im Hotel.«

»Sie ist zu Hause«, sagte Süden. »Wann hat sie in der Nacht Ihr Hotel verlassen?«

»Das weiß ich nicht.«

»Sie haben ihr kein Taxi gerufen.«
»Nein.«
»Sie haben sie nicht zur Tür begleitet.«
»Bitte?«
»Wo haben Sie sich von ihr verabschiedet?«
»In meinem Büro«, sagte Geiger.
»Wann war das ungefähr?«
»Elf, halb zwölf. Zu dieser Zeit fahren noch S-Bahnen nach München.«
»Nachdem Sie sich verabschiedet hatten, hat Frau Roos das Hotel verlassen.«
»Vermutlich. Allerdings könnte es sein, dass sie noch mit meiner Tochter gesprochen hat, sie hat nach ihr gefragt.«
»Frau Roos hat nach Mia gefragt«, sagte Süden und hatte keinen Zweifel, dass der Hotelier versuchte, die Wahrheit allenfalls zu streifen. »Wann kommt Ihre Tochter zurück?«
»Das kann ich Ihnen nicht sagen. Ich richte ihr aus, dass sie Sie zurückrufen möge. Wo hat denn Ihre Kollegin gesteckt?«
»Vermutlich ist sie überfallen worden«, sagte Süden, während Edith Liebergesell ihre Zigarette ausdrückte und mit der Hand frische Luft ins Zimmer fächelte. »Die Polizei spricht gerade mit ihr, bald wissen wir mehr.« Er verabschiedete sich und legte den Hörer auf.
»Schwerer Stein, den du da ins Wasser geworfen hast« sagte die Detektivin. »Hoffentlich versinkt er nicht einfach, sondern verursacht ein paar schöne große Kreise.«
Süden holte aus seinem Geldbeutel einen Zehn-Euro-Schein und klemmte ihn zwischen Gabel und Telefonhörer.

Geiger klopfte an die Tür und trat ein. Mia Bischof saß am Tisch ihres Zimmers und las in einer Zeitung. Sie wandte sich zu ihrem Vater um.
»Süden, der Detektiv, will mit dir über diese Frau reden«, sagte er. »Du sollst ihn anrufen.«

»Das mache ich.«
»Die Frau wird gerade von der Polizei verhört, angeblich sei sie überfallen worden.«
Mit einem Ruck drehte Mia sich wieder zum Fenster, bemüht, Ruhe zu bewahren. »Er blufft.«
»Das glaube ich nicht.«
»Er versucht, uns reinzulegen, ein dummer Trick.«
»Ich verlasse mich auf dich, Liebes.«
Sie strich die Zeitung glatt, obwohl diese nicht zerknittert war. Dann legte sie den Kopf schief und verzog den Mund zu einer Grimasse. Sofort setzte sie sich wieder aufrecht hin. »Ich fahr am Nachmittag auf jeden Fall mit ins Stadion. Wenn er wieder anruft, sag ihm, du hättest mir alles ausgerichtet.«
»Werde nicht leichtsinnig«, sagte Geiger. »Bleib wachsam, immer.«
»Ich bin wachsam, Vater.«
Geiger griff nach der Türklinke. »Du solltest Chefredakteurin der Deutschen Stimme werden. Und Geschäftsführerin des Verlags. Wir brauchen diese Zeitung, wir brauchen ein effizientes Organ auf dem Printmarkt.«
»Wir sprechen ein andermal darüber.«
»Ich bin nicht zufrieden mit dem Zustand der Zeitung.«
»Die Weltnetz-Ausgabe ist sehr gut und wird viel gelesen.«
»Ich will eine Zeitung am Kiosk«, sagte Geiger. »Ein Massenblatt, eine Zeitung fürs Volk.«
Mia gab keine weitere Antwort. Geiger verließ das Zimmer und schloss die Tür hinter sich. Wütend riss die Journalistin zwei Seiten aus der Zeitung, knüllte sie zusammen und schleuderte sie gegen die Fensterscheibe. Am Nachmittag beim Löwen-Spiel in der Arena würde sie sich ihren Hass aus dem Leib brüllen, so viel stand fest.

»Sie schläft friedlich«, sagte Edith Liebergesell, als sie aus dem Schlafzimmer zurückkam. »Sie riecht dermaßen nach Schnaps.«
Süden hatte es gerochen. »Jemand hat ihr den Alkohol eingeflößt und sie vorher betäubt.«
»Zu welchem Zweck? Jemand aus dem Hotel? Die machen sich doch auf diese Weise ihre Hände nicht schmutzig. Und was kann Patrizia herausgefunden haben, dass man sie so behandelt? Und warum, entschuldige ...« Sie warf einen Blick zur Tür und senkte ihre Stimme. »Und warum hat man sie dann nicht gleich ... umgebracht?«
»Möglicherweise wollten die Täter sie umbringen, aber etwas verhinderte die Tat.«
»Was denn, Süden?«
»Patrizias robustes Wesen.«
»Du meinst, sie hat sich gewehrt?«
»Oder sie ist rechtzeitig aufgewacht. Sie lag in der Nähe dieses Weihers. Die Täter wollten es vielleicht so aussehen lassen, als wäre sie sturzbetrunken ins Wasser gefallen. Sie könnten sie am Rand abgelegt haben, mit dem Kopf im Wasser. Aber sie ist aufgewacht. Die Täter konnten ja nicht abwarten, was passieren würde. Ein Auto an dieser Stelle fällt in der Nacht auf. Sie mussten schnell verschwinden.«
»Aber Patrizia hatte diesen Taxischein in der Tasche.«
Wieder dachte Süden an den toten Leonhard Kreutzer, und in seinem Kopf öffnete sich eine Falltür.

26

Sie saßen in dem kleinen Zimmer, Edith Liebergesell auf der gelben Couch, Süden am Tisch mit der hellgrünen Wachstuchdecke, und horchten auf ein Geräusch von nebenan und die Stille zwischen ihren Sätzen. Die meiste Zeit schwiegen sie. Sie sahen sich an, und ihre Blicke waren wie Leinen gespannt, an denen sie die tränenvollen Fetzen ihrer Gedanken trockneten. Sie weinten nicht. Das hatten sie einander wortlos verboten. Eine Beerdigung musste organisiert werden – welcher Friedhof, Tag der Beisetzung, Wahl des Sarges und des Grabschmucks, die übliche Bürokratie. Befragungen mussten durchgeführt werden: Patrizia, Mia Bischof, Ralph Welthe und andere. Die Suche nach dem Taxifahrer durfte nicht vernachlässigt, der Umgang mit der Polizei musste neu geklärt werden.
Sie wussten nicht einmal, ob Leonhard Kreutzer ein Testament hinterlassen hatte. Wann würde Patrizia wieder ansprechbar sein? Wäre es nicht klüger, den Auftrag ruhen zu lassen?
Sie zerbrachen sich den Kopf über Dinge, vor denen sie sich fürchteten. Diese Angst raubte ihnen jede Zuversicht. Jedes Mal, wenn sie sich ansahen, lag ein Schrecken auf ihren Gesichtern, den sie beim anderen nie für möglich gehalten hätten. Zu Ediths Überraschung war es Süden, der ihr marterndes Stillsein unterbrach.
»Betreutes Alleinsein«, sagte er.
Sie wusste, was er meinte. »Gibt es so viel, was man falsch machen kann?«
»Und noch mehr.«
»Das dürfen wir nicht zulassen, Süden. Hilf mir zu begreifen, was passiert ist. Wir haben nichts in der Hand. Patrizia war betrunken, das ist alles, was bisher feststeht. Und Leo wurde überfallen, ja, aber er starb an ...«
»An einer rhythmogenen Ursache. Exitus letalis.«
»Wie kannst du dir bloß solche Wörter merken?«

»Wir werden nachweisen, dass sein Herzversagen eine unmittelbare Folge des Überfalls war. Schwere Körperverletzung mit Todesfolge.«

»Und wenn die Täter nicht gefasst werden? Wenn es so wird wie bei meinem Sohn? Wenn wir nichts beweisen können? Wenn Mia Bischof, ihr Vater und alle anderen ungeschoren davonkommen? Wenn Staatsschutz und Verfassungsschutz und das LKA uns am ausgestreckten Arm verhungern lassen? Wenn der Taxifahrer wieder auftaucht und abgeschirmt wird, bis er irgendwo mit einer neuen Identität ein ruhiges Leben anfangen kann? Uns sagt niemand was. Nicht in hundert Jahren werden deine Ex-Kollegen uns einweihen. Du kennst die Hierarchien, du weißt, wie sie sich gegenseitig schützen. Wenn die verschiedenen Behörden sich bekämpfen, erfahren wir erst recht nichts, weil sie selber nicht mehr durchblicken. Haben wir alles schon erlebt.

Ich will keine Marionette sein, Süden. Ich will mich wehren und weiß nicht, wie. Mir fehlt grade die Kraft, und der Mut auch. Leo ist tot, und wir haben ihn allein gelassen. Er war nicht betreut beim Alleinsein, Süden, er ist überfallen und verschleppt worden und gestorben.

Und Patrizia war auch nicht betreut beim Alleinsein. Jemand hat sie bewusstlos gemacht und wollte sie ertränken, das glaube ich mittlerweile auch. Wie wäre sie sonst bis zum Fluss gelangt? Die ist doch nicht auf eigenen Beinen dort hin, sie war wehrlos. Wir haben versagt, und jetzt sind wir feige.

Und weißt du, was mich seit zwei Stunden besonders umtreibt? Dass ich mir plötzlich wünsche, beten zu können. Stell dir das vor. Ich denke die ganze Zeit, wenn ich gottesfürchtig wäre, hätte ich einen Ansprechpartner irgendwo über den Wolken. Das wäre dann eine Erleichterung. Klappt aber nicht. Ich habe schon vor langer Zeit aufgehört zu beten und nie wieder damit angefangen. Der Gott meiner Kindheit existiert nicht mehr. Als der Sarg mit meinem Ingmar in die

Erde gelassen wurde, habe ich um ihn geweint und geweint und geweint, und ich habe dem Pfarrer die Hand geschüttelt, aber kein einziges Gebet gesprochen. Zwei Wochen nach der Beerdigung bin ich aus der Kirche ausgetreten. Bist du noch in der Kirche?«

»Ich vergesse immer auszutreten«, sagte Süden.

»Dann glaubst du an eine höhere Macht und ans Weiterleben nach dem Tod.«

»An eine höhere Macht glaube ich, wenn ich eine Rose sehe oder den Übermut in den Augen eines Kindes. Ans Weiterleben nach dem Tod glaube ich nicht. Aber ich habe in meinem Leben Menschen getroffen, denen würde ich wünschen, dass sie nach dem Tod endlich anfangen zu leben.«

»Wer glauben will, soll glauben. Gott hat meinen Sohn nicht ermordet, das waren Kidnapper. Damals habe ich begriffen, dass ich Gott keinen Vorwurf machen kann. Was kümmert ihn unsere armselige Existenz? Was kümmert mich seine Abwesenheit? Wozu also Steuern zahlen und sich einreden, es gäbe einen Trost außerhalb der Welt. Gibt's nicht, alles Einbildung. Wenn du keinen Menschen findest, der dich tröstet, bleibst du eben ungetröstet bis zum Ende deiner Tage, in Ewigkeit, Amen.«

Sie legte beide Hände vors Gesicht und nahm sie lange nicht weg.

Süden schwieg. Dann sagte er: »Wir haben Fotos aus der Wohnung von Mia Bischof. Wir werden Zeugen finden, die Patrizia in Starnberg und vor ihrer Haustür in Untergiesing gesehen haben. Wir können beweisen, in welchem Milieu die unbescholtene Journalistin verkehrt. Wir haben etwas in der Hand.«

»Ja.« Edith Liebergesell betrachtete die Innenflächen ihrer Hände. »Sand. Da ist nichts als Sand, und morgen ist er verschwunden, und wir stehen wieder mit leeren Händen da. Wie die meiste Zeit in unserem Leben.«

Süden wartete, ob sie noch etwas sagen wollte. Dann stand er auf und ging ins Schlafzimmer, um nach Patrizia zu sehen. Edith Liebergesell schaute immer noch ihre Hände an, die sich in die ihres achtjährigen Sohnes verwandelten. Ingmars Hände waren immer so kalt gewesen.

Das Sammeltaxi kam pünktlich, und Mia Bischof hatte vor, sich neben den Fahrer zu setzen. Doch Georg Thal schob sie auf die zweite Bank und setzte sich, gemeinsam mit einem seiner Freunde, neben sie. Die übrigen vier Männer, von denen drei blaue Fanschals trugen, nahmen auf der Bank vor ihnen und auf dem Beifahrersitz Platz. Reden wollte sie nicht, aber sie hatte keine Wahl.
»Alles erledigt wegen der Frau?« Thal klopfte ihr mit der flachen Hand aufs Knie. »Das war ein Ding, dass die sich mit einer Perücke zu uns reinschleicht. Was wollte die eigentlich?«
Mia war klar gewesen, wie der Nachmittag laufen würde. Sie hatte sich Antworten zurechtgelegt, die unverfänglich und überzeugend klangen für den Fall, dass jemand aus der Detektei oder von der Polizei noch einmal mit Fragen auftauchen sollte. Auf einen weiteren Anruf von Süden zu warten, hätte sie nicht ertragen, sie hatte kein Interesse, mit ihm zu reden. Im Gegensatz zu ihrem Vater traute sie Süden zu, dass er das Auftauchen Patrizias erfunden hatte, um sie aus der Reserve zu locken. Was besonders lächerlich wäre, da Süden schon bei der Sache mit dem alten Mann ständig gegen die Wand lief. Trotzdem – und dafür zeigte ihr Vater kein Verständnis – kündigte sie den Auftrag an die Detektei vorerst nicht. Auch wenn sie den drängenden Fragen ihres Vaters ausgewichen war und eine private, nur sie betreffende Angelegenheit aus der Beziehung zu Siegfried machte, ärgerte sie sich über ihre Unentschlossenheit und ihr unvermindertes gefühliges Festhalten an diesem Mann. Da rumorte etwas in ihr, das sie nicht kontrollieren konnte. Wie ein Schmerz, der keine kör-

perlichen Ursachen hatte. Ein Schmerz, den ihr Kopf erzeugte, ihr Bauch und ein Teil ihres Herzens, das ihr nicht mehr gehorchte.
Wenngleich sie nach wie vor die Meinung ihres Vaters teilte, der Überfall auf den alten Mann sei ein Fehler gewesen, hielt sie das Zeichen, das damit gesetzt worden war, letztlich für richtig – genauso wie das Verräumen der jungen Frau mit der Perücke. Ganz eindeutig, dachte sie, war die Mitteilung, Patrizia würde von der Polizei verhört, eine Schutzbehauptung. Und wenn der alte Mann wieder ansprechbar wäre, würde er garantiert niemanden beschreiben können. So unvorsichtig waren nicht einmal Karls tumbe Helfer.
Die Männerhand auf ihrem Oberschenkel ignorierte sie die ganze Zeit. »Ich sitze nicht bei euch«, sagte sie zu Thal. »Ich habe eine Karte für die Gegentribüne.«
»Du kommst zu uns«, sagte er.
»Nein.«
»Hast du Schiss? Denkst du, die kommen und kontrollieren uns? Wir sind hier in Bayern. Der Staat lässt uns in Ruhe. Und der Verein gehört uns.«
Ähnliche Sätze kannte Mia von ihrem Vater, der noch nie in einem Fußballstadion war und selten Spiele im Fernsehen verfolgte. Seine Verbundenheit mit dem TSV 1860 ging auf seinen Vater zurück, der beim Pokalsieg der Mannschaft im Jahr 1942 jedem Spieler im Namen des Führers die Hand geschüttelt hatte. Wie ihr Vater einmal erzählt hatte, war 1860 der Lieblingsverein von Generalfeldmarschall Keitel gewesen, und er fand es deshalb besonders lobenswert, dass die Löwen in ihrer Chronik das Jahr 42 bis heute in Ehren hielten.
An den regelmäßigen Treffen der Kameraden im Fanblock des Stadions nahm Mia allerdings nie teil, weil sie in der Zivilgesellschaft unsichtbar bleiben musste. Außerdem ließ der Verfassungsschutz den Block hin und wieder beobach-

ten, und als stellvertretende Lokalchefin einer Tageszeitung durfte sie auf keinen Fall auf einem Foto auftauchen.

»Lass mich in Ruhe, Schorsch«, sagte sie.

»Ich kenn dich zu lange, Mädchen, du weißt gar nicht, was das ist: Ruhe. Also, hör zu, ich wollt was mit dir besprechen.«

Sie nahm seine Hand von ihrem Bein und lehnte sich ans Fenster. Die Fahrzeuge auf der Autobahn rasten an ihnen vorbei. Regenwasser klatschte gegen die Scheiben.

»Wir wollen in Bayern einen Sanitätsdienst aufbauen«, sagte Georg Thal. »So einen wie in Hessen und Thüringen. Für Veranstaltungen aller Art. Aufmärsche, Kundgebungen, Kinderfeste, mit denen du dich auskennst. Wir dachten an dich als Aufbauhelferin. Du bringst die Dinge voran, du bist vernetzt, du kannst in deiner Zeitung drüber schreiben, ohne dass die Oberbonzen merken, wovon du in Wahrheit redest. So, wie du seit Jahren für uns arbeitest.«

»Ich arbeite nicht für euch, ich arbeite mit euch.«

»Nichts anderes mein ich. National funktionieren unsere Ersthelfer eins a, es sind fast ausschließlich Frauen dabei, und die leisten wirklich viel.«

»Erklär mir nicht unsere Bewegung.«

»Tut mir leid. Wir reden so auf der Tagung, da kommt man so schnell nicht wieder runter. Bist du dabei? Darf ich dich morgen in der Runde vorschlagen als führende Kameradin für den Ersthelfer-Trupp Bayern?«

»Wenn ich den neuen Aktionsbund zum Laufen gebracht habe, überleg ich's mir. Eins nach dem anderen.«

»Da mach ich mir keine Sorgen. Was plant ihr bei der GDF im Frühjahr?«

»Wissen wir noch nicht. Ich würde gern ein Zeltlager mit den Kindern organisieren, und im Mai, wenn das Wetter schön ist, ein Fußballturnier für die Frauen. Wir waren letztes Jahr in Mecklenburg und sind Zweiter geworden, hinter dem Sturm 18. Ich bin grad dabei zu verhandeln, ob die Löwen

uns einen Platz zur Verfügung stellen. Die Hamburger Terrormiezen wollen auch wieder dabei sein. Wenn die in einer Mannschaft spielen, hat der Gegner nichts zu lachen.«
»Das wär doch ein guter Termin für den ersten Einsatz der Ersthelfer.« Thal tätschelte wieder ihr Knie. Sie stieß seine Hand weg. Der Mann neben Thal grinste.
Sie ging auf seine Bemerkung nicht ein. »Auf jeden Fall fahren wir Frauen im Sommer nach Hamburg zu einer Veranstaltung für Dönitz. Das hat Tradition.«
»Da werden deine Kollegen im Norden wieder was zu schreiben haben.«
»Wen kümmert das?«, sagte Mia Bischof. Wichtiger war, dass sie nicht vergaß, neue Trikots für ihre Spielerinnen zu bestellen.

Fast drei Stunden verbrachten sie in dem Zimmer und taten wenig. Abwechselnd sah einer von ihnen nach Patrizia, brachte Wasser aus der Küche mit, setzte sich auf die gelbe Couch oder an den grünen Tisch, stand auf, öffnete das Fenster und schloss es wieder. Ich weiß nicht weiter, dachte Süden und sagte es nicht. Ich hab Angst, dachte Edith Liebergesell und sagte es nicht. Wenn sie, wie zwanghaft, an ihren Sohn denken musste, kniff sie die Augen zusammen, als würde die Nacht dann aus ihrem Kopf verschwinden. Wenn Süden, was ihn verwirrte, plötzlich an seinen toten Freund Martin denken musste, blickte er zur Tür, als käme Martin gleich herein und sähe verboten aus.
»Martin sah immer verboten aus«, sagte er, als führten sie ein Gespräch über ihn. Edith, die am Fenster rauchte, nickte und blies den Rauch auf die Straße. Sie wäre am liebsten gesprungen, bloß, um irgendetwas zu tun.
»Entschuldige«, sagte Süden.
Dann schwiegen sie wieder, bis zum Hals voller Worte und mit einer Zunge aus Zement. Jemand müsste hereinkommen

und ihnen Anweisungen erteilen. Noch besser wäre, Leonhard Kreutzer käme herein und würde von einem Wunder erzählen.
»Wir könnten an einer Tankstelle einen Kanister kaufen und ihn mit Benzin füllen«, sagte Edith Liebergesell. »Wir fahren nach Neuhausen und fackeln das Lokal ab. Vorher sperren wir von außen die Tür zu, so dass aus dem Bergstüberl ein Verbrennungsofen wird. Was hältst du von der Idee?«
Süden schwieg. Er hatte einen Geruch nach modrigem Rauch in der Nase.
»Und wenn noch Benzin übrig ist«, sagte Edith Liebergesell, »gehen wir rüber in die Maillingerstraße und zünden das LKA an. Dann lassen wir uns festnehmen, gehen ins Gefängnis und bekommen jeden Tag mindestens eine warme Mahlzeit, zeitlebens. Das Leben geht weiter, wir brauchen uns um nichts mehr zu kümmern. Sollen wir das so machen?«
Süden schwieg.
Nach zwei oder vier Minuten sagte Edith Liebergesell: »Auf dem Totenbett habe ich Ingmar versprochen, dass ich seine Mörder finden werde. Ich habe ihn angelogen. Was passiert mit einem, der sein totes Kind anlügt? Ich verrat's dir. Nichts. Schau mich an. Du sollst mich anschauen, verdammt.«
Süden schaute sie an.
»Hier bin ich. Eine übergewichtige Geschäftsfrau. Kein Kainsmal, nirgends. Ich habe ihm ein Versprechen gegeben und es nicht gehalten. Zehn Jahre sind vergangen. Noch vor ein paar Tagen dachte ich, jetzt ist Frieden, jetzt lass ich ihn ruhen und vergebe der Polizei. Schau mich an. Ich habe sogar mich selber angelogen. Das stimmt nämlich gar nicht: Da ist kein Frieden in mir, sondern ein Weltkrieg.«
»Da ist kein Weltkrieg in dir«, sagte Süden.
»Woher willst du das denn wissen?«, schrie sie. »Du kennst mich nicht. Du weißt nicht, wie's in mir ausschaut, weil das niemand weiß. Weil ich da niemanden reinschauen lasse.

Und wenn ich sage, da ist ein Weltkrieg in mir, dann ist da ein Weltkrieg.«
Sie hatte so laut geschrien, dass sie nach Atem rang und husten musste. Sie wischte sich über den Mund und schrie weiter. »Und ich kann nicht mal für meine eigenen Mitarbeiter sorgen, und wieso? Weil ich eine miserable Geschäftsfrau bin. Erst war ich eine verlogene Mutter, und jetzt bin ich eine Geschäftsfrau, die nichts taugt. Die ihre Leute zusammenschlagen lässt und sich einen Dreck um sie kümmert. Das ist alles ein einziger Dreck, in den ich euch reingezogen hab, und dann lass ich euch auch noch drin verrecken. Wieso ist das alles so gekommen? Wieso denn? Was hab ich verbrochen, dass ... dass ...«
Süden schlang die Arme um sie und drückte sie an sich. Sie hatte ihn nicht kommen sehen. Ihr Körper bebte. Vor Husten brachte sie kein Wort mehr hervor. Süden ließ sie nicht los. Ihr Make-up war verschmiert, der Knoten ihrer Haare löste sich. Zum ersten Mal sah Süden, wie lang und mächtig ihre Haare waren. Mit einer heftigen Bewegung presste sie sich an ihn, als wollte sie ihn durchs Zimmer schieben. Er bewegte sich nicht von der Stelle. Edith Liebergesell rieb ihr Gesicht an seinem Hals, ihr Keuchen verstümmelte ihre Worte. »Ich mach ... nicht mehr ... weiter, Süden. Ich geb die Detektei auf. Die Patrizia stelle ich frei und ... und ... dich auch, du findest eine neue ...«
Von der zweiten Stimme, die aus der Ferne kam, nahmen sie erst Notiz, als das Klopfen lauter wurde. Süden ließ seine Chefin los, und beide sahen zur Tür. Dort stand in blauen Socken und einem langen weißen Sweatshirt, das ihr bis zu den Knien reichte, die bleiche wankende Patrizia und hämmerte mit den Knöcheln ihrer linken Hand an den Türrahmen. »Ich bin auch noch da«, sagte sie mit unbeholfener Stimme. »Wie geht's denn dem Leo? Hat er schon was essen können?«

27

Gegen Abend an diesem ersten Samstag im Februar aß Patrizia Roos eine Scheibe Brot mit Butter und Salz und trank eine Tasse schwarzen Tee mit Milch. Süden saß ihr gegenüber in der Küche und störte sich nicht daran, dass sie schmatzte und schlürfte und stöhnte. Er war erleichtert, dass sie nach den Strapazen und dunklen Erlebnissen schon hier saß und nicht länger in einem komatösen Schlaf lag. Eine Stunde zuvor hatte Edith Liebergesell sich auf den Weg nach Haidhausen gemacht, um in Kreutzers Wohnung nach einem Testament oder der Adresse eines Notars zu suchen. Vor ihrer Abfahrt hatte Süden im Polizeipräsidium angerufen, weil er den Mordermittler Bertold Franck über Kreutzers Tod informieren wollte. Wie er befürchtet hatte, war der Kommissar am Wochenende nicht im Dienst. Er hinterließ eine Nachricht und bat um Rückmeldung. Bei einem weiteren Anruf in Starnberg erklärte ihm der Hotelier Geiger, seine Tochter sei von ihrem Ausflug noch nicht zurückgekehrt. Er habe ihr aber, wie versprochen, mittags ausgerichtet, sie möge ihn, Süden, zurückrufen. Er könne nicht erklären, warum sie es bisher nicht getan habe. Nach diesem Gespräch hätte Süden am liebsten ein Bier getrunken.

Wie Patrizia trank er Tee, mit Milch und Zucker. Er kämpfte gegen eine Müdigkeit an, die, wie er vermutete, nicht vom Schlafmangel kam. Ihn erschöpfte das Anrennen gegen die Gummiwände, von denen er seit Tagen umgeben schien; die Gespräche ohne Widerhall; die Begegnungen mit Personen, die souverän ein falsches Spiel mit ihm spielten; das Ausgeliefertsein und die Lautlosigkeit ringsum; die Routine der Behörden mit ihren bekannten und vertrauten rhythmogenen Ursachen.

»Dann haben sie ihn ermordet«, sagte Patrizia leise. An ihrem Kinn hingen Brotkrümel. Die Übelkeit ließ nach. Doch wenn sie versuchte, sich auf die vergangene Nacht zu konzentrie-

ren, versank sie in einem schwarzen Sumpf. Sie erinnerte sich an nichts. Als Süden ihr behutsam einige Fragen stellte, fiel ihr allmählich ein, dass sie Mia Bischof von der Redaktion in der Augustenstraße zum Bahnhof gefolgt und mit der S-Bahn nach Starnberg gefahren war. Dann fehlte ein Stück in ihrer Erinnerung, bevor sie das Hotel wieder vor sich sah, an dessen Auffahrt sie gestanden und über dem Eingang die goldfarbene Schrift auf dem geschwungenen Schild gelesen hatte: »Hofhotel Geiger am See«. Danach hörten die Bilder wieder auf.
Daran, dass sie vorhin im Bett gesagt habe, sie sei in Mias Zimmer gewesen, erinnerte sie sich so wenig wie an die Verfolgung von Mia Bischof vom Bahnhof in Starnberg bis ins Hotel. Wie die Taxiquittung in ihre Hosentasche geraten war, blieb ein Rätsel, ebenso wie ihr Weg an den Tümpel nahe der Isar, wo sie nie zuvor gewesen war. Ins Krankenhaus oder zu einem Arzt zu gehen, der Nachtdienst hatte, lehnte sie ab. In ihrer Wohnung fühlte Patrizia sich aufgehoben und beschützt. Außerdem, erklärte sie, gehe es ihr etwas besser, abgesehen von den regelmäßig auftretenden Schwindelgefühlen und ihrer allgemeinen Verwirrung wegen der Erinnerungslücken.
»Ich schäm mich so.« Sie legte eine Hand auf Südens Arm. Inzwischen trug sie über dem Sweatshirt einen gelb-grüngestreiften Winterpullover, dazu hatte sie Jeans und über die blauen Socken ein Paar weiße Wollsocken angezogen. Sie fröstelte trotzdem. »Irgendwo hab ich einen Fehler gemacht, und ich weiß nicht, wo. Ich komm einfach nicht drauf. Warum haben die das getan? Und wer?«
Diese Fragen stellte sie dauernd, und Süden gab jedes Mal keine Antwort. »Du musst mir jetzt die Wahrheit sagen.« Patrizia drückte ihre Hand auf seinen Arm. »Was wisst ihr, Edith und du, was ich nicht wissen darf? Wir sind ein Team, du darfst keine Geheimnisse vor mir haben.«
»Wir haben keine Geheimnisse«, sagte Süden. »Edith und ich

sind ratlos. Jemand will uns zermürben. Möglicherweise wollten die Täter Leo nicht töten, genauso wenig wie dich. Wir sollen Angst kriegen, den Fall ruhen lassen und alles vergessen, was wir bisher herausgefunden haben.«
»Bei mir klappt das schon, ich hab schon eine Menge vergessen.« Patrizia lächelte, aber es gelang ihr nicht recht.
Süden schwieg. Seit einigen Minuten verspürte er einen solchen Hunger, dass ihm beinahe schlecht wurde. So einen Zustand kannte er nicht. Normalerweise aß er über den Tag verteilt mehrere Mahlzeiten, ohne dabei spitzfindig zu werden. Er pflegte zu essen, was ihm schmeckte, und zu trinken, was notwendig war. Er wandte den Kopf und sah zum Küchenfenster, vor dem es dunkel geworden war. Dann fiel sein Blick auf die halb gegessene Brotscheibe auf Patrizias Teller, und er stand auf. »Hast du ein Bier im Kühlschrank?«
Sie nickte. Als er die Kühlschranktür öffnete, lagen auf zwei Regalen ungefähr zehn Flaschen vor ihm. Er betrachtete sie, spürte die kalte Luft, die ihm entgegenströmte, stand sekundenlang unschlüssig da und schloss die Tür wieder.
»Falsche Sorte?«, fragte Patrizia, nachdem er an ihr vorbei zum Fenster gegangen war und sich zu ihr umdrehte, die Hände hinter dem Rücken.
»Ich habe mich getäuscht«, sagte er.
»Dein Magen knurrt.«
»Geht's dir besser?«
»Ein wenig. Die Wirkung scheint nachzulassen, von was auch immer.«
»Sollen wir nicht doch zu einem Arzt fahren?«
Sie schüttelte den Kopf, trank einen Schluck lauwarmen Tee.
»Ich möchte gern jemanden herkommen lassen«, sagte er. Sie runzelte die Stirn, was er unter der wieder ordentlich gekämmten Ponyfrisur, deren Fransen über ihren Augenbrauen endeten, nicht sehen konnte. »Einen Mann, von dem ich möchte, dass er uns endlich die Wahrheit sagt.«

»Niemand sagt uns die Wahrheit.«
»Es wäre ein Versuch.«
»Ich weiß nicht, ob ich jemanden sehen will. Könnt ihr euch nicht woanders treffen?«
»Doch«, sagte Süden. »Aber ich möchte, dass er dich in deinem Zustand sieht.«
»Sehe ich so schlimm aus?«
»Du siehst aus wie jemand, der Schlimmes erlebt hat.«
»Hab ich ja auch«, sagte Patrizia. »Ich weiß bloß nicht mehr, was.« Ein Schatten beschwerte ihr Gesicht. »Wer ist der Mann?«
»Ein Polizeibeamter. Er kennt den verschwundenen Taxifahrer. Er weiß mehr über ihn als jeder andere.«
»Der kleine Dicke, von dem du in deinem Bericht geschrieben hast.«
»Ja.«
»Müsste Edith nicht dabei sein?«
»Sie hat viel zu erledigen«, sagte Süden. »Du liegst auf der Couch und hörst zu, mehr nicht. Vielleicht haben wir Glück, und eine Tür öffnet sich.«
»Süden?«
Er sah sie an.
»Wenn ich sterbe, möchte ich, dass ihr meine Asche über dem Meer verstreut, Edith und du.«
Süden schwieg.
»Versprich's mir.«
Süden ertrug ihren Blick nicht.
»Du musst es mir versprechen. Das ist deine Pflicht.«
Er ging zum Kühlschrank und nahm eine Flasche Bier heraus. »Jetzt leben wir erst einmal«, sagte er.

Wenigstens, dachte Süden, war Welthe ehrlich genug, nach wenigen Minuten am Telefon zuzugeben, dass er über das »Auffinden der Detektei-Mitarbeiterin« bereits informiert

worden war. Für ein Hintergrundgespräch sehe er jedoch keinen Anlass, zumal er alles, was »für Außenstehende von Bedeutung« sei, Süden in dem Ramersdorfer Lokal erzählt habe. »Leider« gäbe es »bis dato nichts Neues unter der Sonne«.
Süden widersprach: Sein Kollege Leonhard Kreutzer sei heute Nacht an den Folgen des Überfalls gestorben. Das bedeute, die Detektei werde alles daransetzen, die Täter zu finden, »mit oder ohne direkte Unterstützung durch die Polizei«. Bei Welthe löste die Nachricht offensichtlich eine starke Reaktion aus. Er entschuldigte sich, und Süden wartete eine Zeitlang am stummen Handy, bis der LKA-Kommissar zurückkehrte. »In Gottes Namen, wo genau soll ich hinkommen?«, sagte Welthe. Vierzig Minuten später saß er auf Südens Stuhl am Tisch in Patrizias Wohnzimmer, während die junge Frau auf der gelben Couch lag, eingewickelt in eine rote Decke. Süden stand am Fenster und hielt seinen kleinen karierten Spiralblock in Händen.
Ralph Welthe – braune Cordhose, braunes Sakko, weißes Hemd – saß vornübergebeugt da, sein Bauch wölbte sich auffallend. Er nestelte an seiner Brille und vermittelte den Eindruck eines Mannes in einer extrem unerwarteten Zwangslage, ohne Plan, wie er sich daraus befreien könnte. Dass er den Weg in die Untere Weidenstraße tatsächlich auf sich genommen hatte, wertete Süden einerseits als eine Art Notwehr, andererseits als ein für einen Beamten in seiner Position außergewöhnliches Zeichen von Entgegenkommen. Offensichtlich stimmten, wie Welthe in jener Nacht vor der Kneipe versichert hatte, manche Dinge aus dem Leben der beiden LKA-Kriminalisten, die er zuvor ebenso bereitwillig wie trickreich ausgebreitet hatte, doch mit der Wirklichkeit überein.
»Sie wissen etwas, wir wissen etwas.« Welthe sprach zwischen seinen beiden Zuhörern hindurch, ehe er Süden einen Blick zuwarf und dann Patrizia, die reglos zur Decke schaute.

»Niemand hat damit gerechnet, dass eine Detektei auftaucht und nach unserem Kollegen sucht. Ein Wahnwitz. Wie war das möglich?, fragten wir uns. Das heißt, mein Vorgesetzter fragte mich, und am nächsten Tag rief der Staatsanwalt an und verlangte eine Erklärung. Verständlich, er hatte dem Einsatz zugestimmt, und der Richter hatte ihn nach langen Gesprächen genehmigt. Sehr mühsame Vorbereitungen, kann ich Ihnen versichern, und ich gebe zu, ich hatte Bedenken. Ich war besorgt um meinen Kollegen. Sein mit Abstand heikelster Einsatz bisher.«
Süden sagte: »Wie ist sein richtiger Name?«
»Das spielt keine Rolle.« Welthe setzte sich aufrecht hin. Dann krümmte er wieder den Rücken, als säße er so bequemer. »Der Mann riskiert sein Leben, und das hat er schon einmal getan. Sein Verschwinden ist eine Katastrophe für uns, speziell für mich als seinen Freund und, ja, V-Mann-Führer. Natürlich ...«
Er hob den Kopf und sah Süden mit einem unruhigen Blick an. »Sie haben eins und eins zusammengezählt, das war mir klar, als ich Ihnen das erste Mal in der Wilramstraße begegnet bin. Als ehemaliger Kollege sind Sie mit unseren Verhaltensweisen vertraut. Das macht die ganze Sache so unheilvoll. Wir bewegen uns auf dem Gebiet des Staatsschutzes, und Sie poltern in eine Undercover-Aktion hinein. Wer ist Süden?, fragt mich der Staatsanwalt. Als er hört, dass Sie ein ehemaliger Kollege sind, überhäuft er mich mit Vorwürfen, wieso ich Ihre Einmischung nicht verhindert hätte. Mein Kollege Hutter nennt Sie gern einen dienstfernen Ex-Kollegen, aber die Dienstferne mancher Staatsanwälte ist immer wieder ein Phänomen.
Jedenfalls stehe ich unter Druck wie noch nie. Sie können sich vorstellen, wie enorm schwer es ist, in die Szene hier in der Stadt und in Bayern überhaupt reinzukommen. Die kennen sich ja alle seit zwanzig Jahren, viele von denen stam-

men aus anderen Bundesländern und waren immer eng vernetzt. Schleusen Sie da mal jemanden ein, ohne ihn zu gefährden. Das war seine Idee, als Taxifahrer Zugang zur Szene zu finden, und es hat funktioniert. Monatelang haben wir darüber diskutiert. Mein Einwand war, dass Leute aus der rechten Szene normalerweise nicht in ein Taxi steigen, sie haben ihre eigenen Fahrzeuge, ihr eigenes System. Außerdem fehlt den meisten das Geld. Aber Denning sagte ... Sie können den Kopf schütteln, sooft Sie wollen, Süden, den Echtnamen verrate ich Ihnen nicht ... Denning sagte, er denke nicht an die Kameradschaften oder die sogenannten Freien Netzwerke. Deren Veranstaltungen, sofern wir davon rechtzeitig Kenntnis haben, würde er nicht anfahren, sondern er wolle sich im Umfeld spezieller Burschenschaften herumtreiben. Dort finden regelmäßig Feste statt, die Leute trinken viel, sie haben Geld, sie sind radikal und pflegen enge Kontakte zur rechten Szene.«

»Was ist mit den V-Leuten?« Zum ersten Mal drehte Patrizia den Kopf in Richtung Tisch. »Hätten Sie nicht bei denen andocken können?«

»Nicht zu Beginn.« Welthe legte die Hand an die Wange, zögerte. »Die V-Leute sind doch im Grunde die Gegenseite, jedenfalls von uns aus betrachtet. Sie kassieren Geld vom Staat, liefern Informationen, die man oft nicht überprüfen kann, und riskieren nichts, weil sie Angst vor den eigenen Leuten haben.«

»Sie trauen ihnen nicht«, sagte Patrizia und schaute wieder zur Decke.

»Das ist eine andere Ebene. Was ich sagen will, ist: Dennings Plan ging auf, und wir entwickelten seine Legende. Wir mieteten die Wohnung in Ramersdorf, wir besorgten ihm eine Taxilizenz, er lernte die Grundregeln. Basisarbeit. Nach wenigen Monaten hatte er die ersten echten Kontakte, und er wuchs perfekt in seine Rolle hinein. Er wurde praktisch

der Fahrer der rechten Szene, die nicht aus Glatzen und Schlägern besteht, sondern aus den Leuten, die die Fäden ziehen.
Und dann taucht Mia Bischof auf, und er findet raus, dass sie die Ex-Frau des seit zehn Jahren gesuchten Extremisten Jost ist. Ein erster großer Erfolg. Allerdings war ihm nicht klar, inwieweit die Frau in die Aktivitäten der Szene verstrickt ist. Sie arbeitet als Journalistin, sie schreibt keine Hetzartikel oder Sachen, die in eine bestimmte Richtung weisen, sie ist absolut unauffällig.«
»Sie hat regelmäßig Kontakt mit ihrem Vater in Starnberg«, sagte Süden. »In seinem Hotel treffen sich NPD-Leute.«
»Das ist früher passiert, das ist wahr. Aber dann war Schluss, keine weiteren Vorkommnisse. Und, wie Sie wissen, die Partei ist nicht verboten. Solange niemand gegen das Gesetz verstößt, können die sich praktisch überall versammeln, wo man sie reinlässt. Unser Augenmerk galt Mia Bischof. Denn auch wenn ihr nichts nachzuweisen ist, gehen wir inzwischen davon aus, dass sie eine Geheimnisträgerin ist und möglicherweise immer noch Verbindungen zu ihrem Ex-Mann unterhält. In dieser Hinsicht war uns der Verfassungsschutz bisher keine Hilfe, leider. Ich gebe auch zu, mein Kollege hat Zweifel an dieser Theorie. Aus Gründen, die mir noch nicht klar sind, bezweifelt er eine auch passive Mittäterschaft von Mia Bischof. Bei unseren Treffen hat er sich sehr zurückhaltend geäußert, was mich gewundert und durchaus verstört hat.«
»Da war etwas passiert, was Sie nicht erwartet haben«, sagte Süden.
»Was meinen Sie? Sein plötzliches Verschwinden? Ja, das ...«
»Ich meine die Beziehung zwischen Denning und Mia, sie wurden ein Liebespaar.«
Welthe schien eine Weile zu brauchen, bis er den Satz verstanden hatte. Dann schüttelte er den Kopf und stemmte ein

Lächeln auf sein ansonsten mienenloses, rundes, rosiges Gesicht. »Das ist mal ein auflockernder Gedanke. Ein Liebespaar! Die beiden sind doch kein Liebespaar.«
Süden schwieg. Welthe warf der Frau auf dem Sofa einen unbeholfenen Blick zu. Nach einigen Momenten wandte Patrizia ihm das Gesicht zu. Sie schien über sein Verhalten nicht weniger verblüfft zu sein als er über Südens Bemerkung. »Die sind doch kein Liebespaar«, wiederholte Welthe. »Was reimen Sie sich denn da zusammen?«
Süden war nicht in der Stimmung, sich über Welthes komisch anmutende Verwirrung zu amüsieren. »Mia Bischof hat Angst um ihn, weil sie starke Gefühle für ihn hegt, das wissen Sie doch. Sie haben Mia vor seiner Wohnung gesehen. Sie haben mir gesagt, Sie würden seine Freundin kennen, wenn auch nur flüchtig. Was ist los mit Ihnen? Die Zeit der Spiele ist vorbei. Sie haben recht: Sie wissen etwas, wir wissen etwas, und wir wollen beide den Mann gesund wiederfinden. Hören Sie endlich auf, uns zu verdummen.«
»Ich verdumme Sie nicht.« Welthe hatte Schweißtropfen auf der Stirn. Er leckte sich die Lippen und hätte vermutlich gern einen Schluck Wasser getrunken. Bei der Begrüßung hatte er ein Getränk mit dem Hinweis abgelehnt, er würde nicht lange bleiben.
»Nein ... Sie missverstehen mich absolut, ich habe ... Ja, die Frau, natürlich bin ich ihr begegnet, aber ich wusste nicht, bitte glauben Sie mir das, ich wusste nicht, dass es sich um Mia Bischof handelte. Wie hätte ich das ahnen sollen? Denning sagte, die Frau sei eine gute Bekannte, und ich hatte den Eindruck, er geniere sich ein wenig dafür, dass er während eines Einsatzes eine Affäre hat. Sind Sie sicher mit dem, was Sie behaupten? Das würde ja bedeuten, er hat ... Die Frau kam zu Ihnen mit dem Auftrag, ihn suchen zu lassen. Das weiß ich. Gut. Und die Frau ist Mia Bischof. Wie ich Ihnen in dem Lokal anvertraut habe, ist sie unsere bezie-

hungsweise Dennings Kontaktperson. Nein. Süden, ich glaube Ihnen nicht. Ausgeschlossen.«
Er schnaufte, strich sich über die rechte Wange, nahm seine Brille ab, blinzelte und setzte die Brille wieder auf. Er schwitzte mehr als vorher. »Haben Sie eine Vorstellung von Dennings Vita? Von seinen Verdiensten? Seinem polizeilichen Werdegang?«
»Nein«, sagte Süden.
»Nein. Woher auch? Ich will offen sein, und ich sage Ihnen gleich, ich erwarte von Ihnen eine Gegenleistung. Niemand wird von unserem Gespräch erfahren. Haben Sie das verstanden, Frau Roos? Ihnen muss ich das nicht erklären, Süden, Sie sind einer von uns, auch wenn Sie im Moment eher dienstfern tätig sind und ich, um ehrlich zu sein, die Arbeit von Detektiven eher weniger schätze. Das nur am Rand. Ich bin hergekommen, weil ich trotz allem glaube, dass Sie kein Trickser sind, Süden, und was Sie betrifft, Frau Roos, so bin ich gezwungen, Süden als eine Art Bürgen zu betrachten, der für Sie einsteht.«
Er sah beide an. Süden erwiderte seinen Blick scheinbar gleichgültig. Patrizia starrte zur Decke und hatte nicht weniger Mühe, ihre Anspannung zu verbergen wie Süden. »Das absolut unerklärliche Verschwinden von Denning ... Sein Echtname ist Grieg, also gut. Michael Grieg. Der Name spielt keine Rolle.«
»Wie der berühmte Bäcker«, sagte Süden.
»Welcher Bäcker?«, fragte Patrizia, um sich abzulenken.
Welthe stockte in seiner Erzählung. »Ja, er ... Wieso hab ich das gemacht? Ihnen den Namen verraten? Erklären Sie's mir.«
Süden schwieg. Welthe wirkte noch ernster, noch besorgter. »Mille ... So nannten ihn seine Mitschüler und wir später auch ... Er ist der Sohn des bekannten Alfons Grieg, der seit den sechziger Jahren eine Bäckerei und Konditorei an der

Münchner Freiheit hatte. Eine Attraktion, dreißig verschiedene Eissorten, selbstgebackene Kuchen, italienischer Kaffee. Mille hatte andere Pläne. Zum großen Missfallen seines Vaters.

Nach dem Abitur ging er nach Westberlin, er haute von zu Hause ab, um genauer zu sein. Was er dort getrieben hat, weiß ich nicht. Bei diesem Thema war er immer sehr verschlossen, aber nach seinen späteren Interessensgebieten zu schließen, hatte er Kontakte zu gewissen Milieus. Ich spreche von Drogen. Nach etwa zwei Jahren kehrte er nach München zurück, bewarb sich bei der Polizei, wurde genommen und landete bald im Gehobenen Dienst. Sie wissen, wovon ich spreche, Süden.«

Er machte eine Pause, erhielt aber keine Reaktion. »In Gottes Namen, was ich Ihnen hier sage, geht Sie nichts an. Wieso tue ich das dann? Ich erwarte eine Gegenleistung von Ihnen. Ich erwarte, dass Sie mir eindeutige Hinweise liefern ... Vielleicht würde es mir helfen, wenn Sie ab und zu etwas sagen würden, Süden. Ich komme mir vor wie in einer Vernehmung.«

»Möchten Sie etwas trinken?«, sagte Süden wie in einer polizeilichen Vernehmung. Als würde der Verdächtige Anzeichen von Erschöpfung zeigen.

»Bitte? Ja. Nicht jetzt. Danke. Ich bin ... Was ich noch erzählen wollte: Nach seiner Rückkehr nach München meldete sich Mille, nennen wir ihn weiter Denning, um dienstlich zu bleiben ... er meldete sich nicht bei seinen Eltern. Er war weggegangen, ohne es ihnen zu sagen, und hatte sie nur einmal kurz aus Berlin angerufen. Die Eltern waren natürlich enorm beunruhigt, auch wütend. Er teilte ihnen mit, er würde sich einen Job in der geteilten Stadt suchen und vorerst dort leben. Tat er nicht. Er kam zurück und ging zur Polizei, und seine Eltern dachten, er wäre immer noch in Berlin. Er führte also so was wie ein Doppelleben. Ich weiß nicht mehr,

wann genau er ihnen schließlich die Wahrheit sagte. Lang nach Beendigung seiner Ausbildung, ich glaube, erst kurz vor seinem Wechsel ins K84.
Ein ebenso eigenwilliger wie herausragender Mann und als Kriminalist und Fahnder einer unserer besten. Ich habe ihn seinerzeit ins LKA geholt. Dank seiner Erfahrungen im Rauschgiftdezernat setzten wir ihn bald als verdeckten Ermittler im Milieu ein. Wie ich schon angedeutet habe, bin ich überzeugt, dass er bei seinem Aufenthalt in Berlin seine Erfahrungen in der Szene machte, vor allem im Zusammenhang mit Beschaffungskriminalität.
Vor ungefähr zwanzig Jahren hatten wir mit ihm unseren größten Erfolg im Milieu, er hat sein Leben dafür aufs Spiel gesetzt, anders kann ich das nicht nennen. Er wurde schwer misshandelt, gefoltert, seine Finger wurden ihm gebrochen, weil die Gegenseite ihm nicht traute. Aber er setzte sich durch, er überzeugte alle, er ließ sich nicht einschüchtern. Aufgrund seiner durchaus seltsamen Beziehungen, die er immer hatte, gelang es uns, einen europaweit agierenden Menschenhändlerring zu zerschlagen. Drei Zuhälter und vier Hauptverantwortliche konnten verhaftet und verurteilt werden, zwei von ihnen wegen Mordes zu lebenslanger Haft. Mindestens zweihundert junge Frauen und Männer, viele unter achtzehn, aus mehreren Ländern, erlangten wegen Denning die Freiheit wieder. Ihm allein hatten sie ihr neues Leben zu verdanken.
Er hätte sterben können. Wie bedrohlich seine Lage wirklich war, hat er mir erst viel später erzählt. Manche Dinge tauchten in seinen Berichten nicht auf, im Grunde eine Unmöglichkeit, fahrlässig, unprofessionell. Natürlich auch kein Wort über die Huren, mit denen er privat verkehrte. Seit ich ihn kenne, bestanden seine Beziehungen aus Prostituierten und Callgirls und Barfrauen. Wahrscheinlich liegen die Ursachen dafür in seiner Frühzeit in Berlin. Er hatte einfach nie

andere Frauen kennengelernt, und er mochte sie. Er sorgte sich um sie. Ich würde nicht so weit gehen zu behaupten, dass er sie retten wollte, rausholen aus ihrem schmutzigen Leben. Glaube ich nicht. Ich glaube, er wollte ihnen beistehen, er wollte ihnen zeigen, dass sie sich auf ihn verlassen konnten, wenn sie in Not gerieten. Außerdem musste er sich auf diese Weise nicht fest binden, ein Vorteil für einen rabiaten Einzelgänger wie ihn.

Worüber er auch nicht redete, war, wie sehr ihn der Einsatz im OK-Milieu tatsächlich mitgenommen hatte, nicht nur, weil er dabei fast zwei Finger verloren hätte. Nach etlichen Gesprächen beim Wein schien mir manchmal, als hege er den Gedanken auszusteigen, aus allem, seinem Beruf, seinem bisherigen Leben. Als wäre er auf der Suche nach einem Neuanfang durch und durch. Ich fragte ihn danach, und er stritt alles ab. So ist er. Man kriegt nichts aus ihm raus.

Schließlich dachte ich nicht weiter darüber nach, denn er arbeitete hauptsächlich im Innendienst und half bei der Aufklärung von milieubedingten Straftaten. Kein Wort mehr über die Möglichkeit eines erneuten verdeckten Einsatzes.

Und vor drei Jahren kamen die Kollegen vom Staatsschutz und hielten nach einem erfahrenen, nicht mehr allzu jungen Ermittler Ausschau, der für die rechtsradikale Szene geeignet wäre. Fragen Sie mich bloß nicht, wie sie auf ihn gekommen sind. Fragen Sie mich nicht, denn dann müsste ich zugeben, dass er sich freiwillig gemeldet hat. Was ich nicht wusste. Er traf sich mit den Kollegen im LKA, hörte sich an, was sie bisher ermittelt hatten und welche Zielpersonen in Frage kämen. Die Kollegen gingen davon aus, dass in der Szene weitere Straftaten geplant sind, auch in größerem Umfang wie bei dem gescheiterten Anschlag auf die Grundsteinlegung des Jüdischen Gemeindezentrums. Jedenfalls erklärte er mir eines sonnigen Sonntagnachmittags, als wir wieder einmal an den Erler Weiher gefahren waren, um unsere Köpfe aus-

zulüften, dass er sich entschlossen habe, noch einmal als verdeckter Ermittler zu arbeiten.
Wir stehen da also auf einem Steg im Schilf, rings um uns alles grün und frühlingshaft, eine Menge Spaziergänger, der Weiher schimmert blau, und ich begreife nichts. Niemals, dachte ich, würde er je wieder ein derartiges Risiko eingehen. Er ist heute vierundfünfzig, wozu sollte er in diesem Alter noch einmal sein Leben aufs Spiel setzen? In einem gewaltbereiten, unberechenbaren Milieu?
Und was erwidert er? Er traue sich das zu, er müsse Verantwortung übernehmen, er habe Erfahrung auf dem Gebiet. Natürlich hat er Erfahrung, wer bezweifelt das? Ich riet ihm ab, sagte ihm ins Gesicht, er überschätze sich, er sei zu alt dafür, es würde Jahre dauern, bis er einen brauchbaren Kontakt hergestellt habe. Wir gingen um den Weiher herum, kehrten im Gasthaus ein, tranken Weißbier, und ich redete weiter auf ihn ein, und er hörte zu. Und als wir wieder im Auto saßen – er fuhr, es war sein Wagen –, begriff ich, dass er seine Entscheidung längst getroffen hatte.
Wahrscheinlich hatte ich mich wie sein Vater verhalten, der kurz vor dem Abitur seinen Sohn beschwor, die Bäckerei zu übernehmen. Das Geschäft sei krisensicher und zukunftsträchtig. Und sein Sohn hörte ihm wahrscheinlich freundlich zu und wusste längst, dass er in einem Monat in Berlin sein und so schnell nicht zurückkommen würde. Das erschreckte mich. Mir wurde plötzlich klar, dass niemand diesen Mann aufhalten oder beeinflussen konnte, wenn er es nicht selbst wollte.
Bei all seiner Professionalität als Kriminalist und Ermittler war er letztlich undurchschaubar, ein Meister seines Fachs und ein perfekter Verschleierer seiner Gedanken und Gefühle. Wir sind enge Freunde, dachte ich auf der Rückfahrt vom Erler Weiher, und doch hält er mich auf Abstand, so wie jeden Menschen in seiner Umgebung. Seit jeher. Und nun

kommen Sie daher und behaupten, er hätte eine Liebesbeziehung ausgerechnet mit einer seiner Zielpersonen, und diese wiederum würde so starke Gefühle für ihn hegen, dass sie ihn von einer Detektei suchen ließ und nicht von der Polizei. Mit der Polizei wollen diese Leute nichts zu tun haben, das ist verständlich. Aber was, bitte, hat er mit so einer Frau zu tun, außer als Ermittler? Sie ist nicht einmal eine Prostituierte. Ich verstehe den Mann nicht. Ich habe ihn vor drei Jahren nicht verstanden, und nun bin ich so ratlos, dass ich mich vor Ihnen offenbare und Ihnen Dinge erzähle, die nicht einmal mein Vorgesetzter weiß. Aus lauter Verzweiflung über sein Verschwinden. Und jetzt will ich eine Gegenleistung von Ihnen, eine Hilfe. Tun Sie etwas für mich.«

Mit beiden Händen wischte Welthe sich den Schweiß von den Wangen. Er lehnte sich zurück und strich dann wie selbstvergessen über die Wachstuchdecke. Er bemerkte nicht, dass Patrizia sich auf der Couch aufrichtete, die Decke um ihre Schultern legte und ihre Beine an den Körper zog und umklammerte. Süden sagte: »Warum fuhren Sie ausgerechnet an den Erler Weiher?«
»Was?« Welthe ruckte mit dem Kopf, und die Brille rutschte ihm auf die Nasenspitze. Er schob sie hoch und stöhnte.
»Es war Dennings Idee«, sagte Süden.
»Ja. Warum? Er fährt oft auch allein hin. Was haben Sie mir zu bieten? Offene Karten jetzt, bitte.«
»Waren Sie nach seinem Verschwinden noch einmal dort?«
Welthe machte eine wegwerfende Handbewegung, die ungelenk wirkte. »Was sollen denn diese Fragen? Nein, ich war nicht dort, wozu?«
»Sie haben Denning in den vergangenen Wochen weniger gesehen als zuvor.«
Welthe strich sich über die Wange, wie immer, wenn er eine gewisse Unsicherheit empfand oder nachdenken musste.

»Nur eine Vermutung«, sagte Süden. »Möglicherweise hatte er sich verändert. Denken Sie nach. Kleinigkeiten. Sie kennen ihn länger als jeder andere.«
»Unsere Treffen wurden immer mal wieder abgesagt.« Welthe nahm die Hand aus dem Gesicht. Er redete sich Entschlossenheit ein, kam aber nicht weit. »Für Vermutungen sind Sie nicht zuständig. Er hat seine eigenen Regeln, habe ich Ihnen doch gerade erklärt.«
»Wann waren Sie zuletzt verabredet?«
»Am Sonntag vor ... Sonntag.«
»An dem Tag, als er verschwand, vor zwei Wochen.«
Welthe nickte, stand auf, setzte sich wieder. Dann steckte er die Hände in die Sakkotaschen und blickte abwesend vor sich hin. Offensichtlich hatte er Mühe, seine Gedanken zusammenzuhalten. »Er war da als Kind oft, am Erler Weiher, glaub ich. Egal jetzt. Sie haben mir gesagt, Mia Bischof würde vermuten, dass die Leute aus dieser Kneipe in Neuhausen etwas mit Denning zu schaffen haben. Wieso sollen diese Leute ihn entführt haben?«
»Er könnte enttarnt worden sein.«
»Niemals.«
»Das reden Sie sich ein«, sagte Patrizia mit leiser Stimme. »Sie können so eine Möglichkeit gar nicht ausschließen.«
»Das kann ich.« Mit einem Ruck stand Welthe auf, zog sein Sakko straff und machte einen Schritt auf die Couch zu. Über seine Schläfen liefen dünne Schweißrinnsale. »Von unseren Ermittlern wurde noch kein einziger enttarnt, genauso, wie noch kein einziger vorzeitig eine Aktion abgebrochen hat. Und Denning wäre der Letzte, dem so etwas passieren würde. Das ist eine blinde Spur, der Sie da hinterherhecheln. Sie wollen mich auf eine falsche Fährte locken, das dulde ich nicht. Ich habe Ihnen alles gesagt, was ich weiß, jetzt erwarte ich von Ihnen das Gleiche.« Er stand vor Patrizia, und sie wäre gern einen Meter von ihm weggerückt.

»Die Wahrheit, Frau Roos«, sagte er. »Sonst müsste ich Sie wegen Behinderung von Ermittlungsarbeit vorläufig festnehmen lassen. Was mir unangenehm wäre, nach allem, was Ihnen zugestoßen ist.«
»Sie lügen.« Patrizia kippte zur Seite, streckte die Beine aus, drehte ihm den Rücken zu und verbarg den Kopf unter der Decke. Welthe nahm eine Hand aus der Tasche und wollte etwas sagen. Doch seine Hand fuchtelte nur unsynchronisiert in der Luft herum.
»Hat Denning Ihnen berichtet, wie die Wohnung von Mia Bischof aussieht?«, sagte Süden.
»Er war nie dort. Wieso fragen Sie das? Sie trafen sich ausschließlich bei ihm. Falls wir von derselben Frau sprechen, was ich immer noch nicht glauben kann.«
»Ihr Glaube wird Ihnen nicht helfen.«
»Zur Sache, Süden.«
»Die Wohnung ist eine Heimstatt rechter Gesinnung.«
»Waren Sie drin?«
Süden schwieg.
»Sie waren in Mia Bischofs Wohnung? Gemeinsam mit ihr?«
Süden schwieg.
»Wenn Sie Fotos gemacht haben, sind es Beweisstücke, und sie gehören nicht Ihnen, sondern uns.«
»Ich habe keine Fotos. Ich war nur dort.«
Welthe nestelte an seiner Brille, schüttelte den Kopf. »Für die Märchenstunde ist es noch zu früh. Wenn Sie in der Wohnung waren und es sind Dinge dort, die die Mieterin als rechte Parteigängerin entlarven, haben Sie natürlich alles fotografiert. Sie sind doch kein Anfänger.«
»Ich besitze keinen Fotoapparat«, sagte Süden. »Ich hatte auch nicht mit so etwas gerechnet.«
»Was wollten Sie dann dort?«
»Ich wollte mir ein Bild machen.«
»Ein Bild ohne Fotoapparat.«

»Unbedingt.«
»Geben Sie mir die Fotos.«
»Gehen Sie in die Wohnung und machen Sie sich Ihr eigenes Bild.«
»Ich habe keine Befugnis. Und ich werde garantiert keine richterliche Genehmigung für eine Durchsuchung kriegen. Außer Sie zeigen mir, was da ist.«
»Sie sollten ihm vertrauen«, sagte Patrizia mit dem Rücken zu Welthe. »Er und niemand sonst wird Ihren Freund zurückbringen.«
»Sie lassen mich auflaufen.« Welthe wandte sich an Süden, überlegte, einen Schritt zu machen, blieb stehen. »Ein Anruf, und die Kollegen holen Sie ab. Konfiszieren Ihren Computer, Ihr Handy, Ihren Fotoapparat. Sie gefährden unsere Ermittlungen, kein Problem, eine richterliche Genehmigung zu bekommen. Welche Möglichkeiten gäbe es stattdessen? Kooperation. Mein Angebot von Anfang an. Die Lage ist niederschmetternd, vor allem für mich, ich gebe es zu, und Sie haben gehört, was ich Ihnen alles erzählt habe. Wo ist Siegfried Denning? Welche handfesten Beweise können Sie mir geben, die mir helfen, die Aktion vorübergehend auch ohne Denning weiterzuführen?«
Süden ging zum Tisch, über dem die Lampe mit dem blauen Schirm brannte. »Heute kann ich Ihnen nichts geben«, sagte er. »Aber ich kann Ihnen etwas zeigen.« Welthe zögerte, wischte sich übers Gesicht, warf der reglos daliegenden Patrizia einen Blick zu und folgte Süden zum Tisch.
»Wenn jemand in meiner Behörde erfährt, dass ich hier bin und Vertraulichkeiten ausplaudere, kann ich gleich in Ihrer Detektei anheuern.«
Süden zog sein Handy aus der Tasche und öffnete das Archiv. »Ich zeige Ihnen fünf Aufnahmen, die bisher nur in dieser Form existieren. Sie sagen niemandem etwas davon. Ich verfolge eine Spur, und wenn ich bis morgen Abend keine

konkreten Hinweise habe, wo Denning sich aufhalten könnte, besprechen wir gemeinsam, was mit den Fotos passiert.« Er hielt das Telefon in den Schein der Lampe und tippte nacheinander auf fünf Bilder aus der Wohnung in der Winthirstraße. Welthe hatte die Brille abgenommen, er spitzte die Lippen und nickte. Dann steckte Süden das Handy wieder ein.
»Sie haben mich schon wieder angelogen.« Welthe setzte die Brille auf und schloss für einen Moment die Augen. »Die Fotos existieren nicht nur auf Ihrem Handy, Sie haben sie auch auf einen Stick geladen.«
Süden schwieg. Welthe steckte wieder die Hände in die Sakkotaschen und sah Süden geduldig an. Auf der Couch drehte Patrizia sich zu den beiden Männern um.
Nach einem langen Schweigen sagte Süden: »Ja.«
Welthe streckte die Hand aus, Innenfläche nach oben. Eine ganze Weile stand er so da, bis er einsehen musste, dass er mit leeren Händen nach Hause gehen würde.

28

Sie stand vor der geschlossenen Balkontür in Kreutzers Wohnung und blickte in den schwarzen Hinterhof. In der linken Hand hielt sie eine Untertasse mit kleinen Aschehäufchen darauf, in der rechten eine Zigarette. In einer Schublade im Wohnzimmer hatte sie zwei versiegelte Schachteln Zigarillos entdeckt und sich wieder gewundert, dass sie Leo nie hatte rauchen sehen. Wenn sie sich nicht falsch erinnerte, hatte sie ihn irgendwann gefragt, ob er rauchen würde. Seine Antwort war ihr entfallen. Auch konnte sie sich nicht daran erinnern, ob es nach Rauch gerochen, geschweige denn daran, dass Leo einen Zigarillo geraucht hatte, als sie das letzte Mal in dieser Wohnung gewesen war.

Während Edith Liebergesell tief inhalierte und die Kippe dann im Aschenbecher ausdrückte, fragte sie sich, wieso Leo sein kleines Laster verheimlicht hatte.

(Er hatte es getan, weil er sich vor seiner toten Ehefrau schämte, und das ging nur die beiden etwas an.)

Als sie ins Wohnzimmer zurückkam, wo die in Leder gebundene Mappe auf dem Tisch lag, erschrak sie, obwohl sie wusste, was sie erwartete.

Wie unter einem bösen Zwang hatte sie den zotteligen Stofflöwen aus dem niedrigen Korbstuhl im Schlafzimmer gehoben, an ihm gerochen und ihn so fest an sich gedrückt, bis sie aufhörte zu weinen. Im Wohnzimmer hatte sie ihn auf die Couch gesetzt und minutenlang angestarrt. Es kam ihr vor, als führe sie Handlungen aus, die jemand ihr vorgab.

Eigentlich war es das Letzte, was sie tun wollte: dieses Plüschtier zu berühren, das sie bei ihren früheren Besuchen nie bemerkt hatte. Wie auch, dachte sie, im Schlafzimmer war sie nie gewesen und die Tür war immer verschlossen. Da sie in den Schränken im Wohnzimmer kein Dokument über Kreutzers Nachlassregelung und keinen Hinweis auf einen Notar entdeckt hatte, öffnete sie notgedrungen die Schlafzimmertür. Und das Erste, was sie sah, war Mister Mufasa auf seinem Stuhl. Vor Schreck trat sie einen Schritt zurück und zog die Tür wieder zu. Wie lächerlich, dachte sie und sagte vor sich hin: »Ich habe keine Zeit zu verlieren, auf geht's!« Aber dann verharrte sie vor dem Bett, anstatt gleich die Kommode zu durchsuchen. Sie betrachtete den Stofflöwen eine Weile, bevor sie Schritt für Schritt auf ihn zuging, ihn hochhob und zu weinen begann. Sie umarmte ein weiches, warmes, vertrautes Gespenst.

»Du bist doch tot«, sagte sie jetzt zu Mister Mufasa. Sie hatte die Mappe, die in der obersten Schublade der Kommode gelegen hatte, vom Tisch genommen und sich auf die Couch neben den Löwen gesetzt. Mit gefalteten Händen drückte sie die Mappe auf ihre Knie.

»Du bist doch ermordet worden.«

Einen Monat nach der Beerdigung ihres Sohnes hatte sie sein liebstes Kuscheltier in eine Plastiktüte gepackt und im Müllcontainer versenkt. Sie hatte den Anblick nicht mehr ertragen. Gemeinsam hatten sie ihn Mister Mufasa getauft, der Name war ihre Idee gewesen, auf der Anrede hatte Ingmar bestanden. Da war er sechs Jahre alt.

»Schau, Ingmar.« Ihre Stimme war gut zu verstehen, aber sie nahm sie kaum wahr. »Der alte König ist auferstanden von den Toten. Ist das nicht ein tolles Wunder? Er hat die ganze Zeit bei der Inge gelebt, und Leo hat uns kein Wort verraten. So ein Geheimniskrämer. Heimlich geraucht hat er nämlich auch. Die Leute haben alle ihre Geheimnisse, du auch. Deinen Freund Billy durfte niemand sehen, dein Papa und ich auch nicht. Ich habe ihn nur durch Zufall entdeckt, im Hof, im Gebüsch am Zaun, gut versteckt hast du das Glas. Als ich dich gefragt habe, ob du das Glas da hingestellt hättest, hast du nein gesagt. Aber du bist sofort in den Hof geflitzt, um zu schauen, ob der Frosch noch drin saß. Billy hieß er. Als ich wissen wollte, wieso er so heißt, hast du gesagt, wegen dem

Möbel, weil das so einen schönen Namen hat. Das war bestimmt der erste Frosch der Welt, der nach einem schwedischen Regal benannt worden ist.
Der Billy ist auch schon lange tot. Schon so lang, so lang. Mister Mufasa ist wieder da. Ich werde ihn nicht mit nach Hause nehmen. Er muss allein bleiben und Leos Zimmer bewachen, weil doch sonst keiner mehr da ist.«
Sie wollte das Stofftier noch einmal streicheln, traute sich aber nicht. »Du würdest ganz schön mit mir schimpfen, wenn du mich hören könntest. Das mochtest du überhaupt nicht, wenn ich vor mich hin gebrabbelt habe. Ich glaube, du hattest Angst, dass ich verrückt werde. Bin ich nicht geworden. Das ist eigentlich erstaunlich nach allem, was passiert ist. Zu den Leuten sage ich immer, sie sollen behutsam mit ihrer Hoffnung sein, wenn sie einen Angehörigen suchen lassen, man weiß nie, was am Ende herauskommt. Aber ich, ich war nicht behutsam mit meiner Hoffnung. Ich habe ein Hochhaus aus Hoffnung gebaut, und in dem hab ich gelebt, jeden Tag, jede Minute. Bis zum Ende.«
So abrupt, wie sie begonnen hatte zu sprechen, verstummte sie. Die Mappe an sich gepresst, stand sie von der Couch auf und verließ, ohne einen weiteren Blick auf irgendeinen Gegenstand zu werfen, das Zimmer, die Wohnung, das Haus in der Preysingstraße.

Seine Hände waren hinter seinem Rücken gefesselt, die Schnüre schnitten ihm ins Fleisch. Das spürte er fast nicht mehr. Das Schlimmste für ihn war, dass er nichts sehen konnte. Einer der Kidnapper hatte ihm mit einem stinkenden Schal die Augen verbunden und einen Knoten gemacht, der gegen seinen Kopf drückte. Manchmal schlug ihm jemand ins Gesicht. Dann kamen die Tränen wegen des Schals nicht richtig aus seinen Augen raus.
Warum er geschlagen wurde, begriff er nicht. Er würde doch

nicht weglaufen, er hockte auf einem Bett und hing am Gitter fest. Außerdem hatte er Hunger und Durst. Sein Herz schlug viel schneller als sonst. Als wollte es aus seinem Körper raus und weghüpfen, wie Billy, der plötzlich in Ingmars Vorstellung herumsprang.

Wenn er sich etwas ausdachte, vergaß er, wo er war und die Schmerzen und die Einsamkeit. Er kraxelte dann über den Zaun und rannte die Ainmillerstraße entlang bis zur breiten Leopoldstraße, wo die Autos keine Dächer hatten und die Leute auf dem Gehsteig in der Sonne saßen und rote, blaue und gelbe Getränke mit Strohhalmen tranken. Die würde er gern probieren, aber das hatte ihm seine Mutter verboten. Als sie mal im Sommer in Richtung Münchner Freiheit gegangen waren, war er plötzlich stehen geblieben und hatte zu einer Frau gesagt, die an einem runden Tisch saß und ein Glas mit etwas Grünem drin in der Hand hielt: »Darf ich mal zuzeln?« Die Frau lachte, und seine Mutter entschuldigte sich für ihn und zog ihn weiter und schimpfte ihn aus. Später, auf dem Platz an der Münchner Freiheit, wo die Schachspieler ihre großen Figuren hin und her schoben, durfte er sich dann trotzdem zwei Eiskugeln aussuchen, und er wählte eine grüne und eine blaue, und sie schmeckten seltsam.

Wenn er in seinem Kopf eine Zeitlang woanders gewesen war, ertrug er das krumme Dasitzen auf dem Gitterbett leichter. Er schnupperte. Es roch nicht gut.

Als er das Türschloss hörte, drehte er den Kopf. Jemand kam herein und blieb vor dem Bett stehen. Vielleicht war es ein Parfüm, das er roch. Er tat aber so, als würde er nicht atmen. Dann bekam er eine Ohrfeige und erschrak, und eine Frauenstimme sagte: »Wenn du schreist, stirbst du.« Er schrie nicht. Seine Tränen versickerten lautlos im Schal. Jetzt hielt ihm die Frau ein Glas an die Lippen. Milch. Er trank gierig. Dann schob die Frau ihm einen Keks zwischen die Zähne, der ihm nicht schmeckte. Aber er kaute schnell und schluckte alles runter. Er trank das Glas leer und verschluckte sich und hustete und spuckte Krümel aus. Dann war es still. Er überlegte, ob die Frau noch im Zimmer war. Riechen konnte er sie nicht mehr. Er horchte.

An dem Tag, als sie ihn einsperrten, hatte ein Mann zu ihm gesagt, er würde ihn umbringen, wenn er einen Ton von sich gebe. Wenn er still blieb, würde sein Mund nicht zugebunden werden. Darüber war Ingmar glücklich. Er hatte solche Angst zu ersticken, wie beim Zahnarzt, wenn der in seinem Mund herumwerkelte und mit dem Finger dem ganzen Atem den Weg versperrte.

Das Geräusch des Schlüssels im Türschloss ließ ihn zusammenzucken. Er überlegte, was die Frau so lange im Zimmer gemacht und ob sie ihn die ganze Zeit angeschaut hatte.

Er würde bestimmt nicht schreien.

Er durfte nicht sterben, weil zu Hause seit ewig langer Zeit Mister Mufasa auf ihn wartete.

29

Sie ging von Zimmer zu Zimmer, weil sie nicht wieder einschlafen, sondern sich endlich erinnern wollte. Kurz nachdem der LKA-Mann ihre Wohnung verlassen hatte, nicht ohne undefinierbare Drohungen ausgestoßen zu haben, war auch Süden gegangen. Sie hatte ihm versichert, dass sie sich im Notfall sofort bei ihm oder Edith melden würde. Das Alleinsein tat ihr gut. Die Stille marterte sie.

Die Stille, so schien ihr, vergrößerte den schwarzen Abgrund ihrer Erinnerung noch. Nichts, kein Bild. Das Hotel – Schnitt – die Wiese am Tümpel. Immer wieder stellte sie sich auf ihrer Zimmerreise dieselben Fragen: Was war im Hotel geschehen? Wie war sie nach München zurückgekehrt? War sie tatsächlich allein bis zur Isar gelaufen? Wozu? Und wann hatte sie, wie Süden ihr bestätigt hatte, mit Mia Bischof gesprochen? Und worüber? Was hatte sie getrunken?

Im engen Flur blieb sie mit einem Ruck stehen. Vor ihren Augen entstand das Bild einer Bar, einer Hotelbar. Und gleich darauf, als würde es mit dem ersten verschwimmen, ein zweites Bild. Sie ging eine Treppe hinunter. Unten wollte sie die Toilettentür öffnen, da sprach ein Mann sie an. Im nächsten Moment schlug er zu, und sie stürzte zu Boden. Jetzt ging alles schnell. Wie Splitter rasten einzelne Stücke ihrer Erinnerung ineinander und ergaben ein Bild. Sie saß im Büro des Hoteliers, jemand hatte sie dorthin gebracht, Geiger, natürlich. Er hatte ihr aufgeholfen und sich für das Benehmen seines Mitarbeiters entschuldigt. Vorher hatte sie an der Bar einen Wein getrunken. Und auf Mia Bischof gewartet. Natürlich! Sie war ihr doch von München aus gefolgt und in Starnberg vom Bahnhof bis ins Hotel. Kein Zweifel. Der Mann hatte sie geohrfeigt und ihr die Perücke vom Kopf gerissen, weil er dachte, sie würde eine geheime Versammlung stören. Geiger, fiel ihr ein, hielt sie für eine Journalistin. Wie seine Tochter. Wo war Mia?

Vor Aufregung drehte Patrizia sich im Kreis. Endlich fiel Licht in ihren Kopfkeller. Da stand sie, die Journalistin, hinter ihr auf der Toilette. Mia wollte mit ihr reden. Sie folgte ihr in deren Zimmer, das aussah wie ein gewöhnliches Einzelzimmer in einer Pension. So war es gewesen, das war die Wahrheit.
In der Küche ließ sie kaltes Wasser aus dem Hahn in ein Glas laufen und trank es in einem Zug aus. Nach einem zweiten Glas ließ sie sich außer Atem auf den grün angemalten Küchenstuhl fallen. Endlich konnte sie beweisen, dass Mia Bischof auf jeden Fall für ihren Zustand mitverantwortlich war. Kein Zweifel.
Oder?
Sie war in Mias Zimmer. Und danach? Und währenddessen? Wann hatte sie das Hotel verlassen? Wie war sie nach München gelangt? Und wie bis zur ...
Keine Antworten. Nichts war klar. Der Nebel hatte sich gelichtet, aber nur im Vorgarten. Dahinter lag die Welt weiter im vollkommenen Dunkel. Kein Strahl, kein Funke, kein Mond-Auge. Alles vergeblich. So hart sie mit den Fäusten auch gegen ihren Kopf trommelte, die Stimmen aus dem Hotel waren wieder verstummt und die Gesichter so nachtschwarz wie schon den ganzen Tag über.

Am Giesinger Bahnhof stieg Süden aus dem Taxi und ging zu Fuß weiter. Nach dem Gespräch mit dem V-Mann-Führer Welthe war er kurz davor gewesen, die Polizei einzuschalten und Anzeige gegen Mia Bischof und ihren Vater wegen schwerer Körperverletzung, Freiheitsberaubung und des Verstoßes gegen das Betäubungsmittelgesetz zu erstatten. Auch wenn keine stichhaltigen Beweise vorlagen, mussten die Beamten den Anschuldigungen nachgehen, und der Wirbel, den sie dabei verursachten, würde beträchtlich sein und an die Öffentlichkeit gelangen.

Nebenbei würde Süden den Polizisten die Fotos aus Mias Wohnung präsentieren, eventuell auch der Chefredaktion des Tagesanzeigers, bei dem die Journalistin in leitender Funktion arbeitete. Für Landeskriminalamt und Verfassungsschutz wäre seine Aufdeckung einer Art rechtsradikaler Zelle in Neuhausen nach den zahlreichen Pannen bei der Fahndung nach Terroristen eine erneute fundamentale Blamage. Gleichzeitig würde der Name der Detektei Liebergesell bundesweit für Aufsehen und Anerkennung sorgen.

Alles zu früh, dachte Süden, das Gegenteil würde passieren. Die Detektei würde von den Behörden zerlegt und zerschlagen und mit Anzeigen wegen Verdunkelung, Behinderung von Ermittlungsarbeit und anderer Delikte auf dem Gebiet des Staatsschutzes überzogen werden. Wie er spätestens nach dem Anschlag auf Leonhard Kreutzer begriffen hatte, waren sie auf sich allein gestellt und würden es bis zum Ende des Falls bleiben, womöglich darüber hinaus.

Morgen wollte Süden sich Ediths Auto leihen und nach Starnberg fahren, um Mia Bischof zur Rede zu stellen, und anschließend zu jenem »Heimgarten«-Hotel auf dem Land, mit dem Siegfried Denning in irgendeiner Verbindung stand. Den Taxifahrer zu finden lautete noch immer die vordringlichste Aufgabe der Detektei und bedeutete gleichzeitig eine Versicherung gegenüber dem LKA. Das Amt war auf einen Erfolg der Suche angewiesen, da es keinerlei Handhabe besaß, offizielle Ermittler einzuschalten. V-Mann-Führer Welthe, dachte Süden, führte seit zwei Wochen einen Unsichtbaren.

An der Abzweigung zur Scharfreiterstraße, in der seine Wohnung lag, klingelte Südens Handy. Schon am Tonfall erkannte er Ediths Erschütterung. »Du musst sofort kommen. Ich bin im Büro. Wo bist du gerade? Komm schnell, bitte.«

Süden dachte an das Nächstliegende und atmete auf, als Edith Liebergesell von etwas anderem sprach. »Auf einem

der Fotos, die du in der Wohnung gemacht hast, ist ein ... Ich muss dir was zeigen.« Süden konnte hören, wie sie hastig rauchte. »Wann kannst du da sein?«
»In zehn Minuten, wenn ich ein Taxi kriege.«
»Beeil dich.«
Er wählte die Nummer und beschrieb seinen Standort. Erleichtert, dass es nicht um Patrizias Gesundheitszustand gegangen war, aber irritiert von Ediths ungewöhnlicher Erregung, wartete er am Straßenrand. Fünfzehn Minuten später beugte er sich neben seiner Chefin zum Computer und betrachtete das vergrößerte Foto der Gegenstände, die er aus dem Rucksack auf den Boden von Mias Apartment gekippt hatte. Edith Liebergesell inhalierte. Der Aschenbecher quoll über von Kippen.
»Die Handschuhe«, sagte sie. »Siehst du die grünen, wollenen Handschuhe, die sind ... Die sehen genauso aus wie die, die Ingmar anhatte, als er entführt wurde. Wie ist das möglich? Du musst noch einmal in die Wohnung und sie holen, ich muss sie mir genauer ansehen, heute Nacht noch. Und die Videokassette auch. Stell dir vor, dass ... Kannst du bitte noch mal hingehen, für mich? Die Handschuhe, die habe ich ihm gestrickt, in dieser Farbe, schau dir die Farbe an. Was bedeutet das denn?«
Sie drückte den Stumpen ihrer Zigarette aus. Süden legte ihr die Hand auf die Schulter, nicht weniger verstört als sie. »Und sieh doch: Auf der Kassette klebt ein Zettel, da steht ein Buchstabe. Ist das nicht ein I? Ein I wie ... Bitte, du musst sofort los, ich warte hier auf dich.«
Süden schwieg, und als er es bemerkte, sagte er: »Es sind alte, zerfledderte Handschuhe.« Das war nicht das, was er sagen wollte. Den Gedanken, der ihn seit dem Augenblick, als er das vergrößerte Bild betrachtet hatte, gefangen hielt, wagte er nicht auszusprechen. Keine Sekunde hatte er Ediths panische Vermutung für abwegig gehalten. Keine Sekunde

hatte er etwas anderes gedacht als sie. Und dennoch wollte er – wozu auch immer, begriff er nicht – Zeit schinden, ein Schlupfloch suchen, eine Erklärung zimmern, die dem Orkan ihrer beider Vorstellung standhielt.
»Ich rufe Mia Bischof an«, sagte Süden. »Wenn sie schon wieder in München ist, haben wir Pech gehabt.«
Edith Liebergesell zündete sich eine neue Zigarette an. Sie vermittelte nicht den Eindruck, als würde sie zuhören. Sie rief ein Bild nach dem anderen im Computer auf, vergrößerte es, sprang mit dem Cursor vor und zurück, während sie an ihrer Zigarette sog, was ein schmatzendes Geräusch erzeugte. Süden hatte es noch nie gehört.
Auf seinem Handy tippte er die Nummer des Hofhotels Geiger, ging zum langen Tisch vor der Fensterfront, setzte sich und schlug einen der Schreibblöcke auf, die dort lagen. »Frau Bischof, bitte«, sagte er, klopfte mit einem Kugelschreiber aufs Papier. »Dann Herrn Geiger, es ist dringend.« Er saß mit dem Rücken zu Edith, die keine Notiz von ihm zu nehmen schien.
»Geiger.«
»Süden. Ich möchte Ihre Tochter sprechen.«
»Sie ist bereits in ihrem Zimmer, kann ich helfen?«
»Nein«, sagte Süden. »Ihre Tochter sollte mich zurückrufen.«
»Habe ich ihr selbstverständlich ausgerichtet.«
»Holen Sie sie bitte an den Apparat.«
»Ich weiß nicht, ob sie noch wach ist.«
»Ich warte.« Süden legte das Handy auf den Tisch und schaltete den Lautsprecher ein. Hätte er gesagt, er würde morgen früh noch einmal anrufen, könnte er schon auf dem Weg nach Neuhausen sein. Aber er wollte sichergehen, dass Mia Bischof sich tatsächlich noch in Starnberg aufhielt.
Er dachte an die grünen, zerfledderten Handschuhe aus dem Militärrucksack, den Mia in ihrem Schrank bunkerte. Er dachte an das Ausmaß der Erschütterung, die von der Winthirstraße aus das Land erfassen würde, falls sich an den Hand-

schuhen DNA-Spuren des achtjährigen Ingmar nachweisen ließen.
Er dachte an dessen Mutter, die sich jedes Jahr in der letzten Januarwoche in ihr Asyl aus Erinnerungen zurückzog, nachdem ihre Gedanken sie wieder einmal aus der Wirklichkeit verjagt hatten. Danach kehrte sie zurück und sprach nicht mehr davon, was sie im Inneren erlebt hatte. In diesem Jahr, so behauptete sie, hätte sie dem Schmerz endgültig seinen Platz zugeteilt und sich damit abgefunden, dass die Ermordung ihres Buben niemals aufgeklärt werden würde. Zehn Jahre trostloser Hoffnung reichten bis zum Lebensende. Und nun saß sie an ihrem Schreibtisch, gefesselt an den Anblick verschlissener Handschuhe, die sie vielleicht selbst gestrickt hatte. All die Jahre waren die Handschuhe von einer Frau aufbewahrt worden, die genau in der Zeit, als Edith im Schein von vierzehn Kerzen der unsterblichen Gegenwart ihres Sohnes gedachte, der Detektei Liebergesell, auf deren Namen sie angeblich zufällig gestoßen war, den Auftrag erteilte, ihren verschwundenen Geliebten zu suchen.
War es denkbar, dachte Süden, dass Mia die Detektei nicht zufällig, sondern absichtlich ausgewählt hatte? War das der gewöhnliche Zynismus einer Frau mit steinernem Herzen?
»Hallo. Ich bin hier«, sagte Mia Bischof ins Telefon. Süden nahm das Handy.
»Sagen Sie mir, wann Frau Roos gestern Abend bei Ihnen war.«
»Bitte?«
Süden schwieg. Edith Liebergesell hatte die Hände vors Gesicht geschlagen und die Augen geschlossen.
»Sie haben mich aufgeweckt«, sagte Mia Bischof. »Was wollen Sie von mir?«
»Sie haben meine Frage verstanden.«
»Frau Roos war bei mir, dann ist sie mit dem Taxi nach Hause gefahren.«

»Wann?«
»Nach Mitternacht.«
»Sie haben Alkohol mit ihr getrunken.«
»Sehr wenig.«
»Wie viel ist sehr wenig, Frau Bischof?«
»Ein Glas Schnaps. Sie hat vorher an der Bar Wein getrunken.«
»Woher wissen Sie das?«
»Sie hat es mir gesagt.«
»Sie haben ihr das Taxi gerufen.«
»Ja.«
»Bei welchem Unternehmen?«
»Volland. Ich habe gehört, dass Frau Roos kurzzeitig verschwunden gewesen ist. Wo war sie denn?«
»Sie wissen es nicht.«
»Ich war hier im Hotel, die ganze Nacht. Wo war sie?«
»Das wissen wir nicht.«
»Schlimm. Ich möchte übrigens den Auftrag nun doch stornieren. Sie brauchen nicht weiter nach der Person zu suchen.«
»Hat Herr Denning sich bei Ihnen gemeldet?«
»Bitte?«
Süden schwieg. Er wandte sich um. Edith Liebergesell saß gekrümmt am Schreibtisch, die Arme auf der Tischplatte, den Kopf auf den Händen.
»Herr Denning hat sich nicht gemeldet, er braucht sich nicht zu melden. Sie können die Akte schließen.«
»Dazu müssen Sie in die Detektei kommen.«
»Ich komme Montagmittag. Noch etwas?«
»Warum wollen Sie Siegfried Denning nicht mehr suchen lassen?«
»Das ist meine Entscheidung.«
»Dann schreiben wir den Bericht, Sie bekommen die Rechnung, und die Sache ist erledigt.« Seine Stimme klang sachlicher als je zuvor an diesem Tag.

»Danke. Gutnacht.«
Süden drückte den Knopf, steckte das Handy ein und stand auf. Edith Liebergesell nahm die Hände vom Gesicht. In ihren Augen war nichts als ein schwarzes Flehen. »Vergiss dein Kläuschen nicht«, sagte sie leise, und er überlegte, ob er noch einmal zu ihr hingehen sollte.

Er nahm die U-Bahn zum Rotkreuzplatz und brauchte von dort keine zehn Minuten bis zu dem unbeleuchteten Hinterhof in der Winthirstraße. Hinter den sechs Fenstern oberhalb der Garagen war es dunkel. Mit lautlosen Schritten stieg Süden die Treppe zum Laubengang hinauf. Er holte Martins alten Dietrich aus der Tasche, hielt vor der Wohnungstür kurz inne und machte sich ans Werk. Das Aufsperren klappte so reibungslos wie beim ersten Mal. In dem Apartment hing ein muffiger Geruch. Diesmal knipste Süden kein Licht an.
Hastig öffnete er den Schrank, zog den Rucksack heraus, wühlte darin herum, legte die Videokassette und die Handschuhe auf den Boden, verschloss Rucksack und Schrank, steckte die Handschuhe in die Plastiktüte, die er aus der Detektei mitgebracht hatte, nahm die Kassette und huschte aus der Wohnung.
Die ganze Zeit über hatte er – aus Gründen, die ihm nicht ganz klar waren – mit dem Auftauchen von jemandem gerechnet, einem Nachbarn, einem Kerl aus dem Bergstüberl, Mia persönlich. Er hielt es für möglich, dass sie aufgrund seines Anrufs beschlossen hatte, vorzeitig aus Starnberg zurückzukehren, um wichtige Dinge zu regeln, damit ihr Doppelleben weiter funktionieren konnte. Vermutlich hielt ihr Vater die Einmischung einer Detektei für geradezu selbstmörderisch. Sie hatte einen Fehler begangen und musste ihn so unauffällig wie möglich korrigieren.
Süden hatte den Rotkreuzplatz schon wieder fast erreicht, als

in Mias Wohnung ein Mann aus dem dunklen Badezimmer trat und horchte. Er hatte keine Ahnung, wer der Einbrecher gewesen sein und was er mitgenommen haben könnte. Aber er war sicher, dass er etwas aus dem Schrank geholt hatte. Auf jeden Fall hätte er ihn überwältigt und getötet.
Und jetzt wartete Karl Jost in aller Ruhe auf die Schlampe.

»Alles in allem also«, sagte LKA-Hauptkommissar Luis Hutter am Telefon, »bringt uns der Zeuge nicht voran. Aber es war gut, dass wir mit ihm geredet haben. Den Bericht haben Sie am Montagnachmittag auf dem Tisch.«
»Wenn nicht mehr drinsteht als das, was Sie mir gerade mitgeteilt haben, kann ich ihn gleich in die Ablage heften.« Dass sein Kollege ihn am Samstagabend zu Hause auf seinem Handy anrief, ärgerte Bertold Franck. Die Vernehmung des Zeugen, der angeblich den Überfall auf Leonhard Kreutzer beobachtet hatte, war längst beendet, ohne dass aus dem LKA auch nur ein Laut zu der Sache gekommen wäre. Wieso jetzt?
»Kein Hinweis auf rechtsradikale Umtriebe«, sagte Hutter.
»Habe ich verstanden. Danke, dass Sie mich auf dem Laufenden halten.«
»Entschuldigen Sie nochmals die Störung zu der ungewöhnlichen Uhrzeit.«
Mit einem Übermaß an Höflichkeit beendeten die beiden Staatsbeamten das Telefonat. Der Mordermittler Franck nahm sich vor, im Lauf des Sonntags die Detektei Liebergesell zu informieren und sich nach dem Befinden des schwerverletzten Mannes zu erkundigen.
Hutter saß noch eine Weile in seinem Büro in der Maillingerstraße und fragte sich zum wiederholten Mal, wann sein Kollege beim Verfassungsschutz endlich den Namen des V-Mannes preisgeben würde, wegen dem er ständig die Kollegen von der Mordkommission anlügen musste. Um diese Verbin-

dungsperson machten sie in Milbertshofen seit Wochen ein Gewese, das Hutter allmählich beleidigend fand und das vor dem Hintergrund der Ermittlungskatastrophe vor noch nicht allzu langer Zeit schädlich für alle Beteiligten war. Trotzdem würde er geduldig warten, bis ihm konkrete Einsatzpläne vorlagen, die seinen Leuten den bisher unter maximaler Geheimhaltung seitens des LfV avisierten Zugriff ermöglichen würden.
Um welche Zielpersonen es sich im Einzelnen handelte, wusste er noch nicht. Die Tatsache, dass ein verdeckter Ermittler aus der eigenen Behörde weiterhin spurlos verschwunden war, verlagerte die gesamte Situation sowieso schon in die Nähe eines Alptraums. Zumal der Kollege Welthe offensichtlich wie ein Blinder in der Wüste umherirrte, wohin ihn diese Detektei geschickt hatte, die das LKA im Moment so dringend brauchte wie einen Computervirus.
Dann dachte er an seine Tochter, der er für morgen einen Ausflug zu einem Reiterhof versprochen hatte. Für Luis Hutter waren Pferde ungefähr so attraktiv wie Detektive.

30

Die Szene dauerte nur eine Minute. Der Junge kauert auf der schäbigen Matratze eines Bettes, die Hände hinter dem Rücken ans Gestell gefesselt. Seine blonden Haare stehen ihm kreuz und quer vom Kopf, sein schmales weiches Gesicht ist so bleich wie die Wand. Er trägt Bluejeans, einen dunkelblauen Pullover, aus dem schief ein weißer Hemdkragen hervorlugt, darüber einen schwarzen Anorak, dessen Reißverschluss geöffnet ist. Sein Blick ist starr auf die Kamera gerichtet und will nichts verraten. Doch seine Augen sind voller blauer Angst. Nichts geschieht. Kein Laut. In dem Jungen muss ein Herkulesherz schlagen. Er zeigt keine Schwäche, keine Träne. Eine Minute lang. Dann wendet die Kamera sich ab und gibt einen letzten Blick auf die mit einem Seil verschnürten Hände frei. Ingmar trägt grüne, beinah leuchtende Wollhandschuhe. Dann Dunkel. Das Rauschen der Videokassette. Stille.

Der Bildschirm des Röhrenfernsehers blieb schwarz. Gewöhnlich stand er auf dem Rollwagen in einer Ecke der Detektei. Auf dem Regal darunter ein Videorekorder und ein DVD-Spieler. Seit Süden in der Detektei arbeitete, hatten sie die Geräte kein einziges Mal benutzt.

Weder er noch Edith Liebergesell hatten sich einen Stuhl geholt, sie standen nebeneinander vor dem Fernseher, stumm, am Rand des Lichts, das die Lampe mit dem grünen Glasschirm auf dem Schreibtisch für sie übrig ließ. Der Rest des Weltalls war schwarz wie das erloschene Bild des Fernsehers.

Wie auf einem Tablett hielt Edith die zerschlissenen Handschuhe ihres Sohnes in ihren offenen Händen. Es sah aus, als wollte sie sie jemandem übergeben, einem Boten aus der Unterwelt vielleicht.

Eine Stunde – oder drei Minuten – später sagte Süden: »Ich rufe die Polizei an.« Und wieder eine Stunde – oder eine Mi-

nute – später erwiderte Edith Liebergesell: »Das möchte ich nicht.«
Sie – wer immer damit gemeint sein mochte –, dachte Süden, hatten die Handschuhe und das Video als Trophäen aufbewahrt. Sie hatten den Jungen entführt, um Geld für neue Anschläge zu erpressen. Um die Kasse der Bewegung aufzufüllen. Um Waffen, falsche Pässe, Wohnungen, Fahrzeuge zu beschaffen. Um das zu tun, was ihrer Natur entsprach. Und sie hatten Erfolg. Sie bekamen das Geld und die Freiheit. Niemand hätte damals für möglich gehalten, dass »sie« hinter der Entführung des Jungen stecken könnten. In den Computern ihrer Gegner existierten sie nicht, vermutlich nicht einmal in deren Köpfen.
Die Suche nach einem vermissten Taxifahrer, dachte Süden, mündete möglicherweise in der Aufklärung eines zehn Jahre zurückliegenden Kapitalverbrechens. Doch die Mutter des Opfers hatte eigene Pläne.
»Ich möchte«, sagte Edith Liebergesell und betrachtete weiter den laut- und bildlosen Fernseher, »zuerst ein Gespräch führen. Ich möchte, dass die Frau, in deren Schrank du die Beweisstücke gefunden hast, vor mich hintritt und mir ins Gesicht sagt, dass sie für den Tod meines Sohnes die Verantwortung trägt. Ich möchte die Erste sein, die die Wahrheit erfährt. Darauf habe ich ein Recht, verstehst du mich, Süden? Ich will die Tatsachen nicht aus der Zeitung erfahren oder aus dem Mund eines Polizisten, dem ich sowieso nicht traue. Ich will, dass niemand mich unterbricht.
Ob diese Handschuhe wirklich dieselben sind, die ich Ingmar gestrickt habe, wissen wir nicht, genauso wenig, wo sich dieses Bett befand und inwieweit Mia Bischof in die Entführung verwickelt war. Nichts ist bewiesen, aber ich weiß, dass alles so war und diese Frau schuldig ist. Ich will, dass sie sich zu ihrer Schuld bekennt, in meiner Gegenwart, hier in diesem Zimmer, vor mir und vor niemandem sonst. Ich möchte nicht

einmal, dass du anwesend bist. Ich will allein sein, so wie ich die vergangenen zehn Jahre allein gewesen bin.
Was ich gerade gesehen habe, ist ungeheuerlich, und ich kann dir nicht erklären, wieso ich immer noch hier stehe und nicht schon längst aus dem Fenster gesprungen bin.
Ich habe das Gesicht meines Sohnes gesehen, zehn Jahre nach seinem Tod. Ich habe seine Augen gesehen, seine Kleidung und seine gefesselten Hände. Hast du die Botschaft seiner Augen erkannt, Süden? Hast du begriffen, was er uns sagen wollte? Er wollte sagen: Wo bist du, Mama, warum holst du mich nicht hier raus und umarmst mich wie immer, wenn es mir schlechtgeht. Warum bist du nicht bei mir, Mama?
Wo war ich denn? Ich war zu Hause, ich habe den Polizisten vertraut und mich mit meiner parfümierten Hoffnung zufriedengegeben. Ich war nicht da. Ich war nicht da. Und er hat kein Wort darüber verloren. Keine Anklage, nur ein stummes Bitten. Wieso hast du diese Kassette gefunden, Süden? Was soll ich denn jetzt damit anfangen? Wieso hast du überhaupt in der Wohnung von der Frau herumgeschnüffelt? Ist das erlaubt? Nein. Illegal. Und dann findest du dieses Video und die Handschuhe dazu, und ich weiß plötzlich nicht mehr, in welcher Welt ich bin. Wo bin ich?
Geht gleich die Tür auf, und Ingmar kommt von der Schule heim, und ich umarme ihn, und er erzählt mir, wie blöd die Lehrerin gewesen ist, weil sie das Bild nicht kapiert hat, das er gemalt hat? Wieso ist es so dunkel hier? Es ist doch Mittag, und die Sonne scheint. Ich war nicht da. Ich war nicht da.
Hör nicht auf mich, Süden, hör weg. Ich bin eine alte, verbitterte Mutter.«
Sie wandte sich ihm zu, steckte die grünen Handschuhe in die rechte und linke Tasche ihres Blazers und legte ihre Hand an sein Gesicht. »Ich will, dass die Frau vor mir steht, so wie du jetzt. Ich will, dass sie gesteht und sagt, warum sie es getan hat. Ich will, dass sie den Mut hat.

Ich will verstehen, warum sie mich mit all den leeren Zimmern zurückgelassen hat, in denen mein Junge niemals leben durfte.
Aber ich fürchte, sie wird feige sein und mich anlügen. Eine Frau wie sie, die ein Kind entführen und ermorden lässt, ist die Ausgeburt von Feigheit. Ein feigeres Lebewesen existiert auf diesem Planeten nicht. Das macht nichts. Ich will, dass sie kommt und mir ins Gesicht sieht, so wie sie ins Gesicht meines Sohnes gesehen hat. Ich will, dass sie ihn in mir wiedererkennt. Dann kannst du sie mitnehmen und zur Polizei bringen.«
Sie legte auch die andere Hand an Südens Gesicht. Sie sah ihn an, gab ihm einen flüchtigen, kühlen Kuss auf den Mund und ging hinaus auf die Toilette, wo sie sich einschloss. Süden ging zum Fenster und bemerkte im Vorbeigehen, dass die Handtasche, die Edith Liebergesell tagaus, tagein bei sich trug und die wie immer auf dem Boden vor ihrem Schreibtisch stand, die gleiche Farbe hatte wie Ingmars fusselige Handschuhe. Bisher hatte Süden die Tasche eher für ein schrilles Accessoire gehalten. Jetzt kam sie ihm vor wie eine grüne Wunde.
Unten, auf dem asphaltierten Platz, tranken zwei Stadtstreicher in dicken Mänteln und umzingelt von prall gefüllten Plastiktüten, Bier aus Flaschen und schwankten im biestigen Wind.

»Lausiges Spiel heute Nachmittag«, schrieb sie auf ihrer Facebook-Seite. »Bin immer noch enttäuscht über die ganz schwache Torausbeute trotz der vielen Möglichkeiten. Zum Glück waren viele Freunde dabei (spezielle Grüße an Martin! Schade, dass du nach dem Spiel gleich abgehauen bist). Aber noch ist nichts verloren. Ein Tabellenplatz im ersten Drittel ist zu schaffen, und wir werden die Mannschaft nicht im Stich lassen. Am Ende wird der Sieg unser sein. Ich freue mich schon darauf. Bis morgen im Weltnetz. Gute Nacht zusammen.« Sie las noch ein paar Nachrichten ihrer Freunde, fand aber nichts, worauf sie hätte antworten wollen. Sie klappte den Laptop zu und starrte die weiße Tapetenwand an.

Den ganzen Tag über hatte Mia Bischof über ihr Leben nachgedacht. Es begann mit Selbstvorwürfen, als sie erfuhr, dass die junge Detektivin noch am Leben war. Später verwandelte sich ihr innerer Aufruhr in Hass auf ihren Ex-Mann und ihren Vater, die sie beide hintergangen und in eine Situation gebracht hatten, über die sie die Kontrolle verloren hatte. Ob die beiden Männer etwas mit Siegfrieds Verschwinden zu tun hatten, war ihr nach wie vor nicht klar. Sie vermutete es, aber da sie ihnen keine direkten Fragen stellen konnte oder wollte, würde sie es nie erfahren. Und das war letztlich egal, dachte sie.

Die Sache mit Siegfried war ein Irrtum gewesen, eine verfluchte Laune, der sie sich niemals hätte hingeben dürfen. Inzwischen verabscheute sie sich dafür. Und wenn Karl den Taxifahrer tatsächlich beseitigt haben sollte, wäre sie ihm irgendwann dankbar. Im Augenblick fühlte sie sich von ihm – wie von ihrem Vater – vor allem ausgenutzt und missachtet, so wie früher, als die Frauen in der Bewegung wie Sklavinnen behandelt wurden, die zu nichts weiter nutze waren als zum Verteilen von Flugblättern, zum Essenkochen und Vögeln.

Ohne ihre unauffällige, aber gradlinige Arbeit bei der Zeitung wären eine Menge Veranstaltungen und Aktionen, an denen mehrheitlich Kameradinnen aus dem Ring Nationaler Frauen, dem Mädelring Bayern oder der Gemeinschaft Deutscher Frauen mitwirkten, niemals an die Öffentlichkeit gelangt. Bunte Partys mit Hüpfburgen, Seilspringen, Kuscheltierverlosungen und lustigen Spielen für Kindergruppen; Seminare für Mütter über gesunde Ernährung und traditions-

bewusste Erziehung; Liederabende; Theateraufführungen in Altenheimen; Sportwettbewerbe für deutsche Jugendliche.
Ihr, Mia Bischof, hatten Partei und Bewegung die große Medienpräsenz zu verdanken und auch die Tatsache, dass hinterher nie jemand sich aufspielte oder auf den Gedanken verfiel, das ehrenamtliche Engagement der Frauen diene ausschließlich einem politischen Zweck. Auf ihre Art schlug sie jeden Tag eine Schneise durch die in einem Multikulti-Eintopf schmorende Gesellschaft und ihre Politkaste hin zu einer wahrhaftigen Volksgemeinschaft, deren Zukunft bei den Kleinsten begann.
Daher, dachte Mia Bischof, verspürte sie wohl das tiefe Bedürfnis, all die Dinge, die sie geleistet hatte, Revue passieren zu lassen und die Aufgaben, die vor ihr lagen, zu hinterfragen und exakt zu planen. Sie war nicht so dumm zu glauben, der Detektiv Süden würde so einfach aufgeben, nur weil sie den Auftrag stornierte. Südens Kollege war niedergeschlagen worden, seine Kollegin auf bisher ungeklärte Weise beinahe ertrunken. Was war da passiert?, dachte sie und trank einen Schluck Obstler, den sie in der Minibar ihres Zimmers bunkerte.
Wie konnte das passieren, dass die Frau aus ihrer Ohnmacht aufwachte, bevor sie ertrunken war? Eine Schlamperei ihrerseits, denn sie trug die Verantwortung für die Aktion. Sie hatte den Kameraden Volland beauftragt, die Frau nach München zu fahren, und zwar direkt vor ihre Haustür, und dann zu warten. Falls die Tropfen gut wirkten, sollte er mit Patrizia zurückkommen – als wäre er allein und parke den Wagen wie üblich über Nacht auf dem Firmengelände –, um dann ein zweites Mal nach München zu fahren. Ein einfacher Plan.
Sie schleppte die Detektivin aus dem Taxi zum Gewässer, das ebenso gut versteckt wie erreichbar in der Nähe der Isar lag. Sie ließ die Frau fallen, den Kopf voraus ins Wasser, machte

kehrt, und alles war erledigt. Keine Zeugen, keine Hindernisse.

Und am nächsten Morgen tauchten Polizisten im Hotel auf, und ihr Vater tobte vor Zorn. Zu Recht. Sie hatte keine Erklärung. Das durfte nie wieder passieren. Süden würde weiter nach Siegfried und den Tätern suchen und damit in ihrem Leben herumpfuschen. Das würde sie nicht zulassen.

Auch der Mann Süden war verwundbar. Und sterblich. Und nicht allmächtig. Sie hatte ihn ins Spiel geholt, sie würde ihn wieder vom Spielfeld jagen. Die Leute – sogar ihr Vater – hatten sie zeit ihres Lebens immer wieder unterschätzt und sich später über ihre Entschlossenheit, ihre Triumphe gewundert. Auch wenn sie keine Mutterschaft vorweisen konnte, war sie eine Frau mit einem eisernen Herzen, wie Ulrike Meinhof, die sie bewunderte und eine Überzeugungstäterin nannte – wie sie selbst eine war.

Als Mia Bischof eine halbe Stunde später im Bett lag, wäre sie beinahe noch einmal aufgestanden, um auf ihrer Facebook-Seite einen Gruß an ihre Freundinnen zu schicken.

31

Das Wenige, was zu regeln war, hatte er auf einem linierten Blatt Papier in Schönschrift erledigt. Formal korrekt, wie es seiner Art entsprach, hatte Leonhard Kreutzer Edith Liebergesell zu seiner Alleinerbin bestimmt, Namen und Nummern seiner Bank und Lebensversicherung hinzugefügt und erklärt, dass seine Asche im Grab seiner Frau auf dem Alten Haidhauser Friedhof beigesetzt werden solle. Sechstausend Euro in bar lägen dem Testament bei. Verfasst hatte er seinen Letzten Willen am dritten Mai vor zwei Jahren. Wie die Detektivin der Ledermappe mit den Privatdokumenten entnahm, die sie im Schlafzimmer von Kreutzers Wohnung gefunden hatte, war der dritte Mai vor mehr als vierzig Jahren der Hochzeitstag von Inge und Leonhard gewesen.

Über das Testament hatte er gegenüber seiner Chefin nie ein Wort verloren. Bestimmt, dachte sie, hätte er es getan, wenn er je auch nur eine Sekunde damit gerechnet hätte, sein Job als »Münchens grauester Schattenschleicher« könnte lebensgefährlich werden.

Edith Liebergesell saß auf ihrer Couch und hörte von fern die Sonntagsglocken läuten. Neben ihr lag die schmale Mappe mit der Handvoll Papiere, die die Existenz eines alten Mannes beglaubigten.

Nach Auskunft einer Angestellten im zuständigen Pfarramt werde die Beisetzung der Urne frühestens in einem Monat stattfinden, eher gehe es aus terminlichen Gründen nicht. Edith Liebergesell hatte mehrmals nachgefragt, ohne an dem Termin etwas ändern zu können.

Sie erinnerte sich nicht, mit Kreutzer nach Inges Tod einmal über die endlichen Dinge gesprochen zu haben. Auch wenn sie in ihrer Arbeit gelegentlich damit konfrontiert wurden – ein Angehöriger war verschwunden und hatte Selbstmord begangen, ein Angehöriger wollte die Umstände eines Verbrechens in der Familie von den Detektiven neu untersuchen

lassen –, behandelten sie das Thema Tod wie einen Fall, der am Ende bei den abgeschlossenen Akten landete.
Sogar der Jahrestag von Ingmars Tod gehörte, so schien es, ihr allein und wurde als persönliches Ritual begangen, über das man nicht redete. Und als überraschend Südens Vater gestorben war, wegen dem Süden überhaupt nach München zurückgekehrt war, verweigerte dieser mehr oder weniger jegliche Anteilnahme. Er machte seinen Schmerz mit sich allein aus – und passte sich damit der Gesellschaft seiner neuen Kollegen an, von denen jeder ein Zimmer im Herzen mit sich trug, in das er niemanden einließ, höchstens mit verbundenen Augen. Denn ein unbedingtes Vertrauen existierte zwischen ihnen, sie wollten nur nicht aufdringlich erscheinen und ihr Leben, das sie für allzu gewöhnlich hielten, durch übervolle Worte vergrößern.
Eigenartige Gesellschaft, dachte Edith Liebergesell. Sie wollte sich gerade ihre Sätze für den Anruf bei der Polizei zurechtlegen, als ihr Handy klingelte. Sie stand auf und erwartete Südens Stimme.
»Franck.«
Im ersten Moment wusste sie nicht, wohin mit dem Namen.
»Herr Kommissar ...«
»Guten Morgen. Die Vernehmung des Zeugen hat nichts ergeben, mein Kollege vom LKA rief mich an und ...« Edith Liebergesell hörte ihm zu, während sie zum Fenster ging und es öffnete. Die Luft war kalt. Auf der Straße redeten Passanten, Autos zwängten sich durch die schmale Feilitzschstraße.
»Es tut mir leid, dass ich Ihnen nichts Konkreteres mitteilen kann. Wie geht es Ihrem Kollegen im Krankenhaus?«
»Er ist gestorben.«
Der Kommissar blieb stumm. Edith beugte sich aus dem Fenster und beobachtete einen Mann in einem grauen Mantel, der auf seinen Rauhhaardackel einredete. Der Hund wirkte desinteressiert.

»Frau Liebergesell?«
»Bitte?«
»Er starb an den Verletzungen des Überfalls?«, sagte Hauptkommissar Franck.
»Er hat sich nicht umgebracht, wenn Sie das meinen.«
»Ich meine doch ...« Er benötigte wieder Zeit. »Wir sollten uns treffen, Sie, Herr Süden und ich.«
»Herr Süden ist unterwegs.«
»Wo ist er?«
»Er arbeitet.«
»Wir müssen uns treffen, Frau Liebergesell.«
»Leonhard Kreutzer wurde von Rechtsradikalen zusammengeschlagen, und Sie behaupten, der Zeuge habe diese Leute nicht erkannt? Wenn das LKA Sie verarscht, müssen Sie mich nicht genauso behandeln. Ich mache morgen meine Aussage, es handelt sich um schwere Körperverletzung mit Todesfolge. Wir werden auch die Presse informieren, da dies keine private Angelegenheit mehr ist.« Sie hatte nicht vor, mit einem Journalisten zu reden. Sie wollte nur einen Stein ins Wasser werfen, wieder einmal.
»Wir müssen die Dinge in Ruhe besprechen«, sagte Bertold Franck. »Wir bewegen uns auf vermintem Gelände.«
»Was meinen Sie damit?«
»Was halten Sie davon, wenn wir uns heute in Ihrer Detektei treffen? In zwei Stunden?«
»Wozu?«
»Unter vier Augen, ohne Zeugen, mit offenem Visier.«
»Ist Ihres nicht verschweißt?«
Edith Liebergesell stimmte dem Treffen zu. Als sie eine Stunde später das Haus verließ, ärgerte sie sich, dass Süden sich noch nicht gemeldet und gegen alle Absprachen wieder sein Handy ausgeschaltet hatte. Ursprünglich hatte er sich ihr Auto ausleihen wollen, was ihr angesichts seiner kargen Fahrerfahrung nur bedingt recht gewesen wäre. Heute früh

jedoch hatte er ihr mitgeteilt, er würde – auf eigene Kosten – ein Taxi nehmen. Eigenartiger Geselle, dachte sie auf dem Weg zur U-Bahn.

Der Taxifahrer setzte ihn auf dem verlassenen Parkplatz vor dem Hotel-Restaurant »Heimgarten« ab. Die Fahrt von München zum Erler Weiher südlich von Grünwald hatte eine halbe Stunde gedauert. Süden saß wie üblich auf der Rückbank hinter dem Beifahrersitz und redete kaum ein Wort, obwohl der Fahrer mehrmals versuchte, ein Gespräch anzufangen. Gern hätte Süden einfach so ein Sonntagspalaver gehalten – über die Ereignisse der Woche, das Wetter, den zähen Winter, die steigenden Mietpreise –, aber er war schon mit seinem eigenen, inneren Stammtisch beschäftigt, an dem dunkle Stimmen übereinander herfielen.
Erschöpft verließ er das Taxi und nahm zuerst den verkehrten Weg zum Wasser. Er ging am Grundstück entlang eine Anhöhe hinauf und folgte dem Kiesweg in den Wald. Von hier aus war das Ufer nur durch Gestrüpp und sumpfiges Gras zu erreichen. Er kehrte um, ging zum Haupteingang des Gasthauses, wandte sich nach links und erreichte über einen schmalen Durchgang die Terrasse. Unmittelbar dahinter lag der zu dieser Jahreszeit grau und schmutzig anmutende Weiher.
In der Sommersonne, erinnerte sich Süden, funkelte das Wasser blaugrün, und die Natur ringsum, der Mischwald, die Schilfwiesen, die Hänge, war in satte Farben getaucht. Ein idyllisches Biotop in einem Landschaftsschutzgebiet. An diesem Sonntag Anfang Februar säumten die Bäume und Sträucher kahl und abweisend das Ufer, farblose Wiesen erstreckten sich bis zum Horizont, Krähen schrien wie auf Friedhöfen. Auf den Tischen lagen abgebrochene Zweige und Laub, die Stühle lehnten zusammengeklappt an der Hausmauer unterm Vordach. Drinnen brannte Licht.
Vor etwa fünfzehn Jahren war Süden zum letzten Mal mit

seinem Freund und Kollegen Martin Heuer am Erler Weiher gewesen, auch an einem Sonntag, das wusste er noch. Die Sonne brannte vom Himmel, und sie waren von der ungewöhnlichen Vorstellung getrieben, den Nachmittag auf dem Land zu verbringen. Restzuckungen ihrer Kindheit vielleicht. Jedenfalls hatte Martin am späten Vormittag angerufen und erklärt, er habe beim Aufräumen seiner Kataloge ein Faltblatt vom Heimgarten entdeckt, der sich durch einen lauschigen Biergarten direkt am Wasser auszeichne.
Martin Heuer sammelte Reisekataloge, Landkarten, Stadtpläne, Zeitungsartikel über ferne Länder, Prospekte von Hotels und Gaststätten wie andere Menschen Briefmarken. Es war weniger ein Hobby als ein Tick. Er hatte nicht die Absicht zu verreisen. Er erfreute sich allein an der Vorstellung, morgens in einem Zimmer mit Meerblick zu erwachen oder in der Bretagne abenteuerliche Fahrradtouren zu unternehmen oder mit einem Schiff durchs Kaspische Meer zu schippern. Urlaub verabscheute er. Vermutlich, weil er wusste, er würde sich anderswo auch nicht erholen, sondern vor lauter Sun-Upper – falls Getränke dieses Namens existierten – den hauseigenen Sun-Downer eh nicht mehr genießen können.
Woher immer er den Werbezettel hatte: Am frühen Nachmittag jenes Sonntags vor ewiger Zeit kroch Martins alter brauner Opel, der einmal ein Dienstfahrzeug gewesen war, die steile Hauptstraße hinter Erl hinunter und kam auf dem letzten freien Platz vor dem Heimgarten zum Stehen. Sie hatten fast eine Stunde gebraucht. Aus nie geklärten Gründen schaltete Martin nur sehr selten in den vierten Gang. Süden fragte sich oft, wieso sein Freund nicht gleich einen Traktor gekauft hatte, dann wären sie wenigstens in so etwas wie einem Cabrio unterwegs gewesen. Martin störte das kakophonische Hupkonzert der übrigen Verkehrsteilnehmer nicht im Mindesten. Er hockte nach vorn gebeugt hinterm Lenkrad und wirkte ebenso konzentriert wie entspannt.

Auf einen Spaziergang durch Mutter Natur hatten sie verzichtet, weil sie den Anblick der Sonne in einem frischen Bierglas jedem Biotop vorzogen. So verging der Nachmittag mit Schweigen und Wurstsalat und diversen Hellen, bis es dunkel und die Terrasse geschlossen wurde und einer von beiden den Fahrdienst übernehmen musste. Angenommen, die Wahl wäre auf Martin Heuer gefallen, dann wären sie am Ende der Nacht entweder auf dem Nebenparkplatz gelandet, weil er stundenlang ungeniert und von der Richtung überzeugt im Kreis gefahren wäre. Oder sie wären, weil Gott ausnahmsweise ein Auge auf Martin gehabt hätte, tatsächlich wieder in München angelangt, allerdings erst im Winter. So übernahm Süden die Verantwortung.
Kaum hatten sie das Ortsschild von Grünwald hinter sich gelassen, tauchte ein Streifenwagen neben ihnen auf – sowohl Süden als auch Heuer hielten ihn zunächst für eine Erscheinung. Der Wagen überholte sie und zwang sie zum Anhalten. Auf die Frage des jungen Streifenpolizisten, ob er etwas getrunken habe, sagte Süden: »Selbstverständlich nicht.« Woraufhin der Beamte schnupperte und meinte, im Auto rieche es gewaltig nach Bier. Süden zeigte auf seinen Beifahrer und erklärte, dieser habe einen harten Sonntag hinter sich und er chauffiere ihn nach Hause. Als der andere Beamte Südens Ausweis betrachtete, zögerte er einen Moment, dann sagte er: »Würden Sie einem Alkoholtest zustimmen, Herr Kollege?« Süden wollte soeben verneinen, da richtete Martin sich auf, sofern das in seinem Zustand möglich war, und sagte mit bedingt deutlicher Stimme: »Ich stimme zu, kein Problem, Kollege.« Nach einem Zwiegespräch, das die beiden Polizisten abseits des Opels führten, gab der eine Süden seine Papiere zurück und winkte die beiden Kommissare weiter.
Bis sie die Albrechtstraße, wo er wohnte, erreicht hatten, kicherte Heuer vor sich hin, ununterbrochen, als hätte er einen

gutturalen Schluckauf. Am nächsten Morgen rief er Süden an und fragte ihn, wo dieser sein Auto hingestellt habe, er renne nun schon zum dritten Mal um den Block.
Einige Jahre später fuhr er mit demselben klapprigen Opel nach Berg am Laim und tauschte sein Lebenszimmer gegen einen Müllcontainer.

Süden wandte sich von dem menschenleeren Parkplatz ab und erschrak. Vor ihm stand eine Frau in einem Dirndl. Offensichtlich war sie lautlos von der Terrasse gekommen. »Ist was passiert?«, sagte sie. »Sie weinen ja.«
»Ich weine nicht«, sagte Süden. »Ich habe nur Staub in den Augen.« Er blinzelte ein paarmal und strich sich die Haare aus dem Gesicht.
»Es tut mir leid«, sagte die Frau. »Wir haben noch nicht geöffnet, erst in einer Stunde. Kann ich Ihnen helfen?«
»Sie sind die Wirtin.«
»Mein Mann und ich sind die Inhaber des Heimgartens.«
»Mein Name ist Tabor Süden, ich suche jemanden.«
»Bei uns?«
Er zeigte ihr seine Visitenkarte. »Von der Detektei Liebergesell sind Sie«, sagte die Frau. »Den Namen hab ich schon mal in der Zeitung gelesen. Ich bin Anja Biller. Wen genau suchen Sie?«
»Einen Mann. Er heißt Siegfried Denning. Groß, kräftig, blaue Augen.«
»Ein echter Siegfried halt.« Sie lächelte. »Haben Sie kein Foto?«
»Nein.«
»Sie haben kein Foto von der Person, die Sie suchen?«
»Kennen Sie ihn?«
Sie verschränkte die Arme. »Wollen wir nicht reingehen? Mir ist kalt. Ich bin nur schnell raus, weil ich wen rumschleichen gesehen hab.«

Sie gingen zurück zur Terrasse und durch den Garteneingang in die Gaststube. Aus der Küche zog deftiger Bratengeruch herein. Es war warm und hell. Die Tische waren weiß eingedeckt, das Besteck glänzte – jedenfalls kam es Süden so vor –, und auf jedem Tisch stand eine kleine Vase mit roten und gelben Blumen. Hinter der Schänke polierte ein Kellner, der eine Lederhose und ein weißes Hemd trug, die Gläser. Er nickte den beiden beim Hereinkommen zu. »Setzen wir uns an den Stammtisch«, sagte Anja Biller.
»Ich stehe lieber. Hatten Sie in den vergangenen Tagen einen Gast, auf den die Beschreibung zutrifft?« Süden hatte zu viele Leute befragt, um das unauffällige Zögern der Wirtin nicht zu bemerken. Sie warf einen Blick zum Tresen, als kontrolliere sie die Arbeit ihres Angestellten. »Ich glaube, ich kann Ihnen nicht weiterhelfen.«
Süden schwieg. Das machte die Wirtin unruhig, und sie sah ihn fragend an. Süden zog den Reißverschluss seiner Jacke auf. Die Stimmen, die aus der von Geschirrklappern erfüllten Küche kamen, klangen in seinen Ohren um so vieles verständlicher als die in seinem Kopf.
»Ich will Ihnen erklären, warum ich hier bin, Frau Biller«, sagte er. »Mein achtundsechzigjähriger Kollege ist gestern an den Verletzungen eines Überfalls gestorben. Er hat in einem Umfeld ermittelt, in dem auch der Mann, den ich suche, ein Polizist, als Ermittler arbeitet. Eine junge Kollegin von mir wurde betäubt und sollte vermutlich ermordet werden. Sie hatte Glück. Wir, die Detektei Liebergesell, sollen eingeschüchtert werden, wir sollen den Auftrag, den wir haben, niederlegen und uns nicht weiter in diesem Umfeld herumtreiben. Und unser ursprünglicher Auftrag war, den verschwundenen Siegfried Denning zu finden. Auftraggeberin war eine Frau aus dem Umfeld, das für den Tod meines Kollegen und den Mordversuch an meiner Kollegin mitverantwortlich ist.

Ich weiß nicht, ob Denning tatsächlich bei Ihnen ist oder war. In der Wohnung seiner Freundin fand ich diesen Prospekt Ihres Hauses mit den handgeschriebenen Preisen auf der Rückseite. Sie sind meine letzte Hoffnung, Frau Biller. Möglicherweise renne ich in die Irre, oder der Mann ist längst tot, ermordet von denselben Leuten, die auch uns bedrohen. Das Einzige, was feststeht, ist, dass er für die Polizei arbeitet. Sein richtiger Name ist Michael Grieg, sein Vater war ein bekannter Bäcker und Konditor in München.« Er versank in Schweigen.

Als die Wirtin sich einen Stuhl nahm und hinsetzte und auf die Bank an den Längsseite des Tisches zeigte, ließ Süden sich auf das weiß-blaue Kissen fallen. Er legte die Arme auf den Tisch und ließ seinen Blick durch den Raum schweifen. So viele leere Stühle, dachte er, für einen einzigen Vermissten.

»Die Grieg-Brezen hatte schon mein Vater in seinem Gasthaus.« Anja Biller sprach mit munterer Stimme. Süden hörte ihr dankbar zu. »Nicht jeden Tag natürlich, er war ja dem einen oder anderen Bäcker im Landkreis ebenfalls verpflichtet. Aber zu besonderen Anlässen fuhr er extra nach München und holte beim Grieg in der Leopoldstraße tragerlweise frische Brezen. Manchmal durft ich mitfahren und gleich eine essen. Den Geschmack hab ich heut noch auf der Zunge. Das Salz, den Laugenteig, den Geruch aus der Backstube. Und die tolle Straße mit den Cafés und den vielen Menschen, das war immer was Besonderes. Für meinen Vater auch, glaube ich. Im Sommer hat er mir ein Eis im Adria spendiert. Wir haben uns immer ein wenig mehr Zeit gelassen, als wir eigentlich gedurft hätten. Die Brezen mussten ja resch auf den Tisch.

Und irgendwann ist dann der Mille bei uns aufgetaucht, da war er fünfzehn oder sechzehn. Ich war sechs oder sieben, grad in der Schule. Der Mille war ein wilder Hund. Der ist quer über den Weiher geschwommen und hat alle seine Spezln abgehängt. Und tauchen konnte der! Ich hab immer Angst gehabt, er kommt nicht mehr raus. Für die Mädchen war der ein Supermann. Er hatte lange Haare, so wie Sie, bloß rabenschwarz, und dazu diese blauen Augen, und Muskeln überall. Bilde ich mir zumindest ein. Er ist ja immer noch gut beieinander. Wahrscheinlich könnte der heut noch einmal quer über den Weiher schwimmen und wieder zurück.

Wenn er nicht in der Backstube oder im Café bei seinen Eltern aushelfen musste, kam er zu uns nach Erl. Mit dem Radl. Das war für den Mille kein Aufwand, den hat das nicht aus der Puste gebracht. Und abends wieder retour. Aber, komisch, eine Freundin hatte der nie dabei. Er war eher einer, der gern für sich blieb. Ja, seine Spezln waren dabei, aber wenn ich mich richtig erinner, ist er oft allein durch den Wald gelaufen oder einfach nur spazieren gegangen wie jemand, der schwer über was nachdenken muss.

Einmal ist bei uns ein junges Mädchen ertrunken. Sie kam oft mit ihren Eltern aus der Stadt, sie tranken Kaffee bei uns. Sie ist rausgeschwommen und hat, denke ich, einen Krampf gekriegt. Der Mille, der sie aus der Stadt gekannt hat, glaube ich, hat gesehen, was los ist, und ist ihr hinterhergeschwommen. Er ist getaucht und hat sie tatsächlich ans Ufer gebracht. Aber sie war schon tot.

Das hat den Mille schwer getroffen. Dass er sie nicht hat retten können. Aber er war der Einzige, der überhaupt reagiert hat. Alle haben ihm auf die Schulter geklopft.

Oft saß er bei meiner Mutter in der Küche und schaute ihr beim Kochen zu. Stundenlang konnte er einfach so dasitzen. Er hat ihr Sachen erzählt, von denen seine Spezln keine Ahnung hatten. Ich weiß noch, dass er ihr als Einzige verraten hat, er würde nach der Schule weggehen von daheim, und zwar weit weg, nach Berlin. Meiner Mutter machte das Sor-

gen, weil sie von meinem Vater wusste, dass der alte Grieg seinen Buben als Nachfolger im Geschäft vorgesehen hatte. Und dann hat er's getan und ist weg, von einem Tag auf den anderen. Seine Eltern konnten es nicht glauben. Sein Vater war am Boden zerstört. Ich war mal dabei, da hat er meinem Vater sein Leid geklagt. Eine Zeitlang hatten sie überhaupt keinen Kontakt mehr, der Mille und seine Eltern.
Später ist er zur Kripo gegangen, das wissen Sie ja alles. Seine Eltern erfuhren gar nichts.
Und plötzlich tauchte er wieder bei uns auf, vor ungefähr zehn Jahren. Meine Tochter war schon im Kindergarten, und ich war mit meinem Sohn schwanger. Hab den Mille sofort erkannt. Natürlich kam er allein, an einem Sonntag so wie heut. Muss im Winter gewesen sein, alles grau und kein Schnee. Er sagte, er hätte eine Woche Urlaub und müsse mal raus aus dem Job, aus der Stadt, an einen vertrauten schönen Ort. Das waren seine Worte. Also hab ich ihm Zimmer vierzehn gegeben, und wann immer er dann später kam und ein paar Tage ausspannen wollte, war das Zimmer für ihn fertig. Ich verstehe nicht, wieso Sie sagen, er sei verschwunden, ich dachte, er hätte Urlaub.«
»Das hat er zu Ihnen gesagt.«
»Wie immer.«
»Wie lang will er Urlaub bei Ihnen machen, Frau Biller?«
»Bis ... bis heute! Genau zwei Wochen waren das jetzt. Sie haben vorhin Andeutungen gemacht: Wer genau hat Ihnen denn den Auftrag erteilt, ihn zu suchen?«
»Seine Geliebte.«
Die Wirtin sah ihn mit einem derart skeptischen Blick an, dass Süden beinahe geschmunzelt hätte. »Sie glauben nicht, dass Mille eine Geliebte haben könnte«, sagte er.
»Wenn Sie's sagen, wird's stimmen.«
»Hatte er den Urlaub geplant? Hat er sich vor den zwei Wochen bei Ihnen gemeldet?«

»Überhaupt nicht. Kein Anruf, nichts. Und vor zwei Wochen, sonntags, urplötzlich, steht er in der Tür. Es war am späten Nachmittag, gegen fünf. Die Stube war leer, die Mittagsgäste waren alle gegangen, und am Nachmittag waren keine neuen dazugekommen. Da stand er, mit seiner blauen Reisetasche, und sah nicht gut aus. Er fragte, ob er sein Zimmer haben könne, er brauche zwei Wochen Abstand. Die Formulierung ist mir vertraut. Das Zimmer war sauber, alles fertig also. Ich hab ihn rüber ins Nebengebäude begleitet und ihn unterwegs gefragt, was mit ihm los sei. Er müsse mal ausschlafen, Luft tanken, für sich sein. Er bat mich, niemandem zu sagen, dass er hier sei. Ich fragte ihn, wer auf die Idee kommen sollte, ihn hier zu suchen. Er meinte, man könne nie wissen. Er sei jedenfalls nicht da. Dann bat er darum, sein Auto in eine der Gästegaragen fahren zu dürfen, was kein Problem war, da beide leer standen. Er war der einzige Gast. Jeden Morgen gegen halb acht kam er rüber und trank seinen Kaffee, aß eine Scheibe Brot mit Wurst oder Käse und verschwand wieder. Sein Abendessen nahm er in seinem Zimmer ein, ich brachte es ihm, und er entschuldigte sich ständig für seinen Wunsch, allein sein zu wollen. Ich versicherte ihm, wie sehr ich mich freue, ihn wiederzusehen, und er solle sich wie zu Hause fühlen. Diese Bemerkung, die ich nur einmal gemacht hab, hat den starken Mann irgendwie aus dem Gleichgewicht gebracht. Bilde ich mir jedenfalls ein. Ich dachte schon, er weint gleich, so wie Sie vorhin ...«
»Ich habe nicht geweint.«
»Ich weiß, Sie hatten Staub in den Augen. Auch die Tränen der Männer müssen ab und zu raus, sonst staut sich's im Kopf. Auf jeden Fall bin ich dann schnell raus aus seinem Zimmer. Am nächsten Tag bat er wieder um Nachsicht für sein Verhalten. Zwei Mal am Tag, öfter hat ihn niemand zu Gesicht gekriegt, zwei Wochen lang. Wenn Sie sich beeilen, erwischen Sie ihn vielleicht noch in seinem Zimmer.«

»Der ist nimmer in seinem Zimmer, der ist in den Wald nauf.«
Weder Anja Biller noch Süden hatten den neunjährigen, sonntäglich gekleideten, dunkelhaarigen Jungen hereinkommen sehen.
»Christoph.« Die Wirtin umarmte ihn, und er schlang die Arme um sie. Als sie ihn losließ, zog er seine schwarze Weste glatt, die er über dem weißen Hemd trug. Er hatte eine Kniebundhose an und dazu sauber geputzte Haferlschuhe.
»Das ist mein Sohn«, sagte Anja Biller. »Warst du draußen?«
»Hab geschaut, ob die Fanny wieder da ist.«
»Die Fanny ist unsere Katze, die kommt seit Donnerstag nicht mehr nach Hause. Das ist Herr Süden, Christoph. Er sucht den Mille.«
»Der ist im Wald.« Der Junge zeigte mit ausgestrecktem Arm zur Tür. »Der hat's eilig gehabt, er hat mich gar nicht bemerkt. Ich hab Hunger, Mama.«
»Schon wieder?«
»Ich bin grad wieder sauber am Wachsen, weißt.« Er betrachtete Süden mit verzurrter Stirn.
»Herr Süden ist Detektiv«, sagte die Wirtin.
»Echt?«, sagte Christoph. »Bist du dann das vierte Fragezeichen?«

32

Er umklammerte den Stamm einer Buche und presste seinen Körper dagegen. Minutenlang verharrte er in dieser Stellung, dann wandte er sich um und sah den Mann, der an einem anderen Baum lehnte und ihn beobachtete. Er erschrak nicht, was vielleicht an der Art lag, wie der langhaarige, schlecht rasierte Mann in der Lederjacke dastand, ohne Anspannung, mit schlenkernden Armen. Die grünen Augen ruhten auf ihm, als würde er ihn lange kennen – und erleichtert sein, dachte Siegfried Denning, der in Wahrheit Michael Grieg hieß. Erleichtert worüber?, dachte er. Beinahe vermittelte der Mann den Eindruck, als habe er ihn, Mille, vermisst. Heiter, dachte er und ging auf ihn zu. Zwei Meter vor ihm blieb er stehen, unweit des Weges, der zwischen Wald und Weiher das Landschaftsschutzgebiet durchquerte.

Auf seinem Weg vom Heimgarten am Ostufer des Weihers entlang hatte Süden die dunkle schwere Gestalt des vermissten Taxifahrers nach wenigen Metern zwischen den Baumstämmen entdeckt. Denning, der ihm den breiten Rücken zuwandte, trug einen dunkelbraunen Mantel und klobige schwarze Halbschuhe. Seine braunen Haare waren kurz und ungekämmt, und als er sich umdrehte, stellte Süden fest, dass Dennings Gesicht übersät war von Bartstoppeln und ihm ein Schnurrbart gewachsen war. Seine Augen spiegelten die Schwermut eines Mannes, der ein Leben geschultert hatte, das ihn fast in die Knie gezwungen hätte. Die Tatsache, dass er einen Baum umarmte – zehn oder fünfzehn Minuten lang, denn er hatte es schon getan, als Süden ihn zum ersten Mal sah –, mutete wie ein letztes, inniges Festhalten an. Wie er sich selbst im Wald festgehalten hatte, dachte Süden, als er sechzehn Jahre alt war.

»Wir tragen die gleichen ausgefransten Jeans«, sagte Denning. Mehrere Minuten hatten sie sich inzwischen schweigend gegenübergestanden. Manchmal, wie unbewusst, berührte

Süden mit einer Handfläche die Rinde des Baumstamms. Denning genoss den kalten Wind auf seiner erhitzten Haut.
»Anja Biller hat mir von dem Mädchen erzählt, das Sie aus dem Erler Weiher retten wollten.«
»Wer sind Sie?«
»Tabor Süden.«
»Sie waren auf der Vermisstenstelle im Elfer.«
»Jetzt Detektiv.«
»Ihr Chef war Volker Thon. Sie waren mit Sonja Feyerabend liiert.«
»Haben Sie mich damals beschatten lassen?«
»Haben Sie mich jetzt beschattet?«
»Ich habe Sie zwei Wochen lang gesucht.«
»In wessen Auftrag?«
»Ralph Welthe«, sagte Süden.
Denning blickte zum Weiher. Zeit verstrich, während Süden die Ruhe des Waldes und der Gegend wie ein Geschenk empfand. »Das hätte ich ihm nicht zugetraut«, sagte Denning.
»Sie kennen ihn besser. Ich habe Sie angelogen. Meine Auftraggeberin ist Mia Bischof.«
Denning machte einen Schritt auf Süden zu, der einen Kopf kleiner war und trotz des Gewölbes unter seiner Lederjacke verglichen mit dem Ermittler geradezu schwächlich wirkte.
»Was wissen Sie über die Sache?«
»Gewöhnlich haben Sie Beziehungen mit Prostituierten und Callgirls, leben ansonsten einzelgängerisch und gelten als verdeckter Ermittler ihres eigenen Schattens.«
»Wer sagt denn so was?«
»Ihr V-Mann-Führer.«
»Er hat Sie eingeweiht.«
»Freiwillig auf keinen Fall.«
»Was ist geschehen?«
»Mein Kollege wurde in der Nähe des Bergstüberls niedergeschlagen und starb an den Verletzungen. Auf meine Kollegin

wurde ein Mordanschlag verübt. Das LKA lügt uns an, die Mordkommission hält sich zurück. Ich war in der Wohnung von Mia Bischof und habe Fotos gemacht. Sie wissen, wie es dort aussieht. Aber Sie haben die Informationen nicht weitergegeben, sonst wäre die Frau längst verhaftet worden.«
»Nein.«
Süden schwieg.
»Ja, wollte ich sagen. Ich habe die Informationen nicht weitergegeben. Noch nicht. Der Bericht liegt in meinem Zimmer, sämtliche Details stehen drin, ich schicke ihn heute Nacht ab, nachdem ich etwas erledigt habe.«
Süden schwieg.
»Reden Sie mit mir.«
»Sie besitzen die gleichen Fotos wie ich«, sagte Süden.
»Ich habe keine Fotos von dem Apartment. Ich war am Sonntag, bevor ich mich abgesetzt habe, zum ersten Mal dort. Ich kannte das Ausmaß nicht.«
»Überlassen Sie das Lügen mir.«
»Mia kam immer nur in meine Wohnung, sie wollte nicht, dass ich sie besuche. Ich habe kein Foto von ihr, sie hat keines von mir. Darauf habe ich geachtet. Woher haben Sie mein Foto?«
»Ich habe keins.«
»Sie suchen einen Menschen, von dem Sie kein Foto haben?« Die Bemerkung kannte Süden schon. »Mal eine neue Herausforderung.« Wieder berührte er mit der linken Hand sachte die Rinde des Baumes.
»Ich dachte, sie wäre nicht schuldig.«
Süden war so verblüfft, dass er den Rücken an den Baumstamm lehnte, einen Moment lang.
»Ich weiß, in welchen Kreisen sie sich bewegt«, sagte Denning. »Deswegen war ich da: die Kontakte kennenzulernen, die Leute zuzuordnen. Ich fuhr Taxi für sie, ich hörte mir die Sprüche der Burschenschaftler an, der Kameradschaftsführer,

die zum See rausfuhren, wo sie mit Mias Vater Aktionen planten.«
»Sie reden sich etwas ein, Denning.«
»Ich wusste, dass sie rechts denkt. Ich hatte herausgefunden, dass sie versucht, Mütter und andere Frauen zu infiltrieren. Dass sie Frauengruppen gründet und Kinder betreut, um ihnen zwielichtige Lieder beizubringen. Schwer zu beweisen, dass es sich um rechtsradikales Gedankengut handelt. Ich war Stammgast im Bergstüberl, sie fingen an, mir zu vertrauen. Nachts lag ich oft im Bett und wunderte mich, wie einfach es war, menschenunwürdige Sätze auszusprechen, auch öffentlich, in meinem Taxi. Fahrgäste pflichteten mir stürmisch bei.
An manchen Tagen hatte ich den Eindruck, in der Stadt sind nur Menschen unterwegs, die alles dafür tun würden, Ausländer auszuweisen, die komplette Parteienlandschaft in die Luft zu sprengen und die ihrer Meinung nach wahren Volksvertreter an die Macht zu bringen. Eine raumorientierte Volkswirtschaft, wie früher, alles kein Problem. Ich machte meine Arbeit, nichts Besonderes. Als Verdeckter habe ich früher gedealt, Nutten verprügelt, Waffen getragen. Ist natürlich nicht erlaubt, auch für mich nicht, aber wie soll es sonst gehen? Der Zweck heiligt alle Mittel. Bei unserer Arbeit stimmt der Satz wie nirgendwo sonst.«
Er sah Süden an, der den Kopf in den Nacken gelegt und die Augen geschlossen hatte. Sein Hinterkopf berührte den Baumstamm. »Ich war weit. Ich hatte viele Namen, ich konnte beweisen, dass die Gruppe um Lothar Geiger in Starnberg mit verurteilten Rechtsradikalen in engem Kontakt steht, sie gehen sogar gemeinsam ins Fußballstadion. Ich kann Ihnen nicht erklären, wieso der Verfassungsschutz schon so lange zuschaut. Sie trauen sich nicht, die Kollegen. Genauso wenig, wie sie es schaffen, die Partei zu verbieten, die ihren Mantel über alle hält, Ideologen, Schläger, Terroristen.

Solange die Partei existiert, werden sich Zellen und Kameradschaften bilden, und einige von denen werden Anschläge verüben und Menschen töten. Und die Partei ist unmittelbar dafür verantwortlich. Wieso duldet der Staat dieses System?«
Er verstummte. Süden öffnete die Augen. »Der Staat bezahlt die Helfershelfer, das wissen Sie, er nennt sie V-Leute und behauptet, sie wären notwendig. Ich habe keine Zeit mehr für so etwas.«
»Mia Bischof hat Sie an der Nase herumgeführt«, sagte Süden.
»Ich habe einen Fehler gemacht, und ich kann ihn nicht erklären.«
Wieder vergingen Minuten in Schweigen. Äste knisterten im Wind, ein Hund bellte. Dann ertönte eine Kinderstimme. »Fanny! Fanny! Komm doch wieder!«
Die beiden Männer bewegten sich nicht von der Stelle. Aus der Ferne hätte man sie für Duellanten halten können, die ihre Pistolen vergessen hatten. Oder die Waffen voreinander verbargen.
»Zwei Männer stehen im Wald und politisieren«, sagte Denning mit ausdruckslosem Gesicht.
»Der Fehler war, dass Sie Mia Bischof zu nahegekommen sind.«
»Ja.«
»Nicht schwer zu erklären, Sie haben sich verliebt.«
»Eine Schande.«
»Deswegen haben Sie sich eine Auszeit genommen.«
»Nein.«
»Sie waren zum ersten Mal in Mias Wohnung und haben begriffen, was für ein Mensch sie in Wirklichkeit ist.«
»Strengen Sie sich nicht an, mir zu glauben.«
»Ich habe keine Wahl.«
»Das ist wahr. Und es ist mir egal, ob Sie mir glauben. Ich werde weggehen, für immer.«

Nach einem Schweigen sagte Süden: »Sie haben Angst.«
»Nicht mehr.«
»Sie kehren nicht in Ihre Rolle zurück.«
»Nein.«
»Aber Sie haben alles aufgeschrieben.«
»Ja.«
»Sie haben gute Arbeit geleistet.«
»So wie Sie. Wie kamen Sie auf den Heimgarten?«
»Ich fand einen Prospekt in Mias Wohnung.«
»In die Sie eingebrochen sind.«
»Ja.«
»Mit einem Peterchen?«
»Kläuschen.«
Dennings Mund entwischte ein Lächeln.
»Eine Freundin von Mia erzählte mir, Sie hätten in letzter Zeit einen bedrückten Eindruck gemacht.«
»Isabel Schlegel. Sie hat sich geirrt.«
»Nein«, sagte Süden.
Denning sah an Süden vorbei in Richtung des Gasthauses. Nach einer Weile sagte er: »Nein. Aber ich war nicht bedrückt. Ich war am Ende. Und bin es noch.«
»Sie ekelten sich vor den Menschen, mit denen Sie umgehen mussten.«
»Ich hatte meine Professionalität verloren. Ich konnte nicht mehr abschalten. Ich blieb immer ich. Ich, der Mensch, und hatte es andauernd mit Unmenschen zu tun. Schauen Sie.« Er hob seine linke Hand. Der Ringfinger und der kleine Finger waren nur noch Stumpen. »Sie wollten mich testen damals, sie hätten mir beinahe die Hand zertrümmert. Zwei Kerle aus Albanien. Ich hatte ihr Vertrauen gewonnen, dann fingen sie an, Fragen zu stellen. Alle waren immer misstrauisch, das gehört zu meinem Beruf, ich muss sie überzeugen, ständig, und das habe ich geschafft. Knapp drei Jahre war ich im Milieu unterwegs, habe Zehnjährige und Sechzehn-

jährige rausgeschleust und am Schluss einige der Menschenhändler drangekriegt. Großer Erfolg. Ich war nicht ich, ich war eine Sau wie alle anderen. Ich war gut. Ich hätte den Beruf wechseln und viel Geld verdienen können.« Er ließ den Arm sinken, betrachtete seine Hand und steckte sie in die Manteltasche.

»Ja«, sagte Denning. »Stimmt, ich hatte mich verliebt, und die Liebe wurde stärker und meine Rolle immer schwächer. Sie können nicht lieben und gleichzeitig ein anderer sein, Sie müssen schon Sie selber bleiben, sonst explodiert Ihr Herz. Und ringsum Tag und Nacht und überall die braune Soße. Ich wache auf und muss mich übergeben, im wahrsten Sinn des Wortes. Ich kotzte mir den Magen raus, ich hatte nur noch Blähungen. Zu viel Dreck, zu viel Scheiße. Was wollen Sie mit einem verdeckten Ermittler, der mit offenem Verdeck durch die Gegend rast? So einen müssen Sie verschrotten. Weg mit dem.«

»Deswegen die Auszeit«, sagte Süden.

»Nein.« Denning hatte geschrien. Seine heisere Stimme hallte über dem Weiher wider. »Sie begreifen nichts.«

Mit einem Ruck drehte er den Kopf, als fürchte er einen fremden Zuhörer. Danach wartete er schweigend, bis sein Atem wieder ruhig war. »Das war doch keine Auszeit, Süden, das war ein Abschied. Ich war wieder ich, schon vergessen? Kein Siegfried Denning mehr auf der Bühne, nur noch der nackte Michael Grieg, der Bäckerbub aus der Adelheidstraße. Und alle Scheinwerfer immer noch an. Jeder konnte mich sehen. Mia und ihr Publikum. Das ganze braune Pack. Hören Sie, was ich sage, Süden? Da stand kein verdeckter Ermittler vorn, sondern ein entblößter, eine Witzfigur. Und sie haben es noch nicht mal bemerkt. Und das war der Moment zu verschwinden. Gerade noch rechtzeitig, bevor ...«

Er hob seine rechte Hand, hielt sie eine Weile in die Höhe. Dann ließ er den Arm sinken und krümmte den Rücken. Es

sah aus, als würde er vornüberkippen. »Insgesamt nicht mehr als ein Jahr noch, sagt der Gastroenterologe. Reicht, um alles zu erledigen. Konsequent. Die Scheiße hat sich festgefressen. Nicht in Siegfried Denning, sondern in Michael Grieg. War nicht überraschend, die Diagnose. Auch zu einem interessanten Zeitpunkt.
Ich wollte Mia davon erzählen, heute vor zwei Wochen. Sie hatte mich eingeladen, zum ersten Mal, ihr Vertrauen war so groß wie nie zuvor. Sie ließ mich in ihr Reich. Ich sah die Bücher, die Plakate, den ganzen braunen Müll, ich las die Sätze, ich sah Mia in die Augen, und sie küsste mich. Da wusste ich, dass ich ihr von meiner tödlichen Krankheit nichts sagen konnte. Weil es doch nicht die Krankheit des Mannes war, den sie küsste. Es war meine Krankheit, aber mich gab es für sie nicht.«
»Die Liebe schon«, sagte Süden.
»Die Liebe, die nichts wert war. Da war keine Liebe mehr, nur noch Abscheu und Widerwille und Brechreiz. Ich zwang mich, eine Stunde zu bleiben, um mir alles genau anzusehen. Ich war im Dienst, ich hatte einen Auftrag, und ich sah, wer diese Frau wirklich war und wie sehr ich mich getäuscht und in welcher Zelle ich mich die ganze Zeit aufgehalten hatte. Ich war am Ziel und gleichzeitig am Ende. Sie sagte, sie würde mich lieben und vielleicht doch noch ein Kind bekommen, was ihr sehnlichster Wunsch sei. Ich sagte nichts mehr, ich ging weg, meldete mich bei Jannis krank, der mich für die Nachtschicht eingeteilt hatte.«
Denning verstummte. Der Wind zauste seine Haare. Kein Spaziergänger kam vorüber, kein Kind rief mehr nach einer Katze. Das Plätschern des Weihers war da, das leise Rascheln des Schilfs.
»Und jetzt?«, sagte Süden.
»Jetzt.« Denning wollte einen Schritt machen, blieb aber stehen. »Jetzt fahre ich noch einmal nach München und verab-

schiede mich von Mia. Ich werde ihr sagen, dass mein Vater in Berlin gestorben ist und ich möglicherweise sein Geschäft weiterführen muss. Eine Bäckerei mit angeschlossenem Café. Dann gebe ich meinen Bericht an der Pforte vom LKA ab und bin verschwunden, bevor jemand meinen Freund Welthe informieren kann. Eigentlich, Süden, wollte ich es hier machen, an vertrautem Ort. Hier, wo es auch Elisa-Marie getan hat, damals, als ich ein Jugendlicher war.«

»Das Mädchen, das im Weiher ertrank.«

»Sie ist nicht ertrunken, sie hat sich das Leben genommen. Sie hinterließ einen Abschiedsbrief, den mir ihre Eltern später gezeigt haben. Wir kannten uns aus Schwabing. Bevor sie ins Wasser ging, trank sie Wodka mit Schlaftabletten und ließ sich dann einfach treiben, bis sie unterging. Sie war sehr geschickt. Niemand hat sie beachtet, auch ich nicht, erst, als es zu spät war. Sie schrieb, sie sähe keinen Sinn mehr im Leben, alles sei dunkel und trostlos. Und ich würde sie ignorieren, dabei habe sie sich extra ein neues Kleid gekauft und ihre Haare verändert, alles wegen mir. Aber ich würde durch sie durchschauen, wie alle Menschen. Sie hatte recht. Ich hatte sie nicht gesehen.« Er sah zum Weiher, wie schon oft, diesmal noch länger.

»Nein, hier ist der falsche Ort. Auch wegen Anja und ihrer Familie. Das geht doch nicht. Ich werde in der Wohnung bleiben, in der ein Mann gehaust hat, den es nicht gibt. Passt alles.« Er wandte sich an Süden. »Überlegen Sie jetzt, wie Sie mich daran hindern können? Verschwendete Gedanken, mein Freund.«

Der Junge neben ihr lächelte, als würde er sie kennen. Sein weiches, blasses Gesicht mit den hellen Augen, seine zerzausten Haare und die Art, wie er die Knie aneinanderrieb und mit den Beinen wippte, erinnerte Mia an einen anderen Jungen, dem sie einmal jeden Morgen das Frühstück ans Bett gebracht hatte. Sie wandte den Blick ab und sah wieder hinaus in die graue, noch vom Winter gezeichnete Landschaft, auf deren Erblühen in wenigen Wochen sie sich wie jedes Jahr freute wie ein Kind.

Karl hatte alles zerstört. Es gab keinen Grund, den Jungen umzubringen. Und das war auch nicht geplant gewesen.

Sie spürte den Blick des blonden Jungen neben sich. Er war zehn oder elf Jahre alt, genau wie der andere, dessen Name ihr nicht mehr einfiel. Sie überlegte eine Weile, dann gab sie es auf. Beinahe hätte sie angefangen zu weinen. Aufhören, dachte sie und ballte die Fäuste und schlug sie gegeneinander. Der Junge erschrak und hörte auf zu lächeln, was Mia nicht bemerkte. Er war in Gauting eingestiegen und hatte sich wie selbstverständlich neben sie gesetzt, obwohl noch andere Plätze im S-Bahn-Waggon frei waren. Eingemümmelt in einen blauen, dicken Anorak, mit einer schwarz-roten Bommelmütze und Handschuhen aus roter Wolle, hatte er bisher kein Wort gesprochen, er lächelte bloß und warf Mia muntere Blicke zu. Draußen endete die Landschaft, und die Peripherie mit ihren Gewerbegebieten und Wohnblocks begann.

Sie kam nicht los von dem Jungen. Jetzt ärgerte es sie doch, dass sie seinen Namen nicht mehr wusste. Und Karl hatte ihn ermordet, weil er allen Ernstes glaubte, der Kleine würde ihn wiedererkennen. Dabei hätte der Junge höchstens sie, Mia, beschreiben können, weil sie ihn ins Auto gelockt und betäubt hatte. Aber nicht einmal das war sicher. Alles ging schnell und professionell vor sich, und später hatte sie eine Maske getragen, genau wie Karl, der nie begriffen hatte, was mit ihr los war, bis heute nicht. Sie wollte den Jungen behalten und für ihn sorgen, was war daran nicht zu verstehen? Sie wollte ihn baden und seine Sachen waschen und ihm gute Gedichte vorlesen. Wie ein Muttermensch. Und dann, nach zwei oder drei Wochen, hätte sie ihn gehen lassen, sie

war kein Unmensch, sie respektierte, dass er nicht zu ihr gehörte. Wieso hatte Karl das nicht begriffen? Wieso machte er immer alles zunichte?
Mia wischte sich übers Gesicht und drehte den Kopf zu dem Jungen neben ihr auf der Bank.
Er war nicht mehr da.

»Ich denke an einen Jungen mit dem Namen Ingmar«, sagte Süden.
»Wer ist das?«
»Ingmar Schultheis. Ein Achtjähriger, der entführt und ermordet wurde.«
»Ich erinnere mich an den Fall«, sagte Denning.
»Sie sind dem Namen nicht wieder begegnet.«
»Nein.«
»Mia Bischof war vermutlich an der Entführung beteiligt. Ich habe Hinweise gefunden, auch ein Video.«
»Davon weiß ich nichts. Gab es damals keine Spuren in die rechte Szene?«
»Nein.«
»Nicht sehr überraschend. Übrigens vermute ich, dass das LfV einen V-Mann in Mias Umgebung plaziert hat. Natürlich habe ich keinen Beweis. Ein Beamter, mit dem ich halb befreundet bin, ließ eine Bemerkung fallen. Informationen kriegt das LKA ja nicht. Ich glaube nicht, dass Mia an der Entführung des Jungen beteiligt war. Sie ist eine Schreibtischtäterin.«
»Sie war mit einem Mann verheiratet, der wegen des geplanten Anschlags auf das Jüdische Gemeindezentrum gesucht wird.«
»Deswegen trat ich ja auf den Plan. Ich muss gehen.«
»Ich begleite Sie.«
»Nein.«
»Doch.«

»Nein.« Denning zog eine Pistole aus der Manteltasche, eine Walther 7 mm, wenn Süden sich nicht täuschte, fünfzehn Schuss im Magazin. Eine klassische Polizeiwaffe. »Sie bleiben einfach hier stehen, genießen die Landluft und machen einen Spaziergang.«
Süden zeigte auf den Pistolenlauf. »Falsche Richtung, wenn ich Sie vorher richtig verstanden habe.«
»Auf Wiedersehen. Alles Gute.« Denning ging an Süden vorbei zum Kiesweg und hielt die Waffe weiter auf ihn gerichtet.
»Sie sollten nicht zu Mia gehen. Sondern in eine Klinik und sich operieren lassen.«
»Und hinterher in die Königsklasse der Medizin, die Chemo? Bleiben Sie bitte stehen, sonst muss ich abdrücken.«
»Drücken Sie ab. Ich begleite Sie.« Ohne sich noch einmal umzudrehen, machte Süden sich auf den Weg zum Gasthaus. Denning zielte, stand reglos da, sah Süden die Terrasse erreichen und ums Hauseck verschwinden. Als Denning vor den Garagen ankam, lehnte Süden an einem der Tore.
»Wieso?« Denning hatte die Waffe eingesteckt. Er sah bleich und erschöpft aus.
Süden sagte: »Frau Bischof hat uns den Auftrag erteilt, Sie zu suchen. Ich habe Sie gefunden und präsentiere ihr das Ergebnis meiner Arbeit. Das ist doch logisch.«
»Wieso sind Sie nicht mehr bei der Polizei?«
»Darüber sprechen wir in der Reha.«
Wieder schien Denning zu lächeln. Dann drehte er sich zum Haus um. »Ich muss mich von Anja und ihrer Familie verabschieden.«
»Ich warte hier.«
Denning schlug den Kragen seines Mantels hoch und ging gebeugt, mit schweren Schritten, zur Haustür. Aus der Ferne schlugen die Glocken eines Kirchturms. Auf dem Parkplatz standen mittlerweile drei Autos.

Sie fragte sich schon, wie lange es dauern würde, bis er aufhörte, sich an der Nase zu zupfen, da sagte er: »Sie haben sich die möglichen Beweisstücke illegal beschafft, der Staatsanwalt wird sie nicht anerkennen. Was soll ich tun, Frau Liebergesell?«

»Handeln, Herr Franck. Verschaffen Sie sich Zutritt zu der Wohnung in der Winthirstraße. Verhindern Sie einen weiteren Mord.«

»Ihr Mitarbeiter starb an akutem Herzversagen, nicht an den Schlägen.«

»Sind Sie jetzt der Staatsanwalt?«

Hauptkommissar Bertold Franck stand auf und stützte die Hände auf den Tisch am Fenster der Detektei. »Wo bleibt Herr Süden?«

Edith Liebergesell, die an ihrem Schreibtisch saß, nahm ihr Handy und tippte Südens Nummer, obwohl sie nicht damit rechnete, dass er das Gerät eingeschaltet hatte.

»Chefin?«

»Wo bist du?«

»Gleich da.«

»Sehr gut. Kommissar ...«

»Ich bin nicht gleich bei dir, sondern bei Mia Bischof.«

»Um Gottes willen, was machst du da?«

»Ich begleite Siegfried Denning.«

»Du hast ihn gefunden und meldest dich nicht? Wo war er? Sprich mit mir.«

»Später.«

»Wo war er?«

»Am Erler Weiher.«

»Wie geht es ihm?«

»Nicht gut.«

»Was heißt das?«

»Später, Edith.«

»Soll ich Welthe anrufen?«

»Nein. Wir haben jetzt eingeparkt und steigen aus.«
»Warte. Kommissar Franck sitzt bei mir, ich habe ihm alles erzählt und ihm das Video gezeigt. Wir müssen jetzt sofort gegen Mia Bischof vorgehen.«
»Das tun wir. Ich melde mich in einer Stunde, spätestens.« Er beendete das Gespräch und schaltete das Handy aus.
»Negativ«, sagte Edith Liebergesell, stand ebenfalls auf und steckte sich eine Zigarette an. »Das gefällt mir nicht, was er da wieder auf eigene Faust unternimmt. Negativ.«
»Schenken Sie mir eine Zigarette, bitte?«, sagte der Kommissar.
»Sie rauchen?«
»Ich fange grade wieder damit an.«

»Kuckuck, Kuckuck ruft's aus dem Wald«, sang sie auf dem Weg von der U-Bahn-Station zu ihrer Wohnung vor sich hin. »Lasset uns singen, tanzen und springen! Frühling, Frühling wird es nun bald ...« Es war kurz nach elf an diesem Sonntag, und Mia Bischof liebäugelte mit dem Gedanken, sich am Nachmittag eine Kugel Rhabarber- und eine Kugel Erdbeereis bei Sarcletti zu gönnen.

33

Sie umarmten sich bei der Begrüßung. Süden stand neben ihnen und hatte wieder diesen schimmeligen Geruch in der Nase. Mia Bischof fragte Denning, wo er gewesen sei, sie habe sich solche Sorgen gemacht. Er erwiderte, er sei nur gekommen, um sich zu verabschieden, sein Vater sei gestorben und er müsse auf unbestimmte Zeit in Berlin bei seiner Familie bleiben.
»Wir brauchen dich«, sagte Mia. »Du bist unser wichtigster Fahrer und als Taxifahrer ein echter Kamerad.«
»Du hast mich suchen lassen«, sagte Denning.
»Das war falsch, ich weiß, ich hab kein Recht, dich zu kontrollieren. Du kannst tun, was du willst. Ich hätte den Auftrag morgen sowieso zurückgezogen.« Sie schien Süden vergessen zu haben. Plötzlich wandte sie den Kopf und warf ihm einen kalten Blick zu. »Danke. Sie können gehen. Schicken Sie mir die Rechnung in die Redaktion, ich begleiche sie umgehend. Und du musst leider auch gehen, Siegfried. Ich muss noch einen Artikel für die Zeitung schreiben und brauche Ruhe. Was siehst du mich so an? Geh jetzt.«
»Ich sehe dich an, weil ich einen Fehler gemacht habe, den ich bereue.«
Sie nickte zur Tür hin. »Wir machen alle Fehler. Aber wir korrigieren sie und beginnen von neuem. So ist es im Leben, und das ist auch richtig so.«
»Wir werden uns nicht wiedersehen, Mia.«
»Bedauerlich. Jetzt geh.«
»Hier geht niemand!«
Aus dem Dunkel des Badezimmers trat ein Mann in einem schwarzen Trainingsanzug, in der Hand einen Revolver, an dessen Lauf ein Schalldämpfer geschraubt war, auf Denning zu. Er stieß den Ermittler gegen die Wand und drückte ab. Ein dumpfer, unheimlicher Laut, dem in der nächsten Sekunde ein zweiter folgte. Wieder traf die Kugel Dennings Brust. Der Kommissar wurde gegen das Bücherregal geschleudert,

drehte sich zur Seite und blieb blutend und reglos liegen. Karl Jost packte Mia an den Haaren und hielt ihr den Revolver an die Schläfe. »Sie will nicht mitkommen«, sagte er zu Süden. »Ich hab eine Reise geplant, und das Mädel zickt. Zickt, zickt.« Er riss ihren Kopf hin und her, und sie schrie. »Schnauze halten! Was passiert jetzt mit dir?« Er meinte Süden und sagte zu Mia: »Wer ist das? Was will der? Fickst du den?«

»Er ist ein Detektiv«, sagte Mia unter Schmerzen.

»Der Detektiv, der ewig schlief.« Jost umklammerte Mias Hals und streckte den Arm mit dem Revolver aus.

»Ich will sehen, wie es dem Mann geht«, sagte Süden. »Und ich will, dass Sie mit mir reden, bevor Sie mich erschießen.«

»Und worüber so genau?«

»Über unsere gemeinsamen Freunde.« Er ging auf Denning zu, und als er merkte, Jost würde nicht abdrücken, kniete er sich neben den Schwerverletzten und tastete ihn ab.

»Gemeinsame Freunde? Wen jetzt?«

»Die Kameraden aus dem Bergstüberl.«

»Kenn ich nicht.«

»Bitte lass mich los«, flehte Mia.

Als Süden die Pistole in Dennings Manteltasche ertastete, ertönte die Türklingel. Dann klopfte jemand heftig an die Tür. Süden erkannte die Stimme sofort.

»Bitte machen Sie auf, Frau Bischof. Es ist sehr wichtig. Schlimme Dinge sind passiert. Hier ist Edith Liebergesell von der Detektei. Sie müssen mir helfen.«

Dann war es still. Mia unterdrückte ihr Wimmern. Jost zielte auf die Tür, auf Süden, auf die Tür. Im nächsten Moment riss Mia sich los und stürzte durchs Zimmer. Jost schoss ihr in den Rücken. Bevor er einen zweiten Schuss abgeben konnte, sprang Süden auf und riss ihn zu Boden. Die Wohnungstür wurde eingetreten. Bertold Franck richtete seine Pistole auf Jost, der versuchte, Süden mit dem Ellbogen ins Gesicht zu

schlagen. Gleichzeitig tastete er nach seiner Waffe, die vor den Tisch gerutscht war.
»Liegen lassen!«, schrie Franck. Süden umklammerte mit beiden Armen Josts Hals, und vielleicht hätte er ihn erwürgt, wenn der Hauptkommissar nicht eingegriffen, Josts Hände gepackt und mit Handschellen auf dem Rücken gefesselt hätte. Mias Ex-Mann röchelte, spuckte aus, und weil er nicht aufhörte zu zappeln, verpasste Franck ihm einen Handkantenschlag in den Nacken. Karl Jost bewegte sich nicht mehr.
Gestank wie von verbranntem Fleisch breitete sich aus.
Süden rappelte sich halbwegs auf und sah, dass Edith neben der blutüberströmten Frau kniete.
Mia hatte kaum noch eine Stimme. »Mir ist so kalt.«
»Du hast meinen Sohn ermordet«, sagte Edith Liebergesell. Ihre Stimme klang heiser und schwer, wie Dennings Stimme im Wald. »Ingmar war sein Name. Du hast ihn entführt und erdrosselt.«
Mias von Schock und Schmerz erstarrtes Gesicht zeigte keine Reaktion. Dann öffneten sich die zitternden Lippen und blieben eine Zeitlang lautlos geöffnet.
»Ich hätt ihn noch ... behalten ... zwei Wochen ... hätt ihm Handschuhe ... gestrickt, weil ... ich kann gut stricken, das ist wichtig ...«
Edith beugte sich so weit zu ihr hinunter, wie sie konnte. »Warum hast du das getan, Mia Bischof? Warum hast du ... warum ...«
»Mir ist so kalt«, flüsterte Mia. »Kannst du mich umarmen, bitte? Bitte.«
Erschrocken blickte Edith Liebergesell zu dem auf dem Boden knienden Süden. Mit letzter Kraft hob Mia den Oberkörper und verharrte, die Arme seitlich vom Körper gestreckt. Ihr weißer Rollkragenpullover mit der 28 auf der Brust war schwarz von Blut. Ihre Augen waren geschlossen, aus ihren Mundwinkeln rann Blut.

Edith würde nie erklären können, warum sie es getan hatte. Sie beugte sich vor, legte behutsam die Arme um den steifen Körper der sterbenden Frau und hielt ihn fest.
Als die ersten Sanitäter und Polizisten hereinkamen, weinte Edith Liebergesell immer noch.

34

Elf Tage später, am sechzehnten Februar, bat Hauptkommissar Hutter Edith Liebergesell und Tabor Süden ins Landeskriminalamt, um ihnen aus erster Hand mitzuteilen, dass Michael Grieg alias Siegfried Denning in den frühen Morgenstunden dieses Donnerstags den Folgen seiner schweren Schussverletzungen erlegen war. Der Tod seines verdienten und mutigen Kollegen treffe ihn tief, die gesamte Behörde leide nach wie vor unter der »katastrophalen Wendung des verdeckten Einsatzes«.

Auch wenn er aus ermittlungstaktischen und Gründen des Staatsschutzes keine Details preisgeben dürfe, könne er immerhin so viel sagen, dass die ersten Vernehmungen des verletzten Karl Jost zu weiteren Festnahmen in Bayern und Brandenburg geführt hätten und inzwischen konkrete Hinweise auf die Täter im Fall des entführten und ermordeten Ingmar Schultheis vorlägen. Demnach waren sowohl Jost als auch Mia Bischof unmittelbar in die Tat verwickelt, außerdem – so der aktuelle Stand der Recherche – ein rechtsradikaler Gewalttäter aus dem Raum Coburg, der vor vier Jahren bei einer Schlägerei ums Leben gekommen war.

Offensichtlich benötigte die rechte Szene damals dringend Geld für neue Aktionen, so dass der mutmaßliche Anführer der Gruppe, Karl Jost, auf die Idee mit der Erpressung des vermögenden und stadtbekannten Immobilienmaklers Robert Schultheis verfiel.

Insgesamt, sagte Hutter, der Kaffee und Butterkekse servieren ließ, säßen damit nach den »Ereignissen in der Winthirstraße« neunzehn Personen in Untersuchungshaft, unter ihnen die mutmaßlichen Täter, die Leonhard Kreutzer zusammengeschlagen hatten, sowie »mindestens fünf«, die zu den Führungsköpfen innerhalb des »Freien Netzes Süd« und anderer Kameradschaften gezählt werden müssten.

»Wie uns der Verfassungsschutz wissen ließ«, ergänzte Hutter, »stand der Befehl zur Festnahme von Karl Jost unmittelbar bevor. Sie beide sind uns also gewissermaßen zuvorgekommen, und ich werde mich hüten zu beurteilen, inwieweit die Situation durch Ihren Alleingang überhaupt erst eskaliert ist mit der Folge, dass ein Kollege sein Leben verlor. Was ich trotzdem sehe, ist, dass Sie, Ex-Kollege Süden, mit ihrem ebenso unprofessionellen wie mutigen Einsatz einen Straftäter überwältigt haben, der seit zehn Jahren auf unserer Fahndungsliste steht. Der offizielle Dank von unserer Seite folgt noch.«

»Denning wusste nichts von dem bevorstehenden Einsatz«, sagte Süden.

»Konnte er nicht wissen. Wir wussten es auch bis zur letzten Woche nicht.«

»Der Verfassungsschutz hat Sie nicht informiert«, sagte Edith Liebergesell, die ebenso wie Süden weder den Kaffee noch die Kekse anrührte.

Hutter schüttelte den Kopf und wollte nicht schon wieder darüber nachdenken.

Süden sagte: »Lothar Geiger wurde nicht verhaftet.«

»Nein.«

»Warum nicht?«

»Die Verbindung zu seiner Tochter war rein familiär.«

»Sagt der Verfassungsschutz.«

»Das sind unsere Erkenntnisse.«

»Deswegen wurde auch nie wieder gegen ihn und seine Gäste ermittelt.«

»Bitte?« Hutter bereute, die beiden hergebeten zu haben. Er stand auf und sah Edith Liebergesell an. »Wir stehen kurz vor der Aufklärung des Verbrechens an Ihrem Sohn, und ich möchte mich noch einmal für Ihre Kooperation bedanken. Das Video werden wir natürlich behalten.«

»Ich lege keinen Wert darauf«, sagte die Detektivin.

»Die Handschuhe bekommen Sie zurück, wenn Sie möchten.«

Nachdem seine Besucher gegangen waren, ließ Hutter einen Keks in seine volle Kaffeetasse fallen, rührte um und trank einen Schluck. Dann wählte er auf seinem Festnetztelefon die Nummer von Ralph Welthe, der wegen der noch ungeklärten Umstände im Zusammenhang mit Dennings zweiwöchigem Verschwinden vorübergehend beurlaubt war. Zu Recht, wie Hutter fand. »Hören Sie zu, Welthe, Ihr Ermittler ist heute früh gestorben, Sie haben sein Leben aufs Spiel gesetzt und am Ende völlig versagt. Wir werden Sie zur Verantwortung ziehen, die Kollegen und ich. Ich war von Anfang an, ähnlich wie Sie, skeptisch bei diesem Einsatz, aber dass das alles in einer Tragödie endet, konnte niemand vorhersehen. Ich rate Ihnen zu einer offenen und vertrauenerweckenden Strategie gegenüber den Kollegen von der Internen Ermittlung, damit am Ende nicht das ganze Amt am Pranger steht. Sind wir uns einig, Welthe?«

Aufgrund der Medienberichterstattung über die spektakulären Festnahmen, die Morde und die Aushebung eines rechtsradikalen Zirkels, bei dem eine renommierte Journalistin eine führende Rolle gespielt hatte, kamen doch noch etwa zwanzig Personen zum Friedhof an der Kirchenstraße, um Leonhard Kreutzer, den niemand von ihnen gekannt hatte, die letzte Ehre zu erweisen. Eigentlich hatte Edith Liebergesell damit gerechnet, dass sie, Süden und Patrizia unter sich bleiben würden.
Nach der halbstündigen Zeremonie ohne Reden und Musik – »Urnenbeisetzung bitte ohne Rankwerk« hatte Kreutzer in seinem Testament verfügt – gingen die drei Detektive in ein kleines Restaurant in der Elsässer Straße. Es war Freitag, der zweite März, ein verwitterter Tag. Süden trank ein Bier zur Vorspeise (Brätstrudelsuppe), drei Biere zur Hauptspeise (Zwiebelrostbraten von der Lende mit Bohnen im Speckmantel, Grilltomate und Bratkartoffeln), ein Bier danach und

zwei Biere im Verlauf des Desserts (Wildkirschknödel mit Zimtbrösel, Früchten und Vanilleeis). Anschließend trank er mit den Frauen zwei Gläser Wacholderschnaps und ein weiteres Helles zum Nachspülen. Edith Liebergesell und Patrizia Roos hatten eine Flasche Veltliner bestellt, und als diese leer war, eine zweite.

Sie saßen an einem Tisch am Fenster und sahen ab und zu hinaus, als wäre draußen die alte Welt. Die meiste Zeit verbrachten sie schweigend. Einmal sagte Patrizia: »Der Staatsanwalt wird auf Freispruch plädieren, er wird behaupten, Leo wäre niemals an den Schlägen gestorben.«

Daraufhin, zehn Minuten später, erwiderte Edith: »Wenigstens kenne ich jetzt die Mörder meines Sohnes.« Sie trank. Dann stand sie auf und ging hinaus, um eine Zigarette zu rauchen. Vorher füllte sie ihr Glas und nahm es mit.

»Du glaubst«, sagte Patrizia zu Süden, »Mias Vater ist ein V-Mann. Er hat seinen Ex-Schwiegersohn nach München gelockt und verraten.«

Süden schwieg. Dann hob er sein Glas, prostete ins Nichts und sagte: »Möge es nützen!« Das war der ewige Trinkspruch seines Freundes Martin Heuer gewesen.

»Verraten ist das falsche Wort«, sagte Patrizia. »Du weißt schon, was ich mein. Er hat halt seine Pflicht erfüllt. Und dafür haben sie ihn in Starnberg in Ruhe gelassen, mit seinen Tagungen hinter verschlossenen Türen und dem ganzen Gesindel.«

Süden bestellte ein frisches Bier.

»Könnte es sein«, sagte Patrizia, »dass Geiger den Jost und seine Leute zu dem Überfall auf Leo angestiftet hat? Um dem Verfassungsschutz eindeutige Beweise gegen ihn zu liefern?«

Edith kam zurück und nahm ihr Handy aus der grünen Handtasche. Kaum hatte sie es eingeschaltet, ertönte das Signal der Mailbox. Sie hörte die Nachricht ab, erschrocken, fassungslos. Zwanzig Minuten später standen sie im Trep-

penhaus der Detektei, in der ein ekelhafter Brandgeruch hing.
Obwohl die Feuerwehr die Flammen innerhalb von zehn Minuten hatte löschen können, waren die Büroräume fast vollständig verkohlt, eine stinkende Müllhalde, überzogen von einem weißlich grauen Schaumteppich. Nach den Worten des Einsatzleiters handelte es sich um vorsätzliche Brandstiftung.
Nach ersten Erkenntnissen hatten die Täter durch den Briefkastenschlitz in der Tür Benzin gegossen und ein brennendes Streichholz hinterhergeworfen. »Simple Methode«, sagte der Feuerwehrmann. Dann seien die Brandstifter unbemerkt entkommen. Mieter hätten den Geruch bemerkt und Alarm geschlagen. »Wir waren sofort da, die Feuerwache ist ja um die Ecke. Das war Glück, so konnten wir es bei einem Inneneinsatz belassen und mussten nicht an die Fassade. Gott sei Dank war die Menge des Benzins eher gering. Trotzdem, so ein Brandbeschleuniger kann eine fürchterliche Wirkung haben. Es tut mir sehr leid für Sie. Wir haben versucht, Sie zu erreichen, aber Ihr Handy war aus. Der Anschlag war vor ungefähr drei Stunden. Mein Kollege und ich haben bis jetzt Wache geschoben, wir waren etwas besorgt wegen möglicher Schwelbrände durch die Computer, aber da ist nichts mehr zu befürchten. Wir wollten grade abziehen.«
Edith Liebergesell griff nach Südens und Patrizias Hand. Als einer der Brandfahnder vom Kommissariat 13, die die Nachbarn befragten und die Räume inspizierten, wissen wollte, ob er einen Arzt rufen solle, sagte sie: »Ich brauch nur Luft.« Zu dritt gingen sie die fünf Stockwerke hinunter und traten auf den sonnenhellen Sendlinger-Tor-Platz. Vor den beiden Lokalen saßen Gäste, aßen und tranken, als wäre in unmittelbarer Nähe nie ein Feuer ausgebrochen. Im Kino nebenan begann die erste Vorstellung.
»Jetzt stehen wir auf der Straße«, sagte Edith.

Wie eine lebende, sechsbeinige Skulptur standen die drei bewegungslos unter einem Kastanienbaum voreinander, Stirn an Stirn, und hatten sich gegenseitig die Arme um die Schultern gelegt. »Vater unser«, flüsterte Edith Liebergesell, »der du bist im Himmel, geheiligt werde dein Name, dein Reich komme, dein Wille geschehe, wie im Himmel so auf Erden. Unser tägliches Brot gib uns heute. Und vergib uns unsere Schuld, wie auch wir vergeben ...«

Epilog

Die Gaststube im Hotel zur Post war erfüllt von Stimmen, Zigarettenrauch und Gläserklirren. Die Beerdigung auf dem katholischen Friedhof war vorüber, nun aßen die Trauergäste Schweinebraten mit Knödel und Krautsalat, die Kinder Schnitzel mit Pommes frites, und wer Fisch bestellt hatte, bekam eine fangfrische Renke aus dem Taginger See mit Salzkartoffeln und grünem Salat. Die Frau, die nach langer Krankheit verstorben war, hatte seit der Nachkriegszeit im Dorf gelebt, ebenso wie ihr Mann, ein Ingenieur aus der örtlichen Maschinenbaufabrik.
Auch den Sohn der Familie kannte fast jeder, weil er sonntags als Ministrant am Gottesdienst mitwirkte und im Sommer mit seinem besten Freund auf die Kühe des Bauern Erpmaier aufpasste. Die Tiere hatten die Angewohnheit, ihre Wiese zu verlassen, das Gatter niederzutrampeln und einen Spaziergang durch Taging zu unternehmen, nicht ohne die Straßen und Vorgärten mit gehörigen Fladen zu bedecken. Erst am vergangenen Samstag hatten die beiden Buben wieder alle Hände voll zu tun, Zenzi und ihre Freundinnen dahin zu scheuchen, wo sie hingehörten. Sie schafften es, und der alte Erpmaier schenkte jedem von ihnen fünfzig Pfennige.
»Hast du keinen Durst?«, fragte Branko Süden seinen Sohn.
Tabor schüttelte den Kopf.
»Sei nicht immer so maulfaul.«
Das sagte ausgerechnet sein Vater, dachte Tabor. Sein Vater kam von der Arbeit nach Hause, aß zu Abend, las in der Zeitung, ging ins Bett. Wenn er mal was sagte, klang es eher nach einem Murmeln. Tabor hatte sich daran gewöhnt, aber seine Mutter nie.
»Und was ist mit dir, Martin?«
»Bin voll«, sagte der zwölfjährige Martin Heuer.
»Ich bin satt, heißt das.«
»'tschuldigung, Herr Süden.«

Seit dem Kindergarten waren die Jungen die besten Freunde. Sie spielten zusammen, saßen im Schulbus nebeneinander, halfen sich bei den Hausaufgaben, sperrten sich gegenseitig in den Schweinestall. Als Tabor erfuhr, dass seine Mutter gestorben war, lief er zum Haus seines Freundes, das auf der anderen Straßenseite lag, und sie hockten den ganzen Nachmittag nebeneinander auf dem Speicher und spielten Schwarzer Peter.

Am Tisch von Branko Süden und den Jungen saßen noch Lisbeth, die Schwester von Tabors Mutter Alma, und Willibald, ihr Mann. Vermutlich hätte Lisbeth mit ihrem Schwager gern ein Wort gewechselt, aber er hielt die meiste Zeit den Kopf gebeugt, rauchte seine Mentholzigaretten und trank als einziger Mann in der Gaststube keinen Schnaps.

»Dürfen wir rausgehen?«, sagte Tabor. »Es ist so heiß hier.«

Süden nickte, und die Jungen rannten zur Tür. »Du hast so ein Glück, dass du diesen starken Buben an deiner Seite hast«, sagte Lisbeth, und Branko Süden fragte sich, was sie mit Glück meinte.

Auf dem Vorplatz setzten sich Tabor und Martin auf eine Bank und starrten den Asphalt an. Hinter ihnen auf der Straße ratterten Motorräder vorbei, in der lauen Luft hing ein Geruch nach Benzin, süßen Blumen und Gras.

»Was machst du jetzt ohne deine Mama?«, fragte Martin leise.

Tabor sagte nichts.

»Glaubst du, dein Vater heiratet noch mal?«

Tabor wusste es nicht. Es war ihm egal.

Es war ihm nicht egal. Er wollte seine Mutter wiederhaben. Er schwitzte. Er wollte sich den schwarzen Anzug und das weiße, steife Hemd vom Leib reißen und in den See springen und bis ans andere Ufer schwimmen. Obwohl sein bester Freund neben ihm saß, kam er sich vor, als säße er allein auf einem Stein im Weltall.

Er hatte irrsinnige Angst, dass sein Vater sich etwas antun

oder fortgehen könnte. Er wusste nicht, wieso er diese Angst hatte, sie hockte in seinem Körper wie ein Krake. »Martin?«
»Hm?«
»Wenn mal niemand mehr da ist, mein Vater nicht mehr und die Tante Lissi und der Onkel Willi nicht mehr ...«
»Hm.«
»... dann möchte ich, dass du noch da bist, das ist mir das Wichtigste. Verstehst mich? Du musst einfach immer da sein.«
»Ich werd immer da sein, ewig, wo soll ich denn hin? Nach der dämlichen Schule ziehen wir in die Stadt, gehen zur Feuerwehr und werden hauptberuflich Feuerlöscher.«
»Schmarrn.«
»Was glaubst du, wie oft es in so einer Mordsstadt brennt. Jeden Tag. Oder du schneidest Leute aus ihren Autowracks. Oder du holst Kanarienvögel vom Baum. Da ist immer was zu tun. Feuerwehrmann, das ist die Zukunft.«
Tabor schüttelte den Kopf. Dann schlug er Martin gegen den Hinterkopf, und Martin schlug zurück, und das ging eine Zeitlang so weiter, und sie schwitzten noch mehr, und die Sonne schien auf sie herunter, als hätte sie sonst nichts vor, und schließlich liefen sie ins Gasthaus zurück, um ihr Spezi doch noch auszutrinken.

Manche Menschen, dachte Süden, werden erst
durch ihr Verschwinden sichtbar.

Friedrich Ani

Süden

Roman

Tabor Süden erhält als Detektiv den Auftrag, nach dem Wirt Raimund Zacherl zu suchen. Der Fall ist genau das Richtige für den ehemals so erfolgreichen Ermittler: Ein Mann verlässt sein Durchschnittsleben, und jeder fragt sich, warum. Mit seinen besonderen Methoden findet Süden die Spur des Wirts und verfolgt sie bis nach Sylt – und schon längst hat er begriffen, dass niemand den Mann wirklich kannte.

»Eindringlich, subtil, lesenswert.«
Stern